万 国 之 子

[印尼]普拉姆迪亚·阿南达·杜尔 著

孔远志　居三元
陈培初　张玉安 译
　　黄琛芳 校
罗　杰　曾嘉慧 重校

四川文艺出版社

图书在版编目（CIP）数据

万国之子 / (印尼) 普拉姆迪亚·阿南达·杜尔著;
孔远志等译. -- 成都 : 四川文艺出版社, 2023.6
ISBN 978-7-5411-5834-6

Ⅰ.①万… Ⅱ.①普… ②孔… Ⅲ.①长篇小说—印
度尼西亚—现代 Ⅳ.①I342.45

中国国家版本馆CIP数据核字(2023)第065260号

著作权合同登记号　图进字 21-2020-138 号
© Pramoedya Ananta Toer

WAN GUO ZHI ZI

万国之子

［印尼］普拉姆迪亚·阿南达·杜尔　著

孔远志　居三元　陈培初　张玉安　译

黄琛芳　校

罗杰　曾嘉慧　重校

出　品　人	谭清洁
策划编辑	曾嘉慧　冯俊华
出版统筹	周　轶
责任编辑	周　轶
视觉统筹	李　俊
装帧设计	子　杰　欧飞鸿　陈逸飞
特邀绘画	Ugeng T. Moetidjo
内文设计	史小燕
责任校对	段　敏
责任印制	桑　蓉

出版发行　四川文艺出版社（成都市锦江区三色路 238 号）
网　　址　www.scwys.com
电　　话　028-86361802（发行部）　　028-86361781（编辑部）

排　　版　四川胜翔数码印务设计有限公司
印　　刷　成都东江印务有限公司
成品尺寸　149mm×210mm　　开　　本　32 开
印　　张　13.875　　　　　　字　　数　360 千
版　　次　2023 年 6 月第一版　　印　　次　2023 年 6 月第一次印刷
书　　号　ISBN 978-7-5411-5834-6
定　　价　78.00 元

《万国之子》：一部小说及其历史政治学

［澳大利亚］马克斯·莱恩[①]

罗杰 译注

　　1980 至 1981 年间，当我正将《人世间》翻译成英语时，我与普拉姆迪亚·阿南达·杜尔在雅加达见过很多次面。我们从没聊过翻译方面，他说那是我的事情，不是他的事。然而，我们确实聊过印度尼西亚的局势，主要关于历史和政治。十年之后，在 20 世纪 90 年代初，我得到一个机会，与澳大利亚电影制作人吉尔·斯克林（Gil Scrine）及学者哈特·科恩（Hart Cohen）博士一起，耗时良久对他进行访谈，有时在镜头前，有时不在镜头前。普拉姆迪亚对印度尼西亚的挚爱，

---

① 　马克斯·莱恩（Max Lane）博士，现任新加坡尤索夫·伊萨东南亚研究院（Yusof Ishak Institute）资深研究员，从事与印度尼西亚相关的工作逾五十年。他曾供职于澳大利亚国会及外交机构，20 世纪 80 年代在澳大利亚驻印尼大使馆工作。马克斯·莱恩是"布鲁岛四部曲"的英译者，同时是普拉姆迪亚的社会论集《印度尼西亚华侨》（*Hoakiau di Indonesia*）的英译者，该书旨在为受歧视性政策影响的华人辩护。此外，他还出版了大量关于印尼的重要著作，包括《未完成的国家：苏哈托前后的印度尼西亚》（*Unfinished Nation: Indonesia Before and After Suharto*，2008）、《印度尼西亚的灾祸》（*Catastrophe in Indonesia*，2010）、《印度尼西亚劳工政治概况》（*An Introduction to the Politics of the Indonesian Union Movement*，2019）、《走出流放的印度尼西亚："布鲁岛四部曲"和新秩序时代的终结》（*Indonesia Out of Exile: How Pramoedya's Buru Quartet Killed a Dictatorship*，2022）等。

连同他思考它的方式，与 20 世纪 80 年代至 90 年代为他担任编辑的尤索夫·伊萨克（Joesoef Isak）以及他的出版人、记者哈西姆·拉赫曼（Hasyim Rachman）如出一辙。以上三人均于苏哈托将军统治期间度过了长达十多年的监禁岁月。他们享有一个共同点，而这也正是"布鲁岛四部曲"（Tetralogi Pulau Buru）系列小说的核心，即印度尼西亚需要改变，但这是不可能的，除非印度尼西亚人都能真正理解自己的历史并受到自身历史的启迪。

　　20 世纪 60 年代早期，普拉姆迪亚从书写当下转向书写当下的起源——历史。对他而言，理解导致 20 世纪 50 年代末印度尼西亚局势的那一段历史是完成革命任务所必需的——首先是无力发展国家以及猖獗的腐败和官僚主义。普拉姆迪亚曾经在 50 年代后期访问中华人民共和国①，并将中国取得的巨大进步与印度尼西亚的停滞做出了比较。包括《万国之子》在内，"布鲁岛四部曲"以及《阿洛克德德斯》（*Arok Dedes*）、《逆流》（*Arus Balik*）和剧本《曼吉尔》（*Mangir*）②都是他为揭示那段历史而做出的卓越努力。

---

① 普拉姆迪亚曾两次访问中国。1956 年 10 月中旬，他第一次抵达北京，主要为参加鲁迅逝世二十周年纪念大会并应邀发言，之后访问上海、南京、广州等地，一个月内先后与周扬、茅盾、巴人（王任叔）、杨朔、刘白羽、刘之侠、郭小川、李锐等作家和文化官员会面。第二次在 1958 年，普拉姆迪亚率印尼作家代表团出席在苏联塔什干举办的亚非作家大会，10 月底返程时途径中国，先后访问北京、武汉、成都、昆明，历时一个月左右。

② 这分别是取材于古代历史的"逆流四部曲"（*Tetralogi Arus Balik*）的第一部、第三部和第四部；第二部《旋涡之眼》（*Mata Pusaran*）在偷运出布鲁岛时被没收而致散佚，仅个别篇章的影印版流入二手书市，至今出版社仍在追寻。

"上游现实"和"下游现实"

　　普拉姆迪亚本人探讨历史的方式，是对印尼社会现实和印尼社会阶级性质进行一种批判性人文主义行动（a critical humanist engagement）的结果。此种飞跃通向看待社会和艺术的新途径，建立在其人文主义之上，彰显在其早期作品之中，并由于现存意识形态框架未能应对这类社会现实而引发。20 世纪 50 年代末至 60 年代初，随着政治形势发展，普拉姆迪亚和苏加诺的关系在政治上愈加密切。其时，苏加诺的受欢迎程度越来越高，然而支持他的组织基于印尼共产党（PKI）和印尼民族党（PNI）等左翼人士，因为武装部队的反对，以上势力均被排斥在政府之外，而武装部队却身处内阁。60 年代以后，即使当苏加诺转向左翼时，他的内阁仍然由武装部队、中间派和右翼人士主导，他们只不过学会了使用苏加诺的革命语言而已。

　　吸引普拉姆迪亚的是苏加诺对思想的热爱，以及想要赢得民族全面解放的决心。解放，即完成尚未完成的民族革命，正如苏加诺所强调的，那就需要人民和国家"自立"（berdikari）①。其中包括探索和理解历史，而印度尼西亚民族觉醒的历史必须要摆脱其殖民地框架。历史与文学，以及二者间的相互关联，成为普拉姆迪亚的新舞台。关于此，后来他写道：

　　　　也许，如果我早年受过某个特定学科的教育，比如历史学，

---

① 印尼语 berdikari 是 berdiri di atas kaki sendiri（站在自己的脚上）的缩写词，英语释义为 stand on one's own feet，也译作"自力更生"。

我可能会做一项研究来回答：为什么这一切会发生并且持续发生？但我是一个受教育程度很低的作家，所以我考察的不是历史资料，而是历史的精神。这就是我从"人世间四部曲"①开始致力做的事，尤其关注印度尼西亚民族觉醒时期的潮起潮落（the currents that ebbed and flowed）。于是，形成了一种新现实——"文学现实"（a literary reality），这是"下游现实"（a downstream reality），其源头是一种"上游现实"（an upstream reality），即"历史现实"（a historical reality）。文学现实包含着对文明和文化的重新定位及评价，而这些正好没被包含在历史现实之中。因此，文学作品是一种论文（thesis），它就像一个婴儿，开始依靠自己的力量，在其读者群生活的上层建筑中成长起来。每一个领域的新发现都是如此，它们带动了社会向前迈进一步。

　　我特意从印度尼西亚的民族觉醒主题开始，这一主题受限于区域和国家范围，即便如此，它仍然是世界和人类的一部分。一步接一步，我以我的方式进行书写，追溯它的历史根源，暂时还没准备出版，或许永远也不会出版。通过这种方式，我尝试做出回答：为什么我所属民族的人们变成了这样或是那样呢？因此，我既不写逃避现实的小说，也不为现状服务。实际上，我已经脱离当前正在运行的系统，或置身其外了。结果很清楚：对现状而言，我被认为是讨人嫌（nuisance）。因为写作是一种个人活动——尽管个人也是整个社会的产物——无论过去还是现在，其后果都必须独自承受。如果志气相投，无论同情来自何方，于我都是一种

---

① 普拉姆迪亚在布鲁岛期间创作过两个四部曲，被人们称为"布鲁岛四部曲"的实为其中之一"人世间四部曲"（*Tetralogi Bumi Manusia*），后来普拉姆迪亚仍常用此名；另一个即"逆流四部曲"。

剩余价值，事先我从来没指望过它。当然，我要对此表示感谢。

早在创作这个四部曲之前，我已经写过很多作品，所有作品将汇流于此。甚至回溯当年，那些人就已经开始了敌意，他们当时忙着在现状的初始谋取一席之地。出乎意料，我的作品一开始曾被广为接受，的确获得过几个奖项。在50年代末至60年代上半叶"指导式民主"[①] 时期，情况尤其如此。那时盛行"三位一体"（Trisakti Doctrine）——政治主权、经济自立、文化完整——虽然这些普遍存在于世界上各个民族主义国家，然而就资本充裕并渴求在全球范围内开拓企业新领域的国家而言，却是避之唯恐不及的怪胎（bogey）。关于资本的力量，历史曾经给过我们很多启示。自由人民被奴役；质朴无邪的人被转化成买办；失业者变为收钱的杀人者，身穿制服并佩戴徽章；广袤的森林由于基础建设而四分五裂；城市和港口从无到有，全凭一声令下；劳动力从四方涌入，甚至来自名字闻所未闻的偏远小村庄。许多国家的政府沦为了资本意志的工具，当它们不再被资本所需要，就会被抛弃。这是一个令人厌倦的故事，是世界上很多人生活经历的一部分。无论从中获利的人，还是承担损失的人，这些都是每个人阅历的组成部分，他们共同分担后果。对一位作家来说，每次经历都将成为其创作历程的源泉，无论这种体验是来自感官或来自精神。

独立后的印度尼西亚能够适应无国籍的资本力量吗？或者，它仍会像1945年革命期间所展示的那样，对其进行挑战？早在革命年代里，苏加诺就拒绝过福特公司的提议，即赋予该公司垄断权，

[①] 也译作"有领导的民主"（Demokrasi Terpimpin），1956年10月30日，苏加诺在演讲中首次提出，以应对共和国建立以来内阁频繁更替等状况，取代政党林立、思潮泛滥的西方式"议会民主"，参见《人世间》前言注释。

以此换得其修建一条跨苏门答腊和爪哇的高速公路。在民族独立进程中，他是避开资本主义阵营和共产主义阵营这两种适应性选择的那个人。并不偶然，也正是他践行了"第三世界"① 这一术语。无论人们对他的弱点究竟持有何种看法，显而易见，他具有一种真正的印度尼西亚人特质（Indonesianness）。他不希望他的国家变成任何一个半球集团（hemisphere-bloc）的组成部分。印度尼西亚日益陷入经济困境，在这些非比寻常的经济困难之中，我支持他，并且理所当然地承受了落在我头上的困难。②

普拉姆迪亚看到了新殖民主义的威胁，他正置身于一场民族革命需要完成的大背景中。关于印度尼西亚民族的历史起源问题，和其他许多民族主义者③ 相比，普拉姆迪亚做出了性质截然不同的强调。他无视与前现代封建王国的连续性，而把印度尼西亚视为一种新生事物。普拉姆迪亚写道：

---

① "第三世界"（Third World，法语 Tiers Monde）最早出自法国学者阿尔弗雷德·索维（Alfred Sauvy）1952 年 8 月 14 日在法国杂志《新观察》（*Le Nouvel Observateur*）发表的文章里提出，1955 年在万隆召开的亚非会议（即万隆会议）被认为是第三世界形成的里程碑，时值苏加诺执政期间。

② 参见《我致歉，以经验的名义》（*My Apologies, in the Name of Experience*，亚历克斯·G. 巴兹利［Alex G. Bardsley］译）。——作者注

③ 如乌玛尔·卡雅姆（Umar Kayam，1932—2002）、芒温维查亚（Y. B. Mangunwijaya，1929—1999）等。乌玛尔·卡雅姆将传统视为现代印尼文化的基础，尤其重视所谓中爪哇封建传统，从中寻找印尼作为新民族的价值元素，代表作《士绅门第》（*Para Priyayi*，1992）；芒温维查亚本人是一位神职人员，他创作了小说《杜尔嘎乌玛依》（*Durga Umayi*，1994）回应普拉姆迪亚的《人世间》，对印尼近现代史上曾陷入民族主义漩涡的人们做出了讽刺而不失同情心的刻画。

起初，"印度尼西亚"不过是一个地理术语①，然而随着不合作民族主义运动兴起，它变成了一个政治术语，因为今天的"印度尼西亚"的确是一个政治术语，它具有法律地位，是我们国家的名字，人们很容易就忘记其来源，它如何成为我们国家的名字。从根本上来说，这是政治斗争的结果。

对普拉姆迪亚来说，这场斗争还未完成，故而历史至关重要，因为每个人如果不了解自己的开端在哪里，即其历史，也就不会明白自己将去向何方，即目的地所在之处。

在普拉姆迪亚的研究和历史书写中，论及这场为印度尼西亚而展开的斗争之起源，他漠视了资产阶级民族主义的史前史。普拉姆迪亚认定卡尔蒂妮②为民族觉醒的先驱，他写道：

卡尔蒂妮是印度尼西亚现代历史的开启者。自19世纪中叶以来，印度尼西亚地区的淡目（Demak）—古突士（Kudus）—哲帕拉（Jepara）一带第一次开始发展出对进步的渴望，而这正是由她推进的。经她之手，我们制订、审视并为之奋斗的那些进步理想，

---

① "印度尼西亚"（Indonesia）一词源于希腊语"印度"（Indus）和"岛屿"（nésos），作为地理名词18世纪已经存在，到19世纪后期，德国学者阿道夫·巴斯蒂安（Adolf Bastian）出版了《印度尼西亚或马来群岛的岛屿》（*Indonesien oder die Inseln des Malayischen Archipels*）后，逐渐得到更广泛的使用。

② 拉丹·阿江·卡尔蒂妮（Raden Ajeng Kartini 或 Raden Ayu Kartini，1879—1904），生于荷属东印度时期的爪哇贵族家庭，从小接受荷兰语教育，她通过与荷兰笔友通信而了解到女权主义思想，是印尼史上最著名的女性解放运动先驱和民族主义先驱之一。

后来变成了整个民族的财产。①

当其他作家（包括许多左翼作家在内）寻找印度尼西亚"种族真实"（ethnically authentic）的起源时，普拉姆迪亚出乎其外，在一种新通用语②的传播中寻找起源，将此视为文化觉醒的一个鲜活组成部分。他发现正是华人和印欧混血儿（Indo-Europeans）为这样一种觉醒奠定了基础。荷兰学术界提供过一种历史说法，其中成立于 1908 年的至善社③作为现代第一个土著民组织（indigenous organisation）出现，这是具有贵族背景的爪哇人所建立的保守组织。这些爪哇贵族来自由殖民主义所维持的社会阶层，因此引发了一些批评。普拉姆迪亚发现了一个文化变迁与斗争的世界，它先于民族主义运动"正式开端"（official beginning）存在，而"正式开端"是由荷兰学术界宣布并为印度尼西亚知识界所普遍采用的，其中包括知识界的大部分左翼人士。

在特定领域内，左翼人士对待这一时期历史的态度存在一种共同的兴趣：在文学中寻找激进传统。这类搜寻导致早期共产主义作家被

---

① 以上两段引文出自普拉姆迪亚的一份未出版手稿《印度尼西亚现代史》（*Sejarah Modern Indonesia*）。——作者注

② 指马来语，后来成为印尼语的基础。

③ 至善社（Budi Utomo，意为"崇高的努力"）创立于 1908 年 5 月 20 日，社址在日惹，是由土著民建立的一个重在推进教育的改良主义组织，理事会成员多为现任或前任县一级地方官吏，属于受欧洲思想影响的贵族官僚子弟。《荷兰殖民部第 A1 科致殖民大臣阁下的有关至善社的备忘录（1909 年 11 月 3 日第五十三号，供答复下议院质询的紧急备忘录）》显示，荷兰政府十分关心至善社的成立和活动，在经过考察与研究后，认为它对荷兰统治并未构成威胁："在大会建议的工作计划中，表明至善社的宗旨不仅是非革命的，而且是非政治的。该社的宗旨迄今只是提高土著的社会经济地位，因而自然是帮助政府的。"

008

重新发现，例如：马尔可·卡托迪克罗摩 [1] 和司马温 [2]。二人形象均出现于普拉姆迪亚的小说《玻璃屋》[3]。

历史小说、民族觉醒与新人格

普拉姆迪亚写道："于是，形成了一种新现实——'文学现实'，这是'下游现实'，其源头是一种'上游现实'，即'历史现实'。"

在《人世间》开篇，我们发现了与此观点相同的别的表述方式：

---

[1] 马尔可·卡托迪克罗摩（Mas Marco Kartodikromo，1890—1932），印尼著名作家、记者，无产阶级文学的代表人物。马尔可出身于中爪哇地位寒微的贵族家庭，1911年不满种族主义政策而从荷属东印度铁路公司辞职，从三宝垄到了万隆，成为《士绅论坛》的记者，之后担任过多家报刊的编辑、记者；由于坚持在报道和创作中抨击殖民当局，他三度入狱，1926年参加了印尼共产党发动的大起义后，被流放至波文蒂古（Boven Digoel），因感染疟疾在集中营去世。马尔可的代表作有诗集《香料诗篇》（*Sair Rempah–rempah*，1919），小说《疯狂》（*Mata Gelap*，1914）、《大学生希佐》（*Student Hidjo*，1919）、《御果之镜》（*Cermin Buah Keroyalan*，1924），还有未完成的《自由的激情》（*Rasa Merdika*，1924）。

[2] 司马温（Semaun，1899—1971），爪哇铁路工人、铁路电车工会领袖，1916年当选为东印度社会民主联盟（印尼共产党的前身之一）泗水办事处副主席，1918年当选为伊斯兰商业联合会的中央执行委员会成员，推动这个最有影响力的群众政治组织激进化，1921年当选为印尼共产党第一任党主席，1923年遭流放，在欧洲、苏联生活了三十多年。他的文学创作不多，代表作是半自传体小说《卡迪伦传》（*Hikayat Kadiroen*，1920）。

[3] 卡托迪克罗摩首次出场于"布鲁岛四部曲"第三部《足迹》第十二章，司马温首次出场于第四部《玻璃屋》第十四章。

十三年之后，我重新翻开、细细地读了这些札记，把它们和梦想、虚构编织成一体。确实，故事变得与原稿不同，我也得以免除了责任。因此，下面就是后来的成文。[①]

通过这些话，《人世间》的叙述者、人们称之为明克的年轻人告诉我们，他是如何写成这本书。尽管这部小说完全不是自传体小说，但在此个案中，明克也解释了普拉姆迪亚的小说创作方法。他反复阅读和研究他的笔记，也就是说，他所写的东西是以现实为基础。但后来他把它们和"梦想、虚构"融合在一起，而它们变得不一样了。"但那不重要！"[②] 文学中的历史是一种"下游现实"，比直接的历史渲染更远离现实，然而也更具启发性，因为它把"对文明和文化的重新定位及评价"包含在内了。

"布鲁岛四部曲"（即"人世间四部曲"）是历史小说，其中涉及的历史进程包含情节的实质，并非仅仅作为历史背景设定而出现。毫无疑问，在其他文学作品中也有同类例子，我最熟知的是美国作家霍华德·法斯特[③] 的历史小说，他的作品《斯巴达克斯》（*Spartacus*）就是最好例证。"布鲁岛四部曲"的中心人物形象是明克，这一角色的创作灵感来自拉丹·玛斯·蒂尔托·阿迪·苏里约（Raden Mas Tirto Adhi

---

① 这是《人世间》第一章的最后一段，马克斯·莱恩在英译本中把最后一句话独立作为一段。

② 马克斯·莱恩把《人世间》第一章最后一段的 "Memang menjadi lain dari aslinya. Tak kepalang tanggung." 意译为 "Different? But that doesn't matter!"，"但那不重要！" 是从 "But that doesn't matter!" 转译。印尼语原文对应的中译为 "确实，故事变得与原稿不同，我也得以免除了责任"。

③ 霍华德·法斯特（Howard Fast, 1914—2003），美国著名左翼作家，1953 年获斯大林和平奖金，1957 年 2 月为抗议苏联入侵匈牙利，宣布退出美国共产党。

Suryo）① 的生平。后来，普拉姆迪亚写过关于他的扩展版史论《先驱者》（*Sang Pemula*），其中引介了他亲自创作的一批短篇小说。1907 年，首份马来语报纸《士绅论坛》（*Medan Priyayi*）明确将自身形容为"被统治者之声"，而蒂尔托·阿迪·苏里约正是这份报纸的编辑和出版人。他还曾经帮助出版和编辑过其他报刊，包括最早的女性杂志之一② 。他在建立伊斯兰商业联合会（Sarekat Dagang Islam）上发挥了关键作用，该联合会成为印度尼西亚历史上第一个真正以群众为基础的政治组织。此外，他是拥有有限责任公司的首批"印度尼西亚人"③ 之一。

在"布鲁岛四部曲"超过一千二百页④ 的篇幅之中，普拉姆迪亚探讨了明克的人格演变，和处于萌芽期的社会、文化、政治实体的演变相互并列交织，而这一实体逐渐成形为印度尼西亚。如果是一篇简短的人物传记，甚至不可能开始处理贯穿于"布鲁岛四部曲"的所有那些线索。作为"下游现实"，它们在一种重新定位和评估的框架内呈现出印度尼西亚历史的问题，而不仅仅是讲述一个故事。对普拉姆迪亚来说，核心问题是封建阶级留给社会的文化遗产，该阶级早在 16 世纪就被欧洲强权轻易击败了。在普拉姆迪亚的描述中，这个被击败的阶级面对欧洲权力时卑躬屈膝，然而被允许继续存在且保有全部的表面上的权力象征。面对殖民地统治者时的奴性（servility）是他们性格

---

① 本文对他的简称包括蒂尔托·阿迪·苏里约、阿迪·苏里约、蒂尔托，全名中的拉丹·玛斯（Raden Mas）为贵族头衔。

② 指半月刊《东印度之女》（*Putri Hindia*），1908 年 7 月 1 日开始发行。

③ "印度尼西亚人"加上引号是因为在 1907 年时，这个词还没有被使用过，这一概念也尚未诞生。——原注

④ 指排版细密的早期印尼语版和英译的企鹅出版社平装本，近年来，由雅加达的兰特拉·迪潘塔拉（Lentera Dipantara）出版社发行的"布鲁岛四部曲"印尼语新版的四册页码总计超过二千四百页。

的一个方面，野蛮无知的傲慢和对自己人民的压迫则是他们性格的另一个方面。这种文化延续几乎长达四百年未受挑战，直到 20 世纪的民族觉醒和民族革命。

在《人世间》之中，最令人着迷的故事是明克人格的演变。当然，人格演变和性格发展是所有叙事方式高妙的故事的实质。可是，就明克的个案而言，这故事不仅是一个人物角色的性格发展，而是一种全新的人类如何在地球上诞生的故事——明克是一个"未来的印度尼西亚人"（Indonesian-to-be）。彼时的印度尼西亚群岛地区，若有其他人像他那般真可以说凤毛麟角。因此，普拉姆迪亚将阿迪·苏里约形容为"先驱者"（he who began）。从专制的封建社会文化转向现代资产阶级文化（甚至超越资产阶级文化，指向无产阶级文化）是质的转变。明克这一类人物的出现，即是此种质性变化的体现。如果有人问《人世间》和《万国之子》基本情节是什么，尤其关于《万国之子》，答案就是：新人格的诞生（the birth of a new personality）。

质的飞跃已经发生了，然而普拉姆迪亚并未意识到那些渐进式变化累加过程的最后阶段，它们的出现先于质的飞跃。在他所讲述的故事中，还包含了稍早时期出现的一些人物，例如卡尔蒂妮，或者温托索罗姨娘。印度尼西亚地区的女性充当荷兰男性的侍妾，但同时也身为真正的伴侣（real partners），这类人成了不同文化和时代之间的桥梁。在《人世间》之中，一位如此年轻的女性 ①，对于将她卖身为妾的文化充满了憎恨，受到复仇欲的驱使，获得了现代性的手段（the weapons of modernity），她利用它们解放自己。尽管普拉姆迪亚也明白，像她这般境遇的人们，在印度尼西亚地区内仍然不可能获得真正的自由。

---

① 指温托索罗姨娘。

前文曾经引用，普拉姆迪亚写道："我特意从印度尼西亚的民族觉醒主题开始，这一主题受限于区域和国家范围，即便如此，它仍然是世界和人类的一部分。"如《万国之子》书名所示，这部小说里，明克的人格既被塑造成是属于"前印度尼西亚"（pre-Indonesia），又被描绘为一种"世界性人格"（a world personality）。普拉姆迪亚探索了明克切身所处的阶级环境之外的乡村地区，深入到受剥削和压榨的农民们中，同时也揭示了受剥削压迫者具有实施自我牺牲式的复仇的能力。此外，明克还跟中国的民族主义者建立起友谊，阅读关于世界其他地方的书籍，并与荷兰自由主义者进行更广泛的联系，荷兰自由主义者是启蒙思想观念的令人沮丧的承载者（frustrating bearer），这些思想受到其自身殖民傲慢和盲目的扭曲。他进一步阅读和思考了更多资料，它们关于荷属东印度其他地方——未来的印度尼西亚——通过共同的经历（shared experiences），才刚刚开始被吸引到"未来的印度尼西亚"。

关于明克，这一角色发展的所有线索，正在此文之后的篇章中等待读者探索。读者将发现如下这点无比真切：新的历史人物不是始于意识，而是始于存在；不是始于思想，而是始于生活。正如卡尔·马克思在《德意志意识形态》里写的："它取决于个人生活经验的发展和表现，而这反过来又取决于世界的条件。"[1] 明克，就像印度尼西亚自身一样，是爪哇以及荷属东印度群岛当时语境（the immediate context）中亲身经历的结果，也是殖民时代里世界本身各种条件的产物。

《人世间》和《万国之子》是用明克的声音写成，他说他把自己的札记与想象融合在一起。这两部小说反映出普拉姆迪亚如何想象蒂尔托·阿迪·苏里约的青葱岁月，凡此种种均基于普拉姆迪亚对蒂尔托

---

[1] 引文出自《德意志意识形态》英译本。

本人著述的研究，包括他在不同时期的小说创作。关于明克这一人物的个人生活，无论存在着多少想象成分，对那些岁月的真实生活情形而言都是异乎寻常的精美描绘：创造印度尼西亚，故事开端在此。[①]

2023年2月

[①] 本文借鉴了本人在《文学传记词典：东南亚作家》(*Dictionary of Literary Biography: Southeast Asian Writers*，大卫·斯迈思 [David Smyth] 编，盖尔 [Gale] 出版社，2009)一书中有关普拉姆迪亚的部分贡献和相关材料。——作者注

翰，确实没什么新奇。为了成就自己，每个人的每一步，在世界上和社会中寻找位置，一路走下去，又累又烦。

　　更令人生厌的是，观察不需要任何路的人，从土里拔一条根，生长成大树。①

———————————

① 翰即勒辛克（G. J. Resink），荷兰诗人、律师兼历史学教授。这段献辞接续《人世间》的献辞，《足迹》与《玻璃屋》的献辞则不再是对翰说话。

目　录

附　录

第一章

安娜丽丝远行了。她的离去犹如一条嫩枝硬被人从树干上扯断。她与我的这次分离，成为我生活中的一个分界点：年轻时代已经结束。是啊，充满希望和梦想的美好青春，一去不返。

最近，太阳移动得多么迟缓，就像一只蜗牛在天空里爬行，一英寸接着一英寸。太慢了，真太慢了——它不理会自己爬过的距离，不可能或者不会再折返回来。

阴霾时常轻垂在天空里，撒下细密雨幕。四周灰蒙蒙一片，仿佛世界已失去斑斓的色彩。

老人们讲故事的时候曾说过，有一位威力无比的神灵名叫巴塔拉·卡拉（Batara Kala）[①]。据说，就是这位时间神在推着宇宙万物前进。它把事物推离原位，越推越远，不可抗拒。谁也无法获知它将把你推向何方。我，也对未来一无所知，空怀祈望。唉，已发生的事，也不尽全知！

[①] 也称时间神，爪哇和巴厘神话中的神祇，至高神巴塔拉·古鲁（Batara Guru）之子，掌控冥府的时间与毁灭，源自印度教。

有人说，在人类面前，唯一存在的是距离。距离尽头是天之边缘。人们前进多远，天之边缘就往前推移多远。余下的距离是永恒的；远方的天际也是永恒的。那永恒的距离与天之边缘，无论多么强烈的悲欢离合，都无法征服它并掌握它！

时间神把安娜丽丝推向远方，却把我推到另一个方向；我们两人越离越远，谁也不知道将来的命运如何。日趋遥远的距离令我开始明白：她不是一个脆弱的玩偶。无论是谁，只要深深地爱着她，就会有这样的感受：她绝非玩偶。在人世间，也许唯有她与我坦诚相爱。时间神把我们俩分离得越远，我就越发感觉到：我的确真挚地爱着她！

爱情，也如同其他任何事物一样，有它自己的阴影。爱情的阴影就是痛苦。没有什么事物是不带阴影的，光明自身除外……

光明亦好，阴影亦好，全无例外都受时间神的主宰，也都只进不退，无法返回到原位。或许这位伟大的时间神就是荷兰人所说的"时间的齿轮"（de tand des tijds）吧？它把利者磨钝，钝者磨利；小者变大，大者变小。它不停地把一切推向天际；而天际不受人们控制，也在不停地移动。时间神把一切都推向毁灭，而毁灭又孕育着新生。

我真不知道把这当成故事的开场白是否合适。最起码一切得有个开端，就以此作为开篇吧。

姨娘和我被禁锢在屋子里，不获准会见宾客，已经有好几天了。

一位区侦缉队长（Sekaut）①骑马来到我们家。我仍然待在自己房间里，姨娘出去见他。不久，他们俩就用马来语吵起来。娘姨叫我从房间里出来，我看见他俩互相怒目而视。

姨娘看到我来了，指着桌子上的一张纸，对我说："明克，你听听，

---

① 荷兰殖民统治时期对地区警长的称呼，来自荷兰语 schout。

这位区侦缉队长先生说，他们没有拘禁我们。可他们不让我们外出，已有一个多星期了。"

"好吧，那我现在通知你们，本户的两位居民，可以自由进出家门了。"区侦缉队长解释道。

"区侦缉队长先生，您认为通知书一到，对我们的监禁马上就不存在了。"

这几天，姨娘的神经始终处在一触即发的紧张状态，她一见到政府公职人员就大吵大闹。我不愿给她帮腔，更不愿她气得满脸通红，无法自制地喊叫和怒吼。

那位区侦缉队长不得不离开我们家，骑上马跑掉了。

"你怎么不开腔呀？"姨娘责怪我说，"怕了？"接着，她声音渐低，像在发牢骚："孩子，他们本来就希望咱们都畏惧。他们就可以对土著民为所欲为，让咱们一声也不敢吭。"

"一切都无济于事啦，妈妈！"

"不错，我们失败已成定局。可他们自己也违反了公认的准则。他们软禁了我们，这不符合法律。如果无视这一点，哪怕一丝一毫，我们就无法据理驳斥，更不能维护正义……"

于是，她开始跟我讲解起原则来——这可是一个新的课题，我在学校里没有学过，在书里和报章杂志上也没读到过。心绪不宁的我对于新学说，不管它多么完美和多么有用，都懒得去领教。但我还是耐心听她讲述：

"瞧，无论你多么富有，"她开始讲解起来，我也就漫不经心地听着，"如果有谁来攫取你的财产，全部也罢，部分也罢，哪怕那财产只是放在窗户下面的一堆石头，你也应该采取行动。倒不是因为那堆石头对你而言多么有价值。那条原则就是：未经允许的拿取即为偷窃。这不合理，必须反抗。在这些天以来，他们是在偷走我们的自由。"

"说得对，妈妈。"我回答，希望她马上结束对我的教导。

显然，让她住口不那么容易。倘若在她面前的不是我，而是一位别的什么人，她也会滔滔不绝说个没完。

"谁不恪守原则，谁就是对恶行敞开了大门：受人之害，或者加害于人（dijahati atau menjahati）。"

似乎她已意识到，她不该在此情此景下对我讲这些话。于是她立即停下来，把话题岔开："去吧，去散散步，呼吸一点新鲜空气，孩子。总关在家里，快把你憋出病来了。"

我回到原来的房间——那已不再是安娜丽丝的房间了。是的，我应该出去走走，散散心。我把橱柜打开，准备换一身衣服。猛然间，我想起了罗伯特·苏霍夫。在这个橱柜里，还存放着他的东西：那只镶嵌宝石的金戒指。

据姨娘讲，把那东西作为结婚礼品送给一位朋友，未免过于贵重了。光是钻石就有两个克拉重。只有豪门富户，或者钟情至爱，才会将此物送人。看来姨娘没有说错——罗伯特·苏霍夫也许是有意将这枚戒指作为他爱情的信物。既然安娜丽丝已经走了，也到了应该归还此物的时刻，还给他本人，或归还给他的家属。姨娘刚才跟我讲起原则来，恐怕不应把它视作偶然的巧合。

我换好了衣服，把橱柜抽屉拉开。我从抽屉里取出安娜丽丝的那只金属首饰盒。显然，罗伯特·苏霍夫的那只戒指没在里面。我又把抽屉翻了个遍，在角落里发现了那只戒指，上面什么包装也没有。我拿起来，端详着它。

我从来没留意过女人的珠宝，然而，我也能领略那宝石之美。那是一颗晶莹闪亮、反射着蓝光的珍宝，打磨出的各个平面耀眼夺目。哎，这东西搅得我心神不宁，我为何又要赞叹它呢？

这是我第一次打开安娜丽丝的首饰盒，我把它关好，放回原处。

在盒子旁边，放着一包信。出于好奇，我拿了起来，一封一封查看着。里面还有一个埃斯贡托银行（Bank Escompto）[1] 的存折，一打农场付给她工资的单据，还有两封罗伯特·苏霍夫的来信尚未启封！我克制住要拆开看一看的想法。我在心中对自己说：你无权拆看。那些信是她在与我结婚前收到的。

离开房间之前，我站在门背后，踌躇起来。我思忖是否有某件事被我遗忘了。对了，我确实把一件事情忘到脑后去了。通常在外出散步前，我总要翻阅一下报纸。可是如今，我不知已有多少天不看报纸了。于是，我走回到写字台前，坐了下来。桌上堆着一叠邮局送来的报刊，我随手拿起一份，可是又懒得去读它。

为什么我失去了读报的这种欲望呢？我强迫自己阅读着。读不下去。我从报刊堆里把信件挑出来，一封一封地看。我看到了母亲寄来的信，哥哥寄来的信，也看到……罗伯特·苏霍夫寄给安娜丽丝的信！我气得妒火中烧。接着，我又看到萨拉·德·拉·柯罗瓦寄来的信，还有马赫达·皮特斯的信。唉，又是一封罗伯特·苏霍夫给……真无耻！他竟给我妻子写了这么多信！我又看到了米丽娅姆·德·拉·柯罗瓦的来信。瞧，又一封苏霍夫给安娜丽丝的信！我两手不停地翻，目光扫不停。

苏霍夫给我妻子写了十一封信！怒火从我心中燃起，就像火山快要爆发一样。那家伙简直是个疯子，是个死皮赖脸的家伙！我拿起一封信，撕开信封，读起来："安娜丽丝·梅莱玛小姐，我梦中的女神……"

我没法读下去，我像发了疯似的，冲出房间，往后院跑去。我叫马朱基套好马车。苏霍夫送的那枚戒指放在我的口袋里，宛如一块长

---

① 建于1857年，总行在雅加达，分行遍布东印度及荷兰各地。

满尖刺的沉重石头。如有必要，我将当着他父母的面，把它扔在地上。

"把车赶快一点，朱基！"

马车向泗水方向飞驰。

我心烦意乱，神志恍惚，只觉得没有方向感，四周昏暗一片。马车赶了一程以后，我眼前闪过一位老同学的身影。他没参加毕业考试。这时，我对一位老同学也不敢定睛相认了。直到他从我视野中消失以后，我才责备自己，我对一位老同学竟采取这种失礼的态度。说不定他在我们的问题上，还曾持有同情态度呢。

马车快到克朗甘（Kranggan）时，我看到了维克多·鲁默斯（Victor Roomers）。他在路上边走边踢着石子。这位纯血统欧洲人也曾是我的同学，看来他无所事事。他穿着白短裤、白短袖上衣和一双白球鞋。跟往常一样，他看上去十分精神。我与他同窗三载，非常喜欢他。他是一位田径运动爱好者，光明正大，以体育精神看待世界。他从不愁眉苦脸，更没有种族偏见。

"喂，维克多！"我叫马朱基把马车停在路边。

我跳下马车，向他问候。他把我请进了咖啡店，马上对我说："请原谅，明克，在你困难的时候，我没能帮助你。我曾到沃诺克罗莫去过。可是，谁要靠近你家的围墙，巡警队就要对他拳打脚踢。我们几个伙伴都想到你那儿去，可全都无能为力。真的，明克，我们都无法帮助你。至于我，那就更不用说了。我曾问过我爸。他只是摇头而已。他说，土著民抗拒白人法庭的判决，这种事过去从未发生过。我们几个伙伴不能为你分担痛苦，心里感到内疚。我们和你一样，也感到十分难过，明克！"

"谢谢你，维克多。"

"你要上哪儿去？你的脸色很不好看。"

"如果你愿意，你和我一起去，我将感到非常高兴。"

"陪你一起去？那我当然愿意。不过，我现在没法跟你走。你要上哪儿去呀？"

"我有点事，维克多。我要到罗伯特·苏霍夫家去。"

"那还不是白跑一趟。再说，你为什么要到他家去呢？"

"我有点事。"

"他失踪了，不知跑到什么地方躲起来啦。"他面色如常，仿佛什么也没有发生似的。

"失踪了？"用这种词来谈论一位老同学，似乎不太贴切。

"没错。看来你最近没读报。报上没说他的姓名，只提到了人名埃泽基尔（Ezekiel）。"

"是的，我好久没看报了。你说珠宝店的那位埃泽基尔吗？"

"不是他还能是谁？世界上名叫埃泽基尔的，恐怕就他一个人。"

我仿佛感到口袋里的那只宝石戒指在跳动，在刺痛着我的大腿，在要求我把它送还到埃泽基尔的珠宝店去。那么说，苏霍夫的这只戒指是从那珠宝店里偷来的。

"明白了吧？我们的伙伴罗伯特·苏霍夫就是这样一种人。"维克多为苏霍夫的行径感到失望，"贪得无厌，欲壑难填。他恨不得一个星期内把整个世界都掌握在自己手中。到头来……"

"不明白你怎么竟说起'到头来'了呢，维克多？这么说，罗伯特从那里偷了东西？"

"要是我处在你的位置，明克，说不定我也不愿意去看那些报纸了。这些日子，你受的折磨够多的啦。"

"忘掉我的那些事情吧，维克多。你还是给我讲讲罗伯特吧。"我裤兜里的那只宝石戒指仿佛又在刺痛着我的大腿。试想，倘若此时过来一位警察，上前一把抓住我，翻开我的口袋，那么，我又将接受一次审讯。

"他的那些事，与其他犯罪活动没什么两样。贪婪是万恶之源。他总想在一星期之内干出一番惊天动地的事业。值得可怜的倒是那苏霍夫老两口。两人都瘦骨嶙峋，如今更该是皮包骨头了。为了让罗伯特能念完荷兰高中，他们都没让另外两个孩子上学。没想到罗伯特一毕业，马上就成了土匪，而且是最贱的那种。"

"他从埃泽基尔珠宝店拿了些什么东西？"

"远非如此！如果他敢闯进珠宝店去抢东西，那倒也称得上一条汉子，至少他得和保安团（hermandad）较量一番。要不，得凭他那三寸不烂之舌，去说服保安团与他合谋。他竟去盗华人的墓！他真给我们同学、老师以及学校丢脸！幸亏他早就逃跑了，没被逮捕。不知道他现在逃到哪里躲起来啦！"

"我知道他如今在什么地方。不过，你还是继续讲讲罗伯特吧。"

"事情很简单。我们都知道，他吹牛皮，说大话，将来想当个律师。可他父母哪有钱供养他？何况，高中毕业后，他还得到荷兰去再学五年。别说学费，他父母连送他去荷兰的路费都付不起。他们看病吃药，把钱都花光啦。唉，罗伯特这家伙，真是条可怜虫！他想一下子成为富翁，娶位绝美无双的妻子，妄想当一名头等人物，取得法律学位。这一切全都在一周内实现。因此，他高中毕业后，·走出校门就钻到华人墓地的看守身后，冷不防把那看守打晕在地，从一个墓穴里盗走了财宝。"

原来是这样。来路不正的宝石戒指，你现在已跑到我裤兜里来了！谁敢说警察就不知道它的下落呢？它就在我的裤兜里！想到这里，我慌张起来，于是追问道："他这犯罪活动是怎么被人发觉的呢？"

"你的脸色越来越难看了，明克。你病了吧？"

我摇摇头。

"他把墓穴里盗来的财宝卖给了埃泽基尔珠宝店。死者家属并没有马上去报案。他们到一家一家珠宝店去查看。有一次，他们在埃泽基尔珠宝店里发现了他们家的一件首饰。这时，他们才去报案。"

后来怎样呢？不说也都能猜得出来。罪恶活动全部被揭发；警察到罗伯特·苏霍夫家；罗伯特自己早已逃之夭夭；警察抄了他们的家，没查抄到任何赃物；无人知道他去向，连他父母也不知道他的下落。

"刚才你说你知道他在哪里，明克？"

"知道，至少从他的来信可以知道，他如今在什么地方。"

"他给你写信了？"他惊异地问。他用询问的目光直盯着我。突然，他把话题一转："别白费劲啦，明克。你拿着他寄来的信，到他父母面前去告他的状，根本就没有用。你只会让他们更加伤心。"

我心生疑虑，踌躇起来。倘若他知道，苏霍夫给我的妻子写信，这该多丢人呀！我作为丈夫，该把脸面往哪儿放？我裤兜里的那只戒指，仿佛又在挠我的大腿。它真是一只倒霉的戒指！说不定就是这个晦气的玩意儿使我们接连不断遭逢灾难。要命的是，维克多·鲁默斯已经察觉到了我正在回避他的问话。

"别去他家了，他缺德透顶，什么坏事都干得出来。"

"维克多，你现在干些什么工作呀？"

"就这个样，走街串巷，这就是我的工作。你知道我现在干什么了吗？我当上代理人啦。明克，你可别见笑。我现在是去麦加朝圣的轮船公司的代理人。瞧我这副欧洲少爷（sinyo）的模样，顾客信不过我。我倒想要扔下这行当，可不干又可惜。嗨，明克，你知道今年光是南非就有五百人要去朝圣吗？来自一个英国的殖民地！说不定我在泗水也能物色到五百人，那么……"

他也在故意回避谈论罗伯特的信。看来他知道罗伯特给我妻子写了信。因此，这就无所谓秘密。可是，人们是如何获悉的呢？

"明克，你要是愿意替代我干那份行当……"

"谢谢你的好意，维克多。我现在该走了。"

我告别了维克多·鲁默斯，走出咖啡店，心中充满懊恼、气愤、嫉妒和愤恨。

马车在飞驰，直奔勃奈莱（Peneleh）。路上，我又遇见了一些朋友。他们跟我谈起罗伯特，说法也都完全一样。我说我要去见他的父母，他们也都反对我这样做。甚至一位朋友跟我这样说："他给你妻子写信，你别把这件事放在心上。你就只当他是个疯子，在胡写一气算啦。"

这么说，他给我妻子写信这件事，同学们都知道了。只有我还被蒙在鼓里。我呀，我！真是有眼无珠，什么事情都没看出来！

在一个木亭里，威廉·弗斯（Willem Vos）说得更露骨："他曾威吓说，他要给你点颜色看看，明克。你对他可要小心。毕业典礼后，他曾那样扬言过。当然，像他这样的人，从来是不敢明着来的。"

我有意避开女同学们。高中一毕业，你没法再把她们当作朋友看待，她们成了待字闺中的姑娘，都在等政府部门的官员来提亲。她们更喜欢嫁给纯血统欧洲人。我与她们攀谈，只会使她们迫不及待的心情更加混乱。

午后，我又遇见一位老同学，他补充说："埃泽基尔至今还被关押着。可是罗伯特·苏霍夫的名字却一直未曾公布过。原因不是别的，只因苏霍夫的地位和纯欧洲人一样，而埃泽基尔是犹太人。"

下午五点半，我的马车驶进了苏霍夫家宽敞的大院。我一眼便看见了他家门前的那棵芒果树。他们全家往常都坐在树下乘凉。树的周围安放着一排木头长凳。我见他们正坐在那里聊天。

自从罗伯特与我闹起别扭以后，我再也没来过他家。一见到我乘坐的豪华马车驶进他家院子，他们全都惊讶地起立相迎。我一眼便认出了苏霍夫老夫妻俩。这夫妇两人均患有肺病。他们家十二个孩子，唯有长子罗伯特不在。

我刚下马车，苏霍夫太太操着混血欧洲人的口音上前寒暄："哎哟，少爷，看来您混阔啦！"

"下午好，苏霍夫先生、太太，以及各位弟弟、妹妹们！"我寒暄说。这时，我感到同学们说得对，我不该到这里来。

全家人个个骨瘦如柴。把那只倒霉的宝石戒指拿给他们看，又有什么用呢？罗伯特给我妻子写信，为此我向他们提出抗议，这又有什么意义？我心头的恼怒、幽怨、愤懑和嫉恨渐渐消退，而代之以同情和怜悯。

孩子们也都站起来给我让座。他们呈马蹄形状围绕我站着。

"哎哟，少爷，报纸上可都是关于您的报道啊！"苏霍夫先生首先开口道。

"是的，先生，现在不那么聒噪了。事情算过去啦！"

"真可惜，结局实在令人伤心，少爷。"苏霍夫太太凑上来说。

"有什么办法呢？"谈话戛然中止。

但气氛并没有沉静下来，一个孩子急匆匆跑来向我报告："罗伯特哥哥已经走了。他已经不在这儿了。他出发前，没跟您说吗？"他见我摇摇头，又继续往下说："他已经到荷兰去了。"

"谁说他到荷兰去了？唔，是的，他是在您快要结婚的时候走的。"苏霍夫先生马上接过孩子的话茬说道，"想必您能谅解，这孩子一天也没安定过。年轻人嘛，又是荷兰高中毕业生，一天到晚焦虑，丢三落四的，从来就不愿意在家待着。少爷，您自己不也了解他吗？"他瞪大眼睛，用两道凶狠的目光怒视着孩子们，示意他们不要谈及哥哥的事情。

然而，其中一个孩子显然太小，他没有领会父亲的眼色。他走到我身边，高高兴兴地告诉我："是的，哥，罗伯特哥哥下午干活，上午上学。"

"你真乖。你哥是个要强的孩子。他都干些什么活呀？"我问。

"他可从来也没告诉过我，哥。"

"他一天到晚焦虑着，就是那样，"苏霍夫太太接过孩子的话头插嘴道，"要说他心思坏，那我们不信。是的，少爷，有时候他调皮得出奇，调皮到连他自己都控制不住的地步。您在学校不也了解他吗？但是，他心眼可不坏。"

那小孩还不愿意就此走开。他继续兴致勃勃地告诉我："他寄钱回来啦，哥哥，寄了十五荷兰盾！"

"你都说些什么呀！维姆（Wim）？"他妈妈嗔怪地说。

"真的，他没说错，哥哥。"罗伯特的另一个弟弟在一旁帮腔，"妈妈，您忘啦？您自己不还用那钱给我们买布做衣服了吗？"

"是的，哥哥，那衣服直到现在才给我们做。"维姆又在一旁说道。

"去去去！这些毛孩子，真不懂事！"苏霍夫先生打断孩子们的话说他本来还想继续讲下去，但一阵咳嗽使他不得不停顿下来。

"本来就没说错，哥哥。没有说错！"几个孩子一起帮腔。

"住嘴！那可不是罗伯特寄来的钱。你们听错啦。那是爸爸涨工资补发的钱。"苏霍夫太太马上插进来说。

"少爷，我涨薪水啦，那是我五个月补发的薪俸。"苏霍夫先生解释道。说完，他又企图将话题岔开："这么说，你是在姨娘那工作？"

"是的，在那里帮帮忙而已，先生，不过如此。"

"薪金是多少？"

"还说得过去吧，先生。"

"嗯，那可是个大农场，薪水肯定少不了。"

"哥哥呀，哥哥！"维姆又跑过来跟我说，"我的罗伯特哥哥被一个非常有钱的生意人领养啦。罗伯特哥哥已经住进了黑伦赫拉

（Heerengracht）[1] 的高楼大厦了。"

"黑伦赫拉在什么地方？"我问。

"哎呀，你怎么信起孩子们的话来啦。算了吧，少爷，别听他们嚼舌啦！"

我看着罗伯特最大的弟弟，他不能继续上学，瞪大了两只眼睛，用怀疑的神情注视着我们的交谈。他仔细地听着他父母讲话，也仔细地听着我讲话。可他弟弟们讲些什么，他却全不留意。

"罗伯特说，"另一个孩子凑上来说，"等他成了律师，马上就要在泗水开事务所了。"

"那么，他现在是住在黑伦赫拉啰？"我重复问道。

"没有，少爷。他父亲和我都还没听说过有这样的事。"苏霍夫太太否认道。

老夫妻俩在不断地互相传递眼色，以及竭力不让孩子们讲话。

罗伯特最大的弟弟，连小学都没有念完。他一直在注意听他父母的讲话。

"快去，给明克少爷拿点喝的来。"

这时，罗伯特的大弟弟才低着头，慢慢地从芒果树下走开。

"孩子们，你们全都到后面去！快去看看，盘子都洗完了没有？"苏霍夫太太又对她最小的儿子说："你也去，快！"孩子们全都听母亲吩咐，走开了。

"这些孩子们，不知是从哪儿学来的这一套，尽给他们的哥哥胡说八道。"苏霍夫先生说着，仿佛在责怪着他的妻子。

"是嘛，孩子们本来就是这样，少爷。假如你将来也有这么多孩子，哎呀，那你也要没完没了为他们操心。少爷，你可别去理睬他们刚才

---

[1] 南非开普敦商务区的一条街道，又译黑润格拉特。

说的那些话。"苏霍夫太太补充说。

两位老人为了维护家庭的声誉，不得不竭力捂住家丑，不让外人知道。反过来，他们又要欺骗自己的孩子，把长子罗伯特说得完美无缺。看到这些，实在令人怜惜。

我裤兜里的戒指不再挠我的腿了，我该如何处置它？继续放在我的裤兜里，让它在我的思想上永远成为一个负担吗？如果我说那是罗伯特的东西，应该归还给他，那么两位老人在心灵上肯定将受到更大的折磨。

你瞧，老夫妇俩沉默不语，在等着我讲些什么，像罪犯在等待法官的判决似的。

看着我欲言又止的犹豫神情，苏霍夫先生开腔道："少爷，你对罗伯特的行为一定十分了解。我自己都不知道他到底要干什么。他从不考虑他父母的痛苦和难处。"

"先生，罗伯特如今在什么地方？"

"没人知道，少爷。"

"据我所知，他乘坐一艘英国海轮，到欧洲去了。"我说。

夫妇俩双眼失神地望着我。

一个小孩边哭边从屋子那边跑过来，这才给他们解了围。那孩子告状说："他们踩我的脚了，妈妈……"

"瞧见了吧，少爷，孩子们尽这样闹个没完，没有一天不打架。哎呀，快记着点吧，少爷，你将来可别要那么多孩子，把心都操碎啦！瞧我们瘦成这个样子！把他们培养大了，也不见得都有出息。"苏霍夫太太再次告诫我说。她走过去，领着孩子往后院去了。

太太一走，就剩下我和老苏霍夫两人。这时我才放松了一点。然而，我要不要向他说明来意呢？心里仍然在打着鼓。我裤兜里那只戒指又开始让我烦了。面前的这位瘦老头也还在揣测我的来意。

他问："你的妻子怎么样？"

这一问，可给了我一个说话机会："先生，正是为我妻子的事，我才到您家来的。"

"什么？她和我们有什么关系？"

我那颗恻隐之心，又把快到嘴边的话吞了回去！不，你不要心软。想说什么就赶快说吧！我在给自己壮胆。

苏霍夫先生望着我的面容，揣摩着我的心思。

"啊，先生，"我掏了掏裤兜。我吞吞吐吐，欲言又止，"我妻子，嗯，先生，我妻子……"

"我们与你妻子可从来没有过来往。"老苏霍夫辩解说，显出有些局促的样子。

"……把你们家，也就是苏霍夫家的东西，送回来。"

"东西？我们从来没有借给你妻子什么东西。"他越说，越发警惕起来。

我不让自己再次犹豫，硬着头皮把手伸进裤兜里，把手绢包着戒指一起掏了出来。我把手绢往桌上一放，解释道："是这样，先生，不过是个小玩意儿。我们结婚那天，我妻子收到了罗伯特送的一份礼物。经过再三考虑，我们觉得这份礼物太贵重。我们想还是送回来好些。"

"嗯嗯，我们从未同意过罗伯特给你们送礼物的事。"

我把手绢打开。那颗宝石在朦胧的暮色中晶莹闪光，在手绢上宛如一颗乌黑发亮的眼珠。

苏霍夫先生当即咳嗽不止，转过脸去，咳得直不起腰来。他右脸上的肌肉在抽搐着。他举起双手，推辞道："把这东西包起来吧，少爷。我确切地知道，罗伯特早在你们结婚之前就出走了。别说罗伯特，就是我们自己也从没拥有过这种东西。"

"这戒指确实很名贵，先生，恐怕值四百多盾。可是，这的确是罗

伯特送给我们的。"

"不会的。少爷，你一定弄错了。这不是他给你们的。他早就远走高飞了。"

"不错，他是走了，先生，不过不是在我们结婚前。至今，他还在给我们写信。"

"怎么可能呢，少爷？他给我们都没有写过信。你们收到的一定是匿名信。"

"不是，先生，他的字迹我一眼就能认出来。哎呀，我该把这只戒指怎么处置呢？把它还给你们吧！"

"别，别，少爷，我对他了如指掌，他从未有过这种东西。快把它收起来吧，可莫让别人看见了。"他紧张地对我说。

"是他本人亲手把这只戒指戴在我妻子手指上。我想，把它还给您，也许能派上点用场。"

"不，我能在邮局当个职员，就够心满意足的了。"

"可是，我们并不愿意要这个东西。"我坚持。

"我们也不想要它，少爷。再说，我们也没有权利要它。"

这瘦老头敏捷地四下张望，看看前面又瞅瞅后面，不肯望向桌上打开的手绢里的那枚戒指。

"既然如此，我该告辞了。"我站起身。

他也站了起来。见我要走，他一个箭步跳过来，挡住我去路，苦苦央求："把这东西拿回去吧，少爷。别生我的气。别再给我们添麻烦了。"他握住我的手，像是祈求宽恕。

"由您处置吧，扔了也好，烧掉也好。"

"可别这样，少爷，我连碰都不敢碰它。"

我继续迈步往前走着。他在后面又拉又拽。

"为什么不敢要？这是罗伯特的东西。如果您不喜欢它，您就把它先藏起来，等他回来再交给他。"

"别这样做，少爷。别再给我们添麻烦啦。您不也看见了吗？这一大群孩子，叫我们怎么弄得过来呀？"他越说，越使劲把我往回拉。

我停下脚步，犹豫着。倒也是，我没权让苏霍夫及其家庭为难。他们为罗伯特已经操够了心。维克多·鲁默斯说对了，我不该再给他们添麻烦。姨娘给我讲授的那条原则如今在受到考验。如果我再执意不让，那就确实有点不近情理了。

他拉着我，我顺从着他往回走，重在芒果树下的长凳上坐下。他在向我苦苦央求，我仔细听着。

"少爷啊，快把这东西拿回去吧！"他边说，边看着手绢上的那只戒指，并朝它努了努嘴。

我把那倒霉的玩意儿用手绢包了起来，放回我的裤兜。我再次向他告辞。他如释重负，舒了口气，突然又问道："现在你要到哪儿去呀，少爷？"

"把这玩意儿交给区侦缉队长，先生。"

"上帝！少爷，没别的办法来处置它了么？"

"没别的办法，先生。"我毫不犹豫地回答。

"少爷，要是那样做的话……"他停住话头，脑子在思索着，没有继续往下讲。他把我送到马车旁边。我登上马车之前，含蓄地再次请他谅解："请原谅，先生，我也是无路可走！"

我坐着马车来到区侦缉队长处。途中，我对世界上有警察这种事不得不表示钦佩。一件件事把我搞得焦头烂额。处在这种困境下，我感到他们真像慈祥的长者，帮你把纷乱繁杂的案子处理得清清楚楚。在如今的文明世界上，不能没有警察。听人们讲，警察起源于西班牙的一群私人侍卫，任务是保卫富人和有权势者不受坏人和穷人的侵袭。

后来，市政府接管了他们。不论在其他国家或地区，还是在东印度，警察的历史并不长，也就是近几十年来的事。试想，倘若现在的案件仍由巴雷约①来处理，为了能把这只戒指从我身上甩掉，说不定我又得经过一番周折。

区侦缉队长彬彬有礼地接待了我，认真倾听了我的讲述，收下了这只宝石戒指，并翻来覆去仔细观察着。他叫来一人作了鉴定。看来那人是位行家，当着我的面宣布：那东西不是仿制品，有二克拉重。

他给了我一张收据，上面写着宝石的重量、金的成色及金的重量。

"这是罗伯特·苏霍夫给您的？您能提供证人吗？"

他记录着我提供的姓名。

"您是否知道那人当前在什么地方？"

"知道，先生，眼下我只能根据他的来信向您报告。"

"我们可以借用一下您的那些信件吗？"他说话的语气还是那样彬彬有礼，"您不愿意？那好。假如您感到不方便的话，请把他的地址念给我们听吧。"

"先生，他并没有写明详细地址。不过，这些信封的邮票上盖着阿姆斯特丹邮局的邮戳。"

"很好。那你就把那些信封借给我们吧。越多越好。"

"只要信封？"

"是的，如果您不反对。若有异议，您也可以只写一份含有这些信息的声明。"

于是我按照他的要求，给他写了一张字条。

在回家的路上，我感到一身轻松，总算摆脱了那个倒霉东西，就

---

① 巴雷约（Baleo），荷兰语 Baljuw，是荷属东印度公司时期负责处理案件的官员，执行警卫任务时，根据需要有权调动当时的雇佣军。——原注

像从我的喉咙里拔除了一根鱼刺那样痛快。

"少爷，只有那些有钱人才愿意去找警察。"马朱基突然说，"像我们这样的小老百姓，一见他们就吓得打哆嗦。少爷，要不是给您赶马车，我马朱基真就一辈子不愿进那侦缉队大院。"

"你说得在理，朱基。"我回答。我想，他们确实不需要警察。他们不需要警察来保护他们的财产、声誉以及他们的人身安全。他们没有什么东西可保护。想到这里，我对他们的同情之感油然而生。他们一无所有，根本不需要警察的保护。对他们来说，一枚戒指，更不用说二克拉重的宝石戒指，这辈子根本连见都没见过，也许只在讲仙境的神话故事时才听说过。警察，对他们来说，又有什么用呢？

回到家里，轻松舒畅的气氛顿时充满了整个屋子。那件倒霉的东西已经从橱柜里清除了。警察将去执行任务，到荷兰去查访罗伯特的行踪。老苏霍夫夫妇俩也该明白了，他们的儿子必须为自己的行为承担后果。

如果我不那么做，也许在他们这对父母和儿子双方之间，仍然要存在着微妙关系，这对他们双方均无裨益。那么对于我，意义又何在呢？意义在于：我已经能够决断一件复杂的事情，平衡怜悯和罪恶——原则制胜（memenangkan satu azas）。

其重大意义还远不止于此。我已能克服自己内心的懦弱，克服自身不合时宜的多愁善感。我将此视为个人的一次胜利……

第二章

姨娘一再说：在一天之内把名字更改一千次，其意义仍旧不变。我们爪哇民族的达官显贵们，喜欢选择美丽的辞藻给自己当作名字。他们想凭借豪华的名字给人留下深刻印象，影响自己及周围的人。爪哇的达官显贵们喜爱堂皇的名号，甚至把官衔职位都放入名字之中。就连英国伟大的剧作家莎士比亚大概也不会理解这种癖性。某个机关的文书，喜欢用"萨斯特拉"作为名字，于是"萨斯特拉迪维尔亚"就意味着这个文书能干而勤快。水利官员喜欢用"蒂尔塔"这个词来巩固自己的地位，于是"蒂尔塔纳塔"就是"水官"的意思。[①]

在一个名字之中有什么？一个名字的意义是什么？[②] 人们叫我明克，也许这是英文"毛猴"（monkey）的谐音。可这不过是个名字而已，人们每次这样叫我，我就答应。

名字真的不会影响其内在？莎士比亚说得对吗？目前看来，此话未必准确。信手可得的例证是：罗伯特·延·达伯斯特。他是被传教

---

① 萨斯特拉（Sastra）意为文学，蒂尔塔（Tirta）意为圣水。

② 原文系英语紧接印尼语：What is in a name? Apa arti sebuah nama?

士达伯斯特收养的一个土著孩子。他体格瘦小羸弱，总是需要别人保护。他没有一天不成为同学们取笑的目标，被称作胆小鬼①。他认识的人越多，讽刺和嘲笑他的人也就越多。名字，不过就是个名字，却弄得他如此羞怯，不愿见人，怨愤又狡黠。

然而，只要有谁帮助了他，保护了他，不讽刺挖苦他，他就会对谁忠心耿耿。他也是因为那个名字才逃离了他的养父养母。现在，他得到了总督的批准，把自己的名字改为班吉·达尔曼。他就像换了一个人。他使用新名字才三个星期，心情就变得舒畅起来了，摆脱了"达伯斯特"那个名字的束缚，去掉了精神负担，原来的优点丝毫未变。他显然是一个勇敢的人。

他年纪很轻，比我小两岁，但他已能妥善地完成姨娘的托付，护送安娜丽丝到荷兰去，不管安娜丽丝被送往何处，他将始终紧随不离。

关于他的情况，我不再赘述。现将他寄给我的所有来信按照时间顺序列出在此：

> 海轮驶向巴达维亚，爪哇海风平浪静。我在甲板上给你们写信。亲爱的明克和姨娘，这是我第一次在海上航行，即使这样，我却无暇去考虑自己激动的心情。
>
> 上船前，我把自己的马车停在路边，等候着安娜丽丝夫人的马车到达。路旁，已有数人伫候，他们也想看安娜丽丝从那里经过。似乎你们的事在报上一登出来，人们就奔走相告，连农村腹地的人都知道了。为了表示同情，许多人觉得他们有义务前来，站在路边一连等候几个小时。

---

① 印尼语 yang paling pengecut 来自荷兰语 de Lafste。Lafste（最胆怯的）是其姓氏 Dapperste（最勇敢的）的反义词，参见《人世间》第十八章。

后来，出现一辆军用马车，跟随在后的几辆马车载满骑警队队员。有一辆车用帘子挡得严严实实，安娜丽丝夫人就坐在那辆车里。必是如此。马车队驶过以后，我叫马朱基随后跟着他们。人们站在道路两旁。我仔细观察着他们的脸色。他们十分失望，无法看清挂着帘子的马车里坐的是谁。几位土著老妇人伤心地哭了起来，她们在用手帕或披肩的布角揩拭着眼泪。

　　马车驶近丹绒卑叻（Tanjung Perak）^①时，路边的人越聚越多。在几处地方，人们向骑警队投掷石头，连小孩儿也操起弹弓和甩石子的绳具来打击骑警队，以此表示对我们的同情。见到这种场面，我压抑不住内心激动。他们都是富有正义感的人，此刻这种正义感已被激发出来，仿佛安娜丽丝夫人已经成了他们中的一员，好像他们自己的亲人一样。

　　我从没见过这么多人异口同声、齐心协力地对某个人表示同情。

　　骑警队无视飞来的石子，继续行进。有几名骑警队员被石子打伤，开始流血。他们继续驾车前进，仿佛什么也没有发生似的。他们在执行罪恶的使命时，也这样铁了心肠，奋不顾身。我心中忐忑，十分担忧，石子可不要击中安娜丽丝夫人的马车。但是没有发生，我的忧虑是多余的，她的马车和车夫安然无恙。

　　马车靠近丹绒卑叻，路边人群也愈聚愈多。这时，人们不仅扔石子，还呵斥怒骂：异教徒！异教徒！强盗！

　　在距离海港区域大约五百米处，路两旁长满了密密的红树林，一群马都拉车夫故意用大货车堵住了道路。骑警队的马车和安娜丽丝的马车都停了下来。我从远处观察着，吓得心惊肉跳，说不

---

① 泗水的著名港口，也译作丹绒佩拉、丹戎霹雳。

定双方又会动起武来。

"糟了，少爷！"马朱基说，"安娜丽丝小姐、姨娘和明克少爷都在那辆马车里！"

确实令人心惊，可我们两人什么也做不了。骑警队的人都从马车上跳了下来。他们一边吹起了警笛，一边开始向那些大车车夫们发起进攻。双方对打了一阵子，骑警队没费多大力气就控制住了局势。车夫们已经逃跑，骑警队把一辆辆大车推到路边，扔进深沟里。许多头牛受了伤，不少大车遭到破坏，牛和车被卡在那里动弹不得。

关于这些事，我真不知该不该写信告诉你们。马朱基一定跟你们讲过了吧？我想让你们知道，有多少人在用自己的方式向我们表示同情，也许是欧洲人所不太理解的方式。也许欧洲人在向路易十六世表示愤怒时也采用过这种方式。

安娜丽丝夫人的马车免去了海关检查，径直驶向码头。不久，我们的马车也到了。我进了海关才发现，原来姨娘和明克并没有来送安娜丽丝夫人。我想，肯定是不被准许。这念头燃起了我胸中满腔怒火：太过分了，连送行都不让送。他们还自称是救世主基督在东印度的使者！太伤我的心了，救世主基督不可能参与这种污辱人格的勾当。姨娘和明克，更别提安娜丽丝夫人，从没打过别人耳光，而现在别人要打你们耳光时，你们还得把右脸送上。我受过基督教的教育，我了解基督教徒，这些荷兰人不像基督教徒。而你们的行为，我看倒和真正的基督教徒没有两样。

也许是因为我太气愤的缘故吧，所以才给你们写这样长的信。如果写得不好，明克，请你原谅，因为我本来就不像你那样会写。我写信是因为我感到自己有责任，应该把一切需要告诉你们的事都告诉你们。

当小船把安娜丽丝夫人送上海轮时，我还在码头上等候着。因为还没有轮到小船来接我，我只得请你们谅解，我无法到安娜丽丝夫人身边观察她的情况。我只是从远处看到，她被一位穿一身白衣服的欧洲妇女护理着，可能是个护士。

轮到我上了小船之后，我听到人们在谈论白人法庭（Pengadilan Putih）的判决。人们说那判决不够公正，过于严厉，把姨娘家的人看作已被判罪的犯人似的。为了能多听到一点情况，我佯装毫无所知。但可惜，他们没往下说了。

只见几个骑警下了海轮，来到岸上。我估计，他们已经把事情都办完了。

两小时以后，海轮拉响了汽笛，起锚了。

轮船公司的中介为我作了努力，把我的房间安排在安娜丽丝夫人房间的隔壁。然而，她一上船，压根儿就没到她的房间去过。看来她是被安置在特别舱里了，船上的医生在那里照看着她。我作为她的朋友，至少也称得上是一个熟人吧，没能够接近她，也不知道她住在哪个房间里。我连问都不敢问，担心被人看破了我的真正来意。我太笨了，太不会办事了，请你们原谅。

现在，我要想办法打听她的房间号了。尊敬的姨娘和明克，我能向你们汇报的情况就这么多，请你们不要失望。有了新情况，我将尽快向你们报告。但愿我能像咱们所希望的那样获得成功。

致以
无限的敬意

班吉·达尔曼

过了几天，确切说是八天后，班吉·达尔曼寄来了第二封信，上面盖着棉兰邮局的邮戳。

　　……我们的轮船驶进新加坡港时，我才见到了安娜丽丝夫人。她穿着一件白色长裙，由一位女护士陪同。那护士带着她在甲板上散步，从船上观赏新加坡的风光。但她似乎对周遭事物毫不留意，我猜是护士自己想看一眼新加坡，而不是安娜丽丝夫人要看。她对周遭的一切都显得漠不关心，看上去无动于衷。

　　我立刻凑上前去，装作根本不认识她。她并没有向新加坡方向观望。她低着头，正在观察拍打船身的海浪。然而，显然她的目光空洞，不在意任何东西。她梳妆整齐，我站在她身旁，可以闻到她身上香水的芬芳。

　　她脸色十分苍白。那护士始终扶着她的腰。这表明她体质已经十分虚弱。

　　在新加坡，有几十名乘客下了船，上岸观光。那些人走过她身旁时，总要回头向她张望。另一些人只打算在船上观赏新加坡的风光，但一见到安娜丽丝夫人，他们也都和我一样，想要千方百计接近她。他们的脸上显露出怜悯的神情，但谁也不说什么，顶多只是互相耳语几句而已。

　　安娜丽丝夫人的嘴唇特别苍白，一丝血色也没有。她对人们的观望毫不理会。

　　在不引起人们怀疑的情况下，我尽可能靠近她。我想办法让她知道，在去荷兰的漫长海途中，她不是孤身一人。看来她并不注意周围的响动和别人的谈话。于是，我故意提高了嗓门，向一位本无意结识我的中国老人说：我叫罗伯特·延·达伯斯特，现在的名字是班吉·达尔曼！

　　那位中国老人感到莫名其妙，但安娜丽丝夫人仍无任何反应。

她连看都不看我一眼，仍如刚才那样，呆视着脚下的大海。那护士倒回过头来看了看我。我感到刚才的失态，不敢正视那护士的目光。那护士似乎心里已然明白：我大声呼喊自己的名字，完全是有意的。

护士拽过安娜丽丝夫人的手，搀扶她离开了那里。我不敢紧紧地尾随她们。啊，安娜丽丝夫人在看我了！在看我了！不过只瞟了一眼而已。我觉得她已认出我。但她一声不吭，毫无表示。

我从远处看着她们。她由护士搀扶着，下了一个扶梯，又爬上另一个扶梯，只见她步履踉跄，攀登艰辛，最后走进一个房间，显然那不是一间客房。门上除了房间号码以外，并无旅客的姓名标牌。没准她就住在那里，但我不敢肯定。

我发现那个房间以后，便不时在那儿徘徊。至今我尚未见她出来，也不知明后天能否见到她。有时候，我能看到那护士进进出出。那是不是船上的诊疗室呢？不对。我马上否定了这个猜测，因为我知道诊疗室在哪里，那不可能是诊疗室。

尊敬的姨娘和明克，我暂且汇报至此。待船驶到下一个港口时，也许我在履行职责方面会有所进展……

接着，班吉·达尔曼寄来的下一封信盖着科伦坡（Colombo）的邮戳：

看来，那护士已经盯上我了。一天早上，我收到一张条子，上面写着：请班吉·达尔曼（原名罗伯特·延·达伯斯特）前来我处。我根据上面写的房间号过去，见到了船长，护士就在船长那里。

船长问道："你要去荷兰，对吗？"我点头称是。"您在泗水上的船，是不是？"我又点了点头。"您是去荷兰上学？"

"不是，我是去做生意的。"我回答。

"做生意！您这么年纪轻轻就去做生意？"

"是的，我想做生意要趁早。"

"说得很有道理。您做什么买卖？"

"香料，主要是东爪哇的肉桂。"

"嗯，目前欧洲正在掀起一股'肉桂热'。阁下的农场叫什么名字？噢，对了，叫'香料农场'（Speceraria），是不是？"

那名护士坦然注视着我，然后又出其不意地问："先生，您肯定听说过梅莱玛一家吧？"

"全泗水市的居民都知道。"

"关于安娜丽丝·梅莱玛，如何？"

"在荷兰高中毕业典礼上，她和丈夫在一起时，我见过她。"

"她认得您吗？"

"也许，至少她丈夫曾向她介绍过我。"

"别总说'丈夫'那个词啦，她还没结婚。"

"我认识她丈夫，他是我高中一起毕业的同学。"

"把那些事忘掉吧，先生。假如您认得梅莱玛小姐的话，那您愿意帮助我们吗？她的境况非常令人怜惜，每天需要我们强迫她，她才肯喝几口麦片粥，或者吃个半熟的鸡蛋。她连水都不愿意喝。她已不愿自理，只任人摆布了。她丧失了个人的意愿，只剩下美貌引起别人的怜悯。"

我拼命压抑着自己的情绪，尽管如此，我仍然感到自己的言辞过于激动。我问："我能帮助你们做些什么呢？"

"她根本不愿意理睬我们。如果她愿意开口，也许情况会有所改变。您愿意帮助我们吗？不过有一点我们要提醒您注意，她不是夫人，而是小姐。"

"我当然乐意帮助您，船长先生。"

"但您必须注意，我再说一遍，她不是夫人。"他重复道。

尊敬的姨娘和明克：

现在，我试着把与安娜丽丝夫人几次见面的详情，事无巨细地写信告诉你们。如有文辞不妥之处，请你们原谅。上封信里已说过，我写信是受责任心驱使，不是因为我善于写作。

船长先生把我带到了那个我已知的房间。他先敲敲门，而后走了进去。我在后面跟着他，走进房间。我看到安娜丽丝夫人正倚坐在床上，合着双眼。她身边的护士道了声早安，向我们表示欢迎，随后就向船长先生汇报病人的情况。

"医生来过了吗？"

"来过了，船长先生。"

"这位是达伯斯特先生。"

"啊，您好，达伯斯特先生，您能帮帮我们吗？帮我们陪伴这位梅莱玛小姐吧！她不愿意跟我们讲话。请您和梅莱玛小姐单独留在这儿。因为她认识您，没准她愿意与您交谈。先谢谢您啦，达伯斯特先生！"说完，她和船长先生一起走出了房间。

安娜丽丝夫人仍旧斜倚在床上。床下放着一个夜壶和几瓶水。房间陈设整洁，设备齐全。窗户似乎总半掩着。洗手池和柜橱也都一尘不染。房间里没有飞虫。

我凑过去，在她耳边低声道："夫人，安娜丽丝夫人！"

她置若罔闻。我拽过一把椅子，坐下来，端详着她。她面容憔悴，软弱无力。我捏了捏她的手腕，感到她肌肉极度松弛。我忖度着该如何处置。于是我回忆着所听到的一切有关她的情况，以及在她生病期间如何被护理的事。我仔细观察了她好久，然后在床沿坐了下来。我再次在她耳边低声细语，但仍不见她有何表示。

我又一次低声喊道："夫人，明克的夫人！"

她睁开眼睛，但不愿看我。于是我想起了姨娘的嘱咐——那是马第内特医生告诉我的，她不喜欢白人。我在她眼前伸出胳臂，再次呼喊她。她抬起眼皮，望向我。

姨娘，明克，当看到她的眼睛那样无神，我大为震惊。与先前毕业典礼宴会上及婚礼当天在新房与我一起整理礼物时相比，她已然判若两人！可见她受到多大的折磨，致使她芳容黯然，双眸无光！

我与安娜丽丝、姨娘和明克相识已久。她这回经受了多少痛苦啊，姨娘、明克。你们心地纯洁，具有基督教所称颂的优良秉性：慷慨、仁慈，乐于助人，品德高尚。我为你们流下了伤心的热泪，我永远也不会为此感到后悔。你们不该受到这种折磨，可别人为什么要迫害你们呢？

我又向她低声呼喊："罗伯特·延·达伯斯特，现在叫班吉·达尔曼，来到了您的身旁。夫人，您并不是孤独的一个人！"

她迅速地眨了几下眼睛。我的努力有了响应，感到莫大的慰藉！她想说话了，然而，并没有出声。她又合上了眼皮。我看见她胸脯起伏，长吁了一口气。她抓住我的手。她在讲话了。只见安娜丽丝夫人双唇嗫嚅，然而没有声音。她费劲地点了点头。

我听说，马第内特医生曾经给她注射过麻醉剂。我像一位医生那样，注意闻从她嘴里呼出的气。我没闻到有什么药味。显然，医生没有给她注射麻醉剂。但是，她的情况与受麻醉的人一样，处在半醒半睡的昏迷状态之中。

她没有听见我的低语。对此我毫不介意。谁知她会不会清醒过来呢？于是我向她解释道："我是受姨娘和明克的委托，被派来看护和陪伴您的。"听到明克这个名字，她的眼睛闪过一道光。唉，也只是转瞬即逝，很快又黯淡了。

我听过马第内特医生对明克的嘱咐，因此，我也遵照着马第内特医生的嘱咐去做。明克，我仿佛成了你本人，开始对她讲美轮美奂的故事。我不知道她是否在听。我不断在她耳边絮絮细语。即使她不清醒，至少我的声音能缓缓进入她的梦幻。有时候，我离她是这样近，以致我感到有些不好意思，我怎么能这样贴近自己挚友的妻子呢？后来我抛弃了这种杂念。原谅我，明克。

我讲呀，讲呀，大约讲了有一个小时。后来我发觉她睡着了。她斜倚在墙壁上，进入了梦乡。我让她在褥子上躺好，给她盖上了毯子。

敬爱的姨娘和明克，坦白告诉你们，我并没有获得成功。她的心门仍牢牢地对外界关闭。

姨娘和明克，我向你们保证，我仍将不懈地努力。至于成效如何，那就让上帝去决定吧。

班吉·达尔曼又寄来了一封信。信封上盖着塞得港（Port Said）的邮戳。他在信中写道：

我们的船离开了科伦坡，驶进了红海。白天的天气一直非常炎热。我们在房间里待不下去。在驶进曼德海峡（Selat Bab-el-Mandeb）时，大海掀起巨浪，把人颠簸得恶心反胃，难以忍受。船上的诊疗室里挤满了就诊的人群。即使如此，安娜丽丝夫人仍然那样，天气的变化已对她不起作用，仿佛她已失去知觉。

她从未去过候诊室。护士说如有需要，总是医生去她的房间。

尽管我每天去护理和陪伴她，可是我一次也没有遇见过医生。或许医生每次都是在我之前去到她房间的。

姨娘和明克，我去护理和陪伴她，也只能对她说说话而已。确实，情况并不如愿。我还是没能使她和我讲话。在她的思想里，宛若有大雾弥漫。是药物反应呢，还是她内心固有的混沌，我不得而知。姨娘和明克，她显然认得我，只不过她无意理睬任何人与任何事罢了。她喜欢自己寻思。我没见过医生，也未听到过医生的解释，因此我对这一点也不敢肯定。

护士本人也从未做出过说明。

请原谅我的无能。

海上烈日灼人，波涛滚滚，安娜丽丝夫人几乎没下过床。她的病情愈来愈严重了。有几次护士给她喂饭，我看见她把食物含在嘴里，咽不下去。我真替她捏一把汗。我担心长此以往，护士会感到不耐烦的。因此我接替了护士的工作，让她在甲板上散步，呼吸新鲜空气，或者让她干些她愿意干的事情。

姨娘、明克，请你们原谅我吧！虽然我知道安娜丽丝和明克是按照伊斯兰教的风俗结婚，但我并不了解她的宗教信仰。每次离开她的房间时，我总要在她的床边祈祷，让上帝保佑她平安、健康和幸福，然后我才祝她晚安，向她告别，回到我自己的房间。

我这样做，不算是过错吧？因为我只了解基督教，只会按基督教的方式为她祈祷。我不忍心在没有祷告的情况下离开她，随随便便地把她移交给护士。

每晚睡前，我也总以自己的方式为姨娘和明克祈祷，祝你们平安、健康、幸福、神清气爽。

我通常都在当地时间十一点后才就寝，脑子里的事总离不开安娜丽丝夫人以及她对红尘的弃绝。上帝，安拉，赐给我机会吧，让我有朝一日，能看到康复的安娜丽丝夫人，像往常在沃诺克罗莫那样，听到她的欢声笑语。可她至今在我面前依然一语不发。

事虽已至此，我却不灰心失望。上帝将永远给我以力量，来看护和陪伴着安娜丽丝夫人。

信封上盖着阿姆斯特丹的邮戳，这是班吉·达尔曼寄来的最长的一封信。

我日渐感到忧虑和哀戚。姨娘和明克，安娜丽丝夫人的健康每况愈下。我们的船离开地中海和直布罗陀海峡时，她的病情就开始恶化。在驶过比斯开湾时，船遇到了海上风暴的袭击。狂风激起的惊涛骇浪涌上了甲板。船上所有窗户全都关闭起来了。船身颠簸，我第一次听到安娜丽丝夫人在呻吟。这时，她的身边就我一个人。房间里的地板犹如要翻过来似的。船舱里的机器发出绝望的轰响。我呕吐不止。

在这种情况下，我跪在安娜丽丝夫人的床边，用一只手抓住床上的褥垫，向上帝祷告着，祈求这条船不要沉没，祈求安娜丽丝夫人能安全登陆，从此永远康复。但愿上帝赐给她勇气和力量吧，让她度过这短短的一两年监护期！

她只呻吟了两下，后来就不再吭声。

海上风暴四个小时之后平息了。自那时起，安娜丽丝夫人显然已开始不能下床解手。护士来得更少了。这种情况下，我不得不料理着你的妻子。明克，我想你是会谅解的。耶稣基督指引我去做那些事。我祈求仁慈的基督帮她减轻痛苦。

船进入英吉利海峡时，情况同样如此。我祈祷，再祈祷，一次又一次勤奋地祈祷着，因为，除了祈祷，我还能做些什么呢？

人们在智尽计穷、无能为力的情况下，不向上帝呼吁，还能求助于谁呢？

海轮驶进了荷兰境内阿姆斯特丹港水域，我热望满怀。我对她小声说：

"安娜丽丝夫人，我们已经到达荷兰了，这就是您的故土。醒醒吧，夫人！我们再也不必在海上受罪了。您欢笑吧！用您的勇气和健康来应付这新的环境吧！"

她仍然不出声，一动不动地躺在床上。

"安娜丽丝夫人，我们已经到达荷兰啦！"

啊，上帝，她睁开眼睛啦！姨娘、明克，她的手在挪动着，看来是在寻找我的手。

"延·达伯斯特在您身边，夫人。"我对她说。

"延。"她第一次微弱地呼唤着我。

"夫人，延在您身边！"

她没有掉过脸来，虚弱地说："对我丈夫好一点。"

"那当然，夫人。他坐下一趟海轮过来。您可要赶紧把病治好，夫人！"

她沉默了。

过了一会儿，船长先生和护士一起来到她的房间，对我的帮助表示感谢，并请求我离开安娜丽丝夫人。我犹豫片刻，但不得不走开，因为那是命令。

凡不是荷属东印度的属民（kawula），都被叫去检查健康证明和护照。我因为一直待在安娜丽丝的房间里，所以没注意那些官员是什么时候上的船，其中还有骑警队队员。

检查完毕后，我匆匆拎着小箱子，立在一个能看到安娜丽丝的地方。

我看到一个骑警同船长和护士一起走进了她的房间。还有两个抬帆布床的人站在门外等候。不知不觉，轮船已靠了岸。一个警察和一个身穿黑衣服的老年妇女在我面前走过。他们都向安娜丽丝的房间走去。

也许那就是阿梅丽娅·梅莱玛—哈默斯夫人。当他们慢步走过我面前时，我听到他们紧皱着眉头交谈：

"为什么梅莱玛家不来人迎接？"

"有刚才这份授予全权的委托书，我一个人不就可以了嘛！"老妇人说。她显然不是安娜丽丝夫人的监护人。

"她现在病得很重。您不能把她带回家去，必须直接去医院。"

"得的是传染病吗？"

"不是。"

"我会妥善处置她的。"

他们进了安娜丽丝的房间，把抬帆布床的两个人也叫了进去。不久，安娜丽丝夫人被他们用活动病床推了出来，后面跟着护士、骑警队员、警察和那个身穿黑衣服的老妇。我尾随着他们下了船。

那天正下着毛毛细雨，寒风刺骨。

护士一见我，就说："先生，您不必跟着我们。"

"我只是想知道她被送往哪个医院，好去看望她。"

"这位夫人，"护士礼貌地指着那位一身黑衣的老妇说，"将把她直接送去。"

"要是这样，那让我去给她帮个忙吧。"

"先生，您来帮忙我可付不起钱哪。"老妇说。

"我不要您的钱，夫人。"我回答。

"我也没钱给您买火车票。"她说。

"我自己买票，夫人，您不必操心。"

"我也没钱给您买饭吃。"她又说道。

"我自己买。"

"那您可以从我这里买。"

"同意。"

"那好，我们出发吧。"

我们乘坐一辆马车向火车站进发。到了车站后，老妇下车去买车票，安娜丽丝夫人由我照看着。仍是在护士的帮助下，我们把她抬上了火车。我们让她的身子躺在座位上，她的头部枕着我的腿。如我所料，幸好那天火车上旅客不多。

老妇坐在我对面，一句话也不说。我硬着头皮与她搭讪。她是个寡妇，名叫安妮·隆凯尔（Annie Ronkel）。

"早知道情况如此，"她后来说，"我真不该接受这份差事……"

"我却不这么想，夫人。"

"是谁花钱雇您的，先生？"

"是上帝，夫人。"

安娜丽丝夫人几乎一动不动。只有晃动的火车在颠簸着她的身躯。她始终合着双眼。她对荷兰丝毫不感兴趣。

护士没有和我们同行。火车缓慢地行驶着，宛如一头老牛眷恋着牛棚，不愿离开站台一样。

"我们要把这病人带往哪里？"我问。

"根据协议，把她带往我家。"老妇仍无意问我的姓名和住处。

"根据和谁的协议，夫人？"

"给我这差事的人。"

"是阿梅丽娅·梅莱玛—哈默斯夫人吗？"

"您怎么知道的？"

"我们把她送医院去吧。"我建议。

她不同意。因为违反规定就意味着她无法从雇主那里得到工钱。

时间过得太慢了。我那条被安娜丽丝夫人枕着的大腿已经发麻。她已动弹不得，呼吸微弱。火车终于停靠在赫镇车站。我们把她抬上雇来的马车。这时我才发觉她随身仅带一只没装什么东西的老破箱子。其他行李是不是落在船上了？哎呀，当时我想，财物对她还有什么意义呢？因此我觉得，她从东印度就带来一只破箱子。

马车离开了赫镇，直奔B村，乡间小路坎坷不平、坑坑洼洼。

我们把安娜丽丝夫人抬上了阁楼的一个房间，那房间很小，满屋是新割下来的稻草气味。整幢房子是一座用泥土和石块砌成的农舍，就如我们从照片上见到的一样，屋顶上铺着厚厚的稻草。老妇就是这房屋的主人，她和她女儿、女婿以及他们两个很小的孩子住在一起。

敬爱的姨娘和明克，我们把一切都收拾好了以后，让安娜丽丝夫人躺在一张铁床上。那恐怕是一张两百年以上历史的铁床。安娜丽丝夫人盖着厚厚的毛毯。我给她喂热牛奶，她把半杯奶都喝下去了。

我想方设法，终于弄到了阿梅丽娅·梅莱玛－哈默斯夫人的地址。我回到赫镇，给她打了个电报，告诉她安娜丽丝夫人在B村病得厉害。打完电报，我就去找住处。看到我不是欧洲人，旅店收费要高于一般标准，也许他们把我归入鬼怪一列。就在这旅店里，我来回思忖着，为了安娜丽丝夫人，下一步我该怎么办呢？要是两天之内阿梅丽娅夫人还没回信，我就要去找她算账。

亲爱的明克，你们的事情轰动了泗水全市，但在这里却无人知晓。没有人去关心安娜丽丝夫人。这里的每一个人都在为自己的事情奔忙。于是，我想到了被东印度驱逐出境的马赫达·皮特斯小姐。这位老师不是从前对我们说过：如今世界上的一切进步至少都是在自由派（golongan liberal）参与下而取得的吗？我将去寻找这位老师，以便取得她的帮助。总有一天，我会找到她的联系方式。

这封信是在赫镇的旅馆里给你们写的。原谅我，我离开安娜丽丝夫人已经差不多有二十四个小时了。等写完这封信，我马上出发，返回B村去。

上帝，请永远赐予力量给敬爱的姨娘和明克……

从赫镇寄来的另一封信：

姨娘和明克，在这惶恐不安的时刻，我真不知道该给你们写些什么好。可是我还得给你们写信。我不能让你们等太久。你们必定比我更加焦灼不安。

我已去过阿姆斯特丹，向阿梅丽娅夫人当面提出了抗议。那天毛里茨·梅莱玛工程师没在家。阿梅丽娅耸了耸肩膀，对我说：

"先生，您不必多管闲事。有人在照顾她了。"

这时我才明白，为什么世上会有一个人杀死另一个人这样的事发生。然而，耶稣基督仍然在指引我，没发生什么意外。

我对她解释说，我在船上就照看着她，一直照看到现在。

"您在向我要工钱吗？"她问。

"如果只是为了报酬，安娜丽丝的丈夫和母亲可比您更有钱，"我气愤极了，"您不是她的法定监护人吗？至少您也该去探望病人！"

她下了逐客令。我威胁道，我将把此事反映给自由派的报刊。

听我这么一说，她气急败坏，当着我的面把门一甩。我承认，我在法律上无权参与此事，只得先离开了。

阿梅丽娅·梅莱玛—哈默斯夫人的确一次也没到赫镇来过，更别提只有三家农户的B村了。也许她离不开阿姆斯特丹郊外的小农场？她经营着那家奶制品农场，规模上比沃诺克罗莫的"逸乐农场"差远了。

我又回到了赫镇，还没来得及与"香料农场"联系。庆幸的是，老妇仍允许我每天去看望她。我把自己采集的花编织成花篮，放在她床头的小柜上。

安娜丽丝夫人如今已不省人事。她的境况到底如何，唯有上帝才能知晓……

收到此信几小时后，又收到了一封电报：

安娜丽丝夫人已故，我万分沉痛。

班吉·达尔曼

我的神经长时间高度紧绷，几欲尽毁，已经接近燃爆点。

在这段时间里，姨娘尽管心中和我一样焦急和痛苦，但外表上却显得镇定沉着。她失去了女儿，又将失去她的农场。我失去了妻子。

读完电文，她用两只手捂住脸，堵着嘴。她呼号着，跑上了楼。我的脖子如同被刀砍下，头无力地垂了下来，趴在桌子上。安娜，你这一生多么不值得啊！从此，我们再也不能互相谈笑和逗趣了！你再也不能听我讲故事了！在我们之间，只剩下一段美好的回忆，万般皆好！

她的一颦一笑，眼神里的光彩，说话声音和有时孩子气的谈话——都永远消失了，不会再次出现于我和姨娘面前，不会重现于人世间。

母亲，您那位好似美人巴诺瓦蒂（Banowati）一样的儿媳妇已经不在了。您再也无法从她那里抱得孙子，再也没机会去出席您孙子的婚礼了……

我伏案悲叹，不知过了多久。一阵急促的脚步声把我从沉痛中唤醒。我直起腰，看见姨娘站在身后，还在不住地抽泣着。她说："孩子呀，不出所料，那完全是他们的蓄意谋害，为的是独吞农场这份遗产。他们早就挖空心思，事先策划好了这场不见血的谋杀。"

"妈妈！"

"他们和阿章一样，甚至比阿章更卑鄙、更残忍、更野蛮！"

"妈妈！"我一句话也说不出来。

"我们没有退路了。"

"妈妈！"

"同谋合伙的魔鬼比单个的魔鬼更险恶。他们是什么都干得出来的，孩子！"

"安娜也是人，他们怎么能这样对待她呢，妈妈？"

姨娘抚摸着我的头发，仿佛把我当作她亲生的小孩。在这世界上，似乎除了她以外，只有我一个人在为安娜感到悲痛。

"是的，孩子，长期以来，他们就是这样对待我们的。只有直接相关的当事人才会有深切体会。"她说着，似乎已忘记了悲哀，"三年前，我们互不了解，互不认识。时隔不久，我们结下了毕生的缘分，相处得很融洽。这份痛苦，我们也将一起承担。"

"妈妈！"

"我失去了两个孩子，农场也要转让给别人。孩子，我的女婿，我真不愿意再失去你。"

即使沉湎于悲痛中，我也能感觉到姨娘心头的荒凉。她仿佛又回到了少女时期，那个被家里人抛弃、卖给梅莱玛先生做妾的时刻。

"孩子，我请你继续做我的孩子，这不丢人吧？"

啊，写下人生的这些至暗时刻，又有何益！长话短说，姨娘接到告知女儿噩耗的电报之后，对我更加依靠，而我也有同感。

来电报不久，班吉·达尔曼又寄来一封信，说他已经完成了任务，即将返回东印度。姨娘回电说，让他暂在荷兰小憩为佳。如有兴趣继续求学，姨娘愿意为他提供费用。

班吉·达尔曼回电表示十分感激。姨娘虽愿慷慨解囊，但眼下正遭不幸，他不想成为她的负担。相反，应该由他来帮助姨娘才对。再说他对荷兰的印象极差。他将不日返回。

他不断给我们来信。

报上消息繁多，展现世界各地的风云变幻。但我眼前，始终只闪动着安娜丽丝的身影。

"我怀胎九个月，辛辛苦苦生下她，把她抚育成人，把她教育成优秀的经营管理者。我让她和你结了婚……好日子刚开头，本该让她更加茁壮成长……可是，她竟命归黄泉，死于素昧平生的他人之手。那些人呀，从来就不怀好意，只会坑害和辱没她。"近日，姨娘总是这样满腹怨恨地絮叨着。

听多了，我不得不强迫自己作答。我鼓起勇气，安慰她说："如今，我们只有祈祷，妈妈，只有祈求，别无他法！"我是在重复班吉·达尔曼说过的话。

"不，孩子，这是人之过，是人的大脑策划的结果，是那些冷酷无情的人干的。对那些人，我们应该据理反驳，以眼还眼，以牙还牙。真主是从来不会站在失败者一边的。"

"妈妈！"

"我们要对付的不是神，而是人！"

我明白，她仇恨满腔，怒火中烧。她不需要任何人的同情和怜悯。
就那样，我也开始学着体会她心中的愤懑。

第三章

安娜丽丝不在了，生活仍然继续。

我自己回到了过去的日常状态：每天阅读报章杂志，看书看信，做笔记，写文章。此外，我还帮助姨娘处理一些办公室内外的事务。

所有文章都在教导我如何处世，都在揭示人寰浩瀚和时间无情。面对现实，想想自己，我仿佛随风摇摆，无栖身之处。

我按照自己的方法，将经过理了一遍：

1899 年——19 世纪的最后一年。

日本愈加引人注目。这个令人钦佩的民族越来越使人惊愕，赞叹。过去我曾在笔记中写道：大约半个世纪以前，荷兰和日本签订了友好条约。欧洲国家一个接着一个地承认日本是亚洲一个非凡的民族。大约五年前，我读到一篇文章说：日本已进入竞技场，它不甘落在白色人种之后，开始为自身的利益和白人一起瓜分世界。它开始进攻满洲，进攻中国，占领中国的领土。而荷兰与荷属东印度却宣布保持中立。中立！对处于侵略状态的朋友采取中立！这种"中立"实则是帮助日本。

无人向被侵略一方伸出援手。我眼前现出了这样的景象：一个精明强悍的少年正在抢夺一个年迈多病的老人的财物，老人卧倒在床，无力还击。

在世界的另一边，爆发了希腊和土耳其之间的战争。据说，整个文明世界都在关注着博斯普鲁斯海峡。而日本还在不停地攫取中国这个老迈巨人的财物。美国和西班牙之间的战火已经燃烧到东印度旁边来了。荷兰的两个海军中队巡回游弋，其中之一在万鸦佬海域的桑吉群岛—塔劳群岛一带，另一支在盖尔芬湾和马皮阿群岛之间的海域。难道这也是为了保护东印度中立吗？于是，文明世界的目光一齐转向了菲律宾。日本仍然继续在千疮百孔的中国巧取豪夺，一个胜仗接一个胜仗。它日益强盛，愈来愈耀武扬威、盛气凌人。日本崛起，真是令人奇怪！

据一部年鉴记载，三年前，荷属东印度和日本签署了一个条约——瞧，又是日本！其中规定，荷属东印度应该把居住在东印度的日本侨民看成是东洋人（orang Timur Asing）。这是三年前的事。条约签订一年后，东印度匆忙草拟了一个法令，准备提高居住在东印度的日侨的法律地位，使之与欧洲人平等。

现在，也就是我写文章的这个时候，在东印度的日本人已经与欧洲人平起平坐了。

日本人何其自豪。甚至就连那个吴姬都感到脸上有了光彩。可不是么？在亚洲，只有日本人被认为能与白人平起平坐！对此，我感到瞠目结舌。是什么原因促使日本突飞猛进？作为一名爪哇青年，虽然与日本遥隔千里，身居殖民地，然而在亚洲各民族的这片大戈壁中，我这颗小小沙粒，也模模糊糊地分享到了一点自豪感。然而，我在学校里受到的几年欧洲教育还不足以使我洞察日本，更不要说去了解欧洲人的光荣历史了。

我现在的感觉是：欧洲人的荣耀是通过吞并世界获得的，日本人的荣耀则源于掠夺中国。如果每一种荣耀都建立在别人的苦难之上，这个世界多么怪异。置身于世界现实和众说纷纭的见解之中，我思绪紊乱，理不出头绪。也许我还太年轻，无法得出一个明晰的结论。实际上，结论对我来说是非常必要的。有了结论，才会有明确的立场。

　　在荷兰统治下的东印度，日本人获得了平等的地位，这使那些关注此事的人无不震惊。日本人把阿拉伯人、华人、印度人以及土耳其人等侨民远远抛在后面，扶摇直上，跃入了欧洲民族之林。这不只是写在纸上的东西，而已经成为现实了。

　　据说，在种植园和作坊中，场主与工头已不再称日本人为"老兄"（koh）或"兄台"（engkoh），而称其为"先生"（tuan）。尽管我钦佩日本人，可称他们为"先生"，我心里似乎总是不太舒服。而且，吴姬严重损害了日本人的良好形象。甚至有人说，日本人已经获得了和纯血统欧洲人同工同酬的权利。实际情况是否如此，我还不清楚。对日本人来说，除了那些低级职工外，他们都不怎么喜欢在外国老板手下干活。

　　在整个东印度，恐怕我是唯一会记录这些事情的土著人。哪还有人对外界这么关心呢？做这种笔记，毫无荣誉可得，更谈不上有利可图！

　　同其他人一样，姨娘对这些事也不闻不问。有一次她说：土著民会干的活，为什么要去雇佣欧洲人来做呢？由于不了解情况，姨娘看到几家拍卖行小报吵吵嚷嚷地建议说：日本苦力的佣金太高，把他们都解雇算啦；她还为此感到奇怪呢！刊载这些建议的结果，使得那些拍卖行小报获得更多机会兜售它们的商品。事后不久，我果然听到几个工人说，有三个日本人被赶出了马车作坊和面包作坊。这两家作坊都是由欧洲人开办的。

　　之后我又听到这样的消息，日出之国，即明治天皇统治的日本国，向它的侨民们颁发了诏谕：学会自立自强！不要只满足于向别人出卖劳动力！要从苦力翻身，自己创业，无论规模大小。没有资本吗？那就联合起来，筹集资本。要学会互助合作！勤奋苦干！

这样的号召似乎也是向我内心发出的。其声音酷似从天而降，就好像皮影戏中的神仙，站在天庭发出的呼喊一样。

事实是：已有几家殖民地的报章杂志对上述法律条文表示不满了。他们愤愤不平，不愿让日本人获得和欧洲人一样的平等地位。

冉·马芮则说，那些已习惯于在亚洲人民的痛苦之上寻欢作乐的欧洲人，决不甘心失去他们的任何一点特权。在他们看来，那既是他们的权利，又是上帝的恩赐。

有的报纸——当然是拍卖行小报和刊登广告的那些报纸——写得那样粗俗：如果承认这种新地位，那么这个世界上最大的娼妓和厨子出口国就会以眠花宿柳和饕餮珍馐的糜烂生活来威胁世界，和睦的家庭将被拆散，人类道德将腐朽败坏，东印度的欧洲文明也将不成体统。世界上大大小小的城市都将布满挂着红灯的妓院，到处都是身穿和服、眯着细眼的烟花女郎。她们的行为将使各位文明的女士痛心疾首。让日本人和欧洲人平起平坐，不就意味着公开认可卖淫了？在追悔莫及之前，我们回顾一下《荷印政府公告》（*Indische Staatsblad*）第 202 期的内容，难道不是很有教益么？

戴林卡先生满腹牢骚地说：设想一下吧，如果欧洲人和有色人种不分高低贵贱，那世界将成何体统！有色人种根本就不配和我们平起平坐吧？他们坐着时能和我们一般高吗？他们站着时和我们一般高么？哼！多少年来，我们一直低着脑袋来将就他们剃头匠的刀子和剪子。我们的肚子已被他们的饭馆引诱了，我们的繁殖能力早晚也可能会被他们的妓女夺走……不信你瞧，现在东印度的印欧混血儿（Indo）就够多啦！

一个与我同届毕业的同学也怒气冲冲地评论起来，谁都知道他是日本花街（Kembang Jepun）[①]的老主顾。

　　他说："假如这种状况成为事实的话，那么有朝一日，你就会发现，那些小短腿、眯缝眼的矮子——因为他们都惯于盘腿而坐——就会越来越多地出现在我们的办公室里，侵占我们的位置。这不叫人痛心吗？如果发生这样的事，是否还需要我们首先向他们鞠躬呢？这将使我们感到难过和受伤。就连那些中国军官们（opsir-opsir Cina），即使他们的钱多得能装满四百条麻袋，我对他们都不屑一顾，更不要说日本人了！

　　我的另一个同学，他父亲曾当过荷兰驻日本的领事，发了一通与众不同的议论。我估计，这大概是从他父母那儿拾来的牙慧：

　　"日本人？他们不是为我们立下很多功劳吗？而荷兰人呢？在征服东印度的战争中，为了东印度公司的利益，他们不是付出了惨重牺牲么？从对付马打兰王国的进攻、保卫巴达维亚城开始？[②]唉！我的心里至今还感到不痛快呢！"

　　马尔顿·内曼先生说：

　　"的确，目前人们对提高日本人地位这件事顾虑重重，莫衷一是。这使东印度殖民地的混血欧洲人颇感不快。产生这种情感，既有它的道理，又有些令人不解。神圣罗马帝国就从来没有过这种情感，即便是对那些被它打败后又进行过统治的族群。在这个意义上，荷兰从来没有打败和占领过日本。从17世纪初开始，荷兰和日本的关系一直很

---

① 泗水市从前的日本妓院聚集地区。——原注

② 17世纪上半叶，马打兰王国曾经对荷兰殖民者占据的巴达维亚（今雅加达）发动两次大规模进攻：第一次发生于1628年8月至12月，马打兰军队试图在芝利翁河（Ciliwung）筑坝截水攻城，但未奏效；第二次在1629年8月至10月，持续了一个多月，马打兰军队由于饥饿和疾病而瓦解。

好。当然，1863 年至 1864 年发生过一次冲突，那也只是同大日本王朝中央政府的一个高级官员发生的冲突。① 那次冲突进而导致了 1864 年《下关条约》的签订。这个条约使得荷日关系逐渐改善，更加友好。所以我的确感到奇怪，为什么恰恰是你们这些殖民地的印欧混血先生们怏怏不乐呢？

"先生们，你们已经征服了东印度各民族。当然你们就有权受到他们的尊重，有权向他们提出任何要求。这是历史的规律，战胜者有权决定一切。但对于日本来说，除了承认它与我们的平等地位而外，是别无其他选择。"

戴林卡先生又说：

"很遗憾，我不了解罗马人，但我想，能写到史书上的事肯定错不了。可是日本却有所不同，要在一切方面都承认其与我们平等，那不可能的，因为这是直接违背自然事实的。"

冉·马芮说：

"为什么持异议者就不能控制一下侮辱别人的欲望呢？如果一味想侮辱别人的话，那么我们欧洲人站起来也不都是一般高的。愚笨的嘲弄到头来只会搬起石头砸自己的脚。在咱们欧洲人中间，不也可以找出一些发育正常或不正常的殖民宗主国血统的矮个子么？"

又一个人在发表自己的见解：

"承认日本人和欧洲人平等，这不过是出于我们的慷慨和仁慈罢了。而且，这已经成了法定的事实。现在的问题是：假如中国也和日本一样取得了一些微小的进步，那华人是不是也要与欧洲人平等呢？我们

---

① 史称"下关事件"或"下关之战"。德川幕府末期，长州藩不满幕府开国，1863 年 7 月起封锁了日本海及濑户内海要冲下关海峡，和英国、荷兰、法国、美国等商船发生冲突；外交斡旋失败后，1864 年 9 月，英、荷、法、美联合舰队攻打了海峡沿岸炮台。长州藩被迫议和，同意赔款并开放海峡，放弃了攘夷政策。

敢于提出这个问题，想必是不应受责怪的。而且，我们也一定要敢于回答它。如果我们不得不作肯定回答，那么将来东印度会怎么样呢？我们又将自己往哪里摆呢？

"日本人和华人为穷困所迫，到处迁徙，人所共知。据说，目前日本人正涌入夏威夷，甚至开始迁往美国，包括北部和南部。华人已大批地进入了东南亚。据熟悉情况的人说，这种现象早在公元前就开始出现了。据统计，仅在东印度，包括已登记的和未登记的，华人数量就比纯血统的欧洲人和印欧混血儿的总数还要多好几倍。哎呀，难道我们可以忘记 1741 年到 1743 年的华人之战（Perang Cina）① 吗？他们横扫爪哇岛北部沿海的东印度公司政权，从而导致了卡尔塔苏拉王朝

---

① 指红溪事件（史称"红溪惨案"或"巴达维亚大屠杀"）后，华侨对荷属东印度殖民当局的武装反抗及一系列军事冲突。18 世纪上半叶，殖民当局忌惮华人移民的社团化，采取诸多措施限制华人的涌入，同时把部分华侨驱逐去锡兰、好望角等地充当苦力，双方矛盾积累至 1740 年激化。当年 9 月，约五千名华侨逃至巴达维亚城外，推举黄班为领袖，准备武装反抗，但计划被叛徒泄露。殖民当局于 10 月 8 日颁令要求城内华侨（以闽南人为主）交出武器、不得外出，9 日开始了洗劫和大屠杀，至 12 日被害者约一万人，侥幸逃出者仅一百五十余人，城中的红溪河（Kali Angke）被尸体堵塞，鲜血染红；城外华侨未知生变，9 日按原计划进攻巴达维亚，至 11 日伤亡千余人，13 日遭到殖民当局反攻。1741 年 6 月，华侨义军撤退到中爪哇的马打兰王国境内。

（Kraton Kartasura）崩溃？[①] 但愿那些东印度政府受人尊敬的殖民老爷们动一动脑筋，好好地思索一番。

"请看看我们殖民政府的钱库吧：自从我们在东印度登陆的第一天起到现在这个时候为止，为了镇压土著民的反抗，我们究竟耗费了多少资财和牺牲了多少生命？钱库已空啦！由于战争和疟疾，我们的军队又有多少万人已在爪哇和苏门答腊丧生了？为了保住权力，我们不停地四处征战。关于这一点，每个兵娃子都记忆犹新！即使到今天，在东印度的核心领地，也还存在着尚未归顺女王陛下的飞地（enklave）——当局权力的真空地带。可是今天竟有黄种人挤进了我们的行列：那个亦步亦趋的国家。他们用我们欧洲人的武器去进攻和占领满洲，试图以此建树勋绩，威震天下。有学者说：日本要用满洲的钢铁把自己武装起来。

"瞧吧，他们用着别人的钢铁，欧洲人的科技，我们简直不敢想象，我们通过刻苦钻研所取得的科学成就将来命运如何？去问一问屡赴疆场的士兵们吧！去问问那些在巡警队中长期服役的人们吧！还是计算一下为好：为了伟大的荷兰的强盛，究竟有多少人献出了生命，又有多少人变成了终身残疾！留心呐！"

---

① 马打兰国王帕库布沃诺二世（Pakubuwono II，1726—1749 在位）一面公开支持殖民当局，一面向华侨义军承诺，若能赶走荷兰人，他将把北部沿海地区交给华侨管辖。1741 年 7 月，马打兰首都卡尔塔苏拉的马打兰军队与华侨义军联合进攻荷兰驻军，杀死军官并强迫士兵皈依伊斯兰教。殖民者向马都拉统治者扎克拉宁格拉特四世（Cakraningrat IV）求援，在马都拉军队的帮助下，荷军击退了华侨义军及马打兰军队对三宝垄长达四个月的包围。1742 年 3 月，帕库布沃诺二世向殖民者求和；6 月 30 日，部分马打兰贵族联同华侨义军攻占卡尔塔苏拉，帕库布沃诺二世出逃；12 月，扎克拉宁格拉特四世率领马都拉军队攻占卡尔塔苏拉，黄班逃往巴厘岛。1743 年，帕库布沃诺二世与荷兰东印度公司签订和约，马打兰王国从此沦为附庸国，1755 年被分裂为日惹苏丹国和梭罗苏丹国。

听了人们这些议论，我不得不这样想象：日本人已然兵临东印度，正在跃跃欲试准备接替荷兰人的统治。

平时多半登载广告的马来语—华语报纸，对上述问题保持沉默，即使对中国内部发生的骚乱也很少报道。

请允许我作如下结论：愁云笼罩在东印度殖民主义集团的内部。他们似乎对自身的力量已经丧失信心。那么，一个身材魁梧的民族何以如此惧怕那个为自己所厌恶和鄙夷的民族呢？我百思不得其解。但我能感觉到有什么东西在搅动这些欧洲人和混血欧洲人的神经。

近日来，姨娘一直无暇看报。她照旧终日忙碌，也不太注意穿着打扮了。她的黑眼圈非常明显。她总是沉默寡言，很少和我搭话。如果无事可做，她常陷入沉思。于是，我也不主动去问她对当前局势有什么看法。

如果非要我凭一己之见对当前的事件发表看法，那么我说：他们是被自己的影子追逐得惶恐不安。其实，威胁他们的阴影还远在天际。我自己觉得，日本还是个抽象无形的东西，我对它的崇拜也是对抽象物的崇拜。我无从具体地感知它。日本和中国确有不同：在东印度到处都能见到华人，他们皮肤洁净，赤足行走，肩挑货担，往返于驿道和乡间小道。关键的是，他们从不抱怨！由于语言的限制，习惯和信仰的不同，没有人真正了解他们。然而在我看来，他们确实有特别之处。不必挥舞锄头和砍刀，也不需犁地和播种，他们便有饭吃，比一般的土著民生活得更好。土著民们不愿看到他们的优点，而对他们比自己富裕的生活怒目相视。我想，既然华人能有这种长处，那么日本人肯定会有过之而无不及。

我不禁想起吴姬——这是我唯一认识的日本人，还是在法庭上认识的。她不过是千千万万背井离乡的日本妓女中的一个。她们千辛万苦，积蓄资金，希望回去同自己的未婚夫开个小店铺。日本妓女们从世界各地究竟聚敛了多少钱财呢？那些不当妓女的日本人又带回祖国多少资金呢？在日本已经开办了多少企业呢？对此，我无法估计。我只是想象，日本还在大办各种企业，国内呈现出一派繁忙景象。

尽管敬佩日本，但我从未料到：这个未曾被欧洲人奴役过的民族竟跃入了世界先进民族之林，获得了那样崇高的国际声誉。他们的战舰在世界的一切水域中任意游弋。他们的大炮面对大海，指向天空。每一个亚洲人怎能不为此而感到自豪和骄傲呢？是呵，他们从来没有在洋人的暴政下奴颜婢膝。

没想到，马尔顿·内曼在一家刊物上发表了新观点。是他，不错，就是他率先提出"来自北方的黄祸"（Bahaya Kuning Dari Utara），引起新一轮轩然大波。与他先前的见解截然相反，他警告说：日本的近邻是中国。最近，一片惶恐的气氛笼罩着欧洲人在东南亚的所有殖民地，笼罩着从交趾支那（Cochin Cina）到东印度的广大地区，笼罩着殖民主义政权。然而还有另一种惶恐，它不被众人所了解，潜伏得更深、更隐蔽，出现在殖民地区人民的宗教领袖心中。这些宗教领袖们，对侍候那些洋大人早就感到腻烦和惧怕了！他们心中的惶恐已经孕育了很久、很久。然而，这不太被人们意识到的惶恐，其根本之点不外乎是"来自北方的黄祸"。那就是中国的变法维新、振兴民族的运动。尽管这运动最初看来是多么弱小和无意义，但它终将变得波澜壮阔。

我不太理解"惶恐"的真切含义。正因为如此，我才对这个词念念不忘。惶恐！惶恐！

这就跟赫勃特·德·拉·柯罗瓦先生所说的一样。他女儿米丽娅姆在给我的信中告诉我时，我还不明其意，感到茫然不解。信中说：

　　我的好明克，请不要感到厌烦，因为我们总是没完没了地谈论你们的人民和国家。爸爸说：直至我们生活的这个时代，北方的国家将接连不断地来到你们的国家，无一不是为了蹂躏和践踏你们。是的，直到现在我们所处的时代都是如此。明克，你自己不也亲自感受到了吗？你们的民族向来把北方看成是具有魔力的风源（mata-angin keramat），甚至在睡梦中也是这样想的。你们的民族不是认为，向北航行即意味着死亡吗？你们的民族不是自古以来便按照头朝北的方向安葬尸体的吗？你们最理想的房屋不都是坐南朝北的吗？爸爸说，原因不是别的，只因所有的外族都是从北方过来的。他们在你们国家养得脑满肠肥、大腹便便，然后丢下你们，扬长而去，只余下些文明的残羹剩饭、疾病和少得可怜的知识？

　　亲爱的明克，我是怀着沉痛的心情给你写这封信的。我们决不是为了伤你的心。我们只是想告诉你：北方并不神秘莫测。但有一点应该提醒你：要永远警惕地注视着北方。

冉·马芮说："明克，我觉得你们的国家太孤立了，无法听到其他国家的脚步声。假如其他民族在自己的国土上感到无地容身，便来到你们国家觅求沃土和温床，寻欢作乐，为所欲为。连荷兰这样的小国都能在这里称王称霸，而你们的民族却束手无策。他们这样做已经三百年了。明克，这可不是一眨眼的瞬间啊。"

这些话使我羞愧万分。实际上，我苦于无能为力，因此更感到愤慨填膺。

面对众人如此混乱的思想和纷繁的意见，我愈加茫然。还是在学校里简单一些，学生只需听课，毫无保留地接受几位老师的见解。如果你成了他们的得意门生，他们就会把最好的分数赐给你。

马尔顿·内曼在文章中写道：由知识分子组成的"中国新青会"（Angkatan Muda Cina）非常嫉妒日本的成就。就是那个正在蚕食他们国土的日本。他们又何止是嫉妒！而是眼巴巴地看到了事实，却无能为力，心中恼怒。

我也有同感。

内曼说：这个中国新青会很可怜。它大约要比它所嫉恨的那位老弟——日本落后四十年。试想，光是为剪掉男人的辫子（sang thau-cang）和把妇女从裹脚陋俗中解放出来，至少就需要十五年时间。这还未必能够取得成功。因为，"习俗"将要用残酷的武力来镇压这些青年。即使全世界的华人都能除掉留辫子和裹小脚，他们还需要进一步改掉随地吐痰的恶习——这个使人毛骨悚然的恶习简直让华人与世界势不两立。为达此目的，中国新青会可能又要花费二十五年。因此，估计需要再过七十五年，人们才不至于反感和华人站在一起。

内曼又说：日本已被承认和欧洲人平等。中国还未能如此。人们说得对：日本和中国只有一步之遥。但这一步无法以公里或海里来计算，它是文明程度的"一步"，因此只能用华人的内在力量来衡量。

无论如何，内曼的文章还是很吸引人的。以后，我要找个时间去问问他，对我的民族有什么看法。是否他也像德·拉·柯罗瓦一家那样把我们看成可怜之人？想必他要拿出算盘来，为我计算一下，需要多少个十年才能赶上日本的水平。

内曼还写道：至于文明程度的差距究竟有多大，这无关紧要。无论如何，强者总要并吞弱者，尽管强者国土窄小。设想一下吧：中国这个大国，倘若一朝兴盛，将会出现何种情景呢？那就是黄祸啊，先生们，黄祸。可要小心哪！今天的日本不已经成了灾难了吗？不管我们喜欢与否，将来中国也要变成这样子的。我们这辈子也许见不到这样的事实。然而，还是多加提防为好，因为时间在不断前进，不以我们的意志为转移。

有一天，我看见桌子上放着内曼寄来的一封信。这是写给我的。他希望我到编辑部办公室去一趟，和他一起对一位中国青年用英语进行采访。

用英语采访，而不是荷兰语！这是个进步。假如有谁不这么认为，那我真不知道该怎么向他解释才好。对此，姨娘没有表示反对。她也和我母亲一样，无论我做什么，她从不阻拦。只要我敢于承担后果，不伤害别人，她总是支持我。而且，她更教导我，别损害他人。

似乎只有冉·马芮一个人持有不同意见，也正是他，惹起了一场争吵。"明克，我早就想和你谈谈，可是总不太好开口，"他说，"虽然我觉得，这是我的义务。"

"冉，你想说什么？"

"是这样，明克，"他先解释道，"你写了不少文章，因而出了名。这是不可否认的。可是我却有些不同看法。我这些看法可能就来源于你本身。是这样，明克，依我看，你出名，不是因为你写了文章，而更多的是因为你的个性。你有与众不同的方法和观点。你有自己洞察问题的特殊方法。这些都是你的特点。你的文章不过是你内涵的外露，不，是你个性闪出的光焰。你确实与众不同。你掌握了荷兰语，并能用它来写作，这是很幸运的。"

一开始，他的冗长议论就引起了我的怀疑。可能他这些看法也是二手的，他不懂荷兰语，平时也不惯于发表这种长篇大论。他这样对我进行说教，我感到很不舒服。如果他想摆脱对我的依靠，那根本不必对我高谈阔论。他要想完全依靠自己，那是他的权利，假如他感到不需要别人的帮助了，那就请便吧。我还觉得庆幸呢。

可我感到他这次发表演说的方法有些奇怪，宛如被堵截已久的洪水突然打开了缺口。

"啊，你说要怎样吧，冉？"

"我感到有些遗憾，也许千百个人都和我一样感到遗憾：为什么你只用荷兰语写文章呢？为什么你只对荷兰人和懂荷兰语的人讲话呢？正像你母亲说过的那样，你丝毫也不欠他们的。可是你总是只和他们讲话，你想从他们那里得到什么呢？"

　　我感到偏见已使他出言不逊、自命不凡，那样傲慢、尖刻地教训人，以至训斥起我来了。我情不自禁恼怒了。我觉得他是想算计我。他希望我用马来语写文章，好让自己能直接阅读我的文章。若这样做，我的名声、我的成就、我的威望必将全部毁灭。我睁大了双眼，瞪着他。

　　"你生气了，明克？"他的语调听起来十分高傲。

　　我强压怒火，暗想：不管怎样，他不是我的仇敌，而是我的朋友。我不能破坏我们之间的友谊。可能他不愿面对这样的现实：我的个性和我写的文章密切不可分，而我的文章又和荷兰语紧紧相连。将这三者割裂开来，只能使我明克变成路边的一堆垃圾。

　　"那么说，你是希望我用马来语写文章？"我问，"好让你能读我的文章，而让我失去其他读者，是么？"

　　"你误会了，明克。别把我拉进去。我说这些话是为了你好。要知道，在东印度运用最多的是马来语，比荷兰语广泛得多。"

　　"难道你想不顾这样的现实吗？"我反驳道，"只有受教育不多或文盲才去读马来语！"

　　这句话显然刺激了冉·马芮，因为他是不懂荷兰语的。但这正是我所希望的。我现在感到很受伤，他也应该尝尝这种滋味。

　　他竟大声嚷了起来："你是个有文化的土著民！如果他们，那些土著民没有文化，你应该让他们有文化。你应该，应该，应该同他们对话，用他们熟悉的语言和他们讲话！"

　　"马来语读者至多也就是那些没有教养的印欧混血儿，他们不外乎就是种植园和工厂里做工的那些人。"

"不要侮辱人!"他厉声说,"难道你认为高墨尔也是文盲?他就用马来语写作,还替你翻译过文章。难道荷兰人为你辩护过吗?这些文盲中又有多少人为你的事情甘心坐牢呢?他们坐了多少年牢呢?那些土著民为你的婚姻流血斗争,不就是因为高墨尔把你的文章译成了马来语的缘故吗?他们看的,不是你用荷兰语写的文章,而是高墨尔替你译成了马来语的文章。"

"你胡说八道!"我冲他的脸嚷道。

"这是高墨尔说的。"

"你个骗子!"我咆哮着。

"他比你更了解土著民!"他申斥道,"你就是不了解自己的民族!"

"你越说越不像话了!"我怒喝。

"通过马来语报纸的读者,甚至连那些一字不识的人,也都知道了你的事情,并因此激发了他们的情绪,激起了他们的正义感……"

我怒不可遏,转身走出他家门,直奔马车。屁股刚沾到座位,我立即命令马朱基驱车回家。

"刚才吵架了吧,少爷?"马朱基问。

我没有回答他。

马车刚一走起来,从后面传来小姑娘梅萨洛·马芮清脆响亮的喊叫声:"叔叔!叔叔!"

"别管她,继续前进,朱基!"我吩咐。我心里想,哼,梅萨洛你也别来这一套!不和你们来往,无损我一根毫毛,我耳边蓦地响起马芮两年前说的一句话:你是个学识渊博的人,办事要公允,要从思想上真正做到公允。

刚才我的言行公允吗?我回头望去,只见小姑娘追赶着马车,拼命呼喊我回去。我扪心自问:这样对无辜的孩子应该吗?你这样对待她爸爸合适吗？你疑心重重对吗？小姑娘有什么错？

"返回去！"我向马朱基命令道。

"返回到哪儿去呀，少爷？"

"返回刚才的地方。把车停在小姑娘那儿。"

马车停下时，梅萨洛跑得已经上气不接下气了。我迅速跳下车，看见她泪流满面，两手还在头顶绝望地挥动着。我立即把她抱起来。

"怎么了，梅？"

她一边啜泣，一边用法语断断续续说："不要生我爸爸的气。叔叔，我爸爸只有您这一个朋友。"

顿时，我心如刀割，急忙凑到她耳边，低声哄劝说："没有，梅，我没有生你爸爸的气，真的没有。好了，咱们回去吧。"

"叔叔，那您为什么跟我爸爸那样大吵大嚷？"她反驳道。

"好吧，我不再跟你爸爸大吵大嚷了，梅。"我向她许愿说。

"叔叔，我给您沏好咖啡了！"她又说，"可您怎么生气地走了？叔叔不喜欢梅了吗？"

我一边用手绢给梅擦拭眼泪，一边把她抱进屋里。冉·马芮还坐在原来的地方发愣。他低着头，看也不看我一眼，似乎不愿再与我为友了。梅萨洛跑进屋里，转眼间端着咖啡走出来，然后匆匆地到她父亲身边，用清亮的嗓音抽抽搭搭地对父亲说："爸爸，叔叔不再生您的气了。"

冉·马芮仍旧一言不发。

看来他和我都感到懊悔了。我呷了几口梅端来的咖啡，用手抚摩着梅的头发。稍坐片刻后，我便起身告辞了。

"不！"梅不满地说，接着又哭了起来，"叔叔，您还没和我爸爸说话呢。"她哭得两眼通红，跑过来扑在我的怀里。她毕竟是个孩子，这就是她对我表示不满的一种方式。我情不自禁，也掉下了眼泪。我一下子扑向马芮，紧紧抱住他，吻着他那胡须密布的脸颊，说："请原谅我吧，冉，请原谅我吧！"我哭了，冉也哭了。

以上所述，是上周发生的事。

现在是早晨八点半钟。我手里拿着内曼的信，又来到了马芮家。梅上学去了。冉正在画画。我暗忖着，这次我可要反过来气一气他才解恨。我明克非但不必用马来语写文章，而且现在升了一级：我要用英语进行采访了。

他看着我走进来，没理睬我。我走到他身边，先开口道："冉，请再次原谅我，上次是我的不对。"

他没有抬头瞧我，继续用画笔在画布上涂抹着，回答说："我理解你现在的心境，明克。近来你很悲伤。你还在为你的妻子服丧。的确是我不对，我说话也不看看时机。请你忘掉那些吧，明克！再说，我不该干预你所献身的事业。可我说那些话，没有恶意。"

他说话的神情一本正经，声音洪亮，语调深沉，听起来如同在向我敲着警钟一般。

"当然，你是不会说我坏话的。"

现在可是我回敬他傲慢态度的时候了。我要让他看看内曼的信，让他知道一下：我明克一直在进步。他一定会吃惊的，也应该吃惊。他应该好好见识一下，明克究竟是个什么样的人。

"冉，内曼给我来信了，他要求我到他办公室去一趟，这次不是让我用荷兰语写文章。你不是反对我用荷兰语写文章吗？"他放下画笔，惊异地望着我。

"我可不是要反对你。"他回答说，并没有继续往下讲。

"内曼要我写文章。你知道用什么语言写吗，冉？是用英语！"

他似乎已经明白我在报复他。只见他的手在哆哆嗦嗦地摸着画笔，刚摸到就又把画笔碰落到了地板上。他没有去捡画笔，却在裤腿上擦了擦手，然后把手伸给我，冷冷地说："祝贺你，明克。的确，你在不断取得进步。"

这回你也尝到滋味了吧！我心中兴奋地说。接着我便满怀胜利的喜悦，审视起他的画来。

自从马第内特医生在我的婚礼上为他作了宣传以后，不用通过我这个中间人，他便接了不少活儿。现在他已经完成了十多幅画像，其中只有马第内特医生的画像是我熟悉的。这张画像以黄昏的云彩为背景，显得有些昏暗。马第内特医生的眼睛仿佛在盯着我，连眨都不眨一下。高高的鼻梁又尖又亮。从这幅画像上，我又一次见到了善良的马第内特医生。

"那些画全画好了，就等着来取了，明克。"他陡然扭转了话题，说，"你仍然崇拜着日本，是吗？"

"是的，冉。"

他煞住话头，介绍起他画的人物来：这个是某某行政长官，那个是区侦缉队长，这个又是某某官员……显然，他是在向我显示自己的才能，好像在说：没有你作中间人，我也照样能活，而且活得更好。

"你已取得了很大的成绩，冉。"我赞扬说。

"恰恰相反，这不是一个艺术家应做的工作，明克。这是苦力干的零活。"

"可是你画的这些全都是大人物！"

"这与艺术毫无关系，我干这种活只是为了糊口，不是要使生活增添光彩。我想要表达的东西，在这些画像里是无法得到任何体现的，也许马第内特医生的画像是例外。"

"我能听懂你的话，冉，可是我不明白你说的意思。"我睨视着他，发现他没有在嫉妒我的成功，他的确是不满于目前的工作。

"你还记得吴姬吗？就是那个日本妓女？"

"当然记得，冉。不就是那个弱不禁风的矮小女人吗？"

"为了糊口，用艺术来满足顾客的需要，这与吴姬有什么两样？真丢脸。"

我越发感到迷惑不解。他仍不肯正面看我。

"你这样比较太极端了吧？"

"你想一想，得到一些收入，只是为了让别人高兴，却表达不了自己的心声。这在艺术上不也叫出卖灵魂吗？与吴姬卖身有什么两样？你还算幸运，可以通过写文章来表述自己的心情，而我却不能。"

他夹着拐杖蹒跚地走到窗前，然后转过脸来对我说："你仍然很崇拜日本吗？"

"冉，你问这个干什么？"

"假如所有的日本人都不愿意用自己的语言写文章……"

这时我才恍然大悟，原来他是在向我反攻哪！我便又警惕起来。

他却把话题岔开了，说："过去我曾谈过扎巴拉的雕刻，你还记得么？我制作的家具能用上扎巴拉的雕刻图案，这尤其使我感到满意。我想，至少我还能让你们民族优美的艺术作品长期保留下来，使人们不至于忘却。我常听高墨尔说，爪哇有许多出色的作品，倘若我懂爪哇语，那我宁愿把它译介给法国人，而不愿再做像吴姬那样的工作。"

他的话使我越加感到茫然。可是我毕竟已有所察觉，他仍在向我进攻，不过是让我自己去猜度罢了。

"你说话很乱，冉。"

"是的，我也不知道自己在说什么。"

我们两人开始缄默不语。这时，我琢磨起他刚才说的话来。我的脑袋里倏地出现了一个模糊的认识，这是通过把他说的每句话连贯起来理解之后所产生的：崇拜日本……假如所有的日本人都不想用自己民族的语言来写作……把爪哇优美的艺术作品长期保留下来……宁愿把爪哇的作品翻译介绍给法国人，而不愿干像吴姬那样出卖自己的工作……没错，他还在向我进攻。我能领会到，他攻击我的意图仍旧是：把我的兴趣从荷兰语拉到马来语和爪哇语上来。很明显，他对我使用英语这个进步并不感兴趣。

于是，我将他的注意力引向别处："冉，我妻子的画像怎么样了？"

"安娜丽丝已经够漂亮、够迷人的了，无须再加什么修饰。她最后的经历使她具有了特殊的地位，是其他人所不可能有的。明克，一个画家，只有真正熟悉了她，才能用画笔勾勒出这幅画像的真实意义。"

对绘画这门艺术我是门外汉，所以只含糊其词地表示赞同说："那当然，冉。"

"再说，我也毫无必要来欺骗你或姨娘。"看来他在揣摩我的心理。他把"欺骗"说得很重，似乎有意让我记起上周发生的争吵。

"欺骗朋友是不应该的。"他又接着说。

你瞧，他还在催促我用马来语或爪哇语写文章。"冉，要是你忙，我晚些再来接梅。"我说，目的是想结束这场令人不愉快的谈话。

"你总是这样热心，明克。"

我思索着他说的话，离开了他家。

我匆匆赶到。休息室里有一位华人青年正坐在那里等候。他瘦瘦的身躯，使那条发辫显得格外长。他皮肤洁净，像象牙般白里透黄，与那棕黑色头发显然很不协调。透过他那白净的皮肤，仿佛能看见他全部血液的循环系统。嘿，他那条辫子真长，都拖到屁股下面了！使人感到他健康圆润的脸，与那条长长的辫子很不相称。不过，他脸孔虽圆，身体却很瘦弱。我又仔细打量了一下他的发辫，又粗又密。

不知为什么，这位梳辫子的青年向我点了点头，微微笑着，两只细眼都快笑成了一条线。微笑时，只见露出一排白牙，又稀又尖。他穿一身淡黄色的山东柞蚕丝绸衣，虽不算新，却洗得干干净净。红红的脸蛋，活像两只红皮番石榴。

他向我点过头，微笑着打过招呼后，便沉静地在一把椅子上坐下。他缄默不语，没有想要说话的样子。

我心中暗自忖思，这大概就是内曼要采访的那位中国青年吧。假如我要采访的正是这位新客（Sinkeh）①，那确实叫人扫兴。你看，一个毛孩子，牙齿又稀又尖，穿着一身用山东柞蚕丝做的睡衣，甚至连鞋也不穿！荷兰语报纸怎么可能对这样的新客感兴趣呢？如果真要采访他的话，那怎么也看不出他是个有学问的人？尽管穿的衣服是用山东柞蚕丝做的，但也不能穿睡衣走进欧洲人的办公室呀！如果说他是位手摇小鼓的货郎，或者是乡间的放债人，也许更恰当些。他甚至连拖鞋都不穿，光着两只脚！

一位纯血统的欧洲人请我上楼到编辑部办公室去。内曼正在伏案书写。见我走进来，他把手中的鹅翎笔放入墨水瓶中，站起来向我们问好。他喜出望外，十分热情，和颜悦色地对我说：

"先生，我相信您已经度过了困难时期，所以我才敢冒昧地给你写信。"

"谢谢，内曼先生。"

"我们一致钦佩先生和姨娘的坚定态度。您的妻子在荷兰情况如何？"

"很好，先生，很好。谢谢您的关心。"

"我听了很高兴。先生，还记得您最近写的一篇文章吗？你在其中用了一个比喻，叫作'暴风雨中的雀'。我个人意见，这个比喻不尽恰

———————————

① 当时人们对刚从中国移民到印度尼西亚群岛地区的华侨的称谓。

当。据我们看，能与暴风雨相比的，正是先生您自己。这不仅仅是我个人的观点。而您文章中所说的'暴风雨'，实质上是一只雀。"

"先生您今天真是对我过奖了。"我回答。这时我想起了母亲的嘱咐：要时刻提防称颂你的人，不论他是谁。

"我对您可无溢美之词。"他掏出怀表，看了一眼，又继续说，"能像您那样坦然地经受住考验，一千个人中都不见得能挑出一个来。事实证明，您正是在克服困难中不断前进的。正因为如此，我才大胆地在去信中向您提出：重打锣鼓，用英语写作。在这条战线上失利了，到另一条战线去打个胜仗。殊途同归，嗯？难道不是这样吗，明克先生？如果先生这次能够成功，那么您的声音无须通过他人的翻译，便可以传遍全球了。"

"先生，您过奖了。"

"完全不是这样。"他坚持己见，"您看，先生，自从承认了日本人的平等地位以后，在东南亚出现了许多奇闻逸事。"

"我拜读了您的每一篇文章，可是，请原谅，我未曾读到什么奇闻逸事。"

他满面含笑，请我在茶几旁就座。"并不是所有的事情都报道了，先生。是这样，您读过我的那篇文章吧，写的是中国青年嫉恨日本人而产生的惶恐不安？"他用两道锐利的目光，直勾勾地注视我的眼睛。

"是的，我读过。接到您的信后，我又读了很多。"

"好极了。看来那些中国青年想要追赶日本。如果先生已经开始用英语写文章，那么您就可以同英国驻新加坡和香港的出版机构直接联系。这样您就会接近大英帝国，进入国际视野。您写的那些奇闻逸事将会使国际舆论发生极其浓厚的兴趣。先生，您说不定很快就会大获成功。"

"先生的夸奖我实在不敢当。"我不好意思地说。

"这完全不是过奖。不妨我们来作个尝试，开个头。待会儿，我们来采访一位中国青年，他和您年龄相仿。您只需把我采访他的情况写下来。"

果然，要采访的就是那位刚从中国来的红脸蛋青年。

"与此同时，"内曼接着说，"先生将会亲眼看到东南亚的奇闻逸事是怎样产生的。您一定会感兴趣的，先生。这些中国青年只不过是舞台上开危险玩笑的小丑。其实那并不可笑，而是可悲。众所周知，您的才学，他们是望尘莫及的。荷兰的教育制度在世界上名列前茅。您就把我们这次尝试看成是令人愉快的一场比赛吧。"

刚才那个纯血统欧洲人打开了编辑部办公室的门。我没有猜错：红脸蛋（si jambu bol）[1]站在门前，深深地鞠了一个躬，当他直起腰时，我发现他比我想象的还要瘦。

"请进。"内曼用英语说，在椅子上一动也没动。我也学着内曼的样子请他进来。

这位青年光着脚，步履轻快、敏捷，穿过室内空间，走近我们，立在桌前，又鞠了一个躬，用英语向我们问候。这对我来说，还不大习惯。

我先把手伸给了他。这时，我才发现自己有些紧张，心想：不要首战失利啊！倘若我听不懂他的话，那可要羞愧得无地自容了。

内曼仍旧坐在椅子上。他的英语很清楚：

"请坐，先生。"他说，"好，让我来介绍一下。明克先生，这是许阿仕（Khouw Ah Soe）先生。许阿仕先生，您一定在报上见过明克先生的名字吧。"

红脸蛋坐着又躬身施礼。他这样频繁鞠躬，简直使我产生怀疑：

---

[1] 直译为马六甲蒲桃（番樱桃属）。

这是否是中国的传统礼节？

"是的，是的，明克先生……"

我聚精会神地听着，尽力使自己能听懂他那带着口音的英语。

"变故接踵而至，我们一直关注着先生和您一家的命运……我们对先生全家深表同情。但愿先生坚韧不拔。不知先生爱妻近况如何？"

"很好，谢谢许先生。"

他那细眼睛仿佛在透视我的双目。我又迅速打量了他一番。他并没有因为自己打赤脚和只穿睡衣而感到低人一等。他落落大方，谈吐自若，没有那种见欧洲人时的不自然，而宛若置身在亲朋之中。他那种潇洒的举止可能使内曼先生心里不高兴，因为内曼已习惯接受土著民的过分恭维。然而，我却与他感情相通，对他的风度很感兴趣。他庄重自如，毫不做作，如实地表露着内心真情。侃侃而谈时，他脸色越显红润。双唇时启时合，不时可以看到他那又稀又尖的牙齿。

"假如您有时间的话，我很想和您谈一谈。"他对我说，"先生，起码我们很感谢您。不管通过什么方式和途径，在我们推翻阿章之流的腐朽一代时，您给了我们很大的帮助。"

他说的每一个英语词汇都清晰可闻，但要命的是我并不理解它们的意思。我紧锁双眉，无可奈何。看来，他讲英语有自己的习惯。我只得凝神谛听，以便能更多地听懂他说的意思。

"我们远远比不上先生所作出的贡献。感谢您，万分感谢。恕我冒昧，请问先生现住何处，是否仍在原来的农场？"

"是的，许先生，还在农场。"我很奇怪，为什么我的情况他知道得这样清楚？

"不知日后我可否去贵府登门拜访？"

"当然可以，先生，倘若我不在家，请您稍坐等候。"

内曼插话说："二位先生，让我们开始采访吧。"

我已准备好纸和铅笔。那位纯欧洲血统的人又开门进来，内曼挥手示意，让他走开。

　　"请问许先生，"内曼开始发问，"您愿意谈谈自己的家世、住地和所受的教育吗？"

　　"当然愿意，先生。我原籍在天津（Tientsin），父亲是个商人。"

　　"做什么生意，先生？"

　　"所有可以卖钱的东西。我毕业于上海一所用英语授课的中学。"

　　"天津和上海两地相距不近吧？"

　　"不错，相距很远。"

　　"您是毕业于基督教（Zending）教会中学呢，还是天主教（Missie）教会中学？"

　　我不停地写着，记着，主要是关键词，并不成句。

　　"噢，关于什么样的学校和谁开办的，我认为无关紧要。起初我打算去日本深造，可是当了解日本为外国留学生提供的名额太少时，我便没去力争。况且我还听说，有几个中国学生未等到功课学完便离开了日本。"

　　他停了片刻，似乎故意为我留出记录的时间。

　　"他们的举动是否是对种族歧视的一种抗议行为呢？"

　　"不是，他们立志要做中国新青会（Angkatan Muda Tiongkok）运动的优秀分子。"

　　"那么您加入他们了？"

　　"是的，我认为当学者没用，即使你学问宛如腊梅（Mei）般炫丽，也毫无用处！……"

　　"什么是腊梅？"

　　"不过是一种树的名称而已。这种树开花的时候，满山遍野金黄一片。"

"这种树长得很高吗？"

"不高，根本不算高……假如最终还要听任那些在朝的昏庸而贪赃枉法的腐朽势力摆布，并且为保住他们的朝廷而不得不与之同流合污的话，那么，知识再渊博，也毫无用处。真是毫无用处，先生！学问再高的专家，堕入如此无能的朝政之中，也会变得愚昧无知。"

"那么说，您对当前中国的皇朝持有异议了？"内曼问。

"不错！"

"那可是犯上作乱呀！"

"难道还有其他出路吗？"

"日本也还是天皇当政！"

"我们不是日本，先生。日本在崛起，中国在崩溃。我们想加速旧中国的崩溃，以使人们觉醒，反抗压迫。"

"可是中国的老辈人（Angkatan Tua Cina）是以聪明智慧著称的。他们留下了很多遗产、书籍、文物和高度的文明……"

"不错，但那都是老辈人在他们还是青年时做出的成绩。现在是摩登时代。任何国家和民族，如不吸收欧洲的实力，并奋起与之并驾齐驱，那必将为欧洲人吞噬掉。我们应该借用欧洲的实力来整饬中国，但又不使它变为另一个欧洲，而是像今天的日本。"

"先生坚信自己的思想吗？"内曼问。

"对自己思想的坚信，正是我们前进的动力。我们从未受过外族的殖民统治，我们也不愿受这样的统治。反之，我们也决无奴役其他民族的梦想。这就是我们的信仰。我们的前人说过：上有天堂，下有苏杭（Di langit ada sorga, di bumi ada Hanchou.）①。我们又补充了一句：

---

① 杭州（Hanchou）是以美丽而著称的一座中国城市，拥有自然湖泊作为妆点。——原注

心怀信仰（di hati ada kepercayaan）。"

"您的话简直像一位英国议员的演讲。"内曼阳奉阴违地说，"先生渴望新的政体并为之而奋斗。"内曼的语调听起来有些嘲讽："您希望中国成为共和国吗？"

"是的。"

"想要赶上英国和法国吗？"内曼傲慢地微笑着。

"在摩登时代，新兴国家除此之外难道还有别的出路吗？"

"要知道，现在欧洲大部分国家也还没有共和体制！"

"那可同我们无关。"

"可是先生，您还留着长辫子呢！"

许阿仕彬彬有礼地笑了笑，鞠了个躬。内曼看着觉得滑稽，也忍俊不禁。我心中感到不是滋味，内曼的话说得太过分了，留不留辫子是人家自己的权利。

"先生，您了解留辫子意义何在吗？"没想到，许阿仕竟反问起来。

"不了解，其意义一定很重要吧？"内曼笑容可掬地说，"跟我们说说。"

"关于辫子的传说，确实离奇得很。据说在某个时代的某个时刻，欧洲人对我们是那样地崇拜，甚至法国人也跟着我们狂热地留起辫子来，紧接着，先生，荷兰人也掀起了辫子热。后来，美国人也留起辫子来了！"

内曼脸色苍白，低声嗫嚅着表示承认。

"不过，这是欧洲人和我们交往尚未很久时发生的事情，现在当然不会这样了。但是，无论如何，欧洲人留长辫子，甚至美国在独立战争时期也有人留辫子，这是十分令人惊讶的。听说，法国在文艺复兴时代，不但有人模仿我们留辫子，还有人学我们的样子吃青蛙呢！吃青蛙，这可是件被其他民族视为有失体统的事。而辫子意味着什么呢，先生？中国在北方民族的统治下，辫子表示顺从和屈服。你看看，先生，在中国，辫子是卑贱的象征。在欧洲却恰恰相反，在某个时代的某个时期，它象征着高贵和荣耀。在中国，人们习惯吃青蛙，那是出于贫穷困顿，在欧洲如此却是因为奢华阔绰。时代和情况就这样颠来倒去，不可捉摸。一度强盛的民族强迫我们留辫子，而欧洲人和美国人依法仿效。今天，这个民族又为日本所蹂躏、欺压。日本人到我国来找钢，找铁，找煤，为使他们的国家强大起来。是这样吧，先生，假如我没有说错的话？"

"真是饶有兴味的采访！"内曼评价道，"您简直是在演讲。"

"对不起，编辑先生。我并没有要演讲的意思。我只是想，今天的采访对我来说是很重要的，因为中国新青会会员接受这样的采访大概还是第一次。"

"你们的新青会没有自己的刊物吗？"

"在当今时代，任何运动都有自己的刊物。反过来也一样，每一种刊物都必定代表着一定的势力，您说对吗？先生，您的出版物也是不例外的。我没有说错吧？"

"那您准备在什么时候剪掉您那条表示屈从的辫子呢？"

"我自有安排，先生。"

"您来东印度有何贵干？"

"见见世面。"

"噢，对了，您是商人的儿子。您父亲经销多种商品，对吗？"

许阿仕点头称是。

"您是一个人来这里的吗？"

"在这个世界上我无亲无故。"

"可您是新青会的会员呀。怎么会没有朋友呢？您到东印度来是为了见见世面，那怎么可能呢？"

"可能是我们彼此对于朋友的含义理解上有所不同。我们的会员只不过是些促进历史发展的建设者，我也同他们一样。我们全都是些想建造崭新历史宫殿的工蚁。"

"许阿仕先生，在我看来，您不只是个中学毕业生，好像上过大学。您鞠躬的姿势是日式的，不是中式的。您显然是在隐瞒您去过日本的事实，至少在那里待过二三年。您一定是位有才华的大学生。"

"承蒙错爱，实不敢当，先生。"

"而且，您这次到东印度来，也决不是孤身一人。"

"我倒也是这么想。倘若真能如此，我就不会感到孤立无援了。"

"我了解，中国人是从来不愿只身漂洋过海的。"

"这么说来，您对中国人十分了解！照您的说法，看来一个受欧洲教育的中国青年，不能跟他的伙伴及同族相异？"

"许阿仕先生，不知您对一只离群的大象有何看法？如果一只大象离了群，难道不危险吗？如果我把您比作一只大象，不也可以吗？您是一位远离您的组织新青会的会员。您到东印度来，决不可能只是为了四处走走、开开眼界。"

"您真不一般！假如是那样的话，您说的倒也对。"

"那又是为什么呢，先生？"

"因为按我们祖上的礼仪，主人的说话应当受到尊重。"

"您真是巧舌如簧啊。大概我可以向您提出最后一个问题了吧？请问先生，您到东印度来是合法进入的呢，还是非法潜入的？"

"您这个问题太妙了，简直跟历史向欧洲民族提出的问题相似：喂，诸位，诸位欧洲人——不是指个别的人——你们是怎样来到东印度的？是合法进入还是非法潜入呢？这个问题，先生，应该由您亲自来回答，而不是我。祝您午安！"

说完，许阿仕从椅子上站起来，微笑着向我和内曼握手告别。他向我们鞠了个躬，便离开了办公室。

内曼愕然呆立，凝视着被许阿仕关上的房门久久出神。当他从沉思中醒来时，立刻转过脸对我说："好吧，明克先生，请您把刚才采访的内容用英语整理一下。看来，他隐瞒了许多实情。他说自己出身在中国北方，却起了一个南方人的名字！他说他没去过日本，可鞠躬施礼却和日本人一样……"他没再继续唠叨下去了。

我整理了不到一个小时，便离开了办公室。看来去接梅还来得及。我走进一家商店，想给小姑娘买点什么。最后，我在货架上挑了一个长得好像安娜丽丝的洋娃娃。

梅尚未放学，还得等她几分钟。刚一放学，梅便一眼看见了我的马车，奔跑着来到我跟前。她二话没说，一下子就爬上了车。她还向几个小伙伴喊着，叫她们也来搭车。没办法，我只好把这群叽叽喳喳、没完没了的小姑娘先逐个送回家，最后才来到梅的家。

快下车时，我才从盒子里取出洋娃娃递给梅。她高兴得又蹦又跳，一次又一次地抱着我亲吻，还亲了几下那个丰腴漂亮的洋娃娃。

"下车吧，梅，我还要继续赶路呢！"

"不，我不下。"她执拗地说。

"唉，你怎么不听话了，我还有好多事情要办哪！"

"谁没有好多事呀？我也有好多事要做！来吧，叔叔，到我家坐一会吧！"

"不去啦，梅。"

小姑娘一听，气得噘着小嘴说不出话来，眼眶里闪耀着两滴晶莹的泪花。然后，她伤心地用法语说："这是您买的洋娃娃，还给您吧，叔叔！反正您不愿再跟我爸爸好了。"

"你越来越娇了，梅。"我嘴上虽这样说着，但心里却让孩子的话搅得不安起来。梅是多么爱她的父亲啊！她生怕父亲失掉自己的挚友。

于是，我迁就她说："好吧，那就送你进屋吧。"

我提着她的书包先下了车。她抱着洋娃娃，连蹦带跳地走进屋里。

"爸爸！"她边跑边喊，"叔叔给我买了个洋娃娃。明克叔叔真好，是么，爸爸？"

我走进屋里，看见梅偎依着坐在她爸爸的膝盖上。马芮回答说："是的，叔叔太好了，梅。"

我故意不去看他们，而是装作去看马芮的画。梅今天的一举一动太感人啦！我扪心有愧！只见她急匆匆地给我端来一杯咖啡。

梅把杯子放在桌子上，两只大眼睛一会儿瞧瞧我，一会儿又瞅瞅她爸爸。

"爸爸，您怎么不和叔叔讲话呀？"梅恳求地说。

"那幅画已全部完成了，明克。"

那小姑娘睁大了两只眼睛，看了看她的父亲，接着又看看我。

"您还有许多画要画吗，冉？"

"是的，还有好多。"

"叔叔，您怎么不笑哇，怎么不像往常那样又说又笑呢？"梅又恳求着我们。

我不由得哈哈大笑，笑得前俯后仰。看到这种情景，冉·马芮也忍不住地放声大笑起来了。只有梅不动声色。蓦地，她抱住爸爸，再也不放手。

冉·马芮和我都默默地瞧着这孩子反常的举动。

"怎么了，梅？"

梅放开手，跑进自己的房间。只听见她在里面放声大哭起来。看样子，如果由着她这么哭下去，那是没个完的。

我急忙跑到她跟前，见她正趴在那张不太宽的木榻上，把脸埋在枕头下侧方，两手攥着褥子边儿。

"梅，梅，你怎么啦？"

我把枕头拿开，搂住她，轻轻地抚摸着她的头。她的哭声逐渐减弱下来，我扶起她，她顺从地坐了起来。

"别哭了，梅，不要让爸爸和叔叔伤心了，好吗？"

她不愿意理我。

冉·马芮拄着拐杖一步一瘸地走了过来，也坐在梅的木榻上。

"梅，你搞得我们俩莫名其妙，到底是怎么啦？"我问。

她还是不愿理我，也不理她爸爸。

"你爱你的爸爸吗？"我问她说。

梅点点头。

"你喜欢叔叔吗？"我又问。

她又点了点头。

"爸爸和叔叔，都非常疼你。梅，别哭了，嗯？"

没想到，她突然又放声大哭起来，在哭声中可以断断续续地听出她带着稚气的抗议声："你们骗我，你们俩不再和好了……"

一直劝到晚上，我总算说服了她，使她相信我和马芮并没有互相视为仇敌。这时我才得以脱身回家。

《泗水日报》没有登载采访许阿仕的报道，也许还没到时候。

一直等到第二天下午，才在报上见到这条消息。虽然不是头条，却也占了引人注目的一栏，其标题还算颇吸引读者：《与一位中国新青会成员面对面》。第一次用英语写的文章能为内曼先生采用，这使我万分高兴。晚饭后，我一定要好好地自我畅读一番。

吃过晚饭，我来到客厅，坐在姨娘身旁，见她正忙着算账，我马上说："天不早了，妈妈。来，让我来算吧。"

"不，这是我自己的事。那只老狐狸妄想攫取百分之十五，我只准备给他百分之五。"

我知道，姨娘说的老狐狸指的是会计师达尔梅耶先生。因此，我就不宜介入了。不过，他们为什么就这百分比讨价还价呢？我的好奇心上来了，我问姨娘。

"读你的报纸吧！"

于是，我读起报纸来了。我一边读，一边瞥看姨娘核算账目。我清清楚楚地看到有一个六位数字。我立即猜想：这是农场的资产总额。姨娘没算多久，便告诉我说："明克，我打算明天去银行把安娜丽丝的钱取出来。我想知道，如果我这样做，你会有什么想法。你觉得这是侵犯你的权利吗？"

"妈妈，您都说到哪儿去啦！我哪里有什么权利呀！"

"不能这么说，明克。不论怎么样，你也是我的孩子，你和罗伯特年龄相同。你知道，这个农场总有一天是要被别人接管的，那人在法律上被认为更有权利。我想再开办一个新农场，需要安娜丽丝的钱。她的存款的确不多，工作将近六年时间，收入全都存入了银行，总数还不到三千盾。这些钱能够以你的名义来使用。"

"不必这样，妈妈。我非常感谢您。您可不要这样做。"

"好了，看你的报纸吧。"

我又读起报来。不知怎么搞的，从第一句开始，就和昨天的采访南辕北辙。报纸上说：

　　周一上午十一点，一位"中国新青会"会员主动前来我报编辑部，出卖其组织活动的情报。此人自称许阿仕，家住天津，毕业于上海的英文中学，年龄二十岁左右。据推测，他与大批同党非法潜入东印度，执行来自日本总部的指令。

　　众所周知，自新青会会员潜入以来，东印度便骚乱四起。他们明目张胆地宣称，要立即掀起一个剪辫子运动，反对中国具有悠久光荣传统的习俗，这是不能容忍的。

他们一来，便遭到了华人新客和东印度混血儿属民们的反对。那些华人自认为热爱故土、尊重祖先，如果中国人一旦没有了辫子，也就不成其为中国人了。因此，那些华人竭力反对上述离经叛道的主张，更是百般诅咒剪辫子的行动。

许阿仕大约在两个月前来到泗水。他不会讲马来语，但精通英语、中国官话和福建方言。据说，他还掌握其他两种中国南方方言。

刚到泗水一周之内，他便拉拢了好几个人，和他们一起在华侨公馆（Kong Koan）组织了一次集会。他在会上大放厥词，说什么辫子是屈辱的标志，起源于蒙古统治时期。他还说，辫子，意味着接受蒙古入侵者的奴役和对他们的屈从，这决不是什么中国人尊严的标志。

华侨公馆闻之哗然。与会者怒不可遏。他们用福建话吵嚷起来，并愤怒高呼："剪掉他的辫子！让我们的祖先诅咒这不肖子孙！剪掉他的辫子！"

据记者报道，许阿仕镇定自若，面对当时的威胁，他毫无惧色。他把辫子从背后挪到胸前，笑着说："请诸位不必多虑，我早就把辫子剪掉了。"

说完，他便把发辫举了起来。这时，人们才看清，他的辫子原来是假的，脑袋上只留着短短的小平头。

与会者向许阿仕和会议主持者猛冲过去，于是，当即惊叫声起，发生了一场搏斗。场上拳打脚踢，打倒了不少好斗之士。许阿仕本人也和他的假辫子一起，被送进了医院，接受了半个月的治疗。

现在，许阿仕已从医院逃走。他此刻不仅筋疲力尽，而且身上分文不名。泗水市的华人社群拒不接待他。他既得不到响应，更得不到资助。他向我们出卖情报之举业已证明，他已走投无路，陷入了绝境。

我转录的采访稿不见踪影，这篇报道和我的稿子毫无关系。但有一点是肯定的，这篇报道将使许阿仕的处境十分艰难。

"你怎么气喘吁吁呀，明克？"

我对姨娘讲述了事情的来龙去脉。她也读了这篇报道。

"怎么能用这种文章来骗人呢？文章是给成千上万人看的，怎么能这样不尊重它呢？"

姨娘用同情的目光注视着我。

"可不要感情用事，"她劝慰我说，"你受的欧洲教育决定了你要尊重和崇拜欧洲人，无条件地信任他们。所以，每当你目睹缺德无礼的欧洲人，就容易感情冲动。孩子呀，其实欧洲人并不比你高尚！他们只是在科学技术和自控能力方面比我们强些，其他方面没有什么了不起。不妨拿我作个例子。我是个乡下人，可我也能雇佣那些内行的欧洲人。你也有这样的能力，谁给他们钱，谁就可以雇佣他们，那为什么有钱的魔鬼就不能雇佣他们呢？"

为什么魔鬼不能雇佣他们？我竖起双眉，瞪大了两只眼睛，望着姨娘。我感到，站在我面前的姨娘是那样的高大，仿佛是个巨人，是座高山。她究竟是个什么样的人物呢？全世界都在为欧洲赞叹，为它的光辉历史，为它的不朽名著，为它近代的创举，为它的非凡能力，还为它日新月异的创造，尤其为它创造了"摩登时代"这个崭新的奇迹而赞叹不已。可是她，我的岳母，却以她自己的方式只身与欧洲人相对抗。这时，我猛然想起了马赫达·皮特斯老师赠给我的那本匿名小册子。上面说：几百年来，在东印度的土著民，尤其是爪哇人，在战场上接连败北，他们不但被迫承认欧洲人的高贵地位，而且不得不在欧洲人面前俯首帖耳！而欧洲人，把那些没有奴颜媚骨的土著民看成是必须拔除而又难以攻克的碉堡。

那本小册子接着说：欧洲殖民主义者的这个观点对吗？回答是：不但不对，而且毫无道理。然而，欧洲殖民主义者决不会就此罢休。当土著民已陷入被蹂躏的境地而无力自卫时，他们也还要继续肆意侮辱他们。他们嘲笑那些利用迷信来愚弄和控制自己人民的爪哇土著官吏。他们说，这些官吏为了保卫自身的利益，宣传迷信，从而节省了雇佣警察的费用。他们创造了关于南海娘娘①的神话，旨在维系爪哇王公们的利益。其实，欧洲人也散布迷信，散布对他们的科学成就的迷信，以掩盖自己奴役殖民地人民的真面目。因此，无论是欧洲的殖民主义者，还是土著官吏，他们都一样的腐败，一样的堕落。

"那么，现在还有什么值得你大惊小怪的呢？"姨娘问，仿佛她刚刚读过这本无名氏写的小册子，其实她根本没翻过任何一页，"不要说报纸，孩子，为了达到他们的卑鄙目的，就连法庭、法律也是被那些坏蛋们加以利用的。明克，不要被那些名称迷惑住了。你不是亲自对我说过么：我们的祖先总喜欢使用一些耸人听闻的名字，想以此给世界留下一个了不起的印象。事实如何呢？金玉其外，败絮其中！欧洲

---

① 南海娘娘（Nyai Roro Kidul 或 Kanjeng Ratu Kidul，此处"南海"指印度洋）是巽他和爪哇神话，起源版本众多，之一源自巽他王国巴查查兰（Padjadjaran）时期一位叫卡蒂塔（Kadita）的美丽公主。她本是国王唯一的掌上明珠，但在她13岁时，继母、王后珍珠（Mutiara）产下一位王子，为防止卡蒂塔成为儿子继承王位的障碍，王后请巫师用巫术诅咒了她，令她染上无法治愈的皮肤病，满身溃烂。王国内谣言四起，国王为维护王族的声誉而驱逐了公主，卡蒂塔流亡到爪哇岛南部时，听到海里有一个声音在召唤，于是投身入海里，她没有溺亡，皮肤病也自愈了。从此，卡蒂塔成为了南海娘娘，能够夺走她想要的任何人的灵魂。

人却不用耸人听闻的名字，而是用科学来显示自己的本事。然而，骗子终究是骗子，造谣者终究是造谣者，这并不因为他们用的是科学而有丝毫改变。"

姨娘的话音里充满愤慨，我理解其中原委。她这骨肉分离的家庭不久将再一次遭受灾难：她的家产将被毛里茨·梅莱玛工程师接管，因为根据法律，他是唯一合法的财产继承人。

我可不能再往伤口上撒盐了。

"既然他们可以并能够这样对待我们，为什么他们就不能同样处置那个中国青年呢？"

"他们竟会通过报纸来散布谎言，妈妈，我……"

"只要能达到他们的目的，孩子。这个中国青年与我们同病相怜，他也没有为自己申诉的机会。在历史上，人类曾为帝王将相所欺压；如今，却被欧洲人所践踏。"

"看来许阿仕的处境的确很艰难。"我扭转话头说，"不仅是那些不愿失去辫子的同族人反对他，而且，有人说他是非法潜入的，警察也在到处搜捕他。"

"这么说，现在你已经了解你的报纸（suratkabarmu）是怎么一回事了，孩子。"

"那不是我的报纸（suratkabarku）。"

"我听你说这句话很高兴。可是，孩子，你应当敢于承担这件事的后果。"

"什么后果呀，妈妈？"

"什么后果？至少，那个中国青年已经怀疑你也一起参与制造了这可耻的骗局。"

"也许他会上我们这儿来的。"

"假如他怀疑你也是这骗局的制造者，那就不会来登你的大门。"

"但愿不是这样。"

"如果不是这样，如果他到这里来，那他就会得到我们的保护。他可以住在达萨姆那里。"她说着又坐下来，"他不能住在这座楼里，不能让别人发现他。要好好招待他，孩子。当然，他的生活习惯与我们不同。但你仍然可以向他学习，学习他那不同于欧洲人的另一种思想。"

学习他那不同于欧洲人的另一种思想？我这岳母大人的头脑里尽装些什么样的主意？

"你为什么这样发愣？我说错了吗？不符合你们老师的教导，是么？你怎么像是和我初次见面那样地看着我呢？"

"是的，妈妈，您越来越使我感到惊讶了。"

"那么，你从我身上学到了什么呢？"

"妈妈，您真是我名副其实的老师，一个非欧洲人老师。我不但要记住您的教诲，而且一定要把它付诸行动。"

"我可没那个意思，孩子。"

"妈妈！"

"明克，我现在只剩下你了，我感到，生活在这个世界上，太孤独了，甚至我都不明白，我为什么还要这样拼命工作呢？其实，我无须干活也能安逸度过今生。可是，我不能眼看着这个农场萧条衰落。它也是我的心肝宝贝，就跟我生下的第一个孩子一样。即使它落入了他人之手，也始终是我的至爱。我不允许它像其他东西那样被人毁掉，不允许别人把它当成一头索取乳汁的奶牛。它是一个富有生命的东西！"

她念念不忘农场的命运，可同时也牵挂他人安危。

"是呵，我把农场比作我的初生孩儿。可是不久，这一切都将不归我所有了，孩子，我就剩下你一个人了！我的女婿！我的孩子！你比我亲生的孩子还要亲！我时常感到恼恨，为什么罗伯特就长不成你这样的人呢？

"……我经常自问：一颗尚未发育健全的种子，怎么还没有开花结果就枯萎了呢？孩子，面对这种严酷的现实，令人痛心疾首！然而，更叫人悲痛欲绝的是，我经常受到自己良心的责备，我不善于教育孩子，是个不称职的母亲。我为什么总喜欢跟你没完没了地讲那些不着边际的话呢？原因就在这里。"

　　姨娘拿起那张《泗水日报》，当扇子扇了起来。她沉默了许久，才又缓缓地，一字一句地说："根据你的介绍，我看那个中国青年很善于学习欧洲人的长处，也善于摈弃欧洲人的糟粕。他一定是个有头脑的青年。他比这种报纸更可信。"说完，她把手中的报纸扔到了桌子上。

第
四
章

沃诺克罗莫的这所大宅里，气氛一天比一天沉寂压抑。我连写文章的兴致也没了。在办公室里工作，同样感到枯燥无味。在姨娘身边，我俨然成了巨人膝下的一个侏儒，高山脚下的一颗石子。我太无足轻重了，我的人格湮没在她非凡的睿智之中。

如果长此下去，那我就只能永远成为她羽翼下的一只雏燕，终生不会在苍穹中翱翔。本来，我已拿定主意，想离开沃诺克罗莫和泗水，永远不再回来。但是，每当看到姨娘这位才能出众的妇女也和我一样，在生活中蒙受了极大损失，我便不忍心离开她。没有我，她该多么孤寂呀。没有我，就无人帮她谋划宏图大略。没有我，她就只能在这个世界里茕茕孑立，就像汪洋大海中的一丛珊瑚。

我必须离开这里，必须恢复我的人格，我可不愿在别人的卵翼下虚度一生。

一天早晨，在办公室里，我向姨娘讲了我自己的想法："妈妈，等班吉·达尔曼一回来，我就想离开这儿。"

我跟她这么说了以后，真是后悔莫及。显然，姨娘感到悲戚忧伤。她拉开抽屉，假装在寻找着什么，以此来掩饰自己不悦的心情。

"我没有权利阻拦你，孩子。不过没有任何人能替代你，即便是班吉·达尔曼，他也替代不了你。"

我知道，姨娘不愿我离开她。

突然，她好像意识到她最近对我略有不足之处，问："孩子，你到底想干什么？"

"我只想能离开泗水，妈妈。也许去巴达维亚。我想，我应该继续学习，认认真真地学习，将来或许能像马第内特那样，当一名医生。"

"孩子，你心灵上的创伤还没痊愈，思绪纷乱，在这种情况下……还是不走为好。孩子，你这样也无法学习，只会到处彷徨。这样，你不可能得到你想要得到的东西。你将会感到更加悲伤。你还是先住在这儿吧，等你的情绪安定下来再说。到那时，你会做出更好的抉择。"姨娘沉默了。

我们两人中间仿佛已有默契：不去回想，也不去谈及一切与安娜丽丝有关的往事。马第内特医生已被解除指控，有时来看望我们，他也从不提起我那过世的妻子。达萨姆就更是如此了。

在为期一周的开庭里，达萨姆成功地摆脱了违抗巡警队和骑警队的指控，现在又干起他的老行当来了。从外表看，他宛若生来就不曾见过一个名叫安娜丽丝的人。

一如以往，达萨姆仍然每隔三天到我的房间来学习一次。现在他不仅会读会写，养成了读马来语报纸的习惯，还开始学习算账。白天，有时他硬着头皮学习处理办公室的事务。

他还定期到卡里梭索（Kalisosok）监狱去，探望那些在上次事件中被捕的伙伴。姨娘每次总要亲自检查送给他们的慰问品，并不忘让达萨姆转达她对受害者的问候。有一次，她甚至要亲自去探监，被达萨姆劝阻了。

大约有十八人在事件中受到了株连，他们被判处两到五年戴锁链的苦役。他们同情我们、见义勇为，我们真不知该如何报答他们的恩情。姨娘总是向他们表示诚挚的感谢，除此以外，还每月在经济上周济受害者家属。一点不假，即使是河床和山峦的卵石，也都是通情达理的。不要小看一个人，更不要小看两个人，因为，即使在一个人身上也潜藏着无尽的力量。

某天早晨，我感受到妈妈心里的清寂，为了改变一下气氛，我便鼓起勇气开口说道："妈妈，安娜丽丝以前有个愿望，希望您再生一个可爱的小妹妹，您要不要满足她的那个愿望？"

"别胡说！"

"我们不是该尊重逝者的叮嘱么，妈妈？"

"你过来！"姨娘把我叫到她的桌子旁边，自己却站起来，给我腾出地方，说，"喏，这是抽屉的钥匙。你自己打开吧。看看里面的信。"

我感到莫名其妙。打开抽屉一看，里面装的全是信，有些还用线捆着。

"好，先看捆着的那些信吧。"

我抽出一封。信封还没有开启。看寄信人名字是个欧洲人，一个银行的会计师。

"你读吧。"姨娘说。

"信还没启封呢，妈妈。"

"你打开看吧。不必给我读，你自己看好了。"

原来是写给姨娘的求婚书。

"你把那些信全拆开来看都可以，内容千篇一律。我只看了其中三封，便不再看了。你数数，明克，一共多少封？"

我一封一封地数着。其中寄信人有弗朗斯·马第内特医生、辛姆森督察官、陈庆廷、鲁道夫·斯内代克军士长、泽·雅各布·德·海恩中尉……哎呀，还有高墨尔！我的心怦怦直跳，该不会还有冉·马芮吧。我又一封一封地翻阅着，未发现有他的来信。没等我数完，就听见姨娘说："算了吧，孩子，把信放回去吧。你有什么看法？"

"妈妈风华正茂。"

"看了这些信，我的确感到还年轻。你母亲今年多大岁数了？"

"大概四十出头了吧。"我回答说。

"这么说，我算是她的小妹一辈的人。"

"妈妈，我非常希望能看到，将来有这么一天，您能让我们如愿。"

"是啊，明克，这个问题我已有所考虑。我这样一个人生活下去太孤单了。但是，谁知人生几何？所以我感到现在身边只有你一个人了。对于我来说，你比我周围的一切更宝贵。我希望你能从最近的经历里学得更聪明些。不要盲目崇拜欧洲人。善和恶，无处不在。任何地方都能见到天使和魔鬼。处处都有装扮成天使的魔鬼和装扮成魔鬼的天使。但是，孩子，有一点是肯定的，永远不会改变：殖民主义者永远是魔鬼（yang kolonial, dia selalu iblis）。

"你生活在殖民者统治的土地上，插翅难逃。不过，那也无关紧要，只要你能认识到这个道理就行了：魔鬼永远是魔鬼，你明白它确实是魔鬼。"

姨娘的话里饱含苦涩。我仿佛感到，姨娘正面对着她那无可抗拒的敌人，面对着无法用赤手空拳还击的敌人。这敌人是一个骂不走、打不跑、眼泪和痛苦不会使它心慈手软的魔鬼。

"假如你真正认识到了殖民主义者的魔鬼本性，那么，只要你不与他们同流合污，你对他们采取的任何行动都将是正义的。"说到这里，她长吁了一口气。

"妈妈。"

"嗯？"

"您说的殖民主义是什么意思？"

"说是说不清楚的，更主要是靠亲身体验。看书本也弄不明白。我在辞典上查来查去，翻遍了三种辞典，孩子，白费劲。"

"我想一定是能够解释清楚的，妈妈。"

"反正我是无能为力了，你应该把它解释清楚。"

"妈妈，您看我这样解释如何：凡具占领性质者，便是殖民主义？"

姨娘笑了。我看着她笑，心里感到快慰。可她这次笑，不是出于喜悦，而是觉得我可笑。她没回应我，接着说："整个政界都在赞颂殖民主义，并认为一切非殖民主义的东西都没有生存的权利，包括我在内。世界上有千千万万的人像河底的石头一样，默默地忍受殖民主义的压榨。而你呢，孩子，起码应该会呐喊。你知道我为什么特别喜欢你吗？因为你能够用笔来表达自己的心声。你的声音不会被风声吞没，而将会永存，日后传得很远，很远。至于说什么叫殖民主义，依我看，不外乎是一些强加的条件。战胜的民族为了迫使战败的民族供养自己而制订的一系列条件。这些都是以武力优势为基础的。"

整个上午，我的思想如此纷乱！一切都感到迷离恍惚。问题是这样千头万绪，变幻急遽，捉摸不定。

"妈妈，您对我抱的希望太大了。"

"不能这样说，孩子。你已经长成大人。不过，你仍有一点不足之处，就是你还没有真正认识什么叫殖民主义。你应该学会去认识它。你新结识的那位中国青年叫什么名字？"

"他叫许阿仕，妈妈。"

"这名字可真拗口。从你对他的介绍来看，似乎他已经明白你还没有认识到的东西。"

"可是中国人并没有受过欧洲的殖民统治，妈妈。"

"每一个落后的民族实际上都受着全部先进民族的统治。"

这令人迷离恍惚、捉摸不定的上午，倏忽即逝。我和姨娘又沉默起来。

一天晚上，许阿仕真的到我家来了。一看便知，他处境十分困难。他仍穿着先前那件山东柞蚕丝的中式衣服。我一眼便看到了他衣兜上的污迹。那件衣服不像先前那样干净了，已经布满污迹，还有几处撕开的口子。

我们一起来到我房间附近的一个小花园里，坐在混凝土筑成的长凳上。姨娘仔细端详他：圆圆的脸蛋已失去了红润，甚至显得有些棕黑。发辫稀疏而略带红色，双眼眯着。我听见姨娘用荷兰语低声说道："这么年轻，就离乡背井，远涉重洋，可真不容易呀！"

许阿仕弓身折腰，洗耳恭听，但没有听懂，表示歉意。

我把姨娘的话给他译成了英语。

"承蒙这样的关切之语，深表感谢！"许阿仕答谢道。

毋庸置疑，我自动地给他们充当了翻译。

"许先生，报纸上的那篇关于你的报道，与明克本人写的稿子全然不同。这孩子对此事感到不解。"

"这是可以理解的。"

"你没有明白我的意思。我是担心你会发生误会，生我孩子的气。"

"不会的。因为这种事情总是要发生的。他们自己的言行将会教育人们，使人们起来憎恨他们，反对他们。——在中国，外国租界里的情况同样如此……"

"我的孩子已经为这件事写了一封抗议信……明克，还是你自己说说吧。"

听完了我的解释，许阿仕高兴地笑了起来。他笑得那么轻松，就像没有烦恼缠身似的。接着他补充说："这是殖民地国家当权者的共性——更令人作呕的是，有些人在他们以为是殖民地的国家里定居下来。对这些人抱有幻想是错误的。"

"你看，"妈妈突然插话说，"我估计得不错吧，孩子。你先别忙着翻译我的话。这位青年很有头脑。你可以向他学到不少东西。"

许阿仕望着我，等着听我的翻译。

"妈妈说，"我说道，"报上那篇文章一定使先生处境很艰难。妈妈估计，你连一个栖身之地都很难找到了。"

许阿仕既没承认，也没否认，两眼直盯着地板。我们马上明白了，我们原来的猜测是正确的。像他这样坚强的人不会被琐事难倒。对他来说，最大的困难是找不到志同道合者。

"我先到达萨姆那去，给他准备住处吧。"说完，姨娘告辞出去了。

许阿仕又继续侃侃而谈。我全神贯注地听着，哪怕一个字也不肯放过。"见到像您妈妈这样进步的女性，我真是万分高兴。太令人钦佩了！"他用手轻敲着桌子，使自己显得更自在些，没再继续说话。

"您今天就住在这儿吧，住在达萨姆家里，他是一位习武者。"

"达萨姆？就是被骑警队逮捕过的那个人？这么说，他已经获释了？"

看来北方那边的外文报纸也曾提到达萨姆的名字。这是很有可能的。

"是的，他一定是位勇士。"他突然肯定地说。他不晓得再说什么，显得有些不安起来。

"您住在他那里会很安全的。"我又说。

当他知道有人在为他操劳时，觉得有些不好意思，激动得一句话也说不出来。

这时，姨娘进来请许阿仕去吃饭。我们都吃过了，便没有陪他。等他吃过饭，我把他送到达萨姆那里。这位马都拉人忙作一团，接待着客人，告诉客人厕所在哪儿，假如遇到危险，又从哪一侧逃出居所。

这些都由我替他们作翻译。

许阿仕不像在内曼面前那样躬身施礼，而总是不断拱手致意。他还对达萨姆表达了感谢，因为达萨姆在推翻阿章那个小王国（kerajaan）的过程中出了力。可是我没把这些话翻译给达萨姆听。

我们又坐在达萨姆家的客厅里谈了起来。看得出，他又恢复了原来的神态。这时，达萨姆没有在场。许阿仕又滔滔不绝地讲了两个多小时。

我回去时，见姨娘还没回自己房间。她想听听许阿仕跟我讲了些什么，我便一一告知了她。

"连语言都不懂，就离乡来到异国。"她评论说，"一心为了民族的进步，历尽千难万险。青年人就应如此，孩子。可是欧洲人呢？他们成批地到这里来。他们是土匪，是海盗。你可要注意这两者之间的分别！"

许阿仕在我们家住了三天三夜。

听他后来讲，我才知道，内曼的猜测果然没有错，可以说几乎全都不出所料。

他是和几十个伙伴一起离开祖国的。他们分头到东、西、南、西南几个方向的国家去。许阿仕本人是日本早稻田大学的大学生，与他一起来东印度的还有四个伙伴。他们从新加坡搭乘渔船进入巴眼牙比（Bagan Siapi-api），然后，两人去了坤甸（Pontianak），一人留在巴眼牙比。他和另一个伙伴来到了爪哇。他那个伙伴就留在巴达维亚开展工作，许阿仕独自前来泗水。他听说，泗水是不容易站住脚的一个地方，这里是中国帮会组织"唐帮"（Thong）[①] 的活动中心，它用恐怖手段控制着荷属东印度的华人。整个东印度的华人帮会活动都受泗水唐

---

① 英译名 Tong，"帮"系意译。

帮的操纵。

刚来泗水不久，他便得知一个派往斐济的伙伴被暗杀了。另一个去南美的伙伴在离智利硝石矿不远的地方也惨遭杀害。

有一次，我壮起胆子问他："您来这里到底想干什么？"

他回答说："不干什么，只是作些宣传，来跟我的同胞们说，时代变了，中国不再是世界的中心了，从来就不是世界的中心。不错，虽然中国从前曾经对人类文明作过很多贡献，但是并不像他们历来所认为的那样，中国是世界上唯一的文明国家。"

我想，在我们爪哇族中，有一部分人同样如此。他们总以为自己的民族最高尚、最文明、最神圣。想到这里，我不禁暗自微笑。

"我还必须提醒我的同胞：白人不只是更出色，他们现在控制了整个世界，他们的国家成了世界的中心。没有这样的认识，他们就不可能从错觉和梦幻中解脱出来。觉醒吧！"他的声音陡然变得高昂，"在现今这个世界里，东方民族也会振兴繁荣起来的。请看日本！"他又压低了声调，继续说，"可我们有些同胞总说，区区日本，何足挂齿！这个乳臭未干的国家，弹丸之地，永远只配当中国的弟子，步中国的后尘。"

还有一次，我听他在抱怨自己同胞的落后，尤其是抱怨其中那些侨民。他说，他们不像日侨那样，满腹经纶回到祖国；不像日侨那样，无论研究什么，无论居住在哪个国家，都虚心好学，最后，把知识带回去，成为发展自己祖国和民族的推动力。

"对不起，先生，一谈到日本，我就无法控制自己的感情，一涉及我的工作，我总会热情洋溢。"

"情之所系，因此而激情澎湃有什么不对呢？"我表示赞许。

"是啊！先生，日本甚至派人出国学习弹钢琴，学习制造钢琴，他们派人到欧洲去，到美国去！"他说，中国侨民却不是这样。他们在世界各地终年劳累，只为了发家致富，以便回乡后修葺一下祖坟，博得别人的艳羡。结果，他们都落入当地恶棍的掌心，恶棍盘剥他们，积年累月向他们索取钱财。他们永远是家乡恶棍们勒索的对象，也永远摆脱不了海外唐帮那类恶棍的欺压。若怠慢了家乡那帮恶棍，他们的家眷亲属就要受罪遭殃。

最后，这些华侨不得不再次离开祖国，到世界各地去，挣更多的钱来取悦家乡的恶棍们。他说，现在中国急需的，并不是显耀奢华或打发恶棍的钱财，而是科学知识，是变革的觉悟，尤其是那些具有甘愿为国家和民族献身精神的新人。

因此，华侨子弟们必须接受现代教育。必须筹集一大笔基金。必须停止向唐帮恶棍们纳贡，必须马上成立现代学校，并永远开办下去。否则，我们的祖国就要被日本蹂躏，就像非洲被英国生吞活剥那样。

虽然他的话听起来好像在做广告，但是饶有风趣，引人入胜。

"亚洲每一个开始觉醒的国家，不但唤醒了自己，也支援了其他同命运的落后国家，包括我的祖国。"

"可是科学知识并不是唯一钥匙。"我说。

"您说得很对。"他回答，"它们只是个条件。现代科学使凶猛的野兽变得更加凶猛，使卑鄙的人变得越发卑鄙。但也不要忘记，有了现代化的科学，再凶猛的野兽也能被制服。告诉您，我们指的野兽就是：欧洲。"

最后那几句话使我肃然起敬。如果姨娘在场，她和这位打着赤脚、穿着中式服装的年轻新客一定会谈得十分投机。

"因此，不要幻想有人会给殖民地国家恩赐什么现代教育。对贵国也同样如此。只有被殖民者自己才真正了解本民族的迫切需要。而宗主国对殖民地人民只能是敲骨吸髓，残酷剥削。殖民地国家的知识分子们几经周折以后，就应该认清自己的责任。"他蓦地停下来，话题一转说，"想必您对菲律宾很熟悉吧？"

我感到他的问话如同是对我的责备。因为我只知道菲律宾这个地理名称，这是世界上的一个地方，而且离我的国土并不远。但我对它一无所知。

"很遗憾，我并不了解。"我回答说。

他笑了。他那一对细眼笑得眯成了一条线。嘴唇却咧开，露出了一排稀疏的尖牙齿。

"菲律宾早就在师从西班牙和欧洲了。他们比日本人效法西方还早，比中国人也早。可惜的是，它与日本不同，是个殖民地国家。结果，先效法者却因外族的统治而得不到发展，后效法者却发展了，而且'发展神速'。菲律宾是西班牙的好学生，然而西班牙却是个坏老师，可以说坏透了。但是菲律宾的土著民并非不加选择地向别人学习。他们效法西班牙和欧洲，对亚洲受奴役的各民族来说，菲律宾堪称伟大的先驱，它在亚洲建立了第一个共和国[①]。尽管失败了，却是一次具有历史意义的尝试。"

我注视着他那慢慢活动的双唇，可以看到尖尖的牙齿在唇后时隐时现。

"您真的不了解菲律宾吗？"

"非常遗憾，我只知道在菲律宾爆发了美西战争。"

他哼了下鼻子，随后笑起来。

"您为什么笑呀，先生？"

"西班牙和美国不过是演了一场战争丑剧。其实，它们之间并没有

---

① 1896 年菲律宾爆发革命，反抗西班牙殖民者，1898 年 6 月宣布脱离西班牙独立，9 月建立菲律宾共和国（史称菲律宾第一共和国），是亚洲首个立宪共和国；美西战争后，西班牙以两千万美元把菲律宾卖给了美国，1899 年 2 月美国入侵菲律宾，共和国随之瓦解。参见本书第十四章。

什么冲突。这出丑剧的内容是：西班牙把菲律宾卖给了美国，而又使自己不至于在世界面前丢丑。"

"这些情况您是怎么得知的？"

"怎么得知的？难道这些情况在你们国内就没报道过？"

"我从没见到过报道。"

他点点头。

"你们国家还没有大学生报？噢，对了，请原谅，东印度还没有大学呢。"

"大学生还有自己的报纸？"

"那当然。大学生的报纸都很理想主义，还没被私利裹挟。"

我一言不发。他谈的问题个个紧密相连，环环相扣，在我面前构筑成庞大的构造。我双眸无法穿透它的墙壁，观察其内部。是呵，这是一个结构严谨、相辅相成的庞大建筑物！此时，他那稀疏的尖牙齿，一笑便眯成线的眼睛，憔悴的脸色以及发黄的辫子……这一切使人不舒服的外表，都在我眼前骤然消失了。我从他的身上获取了一种崭新的东西：活力，活力本身！我听到了他的呻吟和叹息；我感受到了他心脏的叩击和脉搏的跳动；我看到了他四溢的才华和迸发出来的思想火花。诚然，他对每一个问题都未曾详谈细述，但正因为如此，他才为我的思想插上了翅膀，开阔了我的眼界，打开了我的思路。

我把许阿仕说的话全都告诉了姨娘。姨娘沉思片刻，感动得泪光闪闪，最后眼泪夺眶而出，浸湿面颊。

"孩子，他已经告诉我们欧洲人和美国人不过是凶恶的冒险家。假若这些冒险家们没有大炮作后盾，他们的尊严又从何而来呢？"

这位面孔红润的中国青年离开之前，我又特意问他，根据内曼的报道，他在华侨公馆曾被暴打，这消息是否确实，他说确有其事。

"您的工作真危险！"我评论说。

"说不定更大的危险还在后头。"

"您不害怕吗？"

"我们不应该忘记菲律宾的教训，你说对么？尽管菲律宾人民最后被西班牙和美国所欺骗，但无论如何，其他受压迫的民族终究是要走菲律宾这条路的。对，东印度也不会例外。假如人们能认真吸取教训，那么迟早有一天……"

他不知所踪了。临走前，他说随时可能再回来避难。他是在一个漆黑夜晚离去的。我要用马车送他，他谢绝了。我们帮过他，只有我、姨娘和他本人知道。他没拒绝，他需要朋友援助。

第一次，我和姨娘从他那里听到了有关民族觉醒、奋起、进步和尊严、建立现代文化与文明的事情。

我还记得他的一段妙语，仿佛来自某个传说：

从前，一个民族可以在沙漠或森林里悠闲自在地生活，而今却不同了。现代科学把人们宁静的生活全部破坏了。人类，无论作为社会的成员，还是作为单个的人，都无法再悠然自得。人们一直东奔西跑，只因现代科学给了人们启示：既征服自然，也控制人。人们野心勃勃、权欲无边，只有更高尚的人掌握了更先进的科学才能扭转这种局面。

泗水各家报纸纷纷报道：泗水警方正忙于追捕几个非法入境的华人。

一份马来语—华语报刊转载了来自中国报纸的消息：

　　许阿仕确已非法潜入东印度。据悉，他是和几名同伙一起潜入东印度的。其中之一是女生，据闻，她是上海天主教中学的毕业生。他们离开中国大陆时全部改名换姓。许阿仕在香港化名为竺金英（Tjok Kiem Eng），并受到香港警察通缉。香港的海上游乐区曾闹过剪辫子运动，他就是肇事者。后来他从香港逃到了海南。

报纸还登了一段背景说明：据估计，今年已有两百四十名中国人非法进入了东印度，主要是潜入巴眼牙比和坤甸两地。他们均不懂当地语言。

不久，又刊出另一篇报道：

　　与其他为谋生而非法潜入东印度的移民不同，这一小撮人不搞走私活动，而是以煽动青年人起来反对自己的祖先和父母为手段，在荷属东印度制造骚乱。

　　他们是无政府主义者、虚无主义者，更是不学无术者……

最近我自己的情况如何呢？

自从在报上见到内曼写的关于许阿仕的报道以后，我还没有去过编辑部办公室。内曼几次来信安慰我说：忘掉这种事吧，忘掉吧，把它忘记。如果你愿意前来，我会把事情的原委解释清楚。我还是没有去。一天，他竟亲自来找我。但姨娘没有一同见他。

他看上去比平时年轻多了。他的上衣、裤子甚至鞋子都是咖啡色的。他从手提包里取出一本书，递给我说："您将会对这本书感兴趣的。"

这是一本关于美国的书。土著知识分子对美国还是很陌生的。他们只知道几个美国的人名地名，了解一点美国地理知识和生产情况。

内曼没有谈书的内容。他又接着说：

"我们知道，您很失望，大概您还在为上次采访而不高兴吧。我们当时也是没有法子，先生。瞧，这里是您的国家。您读了这本书，就会明白的，为什么美国渴望增加居民。因为他们土地辽阔、富饶，人口密度很小，与爪哇根本不同。五十年前，贵国只有居民一千四百万人，可现在已经接近三千万人了。人口剧增使这块土地显得更加狭小。所以对非法移民就应该采取措施。这可完全是为了你们爪哇人的利益。否则，不出几十年时间，这岛屿就将变成一个小中国。您也不愿意那样吧？"

这又是一个耸人听闻的问题，我从未想过。若有机会，我一定要和许阿仕讨论这个问题。

"您看，先生，尽管荷兰统治了东印度，可是您已亲眼看到，哪有成批的荷兰人携带家眷迁居这里的？由此可见，到这里来建立殖民地，的确并非荷兰人的本意。"他慢腾腾地说，"假如那篇报道能够制止中国人大批潜入你们的国家，那么文章意图不就是好的么？为了这件事，荷属东印度政府付出了数目相当可观的资金，这可是为了你们的利益呀！"

听了半天，我还是摸不着头脑，不知该怎样回答他提出的新问题。我只得继续仔细听着。

"承认日本的平等地位确实引起不少麻烦，"他继续说，"引发了新加坡华侨的骚动。这类事不该发生在东印度，尤其不应该发生在爪哇。请您坦率地回答，您赞同许阿仕的观点吗？"

"我认为，有几个问题他说得是有道理的。"

"说得很对。但有道理不一定有好处。"他匆忙为自己辩解说，"我相信，您一定宁肯要自己的祖国，而不愿意要可能伤害您的祖国的真理。"

又一个看上去很有道理的问题！关于他讲的那些事，我手头缺乏材料，只得继续听他讲。

他一直讲到他认为已经说服了我，讲到我答应他再去编辑部办公室送写好的文章，此时他才放心地告辞而去。

我把与内曼交谈的情况告诉了姨娘。姨娘一听，笑了起来，说："你没忘了吧，孩子？殖民主义者永远是魔鬼。哪个殖民主义者关心过我们民族的利益？内曼那些言行表明，他们害怕中国，对中国心存芥蒂。"我强迫自己把前后发生的事情连贯起来加以思索：日本的进步，中国新青会的骚动，菲律宾土著民对西班牙和美国的反抗，殖民地东印度对中国的戒心，殖民主义者对日本进步的忌恨。还有，为什么菲律宾土著民的斗争情况在东印度报纸上很少有报道呢？

我用心目环顾四周，一片死气沉沉。人们还沉湎于梦中。唯独我忧愤交织，却无能为力。

在不远的北方，暹罗正叫苦不迭，因为一向受东印度欢迎的暹罗丝绸开始受到日本丝绸的排挤，后者更为价廉物美。在我生活的地方，日本手工业品开始悄悄打入市场。做纽扣的工匠和做梳子、篦子的工匠，也由于日货便宜又亮丽而失去了很多市场。可这些工匠们默默无言，一声不吭。他们并不明白生意为何每况愈下。

东南亚的女人们生活离不开梳子、篦子，如今那些在头上抓虱子的工具也都变成了日本货。

意料之外，罗伯特·梅莱玛来信了。

那时我正在农场办公室里工作。姨娘把我叫到她办公桌前，递给我几封信，让我读。有罗伯特写的信，有班吉·达尔曼写的信，还有来自米丽娅姆·德·拉·柯罗瓦的信。

罗伯特的第一封信上没写发信地址。邮票的画面是一片大海和几棵椰子树。邮票上的几个字母是夏威夷（Hawaii），邮戳模糊不清。他在信里没提自己的地址，甚至连写信日期都没有。信中这样写道：

我远隔万里的妈妈：……

不知何故，刚读完这句称呼，我便感动得热泪盈眶。这是一个想痛改前非的孩子的呼唤。

"你怎么了，孩子？"妈妈问。

"这不是写给我的，妈妈，是专门写给您的。"

"你就念吧。"姨娘鼓励我说。

"我就慢慢地念给您听，好么，妈妈？"说完，我开始念下去：

我知道，妈妈，您是不会饶恕我的。随您的便吧。尽管如此，妈妈，远离您身边的罗伯特，您的孩子，还是恳求您宽恕，恳求您永远宽恕。否则，我就活不下去了，妈妈，我的妈妈！我对您犯了罪，妈妈，天上的太阳、月亮和星星都可以作证。

我这个人活着究竟有什么意思呢？我曾经跟您作过对，惹您伤心，即使您干最低下的工作，也比我生活得有意义。

我曾听一个乡下人说：最大的宽宥莫过于母亲对孩子的宽恕，最大的罪过莫过于孩子对母亲的造孽。妈妈，您的孩子罗伯特，已罪孽深重。因此需要您最大的宽宥，妈妈，我的妈妈……

我瞥了姨娘一眼，只见她不动声色，在照样继续工作着。她那坦然的样子，仿佛什么都没有听见似的。

我很了解自己妈妈的脾气。我知道，您是不愿意看我这封信的。没关系，这是我要面对的。不过，我现在确有悔过之意，并请求您宽恕，因为您生下了我，为我的生命流过血，生我时忍受过痛苦和折磨。所以，即使您不给我回信，或者根本不愿意看我的信，但只要我还能继续活下去，那就说明您已宽恕了我，尽管您从未这样明确说过。如果我在不久的将来死去了，那就说明您不愿饶恕我。

有一次，我在船上听到一个人对另一人说："如果人们对真主犯了罪，你随时可以向真主请求赦免。可是如果你对凡人作了恶，那你要向他请求宽恕，就太难了！真主至慈，人类无情。"

我故意隐去了我的行踪，因为那只会徒增不便，有什么用呢？我在一艘轮船上，也没有必要说出它的船名、国籍以及所悬挂的旗帜。

那一天，在阿章家发生了那件事，我便逃跑了。一出他家的门，碰巧路上过来一辆马车，我就急忙跳了上去，坐马车一直到了丹绒卑叻港。在那里，我没费什么劲，很容易就在一艘驶往马尼拉的大帆船上当了船员。在船上，人家让我干什么，我就干什么，甚至还打扫过厕所——公用厕所，不是我自己用的厕所。

彻头彻尾的羞辱——妈妈，一离开您，我就变得这样卑贱。

我无力抗拒自己的命运。我得活下去。妈妈，您可以想象，匍匐在地上，洗刷众人使用的厕所，那是一种什么样的生活？

我只在马尼拉逗留了几天。正赶上暴徒们在那里制造骚乱，海港被搞得乱七八糟。很多水手不知去向。我乘坐一只小船从马尼拉到了香港。在这个繁华的小城市里，我找到一份工作，给一个英国军官当园丁。不久，我的主人怀疑我得了一种病，把我解雇了。

是的，妈妈，我确实得了病。我想了个最省钱的医治办法，就是去找中医（sinshe）。中医说，我得的是花柳，已经病入膏肓。我把自己托付给了他。他用草药、针灸给我治疗，一直治到我看上去康复为止。这时，我已经成了流浪汉，除了身上穿的一无所有。我忍受着这一切，妈妈。我把它看作您对我的惩罚，因此，我心甘情愿地忍受着。

我无力支付中医的医疗费用，就千方百计在船上找工作，说也奇怪，我竟能继续活下去。我从一条船转到了另一条船，周游了世界。没有任何人认识我，因为我一直改名换姓。别人也不管我是谁，是鬼是兽无所谓。

我的病又犯了。我想方设法，尽了最大努力，不让自己彻底毁灭。在香港停留时，我又找到了原来的中医。他再次为我治病。

我央求他说：给我彻底治好吧，先生。可是他却回答说，此病只能控制，无灵丹妙药能根治。我知道，我算让病魔缠住了。不是我没去找西医做治疗，而是确实没有任何医生能挽救我，甚至连减轻我的病情都是不可能的。我是多么忧伤啊，总觉得死神就在眼前等着我。妈妈，只有您总在我的脑子里浮现。妈妈，除了您的宽恕，就再也没有任何人能拯救我了。

我的病迫使我不敢离开在香港的中医。我得经常去找他治病，手头必须始终有钱。中医说，我每个月至少要到他那里去看一次。其实这是办不到的，因为我还必须去工作，挣几个钱养活自己。而在船上工作，也不是每个月都有机会到香港去的。要是能在香港找个工作呢？对我来说同样不容易，因为我不愿被人认出来，也不愿意让人们知道我的父母，我的国籍。我没有家，也不愿意让人们知道我家地址。

妈妈，我知道，是我的病对我判处了死刑。

一次，我和另一位中医聊天。他的话吓了我一跳。那中医说：我得了不治之症，最多还能活两年。多么可怕呀，妈妈！我还这么年轻，再活两年就要死了。妈妈，我的妈妈……

我读到这里，温托索罗姨娘站起身来，向门外走去。出门之前，她回过头来对我说："桌子上还有几封信，都是写给你的。"

我没把信再继续念下去。我从桌上又拿起另一封信，这是从巴达维亚的荷印医科学校（Stovia）① 寄来的。信中说从下学期起，我将被接收为该校学生；还说，学校的其他有关规定将随后寄到。

_____

① 也写作 STOVIA，荷兰语 School tot Opleiding van Indische Artsen 的缩写，创立于1851 年，1926 年改为印尼医学院。

姨娘显然很不高兴，走出去想安定一下自己的情绪。是由于罗伯特的信，还是因为我收到了荷印医科学校来信的缘故？我不知道。

罗伯特的另一封信是写给安娜丽丝的。我忽然意识到，他对这段时间家里发生的事毫无所知。这封信的邮票也和第一封一样。信中也没写日期，也没有寄信地址：

安娜，安娜丽丝，我的妹妹。我实现了自己周游世界的夙愿。到现在为止，我已经环游地球两周了，安娜。我在世界各大港口留下了足迹。我见过许许多多的人，然而在他们之中，却没有一个人邀我到其家里做客。人们都不把我看成是和他们一样的人，仿佛我来自极其遥远、陌生的国土，来自一片蛮荒之地。

从前，我想当一名海员，而今如愿以偿。但是我却没有找到什么乐趣。即使做最简单的工作，人们也觉得我无力胜任。我心中不断思念妈妈和你。你明白个中缘由。长期以来，你不愿意和我讲话，你不愿意再认我这个哥哥。是啊，安娜，我理解你，非常理解。我也懂为什么没人邀请我去家里做客。你这个哥哥不配和你讲话。他只不过是一只野兽，甚至不如你骑的那匹马。

野甘蔗丛里发生的事，至今还在不断折磨着我。饶恕我吧，安娜！请你饶恕……

读到这里，我不得不停一会儿，回忆着安娜丽丝讲过的那件事。是的，安娜丽丝说的全是真话。我继续往下读：

安娜，我为你祈祷，祝你生活幸福美满。也许明克确实是你的真命天子，尽管苏霍夫总是嘲笑和捉弄他。我认为，罗伯特·苏霍夫这个人也并不比我强多少。

我现在见过世间各种各样的人了：印度人、中国人、欧洲人、日本人、阿拉伯人、夏威夷人、马来人、非洲人……安娜，这些国家的女人，不论年纪大小，没人能和你媲美，没有人如你般光彩照人。你是女性之中的瑰宝。你的丈夫能有这样的妻子，该是多么幸福啊……

看到这里，我赶紧把信塞进衣兜。不行，我不能再想安娜丽丝了。

姨娘又走进屋来。她一言不发，径自坐到椅子上，继续工作起来。于是，我接着读罗伯特写给她的信：

妈妈，我的余生尚有两年。我不知中医的预测是否准确。自我离开那个中医后，我便发誓，一踏上轮船，就再也不上岸，我要一直住在船上，直至您对我的宽恕抵达之日。

那封信结束了。

"这封信存放在哪里好呢，妈妈？"

"烧掉它。保留这种信有什么用？"姨娘头也不抬，眼睛仍盯着她前面的文件。于是，我把罗伯特的信揣进口袋里。今天的来信多得异乎寻常。班吉·达尔曼给我的信是这样写的：

明克，我亲爱的朋友：

我想告诉你一个消息，也许这是你应该知道的。不过，先请你原谅，我不知道该不该在这时告诉你。

有一天，我正在阿姆斯特丹港的爪哇码头区（Java Kade）漫步，突然看见一个身体很结实的年轻工人，他显然不是个纯种荷兰人。他正推着一车东西向前走。你猜他是谁？是苏霍夫！他看见我，大吃一惊，停下来，把帽檐压低，遮住了眼睛。好像他觉得干那样的工作很难为情。接着，他推起车子又往前走。我在后面呼唤他，他还是不肯停下。

我跟在他的后面，不住地喊：罗伯特！罗伯特·苏霍夫！你怎么已经不认得我了？

他终于停下来，看了看我，打招呼说：是你呀？什么时候来的？不好意思，我正在干活。回头再到我那儿去吧。下午七点以后，好吗？

他把地址给了我。可是我找了几次都没找到那个地方，更不要说找到他那个人了。我又到港口的码头去找他。我打听了几个人，问他们是否认识一个码头工人，他是一个年轻的东印度人（Indisch）——我知道，罗伯特·苏霍夫已经登记为荷兰国籍，但是在这里，国籍不能作为识别人的根据——他们都不懂东印度是什么意思。在荷兰，人们根本不去注意谁是本国公民，谁是东印度人或什么东印度的土著民。我解释说，苏霍夫是个工人，很年轻，皮肤有点黑。他们给我数了几个名字。他们说，他们认识的人中没有叫罗伯特·苏霍夫的。后来有个人说，是有个从东印度来的工人，皮肤有点黑，不过不叫苏霍夫。大约三天前，当他正在干活的时候，他就被爪哇码头区的警察抓走了。

于是，我又跑到港口警署那里打听他的下落，果然那里拘留着一个名叫苏霍夫的人。他很快就要被押送到东印度去。据说，他在泗水犯了行凶抢劫罪。

明克，当你收到这封信的时候，说不定苏霍夫已经被押到泗水了。

我还见到了马赫达·皮特斯老师。关于她的情况，我下次再告诉你吧。有关香料农场的事情我将专门写信给姨娘。

向姨娘和你致敬、问候。

米丽娅姆·德·拉·柯罗瓦的信是在荷兰写的，也是从荷兰寄出的。信里还附有一封她父亲赫勃特·德·拉·柯罗瓦的信，内容如下：

亲爱的明克先生：

　　尽管为时已晚，可我和米丽娅姆还是觉得应该向您告辞一下。我们已经离开了东印度，在荷兰国土上了。明克先生，此时我们的心情无比懊丧。我们不仅为您和您的家庭所遭受的一切不幸而痛心，并且我们也感到内疚，总觉得在使你们深受其害的那些事情中也负有责任，尽管一开始我们怀着善意和高尚目的……

我停下来，一件事接一件事地回忆着近来的遭遇。我想不出这父女俩有哪一件事是有负于我们的。甚至，在我们最困难的时刻，赫勃特·德·拉·柯罗瓦先生还设法给我们派来了一位有名气的律师，尽管他未能帮助我们在辩护中取胜，但他们终究还是尽其所能了。可他们的来信为什么写得这样过度谦逊呢？我还记得，当我被学校开除时，他们竭力为我辩护。后来，为了使我能继续学习进步，他们还到土著民政学校（Sekolah Pangreh Praja）① 和荷印医科学校设法为我争取学习名额。这段时间里，他们一直很重视和我保持联系。为了我的事，柯罗瓦先生甚至都辞去了自己的职务。是的，他们没有任何理由感到对不起我。

　　明克先生，我一接到总督发来的罢免通知书，便立即动身回

———————————

① Pangreh Praja 系爪哇语，指荷兰殖民时期的地方官吏。

到欧洲。我们父女三人又重新团聚了。亲爱的明克先生，对于最近发生的事情，我感受到的一些挫折，与您遭遇的不幸比起来，根本算不了什么。如果与您所崇拜的穆尔塔图里和鲁达·范·埃辛卡之类的伟人们相比，那就更不值得一提了。

事件接踵而至，几乎没有片刻宁静去追忆和回顾。

在结束这封信之前，我还要通知您，那份要求您成为荷印医科学校正式学生的申请书已经被顺利批准了。您可以从下学期开始入学。假如您承受不了最近事件的打击，因而不愿去学习，那您就直接写信给该校，予以取消便是了。

请接受我、萨拉和米丽娅姆的问候和敬意。祝您成功。再见……

我把母亲的来信迅速揣入衣兜，准备过后再读。

米丽娅姆的信还是老生常谈。信中说：

明克，在你服丧期间，再讲一些不愉快的事情，似乎很不合时宜。可我还是要讲给你听。

有一次，我们居民区的一些家庭主妇们聚在一起，一个人给大家读起了拉丹·阿江·卡尔蒂妮写给泽翰德拉尔小姐的信①，大家出神地听着那一段关于爪哇人生活的叙述。当听到爪哇男女之间是那样一种关系时，大家都感到又惊讶又紧张。紧接着，大家

---

① 斯特拉·泽翰德拉尔（Stella Zeehandelaar）是阿姆斯特丹的女权主义者，卡尔蒂妮的笔友。两人的通信后来结集成《黑暗终结，光明绽放》（*Habis Gelap, Terbitlah Terang*）。卡尔蒂妮是"布鲁岛四部曲"历史背景的重要人物和同时代名人，首次出场即《人世间》第四章倒数第二段的"第一位用荷兰语写作的土著女性"。

议论起来，用一句话总结就是：爪哇妇女生活在暗无天日之中。虽然我没有去过爪哇农村，但我觉得，这封信里所谈到的爪哇农村妇女的生活情况与我听说过的确实有所不同。我们过去的仆人经常跟我们讲爪哇妇女的情况。她们说，每当收获季节，男人们忙着运送收割的庄稼，女人们就在田头伴随着他们歌唱。小孩子们在皎洁的月光下尽情玩耍，把那谷神赞颂……也许卡尔蒂妮没见过这些。

但是，我本人并没有去试图改变大家对卡尔蒂妮书信的看法。这封信里所谈的阴暗生活，特别是卡尔蒂妮自己的情况，可能更容易引起爪哇妇女的同情。

其实，从家里出门之前，本来我是打算把你的事情讲给主妇们听的。父亲表示同意，萨拉更是赞成，你的经历在十九个世纪以来都是绝无仅有的。她们听了一定会感兴趣。很显然，一个土著知识分子和一个印欧混血姑娘恋爱，涉及许多问题，这类故事在欧洲也同样会发生的……

本来，我已经下定决心要向基督徒们的良心呼吁，向那些欧洲人的良心呼吁。我相信，这样做一定会有效果的。但是，我必须承认：这样做是不明智的。在这种场合，把人们的注意力从卡蒂妮的问题上转移过来，不太合适。

当荷兰人听到一个爪哇土著妇女竟能用自己的文字写信时，人们都惊诧不已。长期以来，她们一直认为，东印度的土著妇女还生活在石器时代，仍处在野蛮无知的状态。

我的朋友，现在你的情况如何？我们父女三人都相信，像你这样年轻、坚强和有教养的人一定能够果敢地迎击一切困难。我们也确信，总有一天我们会再次相逢。虽然不知将在何地，但那时境遇会比现在好得多。明克，对于这一点，我们坚信无疑。我的朋友，上帝是会为我们创造一切的。但是，不经过严峻的考验就不能获得真正的幸福。

同时，我也为卡尔蒂妮祈祷，愿她能经得起生活的考验。因为考验过后，便是幸福的乐园。

你还没有厌烦我的信，对吗？这封信有多长，我对东印度、爪哇的思念就有多深，你能感觉到吗？你一定能，你懂我。

明克，请允许我提个建议，希望你能写信和那位不寻常的姑娘卡尔蒂妮联系。她的地址应该不难拿到，因为她就是扎巴拉（Jepara）县长的女儿。我自己也想试着给她写信。

我们在荷兰的新生活和在爪哇时一样，也和任何地方任何人的生活一样，都伴随着喜怒哀乐。你知道么，明克，现在德国、美国和法国正在争先恐后地制造机器，想用机器来代替人力，使人的生活更加舒适。人们正在你追我赶。最近发明的一种交通工具，这种交通工具能代替马车，不像火车那么大，也不用轨道，可以在普通的马路上行驶。

人们探索新事物，尝试新工具，这种狂热似乎不让人们满足于现状。人们热衷于追求崭新之物，新的文明和新的行为。女人们也开始不顾羞怯，在晚上学着骑自行车了。新的，新的，新的！凡是赶不上时髦的人都被认为是中世纪的遗老遗少。新的，新的，新的！致使人们不再去想：生活实质上依然如故，与昨天毫无两样。人们变得像小学生那样天真幼稚，仿佛有了新的东西，生活就会比昨天更好。明克，这就是我们常说的摩登时代。赶不上时髦的，统统被斥为死脑筋、老农民、乡巴佬。人们都变得这样麻木不仁，丧失警惕。殊不知，在一切关于"新的"呼吁、倡议和狂热的追求背后，有一股不知饥饱的神秘势力正张着血盆大口。这股神秘势力由原生物（protozoa）所组成，由数字来体现，它的名字就叫资本。

　　明克，你知道，东印度和欧洲的情况是迥然不同的。在东印度人们慑服于强权之下，而在欧洲，人们都拜倒在名为资本的原生物面前。在发展科学和为人类利益服务的大旗下，几个欧洲国家正竞相发明一种机器，人类乘坐这种机器可以在天空中翱翔，想去哪里就飞向哪里。从其他国家又传来消息：人们正在争相研究一种可以把人带到海底的工具。甚至有人预言，不久的将来，人类不但能够发明一种新的动力，而且能够掌握一种电波，可以用它来探测预定的目标。

　　明克，你说得很对，时代虽然变了，但是人的本质和面貌却依然如故，并不比从前更好，教堂里讲经时也一再强调这一点。人们仍然无知，不明白自己究竟想达到什么结果。人们越是为探索和发明而奔忙，就越会意识到，他们实际上是在为自己内心的忧虑所驱使。

　　你还在谴责欧洲吧。当然，在你连番遭遇不幸之后，我是不忍心指责你的，我想，假如你能在欧洲住上一两年，你对欧洲的看法也许就会改变。你会看到，在这里，好人和坏人的比例可能和你们的民族是一样的。只是各自的生活条件不同罢了。明克，当爸爸给我们讲述《爪哇史话》里的故事时，我常常感到毛骨悚然，因为里面有那么多卑鄙、野蛮和残酷的坏事，明克，他们还不以为耻、反以为荣，其目的无非是要控制爪哇这个小岛。我和爸爸都认为，在某个时代，欧洲与《爪哇史话》中叙述的情况也相差无几。明克，我只是希望你不要忘记这个事实，那就是编著这本《爪哇史话》的时候，也就是你们民族还在崇拜能一统天下的圣君的时代，欧洲各国已经争先恐后地建立世界帝国了。在你们民族的眼里，世界便是爪哇。看一看那些爪哇国王的大名吧，甚至那些尚在人间的国王，他们的脑海里还觉得自己就是世界。

明克，我想说的是：从外族人一踏上你们国土的时刻起，爪哇人对万物的理解就远远地落在欧洲人的后面。有人说欧洲人统治爪哇和东印度，仅仅是由于他们的贪婪和野心。我认为这种看法是不对的。而应该说，爪哇人和东印度人一开始对世界的理解就是荒诞的。当然，我讲的这些都是爸爸的看法，因为他比我更熟悉爪哇语，比我读你们祖先写的书更多。不过，我是赞同他的看法的。

我的朋友，假如在某个时代里，爪哇和东印度比欧洲先进得多，并且远涉重洋到欧洲去殖民，你是否认为欧洲会因为你们民族的殖民统治而变得幸福呢？我相信，你们民族对欧洲的殖民统治，无疑将比你们现在所忍受的欧洲对你们的统治更凶残，欧洲民族已经充分了解东印度土著民的特点和能力。相反，土著民对欧洲民族却几乎是毫无认识。请你到荷兰来一次吧，明克。当你看到那些从石刻到贝叶的文献——上面记载着你们祖先的活动和思想，你一定会感到吃惊的。可是，那些珍贵文物，没有一件是你们民族自己保存下来的，而都是欧洲人，明克，都是欧洲人替你们保存下来的！

我不知道，我写的这些是否代表了欧洲人的观点。不过，我可以说，这是一个欧洲姑娘对东印度土著民的看法。明克，让我们以此为基础，携起手来，为爪哇、为东印度、为欧洲以至为全世界多做些好事吧。让我们一起向爪哇、向东印度、向欧洲以至向全世界的罪恶开战吧！就像伟大的人道主义先驱们所做的那样，特别是穆尔塔图里艰辛的一生……

明克，现在我已投身社会和政治活动中了。萨拉进了师范学校深造。就写到这里吧，我的朋友。余言后谈。和我父亲一样，我向你高声祝愿：祝你前程无限！

米丽娅姆

写于遥远的北极附近

多么聪明伶俐的姑娘啊。虽然不了解她的真实情况，但能猜得出来他们在荷兰生活一定不比在东印度宽裕。为了能在荷兰生活下去，他们父女三人必须拼命地工作。然而，他们仍旧热情洋溢，对灿烂的明天充满信心。她主动自觉地去迎接、克服生活中的一切困难。看来，她能够这样做，是因为她把克服困难看成了对自己思想和身体的锻炼。困难没有把她吓倒，而使她变得更加坚强。她的满腔热情感染了我，把我从长久的精神压抑之中解脱出来。她善于拨开我思想上的阴云和迷雾。是的，米丽娅姆，我认为，你是欧洲人的代表，你代表了当今能够正视东印度现实的那些欧洲人。米丽娅姆，你代表的是欧洲的好人。也许这样说更确切：你代言的是一个理想化了的欧洲。我一定给你回信，米丽娅姆。

我也不知道自己究竟沉思了多久。姨娘对我说："你又在想什么呢，孩子？"

"嗯，妈妈。"

"这些日子我一直在观察你。你不像从前那样欢快好动了。我知道，最近家里发生的事情对你是沉重的打击。尽管如此，你也不必总是那样冥思苦想！我有个想法。孩子，你有没有想过再次结婚？"

姨娘问得我怪难为情。我当然知道她的用意：她想以此阻拦我离开泗水和沃诺克罗莫。不错，我是她的女婿，但她向我提出这个问题，似乎有些过分和不妥当。我羞得像一个没受过欧洲教育的小男生一样。我的心在扑通扑通地跳着，还没平静下来，姨娘又开口道：

"我不愿看到你双眼无神，满面愁容。你必须狠下决心，真正忘掉过去的一切。"

我和姨娘这样互相安慰着，就像玩传球（bermain kaatsbal）。

"妈妈，难道您还看不出来？我把过去的事都忘掉啦。"

"我看你读书心不在焉，写文章漫不经心，整天没精打采。连报纸你都懒得看，即使把报纸捏在手里，也是浮光掠影一扫而过。孩子，不知道你的思想跑到哪儿去啦！"

"妈妈，您自己看起来也不像过去那样神采奕奕了。"我想快点结束这个话题，停止传球。

"当然！不过我比你年长，还受得了。可如今我一切都想好了。"

"如果班吉·达尔曼回来了……"

"你没必要等他回来，孩子。我有个建议。你愿意陪我到城外去走走吗？这样，我们的心境也许会变得好一些。"

"当然，妈妈。我非常愿意。在那期间，估计班吉·达尔曼也就回来了。"

"等他一回来，你就要去巴达维亚了？"

"我是这样想的，妈妈。"

"你不适合当医生。你自己也认得马第内特医生。他在我们的问题上能帮什么忙呢？虽然我们失败了，可是你起的作用比他大得多。我看你的工作比当医生更有价值。"

"还是让我去吧，妈妈。至少，我可以继续学习，同时也谋一门生计。"

"听口气，你对自己的想法也并非坚信不疑。班吉·达尔曼不会很快回来。从他最后那封电报看，他起程的时间又要推迟。"

"是的，妈妈，我们出去休养几天也许会有好处的。妈妈从来没好好休息过。可我们俩离开之后，家里的工作叫谁来料理呢？"

"达萨姆。"

"达萨姆？他会做什么呀？"

"唉，不要小看人。除了办公室工作以外，他还是很有经验的。我想试试他，也让他动动脑筋，安排一下农场的工作。"

"妈妈放心吗？"

"迟早有一天要让他这样做的。像他这样忠诚的人，我们要鼓励他，给他机会。哪个对老板好，哪个对老板不好，他心里清楚得很。"

"可办公室的工作谁来做呢？"

"就是应该给他这样的机会。处理信件可以暂停几天。"

"妈妈真敢这样放手？"

姨娘爽朗地笑了。这么多天来，我还是第一次看到她这样笑，露出一排整齐发亮的牙齿。她早就想出去度假了，现在才刚打定主意，毫不犹豫地付诸实施。

"明克，把那些信忘掉吧，全部忘掉！"姨娘说，"生活到底是为了什么？决不是为了去承受所有不必要的忧愁。"

第六章

我到冉·马芮家，看看他那副安娜丽丝的画像进展如何。冉·马芮反对临摹安娜丽丝的照片。"关于安娜丽丝嘛，明克，"有一次他对我说，"我要完全按照你我对她所熟知的形象来描绘——我们不只从外表见过她，而且我们十分了解她完美的内心。"于是，他完全根据自己的记忆来画她的像。一个月过去了，他仍然没有画好。我到他家的时候看见他还在画着。

画像的背景昏暗，采用了荷兰著名画家伦勃朗的风格。朦胧里浮现出的绝色容颜，恰似阴云里闪现一轮明月。是啊，正是乌云威胁了她那年轻、纯洁、美好和绚烂无比的生命。我深情抚摸过不知多少次的秀发，光洁细腻的肌肤，还有笑靥微现的脸颊，重新展露在我眼前。她，就是我的妻子，经常偎依在我怀里的安娜丽丝！

"这张像画好后，"冉说，"你可不要挂起来给众人看，明克。"

"你是说我必须把它收起来？"

"用最漂亮的封套把它装起来。你没必要总望着它。你会发疯的。"

冉·马芮这样说不是信口开河。真的，每当看到这幅没画完的肖像时，我总是心跳不已，心荡神驰。

116

"把它装在一个美丽的酒红色天鹅绒布套里，明克。稍后我顺便把那布套给你做好。"

"你能在我离开泗水以前完成吗？"

"这么说，你真的要去巴达维亚？"

"我也有自我发展的权利！"

"我同意你的意见。在姨娘身边，你的才能是施展不开的。"他笑了，我猜不透他笑什么。"和姨娘比你相形见绌。明克，你需要换个环境，到一片新天地里，寻找机遇，另谋发展。"

我向他告辞，他却不让我回去，说：".别急，还有话要跟你说。"

"冉，梅的功课怎么样？"

"看来这个孩子不太聪明。"

"大概是因为家务事太多了的缘故吧，冉？"

"有可能。如果在家里的日子过不好，学习再好又有什么用？学着干点活，安排好自己的生活，也很重要，上学不就是为了多学点知识完善自己么？"

"假如我有孩子，很可能和你采取同样的态度。"

"你不必效法我。我的观点是从我的身体情况出发的。如果梅不在我身旁，我就感到异常寂寞。明克，你看这张像画得怎么样？"

"冉，你真了不起。"

"我可从来没有画过这么好的画。似乎应该把它挂到巴黎的卢浮宫里。明克，你应该到法国去看一看：那里的宫殿、花园、石柱、人类历史上最美的艺术品——全都是最完美、最高雅、最伟大的艺术品，还有那些教堂。登峰造极，无与伦比……对不起，明克，我可不是要吹嘘自己祖先和民族所创造的丰功伟绩。"

"说下去，冉。法国的确令人钦佩。我从前的老师也很崇拜法国。我作为他们的学生，还从未去看过法国。"

"今天我有一个客人要来，"冉·马芮转移了话题，"高墨尔。他说不定再过十分钟就到。我看，你有必要见见他。"

"这么说他常来你家？"

"他有件小事要拜托我。他请我帮画一张黑豹捕捉器的图纸。"他一边说，一边不停地画着。

这时，从外边传来了脚步声。果然是高墨尔。他提着一个皮革公文包走了进来。他先同我握手问候，然后向冉·马芮伸出了手。马芮却没有把手伸出来，而只是向高墨尔颔首还礼。

"您是在和我生气吧？"高墨尔问。

"与正在创作的画家握手是不合适的，先生。"他微笑着说。

高墨尔会意地笑了，接着又问："这么说您还在迷信？"

"不是迷信。这油彩有毒性，会损害您的健康。好，我先去洗洗手吧。"

"您近况如何？"高墨尔同我说，"好久没见您发表文章了。"

冉·马芮从盥洗室一瘸一拐地走过来，插话道："高墨尔先生，明克曾对我大发雷霆，不为别的，就因为我向他提出了用马来语写作的建议。请您来说说吧。"

冉·马芮的话又触怒了我，尤其是我想起不久前内曼讲过的那些扫兴话："用马来语能写出什么文章？那种贫乏的语言，简直是世界各种语言的大杂烩。假如用马来语写作，难道只为了表达'我不是野兽'这样简单的句子吗？"

"我非常同意您的意见。"高墨尔脸上浮现出挑战的微笑。他从皮包里取出各种报纸，摆在桌子上，说："请看，明克先生。这是《巴达维亚新闻》（*Pemberita Betawie*），这是《泗水星报》（*Bintang Soerabaia*），当然它是泗水出版的。这您早就知道了，至少是听说过它们的名字吧。这是《艺苑》（*Taman Sari*）。这是年轻的《使者》（*Penghantar*），是安

118

汶出版的——来自遥远的安汶，先生！您想看爪哇文报纸吗？这就是。请您自己看吧。这是《明珠报》（*Retno Doemilah*）、《爪哇轶闻》（*Djawi Kondo*）。喏，这又是马来语报纸，是东苏门答腊的《西洋景》（*Pertja Barat*）①。请看，这是一摞拍卖行小报和广告报，全是泗水出版的。这您全知道。您一张一张地仔细看吧。所有这些报纸都是荷兰人和混血欧洲人办的，只有一份在棉兰（Medan）出版的《西洋景》（*Pertja Barat*）是华人办的。"

我还没有摸清他这番唠叨的真实用意。

"唔，先生，您知道，用马来语和爪哇语向土著民报道消息是多么重要，认识到这一点的恰恰并非土著民。这是非常了不起的，先生。并不是土著民。感到有必要发展马来语和爪哇语的，也并非土著民。不是有人说这两种语言很贫乏吗？是的，一切事物初生时，除了生命和躯体外，都一无所有。先生，您自己也不例外。"

此时，我心中一触即发的怒气顿时消散了。问题在于：事实驳得我窘态百出。

"先生，我个人只不过是《泗水展望》（*Primbon Soerabaia*）报社的一个小差役。抛开我这个无足轻重的高墨尔，您会亲眼看到，这些报纸已能把土著民的情况向全世界、向全人类作出介绍。从这一点看，这些报纸不是对土著民立下了显赫的功劳吗？尽管土著民还不曾意识到这一点，尽管他们个人还无钱订购这些报纸，而不得不凑钱来买报阅读。"

看来，高墨尔将口若悬河地演讲下去。其实，我已领略一些报纸为什么要用马来语报道消息的原委了，可他还是唠叨个没完，实在令人讨厌。

---

① 英译本作 *Percikan Barat*。

"哈，明克，现在对你讲这些话的可不是我，是高墨尔！"冉·马芮又插进来说，"你还想发火吗？那你就向他发去吧。"

我没有发火，只是感到讨厌。这不仅因为高墨尔善于表达自己的意见，也因为他能够引导别人去理解问题。此时，这位混血欧洲人记者把报纸一张一张地摆好，目的是想要请我读一读。我不由自主地伸手拿过报纸，一张又一张地看了起来。我端详着版面，挑剔着印刷的毛病：专栏的花边歪斜，互不衔接，字行曲直不齐，字号也大小不一。

"这印刷！"我抗议。

"是的，印刷还不够好。那些荷兰报纸也并非十全十美。问题在于，呈现给马来语读者的文章内容都是与读者切身利益息息相关的，而不像荷兰报纸那样，刊登的尽是欧洲人的事情。"

他讲的这些我心里都明白，可是我仍然不愿接受他的意见。

"明克，你用马来语写吧，你可以开始学着写。"冉·马芮又开腔。

"是的，您自己也会看到，"高墨尔再次接过话茬，"在东印度大大小小的城市里，到处都有马来语读者，人们都听得懂。而荷兰语却不是这样。"

我仍在翻阅那些马来语报纸。我觉得，报上的广告登得太多，头版连载小说占的版面也太大。每份报纸都有连载小说，大部分是外国小说。

"明克先生，不用很久，一旦您开始用马来语写作，您马上就会发现这里面的诀窍。您精通荷兰语，这当然令人钦佩。然而您用马来语写作，用自己国家的文字写作，这表明您热爱自己的祖国和民族。"

他蓦地停止了讲话。他可能正在准备向我提出更多的要求。显然，要求我用本民族语言写作的不单单是我母亲，还有冉·马芮，还有高墨尔。而这个高墨尔，我不了解他的身世，不知他是从天地间什么地方冒出来的。他摆出一副检察官的架势，好容易找到我这个审判对象，就不分青红皂白地训斥起来。然而，我仍不动肝火，心想：如果我今天答应了你这个要求，那么明天、后天，说不定会有多少新的要求接踵而至。

"高墨尔先生，您是在要求我吗？"

"似乎可以这么说。"

"那我没有拒绝的权利么？"

"当然，明克先生。您看，不论是谁，只要他到了社会上，就要永远接受社会向他提出的要求——这个社会造就了他，或者准备了条件让他自由发展。'树大招风'① 这个荷兰谚语您不是很熟吗？假如您不愿意招风，那您就别长成一棵大树。"

"哪有大树不招风的？"冉·马芮帮腔道。

"明克先生，最重要的是：要忠于这个国家和民族，忠于您自己的国家和民族。"

这个混血欧洲人越来越变本加厉、粗俗无礼了。我母亲和我谈这个问题时，不强加于人，不让人难堪。而高墨尔不只是请求、希望，而且是在命令，甚至把我逼到无路可退。尽管如此，看来他尚未心满意足，又补充说："您何必去管欧洲人读不读马来语呢！试想，如果像您这样的作者不向那些土著同胞讲话，那么还有谁来同他们讲话呢？"

"您为什么用马来语写作呢？"轮到我问他，"您又不是东印度的土著民。而且在您身上，欧洲血统不是比土著血统更多吗？"

高墨尔笑了。他并没有立即回答我的问题。我凝神屏息地等待着。他那晒得发黑的脸上，汗珠晶莹闪光。他顺手从口袋里掏出手绢，但没去擦脸。他掀动着嘴唇，不时露出两颗门牙。他不满地笑了笑，说："明克先生，血统没有太多意义，重要的是对自己的国家和民族是否忠

---

① 原文系印尼语 Pohon tinggi dapat banyak angin 。

诚。我的祖国和人民在这里，不在欧洲。我只是有一个荷兰名字而已。一个非土著民，一个非土著血统的人，热爱这个国家和民族是无可非议的。请看，先生，土著民的生活多么孤寂——他们与世隔绝，孤陋寡闻。他们的生活单调，碌碌无为，成天闭守在家庭的小天地里，沉醉于个人的迷梦，不过如此。请原谅我这样直说。"

我感到他的话越来越曲折复杂，而我也越听越出神。

"这是一种无法忍受的生活，先生。最先觉悟的人有责任去对他们讲话。一个人要面对那么多人讲话是不可能的。于是我便拿起笔来写作，这样，一个人就可以面对许多人讲话了。"

我顿时觉得，坐在我面前的这个人，无论他意识到与否，实际上已给我指明了方向，告诉我如何成为写作者。他是佚名的导师、来历不明的高人。此时，对他的崇敬和热爱之情在我心中油然而生，仿佛他已成了我肉体和灵魂不可分割的一部分。他那样果断、坚定地阐述自以为正确的观点。就像一位小先知。

"明克，"冉·马芮又插话，"我不善言辞，高墨尔说了我想说的。我也希望你——我还不忍心用'命令'这个词——和自己的同胞讲话。你自己的民族比任何其他民族都更需要你。没有你，欧洲和荷兰是不会感到有所缺失。"他停了一会儿，眼睛直盯着我，好像在等我向他发泄愤怒，"你没生高墨尔先生的气吧？"他又停了一会，看看我的反应。而我什么表情也没有。我只觉得高墨尔的话宛如大海的巨浪翻滚、咆哮，动摇了我原来的立场。

马芮说："假如我是个作家，那我一定用自己民族的语言写作。可惜我是个画画的，我的语言是颜色，是人类互通的语言，而不是某个民族的语言。"

"这么说，人们就没有必要去研究其他民族的语言，特别是欧洲的语言？"

"从来没有人这样说过。要知道，不研究其他民族的语言，特别是欧洲语言，就无从了解别的民族。要是不研究本民族语言，也就无法了解自己的民族。"高墨尔迅速回答，仿佛事先早就准备好了似的。

我刚才提出的问题显得幼稚可笑，在高墨尔掀起的巨澜上面，仿佛是一层轻飘的泡沫。

"如果不了解别的民族，"他趁势接下去说，不给我留下一点考虑自己问题的间歇，"人们也就不可能更深刻地认识自己的民族。"

我感到自己仿佛变成了古罗马的创造者——在野狼哺育下的孪生兄弟雷穆斯和罗穆卢斯。

"明克，你为什么不吭声？"马芮又掀起了一个漪澜，说，"你知道么，我们正在和你的良心讲话，可不是耍嘴皮子。你还有什么别的理由，能说明你可以不用自己的母语写作吗？"

紧接着，高墨尔又推来一排巨浪，说："明克，那些不用本民族语言写作的人，不论他们属于哪个民族，多数都是为了满足个人需要，而不愿意了解养育着他的本民族的需要，因为他们中的大多数人本来就对自己的民族就一无所知，是吧？"

不了解自己的民族！这种说法真是太过分了！这句话宛如用钝斧砍我的身躯，使我疼痛难忍。更令人痛心的是，竟是两个非土著民——一个混血儿，一个法国人——说出了这样的话。在他们眼里，我成了一个不了解自己民族的人。啊，我竟是一个这样的人！

"你还没有发表意见，明克。"马芮催促。

"的确需要给他一些思考的时间，马芮先生。您还记得穆尔塔图里说过的话么，明克先生？他说：'假如荷兰人不愿意出版和阅读我的文章，那么我将把它翻译成土著民的语言……马来语、爪哇语和巽他语。'这是穆尔塔图里说的话，明克，他可是您崇拜的导师啊。他本人用马来语写过文章呢！"

"总而言之，我已经被看成是不了解自己民族的人了。"

"得出这样的结论的确令人痛心。太苛刻。不过事实大致如此。从您写的文章可以看出，您更熟悉荷兰人和混血欧洲人。"

"您这么说不符合事实，我还精通爪哇语呢。"

"可这并不等于您很了解爪哇人。您的同胞大多住在城郊和农村，您到那里去了解过吗？您至多只是经过而已。您知道爪哇农民——您自己民族的农民——吃些什么吗？大多数爪哇人都是农民，爪哇农民就是您所属的民族。"

"您说的'了解'到底是什么意思？"我反问，就像匆忙操起一根树枝，企图挡住他的进攻。他招式越发凶猛，我难以招架。

我热血上涌，可能高墨尔已看出了苗头，便将话题一转，谈论起别的事来："我还有别的事，明克。马芮先生，您给我画的那张黑豹捕捉器的图在哪里？"

马芮拉开抽屉，取出一张图纸来。"我已经作了精心设计，高墨尔先生。只要有黑豹，它准跑不了的。"

"瞧，明克先生，这是制作黑豹捕捉器的图纸。请您闲时光临寒舍。我家里养了各种飞禽走兽：有老虎、鳄鱼、蛇、猴子，还有各色各样的鸟类……得暇观赏它们，其乐无穷啊！"

"咱们不完成刚才的讨论吗？"

"改日再谈。现在和您谈这个问题恐怕不太适时，您说对么，马芮先生？"

"那些动物都是先生自己捕捉的？"我问。

高墨尔点点头。"捕豹是为了丰富收藏？"避开了他对我的攻击，我感到如释重负。

"不，这是德国一位领事先生为柏林动物园订购的。黑豹可是一种凶恶伤人的猛兽。它生活在田野间、树丛中、草原上或森林里。要捕获这种野兽，必须把它们打死，或者生擒其幼仔。"

"您准备到哪儿去打猎？"

"去西多阿乔（Sidoarjo）附近的森林。那里的黑豹非常有名，因为豹子的黑毛微显蓝色，就像淬过火的钢那样蓝莹莹的。我将拿着这张图纸到西多阿乔去找几位工匠，帮我把捕捉器做好。马芮先生，轮子会不会太小呀？"

"不小。这种工具不能高出地面太多。这么大的轮子足以通过小坎坷、小沟渠和田埂了。"

"那就这样吧，"高墨尔赞同说，"明克先生，假如您能应邀和我一块去捕捉黑豹，我将感到非常荣幸。您可以利用这个机会与您的同胞接触。请您相信，明克先生，对于这个民族，我比您更为熟悉。您不久就会发现，对于自己的民族，您不了解的事情实在太多了。"他自负而挑衅地说，几乎到了放肆无礼的地步。

也许他没说错，却十分令人讨厌，而且太伤我的自尊心。可是我无法反驳他。我一定要考究一下他的矜夸是否属实。我要问问他，他学没学过爪哇语，读没读过爪哇语的书，要是读了，都读过哪些书。要是没有读过，那他可要当面出丑了。我虽然想这样做，却总是犹豫不决，未付诸行动。

"您一旦置身于自己的同胞之中，就会发现一个永不枯竭的写作源泉，从这一源泉里会产生传世佳作。卡尔蒂妮在给她一位朋友的信中说过：写作即永恒（Mengarang adalah bekerja untuk keabadian）。如果事迹不朽，那么描写它的作品也一定会流芳百世。"

"您对卡尔蒂妮了解得可真不少！"

"有什么办法呢，明克，如此重要的人物，人们到处都在传阅她的信。"

"您什么时候启程去西多阿乔？"

"您愿意一起去？"

"您什么时候去？"

"明天。"

"那好。明天我们也到西多阿乔去。"

听到"我们"这个词，高墨尔皱了皱眉头，随即又喜形于色，说："那太巧了。"

"如果可能的话，我将随先生一同前往。我是说，如果可能的话。你呢，芮？"

"我得把这些像画完。谁敢说，嗯，谁敢说有朝一日，这张画不会挂到巴黎的卢浮宫去呢？噢对了，明克，该给这幅画起个什么名字？"

"就叫《世纪末之花》（*Bunga Penutup Abad*）吧，冉。"

冉·马芮沉思起来，须臾，他双眼闪亮："这名字又给了我新的启示。如果采用这名字，那么，背景和她的目光都要与此协调起来。嘴唇也要加工一下，明克，因为她的双唇应该讲述流逝的岁月，她的目光应该满含对未来的期望。"

我不太理解他的意思，所以说："这是你画的，由你来决定好了。"

"绘画也有自己的语言，明克。"

"您的妻子真太美了，简直像幻境里的仙女。"高墨尔赞叹道。

"那只是外表而已，高墨尔先生。"冉·马芮插话说，"欣赏绘画不能只看外表，更重要的是要看内在，看蕴藏在色彩中的线条、意境、分量以及生命的活力。"

高墨尔也和我一样，在安娜丽丝的画像前发呆，不解其意。每当谈起自己的绘画，冉·马芮的双眼总是闪闪发光。尽管他的马来语说得很差，但借助于眼神和手势，他总能成功地表达自己的意思。

我逐渐认识到：绘画艺术也是一门独特的学问，而且这门学问的语言并非被每一个人所理解。所以，我还是老老实实地听着为好。高墨尔还没有离去，也在一旁默默听着。这时，我心中又想——我不知已经这样想过多少次了——我这堂堂的荷兰高中毕业生，却在别人面前越来越显得那么无知。因此，我对自己说：明克，你必须学会谦虚谨慎。你是荷兰高中毕业！也没什么了不起的……

出发去车站之前，达萨姆叮嘱我："多加小心，少爷，要好好保护姨娘。这次我不能去了，您可一定要保证姨娘的安全。"

"放心吧，达萨姆，一切由我来负责。"

马朱基正要赶车起程，姨娘拦住了他，把达萨姆叫到跟前，在车上嘱咐道："达萨姆，现在家里的一切都交给你了，要多加小心。"

达萨姆脸上露出自豪的微笑，连胡子也抖动起来，回答说："没问题（beres），姨娘！"

"你总说'没问题'，瞧你连自己的胡子还修剪得'有问题'呢！"

可不是么，达萨姆那两撇八字胡，一边向上翘，一边朝下垂，看起来很不对称。他习惯地抬起手，把两撇胡须捋齐。

"现在行了，你可以说，一切都'没问题'了。"

"是，姨娘。今天早晨忘了修整胡子，太忙了嘛！"

"我一开口，你就是是是。难道非要我每天来提醒你不成？如果连胡子都修不好，乱七八糟，那……你想想，我常对你讲什么来着？"

"是，姨娘……自以为了不起，其实……"

"你还没忘我的话。大概是你现在不急慌慌了。出发吧，马朱基！"

马车驶出了前院，刚上大街，我的心境便发生了变化。我想起了这句话：你不了解自己的民族！是啊，现在又给我加了一条：你不了解自己的祖国！好哇，高墨尔，我不了解自己的民族，不了解自己的祖国。真叫人羞愧，无地自容！我一定要用行动来回答那些不容我辩驳的指责。前方的男子，穿着裤腿很短的黑裤，他挑的东西估摸有多少斤重？我说不上来。他挑的是两篓花生吗？他要去卖给谁呢？到哪儿去卖？他就有那么一担花生么？我不得而知。一斤要卖多少钱？我不知道。卖了这担花生，够他吃一个星期吗？我不知道。不知道，什么都不知道！他的身体怎么样？挑那么多不觉得吃力吗？我也不知道。他是不是不得已才肩挑叫卖呢？我更不知道。一亩地能产多少斤花生？回答这样的问题简直要我命！这些问题开始折磨着我。是啊，刚碰到一个挑花生的人就一问三不知。明克，你真是一个心高气傲的蠢货！假如连这种小问题都不了解，说明你只看到他们的外表和行为。真丢人，你还要写他们呢！嘿，你这个狂妄自大的写作者！

高墨尔早就在车站等我们了。我知道他向姨娘求过婚，但姨娘没答复他，连他的信都没看。听说他已经有妻小了。他的妻子也是个印欧混血儿。到底是什么原因促使他那样大胆向姨娘求婚呢，我更不得而知。他不是比姨娘还年轻吗？他匆忙跑去买头等票，仿佛他比姨娘还有钱。

高墨尔站在售票处前买车票。我连他的背影都不想看，故意把目光移向别处。啊，他的背影仍出现在我面前，仍在指责我不了解自己的祖国和民族！站台和往常一样，冷冷清清。几位旅客坐在长凳上。姨娘到头等车的候车室去了，我在站台缓缓地踱着步子。我听见从另一条长凳上传来一个女人的声音，她提醒丈夫，把那顶惹眼的白色哈吉①帽（kopiah-haji）藏好。铁路局规定：欧洲人、华人、哈吉不得乘坐三等车厢，必须坐头等或二等车厢。

男人把哈吉帽放进盛礼品的篮子后，他妻子去买车票了，他警惕地站在原地……难道就这样来了解自己的民族？我不禁暗自发笑，心

---

① 哈吉（Haji）意为"朝觐者"，源自阿拉伯语，是对曾经前往麦加的天房朝觐、并按规定完成朝觐功课的穆斯林的尊称。

想仅仅这样是不够的。

高墨尔买到了车票，我们立即上车。我坐在姨娘身边，高墨尔故意坐在我们对面。

"已经二十多年没回内地的乡下，"姨娘首先开腔，"这些年来或许没什么变化。"

"毫无变化，姨娘，还是从前那样子。"高墨尔迎合说，接着问，"听人说，您是西多阿乔人，是真的么，姨娘？"

就这样，姨娘和高墨尔攀谈了起来。看来这位记者正在搜索枯肠，寻找话题，以求在这颠簸轰响的列车上和姨娘谈古论今。他想方设法给姨娘留下这样的印象：他博学多才，兴趣广泛，什么商业、农业、读书、狩猎，还有民间故事，特别是殖民地问题，他无所不知，样样皆通晓。

我从昏睡中醒来，因为听见他们提到了我的名字。不知他们谈论什么事时牵涉到了我。

"我已经向明克先生提出了建议，让他用马来语或爪哇语写作。看来他还在犹豫不决。"高墨尔说。

"他母亲也渴望能看到他用爪哇韵文创作的作品。"姨娘补充说。

"你看，明克先生，"我刚一睁开眼睛，高墨尔便向我袭来，"连您自己的母亲都这样希望您！可不是别人，是您本人的母亲！"

他的话一下子把我的瞌睡赶跑了，甚至连个哈欠都没有打成。

"也许他的话是对的，孩子。"姨娘插嘴，"我觉得马来语也有自己的独特风味。无论读弗兰西斯（Francis）的作品，还是读大维赫尔斯和小维赫尔斯（Wiggers senior dan junior）的作品，我都有这种体会，甚至读高墨尔先生和尤哈尼斯（Johannies）的文章时也有这种感觉。[①] 依我看，你不妨试一试。"

"被逼着用马来语写作无益，还是自觉自愿为宜。"此时，高墨尔愈加得寸进尺。

"为什么要被人逼着写呢？高墨尔先生？"姨娘问。

"形势所迫，姨娘。我认为，土著民总有一天要对那些殖民者的报纸大失所望，最后我们不得不用本民族的语言来写文章。那些荷兰语报纸从来不关心土著民利益，仿佛在东印度就只有欧洲人似的。我觉得，每一个正直的作者最终都会失望或被搞得心灰意懒。"

我仔细听了又听，发现他们不再谈论我了。我觉得自己好像睡着了，这就给了高墨尔一个炫耀自己的好机会。我想，他不会向姨娘打听自己那封情书的命运。当我又醒来时，看见他靠坐在角落里，而姨娘正在观赏车外景物。我真不好意思承认，我仔细端详了我的岳母，然而这确实是头一次。从前，她在安娜丽丝身边时，容貌并不突出。如今，安娜丽丝不在了，她的风姿便自然展现出来。她长得并不显老，脸颊不失风韵，外眼角上也没有鱼尾纹。她是一位女企业家，很注意自己的仪表，头发总是纹丝不乱且光彩翩然，裙褶整整齐齐，挺直不皱。从侧面看，她很像安娜丽丝，只是皮肤略黑，鼻梁稍矮。她的两条眉毛浓密乌黑，衬得眼神严肃又端庄。

高墨尔张着嘴睡着了。一颗金牙在嘴角边闪着亮光。我的心怦怦直跳，生怕口水会从这位不知畏惧的报界人士的金牙下流出来。这要是让姨娘看见了，说不定他的求婚信会永远石沉大海。

---

① 这几位均系 19 世纪末至 20 世纪初的荷印混血作家；普拉姆迪亚也编辑了《往昔岁月：前印度尼西亚时代文学选集》（ *Tempo Doeloe : Antologi Sastra Pra-Indonesia* ），1982 年出版。

我们乘坐的火车行驶缓慢，而且还时不时停车。头等座和二等座位于同一节车厢，乘客们有的穿皮鞋，有的穿拖鞋，而买二等票的人都穿拖鞋或凉鞋，不穿皮鞋。三等车厢里的人全光着脚，跑单帮的小商贩都挤在三等车厢里，市场上的各种气味以及苍蝇都被带了进来。坐头等座的只有我们三个人。二等座那边有十来个中国人，还有那个没有脱掉白帽的哈吉。

烟灰和火星四处乱飞。无论哪一等车厢里的乘客，下车时肯定都将会污衣垢面。

火车缓缓行进的时候，我看见好几个地方都有成群的劳工在维修铁路；一个印欧混血儿骑在马上，手执马刀，在监督他们干活。劳工都是民政官和村长召集来的。村长给那些种植政府土地的农民派徭役。农民服徭役是没有报酬的。政府既不给他们饭吃，也不给他们发路费，甚至连水都不给他们喝一口。

倘若我是个无地的农民，那么，说不定也在他们行列之中，正被那位骑马的印欧混血儿监督着干活。也许这位工头的知识水平还不及一个放牛娃呢。那个由村公务员充当的二工头，身穿黑色制服，下围筒裙，头上扎着包头布，腰佩格利斯短剑，假如我和那些农民的命运相同，也许也正在受着他的叱骂。然而，我并非耕种政府土地的农民。我把自己的命运与他们的命运进行对比，便觉得自己很幸运，更应该同情他们。我之所以说"应该"同情他们，是因为这种感情不是我内心所固有，而是通过思考以后才产生的。高墨尔，您说得真有道理。我刚刚开始注意观察，便自然地产生了许多好的想法，而不只是得到些支离破碎的材料。也许，在每一群劳工里都有能工巧匠，他们具有那些工头们所不掌握的技艺。他们可能是加美兰乐器的调琴师，可能是制作皮影戏中皮偶的匠人，也可能是精通爪哇文学的艺人。至少他们是能干的农民。他们之所以会命运不佳，只是因为东印度农民没有世袭的田地。我清楚地知道，他们除了服徭役外，还要被迫去夜间站岗和巡逻；如果临时出现与公众利益有关的事，他们还要合伙卖力。此外，他们还必须给各位大人物纳贡。一旦某个素不相识的大人物前来村户视察，村吏们就要向农民索取母鸡和鸡蛋。

我小时候本来就知道这些情况，这次乘坐火车，只是触景生情又想起了此类事情。我从穆尔塔图里写的《萨依查和阿婷达》(*Saidja and Adinda*)①中了解到农民疾苦，可从未像现在这样深深触动心灵。我还听人说：农民们必须缴纳鸡蛋、母鸡、嫩椰子、其他水果以及块茎药材 (empon-empon)②。如果区县老爷 (Ndoro Wedodo) 召见，村长便带上这些东西作为进见礼品。更有甚者，如果大人物们要举行谢神宴会，村公务员便以村长的名义向农民征收钱款，杀牛宰羊。这一切都得由农民负担。可他们有什么？除了锄头、力气和政府租给的那片土地外，农民们一贫如洗。

马赫达·皮特斯老师送给我的那本无名氏写的小册子里，也谈到了东印度的农民问题。他们被比作荷兰王国借以漂浮的软木 (gabus)。这是一种什么样的软木呢？小册子说：这些软木，在丧失其浮力以后，便不得不沉入海底。荷兰王国和殖民者的一切生活重担都压在这些软木身上。殖民者任何时候都可以踩在他们头上或肩上。想当年，荷兰总督丹德尔斯 (Daendels) 的确是这样干的。农民们俯首帖耳地承受着一切重负。他们不会向别人申诉，因为多少世纪以来，他们只了解自己，只了解一种命运，这便是：农民的命运。

刚一进入西多阿乔区，一片无边无际的甘蔗便映入眼帘。甘蔗，甘蔗，到处是甘蔗！放眼远望，绿浪翻滚，宛如深紫色沙漠上浩瀚

---

① 即《马格斯·哈弗拉尔》(*Max Havelaar*)，参见《人世间》第七章注释。
② 含有特殊药用成分的薯芋类植物 (umbi-umbian) 的块根或球茎。——原注

碧绿的大海。所有的甘蔗都即将收割，运往糖厂。这就是温托索罗姨娘的故乡。在这里，一切都与糖有关系。尽管如此，并非一切都是甜的。姨娘的生活经历就是明证。在这里，也许我还会发现其他类似的事情……

我们要去的地方是萨斯特罗·卡西尔家，也就是姨娘哥哥的家。

关于姨娘的哥哥，我了解不多。我只能把搜集到的情况整理记录如下：

鼠疫，这个瘟神正在猛烈地袭击着图朗安地区，每天都有大批人得病丧生。甚至连泗水派来的医生范·尼尔也未能幸免。图朗安的诊疗所仅有三四平米大小的一间屋子，他们无能为力。许多人早上出去安葬邻居，回来便卧床不起，一命呜呼。

萨妮庚的父亲，萨斯特罗托莫也离开了人世，随后他的孩子们也接连死去。

唯一幸存的是萨妮庚的哥哥帕伊曼，帕伊曼离开了家，从正在掠夺生灵的瘟神掌心中逃了出来。他知道，父亲和弟弟妹妹还没有安葬。可他不得不马上逃命，逃出疫区。

他不知道，鼠疫病菌已经在他体内繁殖起来了。

他毫无目标地走着，不知道究竟要往哪里去。夜幕降临了。他在工厂区外的一个地方躺倒了。他很明白，必须继续往前走。然而，却已筋疲力尽，力不从心。他躺在一棵罗望子树下。他很清楚：这棵树长在三岔路口的一个角上。往右去的那条小路是通往坟地的。他不愿去那里了结自己的一生。他一定要活下去，他还不想死。

他的身体烧得滚烫，浑身上下都感到难受。夜，黑沉沉的，一丝风也没有。他的眼睛，啊，他的眼睛为什么总是不由自主地朝墓地张望呢？有多少熟人像橘树枝条一样已被埋在那里？像杠果树的枝条？

像番石榴树的枝条？被埋在土中，就不再发芽，不再生长，最后被大地所吞噬。已有二十个人被埋在那里了吧？二十五人？他已无力再数下去。他的头烫得像火烧一般。

在黑暗和沉寂中，他不时看到有红色的和紫色的火光从坟地升起，如同从地下蹿出，划破幽静漆黑的夜空，升到顶点后，又弯曲成很大很长的弧形，向下降落，四处飘散，消失在黑暗之中。他看到，有的火光直奔村庄，也有的向图朗安方向飞去。

他害怕了。可是他已疲惫不堪，无力逃出这块令人毛骨悚然的地方。他像死人一般，唯一能证明他还活着的是，他心中不断呼喊——要活，要活，我一定要活下去！活下去！活下去！

清晨，凉爽的雾气使他苏醒过来。他朦胧地感到，那晨雾已使他的高烧减退。太阳升起的时候，他发现一位老人来到他的身旁，满怀怜悯地对他耳语道：“哎呀，还这么年轻！你不应该死去，孩子。大概你跑出村外还是头一次吧？”

这位老人白发银须。他很想向老人求救，然而舌头已不听使唤。

帕伊曼模糊地看到，这位老大爷解下藤条编制的背篓，从里面取出一个瓶子，把瓶子里的药倒进他的嘴里，然后离去了。大约过了四个小时，老人又来了，又把瓶子里的药往他的嘴里灌。在那瘟疫肆虐横行的时候，这位老人犹如从天而降的神仙，神采奕奕，毫无惧色。

瓶子倒空了，又被放回到老人的背篓里。

帕伊曼终于得救了。他真不知道那两次喝下的是什么东西，好像石油似的。此后，那位老人又来了几回，每次都往他嘴里灌那种东西。

以上说的是帕伊曼的情况。他现在又改了名，叫萨斯特罗·卡西尔账房先生。他比他的父亲——也就是姨娘的父亲萨斯特罗托莫——能干，有出息。

萨斯特罗托莫从来没能当上账房先生，直至他得鼠疫病逝，人们认为他根本就不可能获得账房先生那个肥缺。赫曼·梅莱玛先生和准备接替他职务的经理曾许诺，说要把萨斯特罗托莫提升为账房先生，可是直到萨斯特罗托莫去世时，这个诺言尚未兑现。对此，梅莱玛先生感到非常内疚。于是他背着姨娘去找经理，要求经理雇用萨斯特罗托莫的儿子当见习书记员，以便日后培养他当账房先生。

梅莱玛先生的接替者曾经到沃诺克罗莫来过几次。梅莱玛先生总是利用这样的机会通过经理为自己的内兄帮忙。这样一来，最后姨娘也知道了，她的哥哥就要被提升为书记员了，先当见习会计，以后便当正式会计师。

姨娘为有这样高职位的哥哥而暗暗感到自豪——他可是全爪哇岛所有糖厂中唯一的土著出身的会计师。

在他晋升的那天，工厂还为他设小宴庆祝。帕伊曼结婚以后改名为萨斯特罗旺梭（Sastrowongso）——意为"文书的后代或后裔"，现在他正式改名为：萨斯特罗·卡西尔会计师①。因为这个名字得到了总督的批准，所以他还郑重其事地把新名字公布在报纸上。

他一共养育了八个孩子。

帕伊曼，又名萨斯特罗旺梭，大名萨斯特罗·卡西尔会计师，曾经几次去过沃诺克罗莫。每次姨娘总是热情款待他。可后来他去得愈来愈少，因为他的地位渐渐巩固了。梅莱玛先生死后，他就再也没有露过面。

我和安娜丽丝结婚时，他和全家人一块儿都来了。那次姨娘对他也是盛情款待。他的第一个孩子是个姑娘，比安娜丽丝小两三岁。我曾从远处细细打量过她两次。那时，我猜想，姨娘当姑娘的时候，长

---

① 原文系 Sastro Kassier dengan dua *s*；荷兰语 kasier 意为出纳员、账房先生。按照古马来—印度尼西亚群岛地区文化传统，封号和官职经常会成为人名的组成部分。

得准就是这样。不论身材、脸庞、眼睛，还是鼻子、嘴唇，简直和姨娘一模一样。

　　我在火车上的时候就揣测：姨娘这次到西多阿乔来，可千万不要以休息为名，实则为我向萨斯特罗的长女苏拉蒂求婚！不成啊，妈妈，明克不可能同一个纯爪哇血统的女人结婚和生活。姨娘呀，您可不要那样做！这倒不是因为我看不起自己的母亲和纯爪哇血统的女人，也并非因为我讨厌她们的思想和习惯，而是我有我自己的选择。您不也同样如此么，妈妈，您也不会再找一个纯爪哇血统的男人作丈夫。欧洲人的思想在许多事情上或多或少地改变了我们的观点，同时也给我们添加了一些必须要满足的新条件。我不也是这样么，妈妈？我以为，夫妻决不仅仅是男女之间的关系问题，这一点您也是知道的，妈妈。假如您此行目的确实是为了我的婚事——不管这目的是多么美好，多么高尚，那么请原谅我吧，妈妈，我不能，也无法顺从您的好意！

　　我越想越有些局促不安，同时也开始警觉起来。相反，姨娘看起来倒像小姑娘似的活泼愉快，宛如一只刚刚脱蛹而出的花蝴蝶。她往常那种严肃的神情全然不见了。她越来越爱打扮，越来越爱笑，总是那样兴致勃勃，谈笑风生，甚至对农场即将被毛里茨·梅莱玛夺走这件事，她也不怎么在乎了。

　　在西多阿乔车站下车时，没见到萨斯特罗·卡西尔家的人来接我们。姨娘事先未告诉他们。

　　高墨尔叫来了一辆马车，自告奋勇地要求送我们到图朗安去。姨娘含笑谢绝说："图朗安离这儿还远着呢，先生。"

　　"我很熟悉图朗安，姨娘。"

　　"真的吗？"

　　"最远不超过十公里。"

"如果您愿意的话，可以到那里去玩玩，只不过现在别去。"

我们雇了马车，向图朗安进发。

甘蔗，甘蔗！我们沿途看到的简直是甘蔗之海。那些光着膀子的农民都好奇地停在路边观看我们。小孩子们有的在玩耍，有的在放牲口。他们光着屁股，流着鼻涕，身上又黑又脏。倘若我出生在农民家庭，那我会和他们一样。

"这就是我的家乡，孩子。除了甘蔗，还是甘蔗。你说得很对，这里的一切都与糖有关系，包括罪恶，也包括梦想。这个地区有十多家糖厂，孩子。一到工厂开始榨甘蔗的时候，就要举行一系列庆典活动。在那些庆典活动中，人们挥金如土，醉生梦死。到处都可以看到有人醉卧路旁。在赌台上，就连自己的老婆、孩子、弟弟、妹妹都可以作为赌注易手。有机会你也应该去看看这种热闹场面。可惜，现在还没到榨糖季节。"

马车夫没有听明白我们的话，特意回过头来问："您说的是什么呀，太太（Ndoro）？"

"没什么，伙计（Man），没和你讲话。"

奇怪，姨娘怎么学起荷兰人来了，称车夫为"伙计"呢？虽然这个词也有"人"或"男人"的意思，但毕竟带有轻蔑之意，一般用于和下等人说话。问题在于，在爪哇语和马来语中，一时还确实找不出对这种人合适的称呼。那么，我是否就可以归咎于母语的贫乏，以致人们总是无情地互相鄙视。

哎呀，我怎么总是这样胡思乱想，无事生非呢？

"孩子，明后天你可以到村里去转转。你不是成天说，高墨尔批评你不了解自己的民族吗？其实我也觉得像挨了批评一样。他说的并非都没有道理，孩子。也许言辞过激了些，但我了解他的意图。他热爱一切土著民的东西，当然不包括土著民的缺陷和无知。对他母亲的祖先所具有的、所制造的和所熟悉的一切，他都有深厚的感情。刚才你在车上睡觉的时候，他满怀激情地谈起了爪哇的佛塔。他说，他曾经邀请冉·马芮外出旅游，一同去观赏佛塔。冉·马芮听了笑而不答，因为他不懂那些佛塔的意义。高墨尔尽力解释，冉·马芮愈加笑个不停。最后高墨尔生气了，就竭力贬低法国那些世界闻名的纪念碑，以此报复马芮。"

对这种问题我实在不感兴趣。姨娘突然发问："你见过佛塔吗？"

"没见过，妈妈。"

"我也没见过。听说，建筑佛塔是求其永存，看来一定有什么东西需要万古流传。"

我愈来愈不解其意。

"你读过有关巴黎和法国的书吗？"

"一本也没有认真地读过，妈妈。"

"不知什么原因，这个国家有时对我具有强烈的吸引力。我想象不出它是什么样子，可是我却被它吸引住了。"

说不定姨娘是被冉·马芮的品质吸引住了。然而我没有回答她。

"那么高墨尔呢？"我问。

"高墨尔怎么了？"

"妈妈对他有什么看法？"我旁敲侧击。

"他是个热情洋溢的人。仅此而已。不用很久，也许五年，也许十年，你就会远超过他。"

"妈妈，我不是这个意思。"

"嘘！你想要我接受他的求婚？"

"妈妈，您心目中所向往的究竟是什么样的人呢？"姨娘顿时羞得面颊绯红，像是一个情窦初开的少女。此时，她是多么幸福！

看来，萨斯特罗·卡西尔账房先生在西多阿乔是家喻户晓的。马车夫准确地知道他家地址。无须打听，便把车停到了他家门前。他的家是一幢石房，非常体面，位于图朗安糖厂区。萨斯特罗·卡西尔账房先生是分到糖厂住房的唯一土著民。

他家的前门紧闭，窗户却都开着。从帷幔上面可以看到，里面有一个相当宽敞的客厅以及各式家具，就如同在欧洲人家里见到的几乎一样。如果要说有什么不同的话，欧洲人一般把书看成是显赫的家庭摆设，在他家里却没有见到书。

"嫂子，朱米拉嫂子！"姨娘在叫她的嫂子，萨斯特罗·卡西尔的妻子。我结婚时，她到姨娘家去过，但我没有见过她。至于她丈夫，我倒见过，也认识。

只见一位妇女前来开门，看上去她比姨娘老得多。她怔怔地站在我们面前。

"米拉嫂，您忘了？我是萨妮庚。"

"哎哟，妮庚妹！哎呀，快进来吧！你还这么年轻！"她急忙迎上来，请我们在他们引以为豪的那套桌椅（Sitje）处落座。

"你看，我们家这个样子。可比不上妮庚妹你家的大楼房啊。"

马车夫把我们的东西从车上卸下来，搬进屋里。朱米拉又进里面去拾掇屋子，稍后又走出来，唠唠叨叨讲了一大堆。"哎呀，我们的房子太寒碜啦，可不要见怪。"她一直在说爪哇话，因为她只会这门语言。"一路上辛苦了。我给你们煮点咖啡喝吧。"说完，便到厨房去了。

过了一会，进来一位麻脸姑娘，躬身俯首地端着一托盘咖啡，弯着腰走到我们面前。这时从厨房又传来了朱米拉的声音："喝吧，妹妹，刚好有开水。"

麻脸姑娘在桌上摆好了咖啡，又欠着身子慢慢退了出去。

姨娘从座位上站了起来，打量着整个客厅。一扇房门上方挂着两张荷兰威廉明娜女王的画像。这表明在这个房间里，住着两名糖厂初小（Volksschool Pabrik）[①] 的毕业生，必定是萨斯特罗·卡西尔的两个孩子。在小城镇里，尤其在图朗安这样的小地方，一家能有两个孩子上初小，可是很了不起的事情。

姨娘看够了客厅，又进到里屋去。我听到朱米拉跟姨娘说话，她声音粗而沙哑，但很亲切。

"瞧这个，妹妹，这是在格当安（Gedangan）纺的蚊帐（kelambu）。我们这儿不能织，因为这儿不种棉花。你说好看吗？"朱米拉笑了，"你如果想要，回头我给你定做一个……哎呀，我真奇怪，你们那儿的工厂怎么不做蚊帐呢。要是做的话，准比这个要漂亮。"

她们俩一块走出来。接着朱米拉把姨娘和我的皮箱都提到一个房间里。我瞥了姨娘一眼，只听她低声说了句："真傻！"

马车夫已把盛礼物的箩筐搬进了厨房。

朱米拉刚从房间里出来，便说："妮庚妹总是那么年轻。快，到那个房间去。妹妹，先生，请先换换衣服，休息一会儿。"

"我想看看你们的厨房。"姨娘又站起身，向里屋走去。朱米拉在后面跟着。

客厅里只剩下我一个人。朱米拉竟把我当成了姨娘的新伴侣，我感到心烦意乱。更糟糕的是，也许她把我看成是：姨娘包养的小情人（piaraan）。姨娘也不对，在对方给我们准备一个房间时，何不直截了当说明情况？为什么她只说一句"真傻"呢。唉，我何必胡思乱想？事情如此滑稽，我不禁哑然失笑。这至少可以成为写小说的生动素材。

片刻，她们回到客厅，坐在一起又说又笑，我不知她们在谈些什

---

① 此处系意译。Volksschool 源于荷兰语，相应的印尼语 Sekolah Rakyat 或 Sekolah Desa 指当地学制三年的学校；印尼语 Pabrik 意为工厂，这里指当地糖厂。

么。我低着头，默默竖起耳朵听。这时，我埋怨起自己来。我还是个男人呢，一般来说，客厅是男主人接待男宾的地方，而女主人接待女宾是在后厅或者在厨房里。男主人不在家。这样我也自然地被归为女宾之列。这就算了吧。不止于此，还有比这更可笑的事情，尽管这里的环境根本无滑稽可言。

那个麻脸姑娘，又像刚才那样躬身折腰地走进来。这次端上来的是我们从沃诺克罗莫带来的蛋糕。这时，妈妈向朱米拉问："咦，嫂子，苏拉蒂到哪儿去啦？刚才我在厨房没见到她。"

"你找苏拉蒂？哎呀呀，我的孩子，连你姑姑都不认识你了！"朱米拉大声喊道。

麻脸姑娘噘着嘴，低下了头。"我就是苏拉蒂，姑姑。"她低声道，"是啊，我如今已变成这样，长了满脸大麻子。"

我不禁大吃一惊。原来她就是我曾两次见过的那位俊俏的苏拉蒂姑娘？我仔细一看，那些麻点又大又深，而且还发黑。

"哎呀呀，我的孩子！"姨娘站起身，将苏拉蒂扶起，"怎么你变成这样了？"

"命里注定，姑姑。"

"都是她爸爸干的好事，你那个好哥哥，没骨头的男人。想学他的老子萨斯特罗托莫样子，把女儿卖给工厂经理大老爷（Tuan Besar Kuasa）！"

"什么？帕伊曼？"姨娘顿时发怒道，"帕伊曼对自己的女儿竟会做出这种事来？我吃尽了苦头，难道他就无动于衷？孩子，你在那张椅子上坐下！"

苏拉蒂坐下了，仍然低着头。这是年轻姑娘在长辈面前，特别是在一个陌生男人面前必须遵守的规矩。

朱米拉像开闸的悬河，埋怨她丈夫，诅咒她丈夫，吵吵嚷嚷地骂不绝口。姨娘听了，不时地随着发出感叹："这么漂亮的姑娘，长得如花似月，如今竟变成这个样子！"

我默默地听着这三个女人的谈话。她们你一言我一语，很快就凑成了一个故事的梗概。姨娘义愤填膺，怒气冲冲。她回到了故里，变得和朱米拉一样粗俗，很容易感情冲动。而苏拉蒂呢，仿佛在讲述别人的经历，对自己美貌的丧失从不感到惋惜似的。

她们不停地谈论着。姨娘听了，感慨万千。她在控诉，在悲叹，再也听不到她的欢声笑语。苏拉蒂，原来在图朗安有倾城之貌，如今变成了一个麻脸姑娘，不受人喜欢，连我和姨娘都不喜欢看她。这样的经历给一部短篇小说提供了故事梗概。它打动了我，我决心把它写出来，让苏拉蒂吃过的苦头长存于世，尽管大体说来，她不过是重蹈姨娘的覆辙罢了。

她们足足谈了一个多小时，全然忘记了我还在她们身边。工厂的汽笛提醒了她们，时间已是下午五点，汽笛也告诉那些在远处甘蔗地里干活的人们，可以收工了。

"哎呀，先生还没休息呀？"朱米拉抱歉地问，"妮庚妹，咱们送先生到房间里去……"

"我看还有别的房间，让他住到那个房间去吧。"姨娘说。

"你们为什么要分开住呢？"朱米拉反问。

"你扯到哪儿去了。他是安娜丽丝的丈夫！"

"噢，噢——原来是安娜丽丝的丈夫！对，对，安娜丽丝好吗？听说，她被人带到荷兰去了，是吗？"

"她很好，嫂子。"

"还没来信么？"

"已来过了。"

"如果那样的话，我再去准备一个房间。"

我一下子明白了：连她自己的嫂嫂都把她看成是个不体面的女人。我轻咳了两声。这个难以解释的问题就这样解决了。总之，我单独住上了一个房间，很可能那里原来是苏拉蒂的卧室。

我把那个房间打扫干净以后，在床上架起了蚊帐。我一跨进去，脑子便想起了姨娘给我提亲的事。姨娘该是多么失望啊。她一定会打消帮我成婚的念头。可怜，这女人想要把我束缚住。她的失败预示着：在不久的将来，我离开泗水和沃诺克罗莫的愿望会得到实现。

暮色苍茫，灯火初上，我刚意识到：这个屋子已经用电照明了！这种不用捻、不用油，也不用气的电灯，真令人赞叹不已。我不禁想起了爱迪生，对他的敬重之意油然而生。有生以来，我已经享用了他的两项发明：电唱机和电灯。如今，我亲眼见到了电灯，它不再是道听途说的传闻，也不再是登在报上的消息了。

晚饭之前，我洗完了澡，并没有像通常的宾客那样出去散步。我开始记下苏拉蒂的生活遭遇。可这也未使我获得安宁。没记多久，我便听到姨娘在里面大发雷霆。偶尔听到一个男人的声音，缓慢地回答着她的问话。看来萨斯特罗·卡西尔已经回家，正在挨骂。

那天，我们在沉默和敌对气氛里吃完了晚饭。一场大战再次爆发之前，我先离开了餐桌。我在自己的房间里，首先听到朱米拉的声音打破沉默。"你这个男人就是没有主心骨，像没有棍支撑的皮影人一样。多亏现在不是打仗，要是打起仗来，不知会把你吓成什么样子！"

"天生奴性十足！"姨娘在一旁火上浇油。

"萨妮庚，你不要多管闲事。你过得那么舒服自在，不就是因为你给别人当了姨娘么？"帕伊曼，又名萨斯特罗旺梭，现名萨斯特罗·卡西尔会计师反击说。

"舒服自在的不是我，是你！你能当上账房先生，是因为你爸爸卖掉了我，懂了吧？"

"正是把你卖了，你才有今天的好日子！"萨斯特罗·卡西尔辩驳。

"我今天的好日子是用自己的血汗换来的，可不是给别人当姨娘的结果。白痴！"

我掩上了门，不再听他们争吵，继续写我的笔记。

第七章

苏拉蒂的遭遇如下所述，经由我的记录、修改和补充：

图朗安的人们正在忙于筹备欢送糖厂经理老爷的盛会。这位经理任期已满。一俟新任驾到，他将在告别典礼后，立即前往泗水。他希望自己的离任，能给大家留下一个美好的印象。在离去之前，他不时地对职员们说：但愿新任经理胜我一筹。请大家助他一臂之力。

所有的职员、工人和普通居民，也都盼着新经理胜过前任。糖厂的经理是图朗安地区有权势的大人物，他比县长、副州长，甚至州长还要显赫，简直是个土皇帝。据说，他的薪俸比东印度总督更丰厚。对于经理，人们固然不必像对县长、副县长和区长那样顶礼膜拜，但经理的话即是法律。当地的老年人对某些往事仍记忆犹新：赫曼·梅莱玛接任之前的那位首任糖厂经理，曾经下令杀害七名拒绝交出土地的农民。他还命令农民们去挖掘神庙的石块，用作高大建筑的基石。事后，五名农民生怕破坏了神庙而遭天谴，忧心如焚，最后惊恐而死。对人们来说，经理微微一笑，能解忧去愁，是莫大的抚慰；经理的一声恫吓，犹如不可违抗的命令，种植园的监工，工厂的工头、职员和苦力们，都要唯命是从。他只要动一下手指头，人们便乖乖而来；他轻轻一哼，就能把人吓得屁滚尿流。

在图朗安当地人眼里，糖厂经理就仿佛是舌头带火的可怖之人。

按照预定的时间，新经理驾到了。荷兰督察官和西多阿乔的县长都出席了经理职务的交接仪式。两小时后，仪式完毕，新任经理和离任经理两人双双走到室外，去参加盛大的筵席。顿时，锣声震天，盛会开始了。与此同时，车马已准备就绪，正待命将要送前任经理离开图朗安。

盛会继续进行。雇来的爪哇舞女们翩翩起舞，饮椰酒，掷骰子，争风吃醋。

新任糖厂经理名叫弗里茨·霍默罗斯·弗莱肯巴伊。他为他的前任送行，直至西多阿乔车站。返回时，他径直来到参加盛会的人群中间，通过译员向大伙发号施令："异教徒（kafir）搞什么典礼？吵死了，野蛮！散场，全退下！滚！"

人们顿时感到眼前乌云密布。他们的预感没有错。

弗里茨·霍默罗斯·弗莱肯巴伊先生的体形并不魁梧。即使按土著民的标准看，也不算高大。他身材胖圆，大腹便便。这表明他经常坐着，从不干体力活。他深陷的双目从眼皮里往外窥伺。两颗黄绿色眼珠，犹如玻璃球般透明。他身穿白色亚麻布短袖衬衫和短裤，身上露出又长又密的棕色汗毛。像他这种装束的欧洲人，图朗安的公众还是第一次见到。他头顶已秃，圆脸上肥肉臃肿。他睡眼惺忪的神情，仿佛从没按时睡过一个好觉。说他笨嘴拙舌固然不对，可他除了责骂别人以外，就总是沉默寡言、不苟言笑。

每当见到经理，苦力和村民们都心惊肉跳，尤其是那些职员和工头们，更加噤若寒蝉。几个印欧混血职员悄悄告诉村民和苦力：那位新来的先生名叫"普利肯博"（Plikemboh）[①]。人们从此便在背后叫他这个外号。妇女们一听，臊得赶快转过脸去，有的则用手捂着嘴，暗暗窃笑。

自从那次盛会不欢而散以后，整个图朗安地区的全体村民和职工都被笼罩在紧张气氛中。普利肯博无论对谁都为所欲为，不管土著民、纯血统欧洲人，还是印欧混血儿。而那些工人和职员，依然一如往常，他们常以为：只要不被解雇，天塌下来也无妨。

普利肯博明白——人们都怕他。他心里美滋滋的。如今他确实活得像受人敬畏的老爷，无须操劳。人们对他的畏惧心理，无形中发挥了一个可靠工头的作用。这位经理很少坐在办公桌前。上任一个月以来，他唯一的命令是：加强对酒精和烈性酒的监制。

普利肯博是个酗酒成性的酒鬼。可他从不喝一滴本厂酿造的酒。有一两瓶本厂酒的样品送到他面前，他只是闻一闻酒味，估算一下它的酒精含量而已。

上任第二个月时，他开始在厂区转悠，走进甘蔗种植园和糖厂发电机旁溜达。他喜欢守在发电的蒸汽锅炉旁，为泗水地区的这第一套设备而洋洋自得。

也是在这第二个月中，他经常提着汽枪，徒步出外打猎。他不会骑马——作为一名糖厂要人却不会骑马，真是件咄咄怪事。

午后，他经常坐在屋前的椅子上，也许已有几分醉意。他把枪架在桌上。看见路上有土著孩子走过，他便瞄准射击。没多久，所有孩子都对他怕得要命。只要远远看见他提着汽枪出现，他们马上拔腿就跑。于是，母亲们就开始用"普利肯博"这名字来吓唬淘气的孩子。

[①] Plikemboh 与经理的姓氏 Vlekkenbaaij（弗莱肯巴伊）发音相近。爪哇语的普利（Pli 即 Peli）可指男性生殖器，而肯博（Komboh）意为杵入。

由于经常外出，经理的面色如今变得红润，像下蛋时的母鸡。他目不环顾，几乎从没扭过头，脖颈仿佛变成了硬木柴。

人所共知，他是位蹩脚的射手，连只鸟都不曾猎到过。每当他外出打猎时，肩上总是挂着一只黑皮背包。人们估计，包里没装过他猎获的鸟，只装着白兰地酒瓶而已。

当普利肯博真正了解到，鸟儿总喜欢在天空自由翱翔，而不愿钻入他的背包时，便对手中的汽枪感到厌倦了。现在他对另一种"狩猎"发生了兴趣，闯进厂区附近的土著民住宅，破门入室，翻箱倒柜，甚至乱掀锅碗瓢盆。他的理由是：土著民不可信，他们全是盗贼和半盗贼，爱走私，非法酿造威士忌酒。可他一直没发现任何这方面的可疑之处。他便开始调戏妇女。当他拼命敲门时，人们把门锁上，不让他进屋。

无论男女，土著民只要一见到普利肯博就会感到憎恶。他的外形，尤其是他的作风，十分令人反感。他在哪里出现，那里就顿时变得乌烟瘴气。人们鄙视他又长又密的汗毛，大腹便便的蠢相，透明的眼珠，闪闪发亮的秃头……

一天，朱米拉突然惊叫起来。原来普利肯博已闯入屋内。也许他是从窗户跳进来的。当时屋内别无他人。朱米拉急忙逃到屋后的厨房里去。男孩子都在学校上课，只有女孩们在那里干活。一见到普利肯博追入厨房，女孩们立即四处逃窜。

朱米拉逃向后院。她全身哆嗦，吓得说不出一句话。她看见女儿苏拉蒂正在使用桔槔（senggot）汲水，准备浆洗家里人的衣服，便示意叫她赶紧逃跑。可姑娘没有领会。说时迟，那时快，普利肯博已经快步追到井边，站到了她面前。苏拉蒂浑身颤抖，两脚发软，几乎摔倒在地。

从很远处就能听到朱米拉高呼救命的喊声，人们急忙赶来。当他们一见是普利肯博在对苏拉蒂动手动脚时，便立即跑开，不让他看到自己的面孔。苏拉蒂惊恐万状，又无比厌恶，她哆嗦着蹲在地上。普利肯博顿时不知所措，匆匆躲到屋后，瞬间就溜得无影无踪了。

这时，左邻右舍才又赶来，只见姑娘还惊恐地蹲在井边。大伙把她扶起，抬到厨房，让她躺在卧榻上，并帮她把身上又湿又腻的筒裙换下。姑娘脸色苍白，仍然说不出一句话。

经理先生却若无其事。他挂着背包，在街上大摇大摆，稍后回到了办公室。

从办公室的名册上，他获悉：住在十五号房的是萨斯特罗·卡西尔一家。他派人叫账房先生来见他。来东印度之前，普利肯博曾向一位退休的荷兰督察官学过一点马来语。他用马来语开始说话：

"你叫萨斯特罗·卡西尔吗？"

"是的，经理大人。"

"你是这里的会计师？"

"是的，经理大人。"

"你在这儿干很久了，是么？"

"十四年多了，经理大人。"

"你有几个老婆？"

"只有一个，经理大人。"

"胡说，像你这样的爪哇男子，不可能只有一个老婆。"

"我敢发誓，经理大人，我只有一个老婆。"

"有几个孩子？"

"八个，经理大人。"

"好，你是不是有个还未出阁的女儿？"

萨斯特罗·卡西尔一怔。父亲的天性提醒他，此时此刻要谨慎小心，一场灾祸已迫在眉睫。但是他无法隐瞒家庭成员的情况，因为公司名册上登记着他全部孩子的名字。倘若上司发现他在撒谎，他就会丢掉饭碗。于是他便照实说了。普利肯博除了没问苏拉蒂的名字，接连询问她的年龄、文化程度及全部情况。

"好，你可以走了。"

萨斯特罗·卡西尔便回去工作了。从那时候起，他坐立不安，心神不定。他脑海中曾闪过一个念头：把女儿送到沃诺克罗莫去避一避。可又一想，不行。他从印欧混血儿办的马来语报上得知，萨妮庚本人处境困难。他的小外甥女安娜丽丝也正受到威胁，要被带到荷兰去受人监护。他知道这事闹得很凶。原先他打算去沃诺克罗莫一趟，打听一下萨妮庚家的详细情况并表示慰问。后来他犹豫不决，最后没去成。如今，他就不好带苏拉蒂前往沃诺克罗莫了。

傍晚下班时，经理先生又把他叫去，请他到家里，以糕点和烈性酒款待他。他对经理的任何招待都无法拒绝，生怕惹他生气。他又吃又喝，可是到了嘴里，感到好像在吞咽毒药。这毒药将毁灭他的一切。

他们俩究竟嘀咕了些什么，无人知晓。无论萨斯特罗，还是普利肯博，对此都缄口不言。

萨斯特罗回到家里时，天色已晚。他妻子一见他，就没好气，粗声粗气骂他——以往，她可从来没有这样对待过丈夫。

"要是你和普利肯博一起干卑鄙的勾当，告诉你，小心你的脑袋！"妻子威胁道。

萨斯特罗意识到整个图朗安的人们都已知道正发生着什么。当晚，他粒米未进，径直走进卧室。他没有睡觉，活像一只老木偶，忽闪忽闪转动着两只眼珠。

凡是当账房先生的，就从来没有讨人喜欢过。萨斯特罗·卡西尔也不例外。苦工们怀疑他与工头狼狈为奸，克扣他们百分之十的工钱。这些低等的劳工都目不识丁，只会在背后嘀咕、怀疑、憎恨和恫吓。而萨斯特罗·卡西尔确实需要钱去赌博，去供养他的姘妇。这些都是土著职员中受人称道的风气。

　　然而，除了农民和工匠之外，其他所有的土著民都把职位看作是命根子。家可破，财可尽，名声可以一落千丈，但职位可不能丢。职位不仅意味着生活，而且同时还包含着荣誉、信念和自尊。人们的斗殴、祈祷、修行、诽谤、撒谎、拼命工作以及陷害他人，无一不是为了职位。人们为了职位，宁愿倾家荡产。因为有了职位，便能赎回丢失的一切。越是能够接近欧洲人的职位，越显得高贵，尽管得到这样职位的人，也许收入无几，仅有一顶头巾冠带而已。但人们把欧洲人看作是无限权力的象征。权力带来金钱。正是欧洲人打败了王公贵族、伊斯兰学者和武士。甚至，他们无所畏惧地征服了人类和万物。

　　翌日，普利肯博又把萨斯特罗叫去了。人们依然不知他们俩嘀咕了些什么。当晚，萨斯特罗没有回家。他独自在图朗安的北部村落里踯躅徘徊。他惶惶如找不到偷窃目标的盗贼。他凝神深思，却不知所思何物。他默默祈祷，却忘了他要向真主祈求什么。他没去找姘妇，也不去玩牌赌博。他下决心要洗涤身上的一切污浊。他禁食忌水，夜不归宿，独身在户外踱躞，行走不息。

　　他在河里沐浴净身以后，就坐在石头上静思默祷，随后才回到办公室。他未回家稍事逗留，又工作起来。他刚打开办公室的门锁，差役便来转告他说："经理大人有吩咐，账房老爷一到，便马上去见他。"

　　昨夜的苦行显然没有感动真主赐福。今天一清早，普利肯博就来叫他了。他心里依旧焦虑不安。这次他们俩的谈话内容终于被人获悉。当时正巧有一位年轻的苦力在经理办公室用药皂水擦地板。

　　"怎么样，萨斯特罗·卡西尔，想好了吗？"普利肯博问。

　　"还没有呢，经理大人。"

　　"怎么还没想好？"

　　"我还没能和我内人商量呢，经理大人。"

"难道你这家伙有眼不识弗莱肯巴伊吗？"

"了解，经理大人，小人心里十分明白。"

"那你怎么还不敢和你老婆商量呢？"

"小人害怕，大人。"

"你怕老婆，还是怕我？"

其实，萨斯特罗·卡西尔既怕经理，又怕老婆，只是嘴上没说。

"要是这样，那把你老婆叫来。你为什么还蹲在那不动？滚回去！快，把你老婆带到这里来。去，快去！"

"她到村子里疗养（tetirah）去了。"

"什么叫疗养？"

"她走了，大人，她跟我丈人一起走了。"

弗莱肯巴伊怒目而视。他指着萨斯特罗·卡西尔的鼻子威胁道："要是撒谎骗我，当心你的脑袋！你以后会尝到滋味的。快干活去！"

萨斯特罗·卡西尔回到了办公室。他忐忑不安地准备好账本，数点钱款，把它们分成若干份。次日星期六是厂里支付一周工钱的日子。一切安排就绪后，他推说自己有病，不到下班时间就回家去了。

昨晚他没有回家。对这样的事，他妻子一向是不足为奇的。因为有"职位"的男子都是这样生活的。妻子不会问丈夫干什么去了。在当地，做妻子的可不能去告发有职位的丈夫。即使妻子对丈夫未加任何指摘，丈夫也能无端端地把妻子逐出家门。在其他一些事情上，也许妻子有胆量去询问一下有职位的丈夫，但丈夫寻欢作乐的事情却是禁忌。朱米拉总是沉默寡言，她感到自己无法使丈夫心满意足。

那天，尽管时间尚早，她却准备做晚饭了。可萨斯特罗·卡西尔没吃饭，他把妻子拉到身旁，让她在椅子上坐下。

"孩子他爸，您别以为能骗得了我。"朱米拉为保护她的女儿说。

"他想见你。"

"没这样的。"朱米拉驳斥道。她知道自己在普利肯博面前将会束手无策。

"真的，他叫你去。"

"没见过有这种做法。与其把我的女儿卖掉，倒不如……哎呀，真丢人！如今这个世道不该再有这种事！"

萨斯特罗·卡西尔心里明白，妻子在用离婚进行挑战了。

"要不你出去疗养几天吧。"

"不，我要在家保护我的女儿。"

"拉蒂，苏拉蒂！"萨斯特罗·卡西尔叫唤。

那姑娘来了，她在她父亲面前并住双膝，蹲在地上，俯首听命。

"你已知道发生了什么事。你该怎么回答呀？"

"别理你爸！"朱米拉在旁边气愤地插话，"可不能让你和你姑姑萨妮庚一样。老天保佑（Amit-amit）。"

"萨妮庚现在比梭罗女王还阔气呢，"萨斯特罗·卡西尔反驳，"苏拉蒂也会像她那样有钱的。你说呢，拉蒂？"

"亏你说得出口！别理他，孩子，别理他！"

"本来就不需要她回答。但你和她应该知道事情的由来。"

"别听他那一套。"

"经理大人，"萨斯特罗·卡西尔不顾妻子的对抗，继续对他女儿说道，"他已命令我把你交给他，去当他的小妾。不用多说了，你听你爸爸讲这些就够了。至于你愿意不愿意，那是你自己的事情。你不理我也行。好了，你走吧！"

苏拉蒂起身离去。

"魔鬼！"朱米拉骂道，"难道你以为我生她，就是要她去给别人当小妾吗？你这个男人，连根主心骨都没有！"

"你别惹我发火。为了能得到真主的谕旨，我正在禁欲修行呢。"这时，萨斯特罗·卡西尔大声呵斥起来。

"修行，你不修行也能答他一个'不'字，那事就结束了。"

"你说得倒轻巧！"

"你怕丢了饭碗当农民？怕在市场上当小贩？怕丢面子？如果我是你，如果我是个男子汉大丈夫，我就回绝他。"

"你们女人懂个啥？女人的眼界大不过酸果核（Klungsu）。稍有差错，一切都会搞砸。"

整整一天，萨斯特罗·卡西尔还是不吃不喝。他像前日一样，走出家门，独自在田埂上徘徊。这里土地贫瘠，因为肥沃的地都被糖厂租去种甘蔗了，租一次就是一年半。拒不出租耕田的农民将会遭殃，糖厂会纠集民政官员、农村小吏和厂里的监工们一起来捣乱。

此刻皓月当空，周遭万物朦胧在淡黄色月光里，疾风渐起。萨斯特罗·卡西尔却无心理会明月和疾风，也无暇自顾。他这个糖厂高级职员还是受真主疼爱的，否则，任何一个土著民都能像他一样当上账房先生了。因此，他当下渴望自己心里的问题能得到一个回答，而这个回答不宜出于人类之口。他盼着某个神灵，而不是普通的人，来转达真主的旨意。在这月色昏暗之夜，或许有神灵和他一样在外漫游，说不准就会低语几句为他指点迷津呢？他甚至幻想这时有头神羊双脚站地，或蹲着，或躺着，或跪着，出现在他面前。那只羊会对他说道："喂，萨斯特罗·卡西尔，执行普利肯博老爷的命令吧。"他便敢冒任何风险，按经理的命令去做。这样，他至少可以不对自己的行为负责，也不必自己动脑筋了。总之，这样的指示要来自神仙圣灵，而不是出自像他本人那样的凡人之口。

倘若那头神羊对他说："不能那么做！"那么，他就愿意付出一切代价拒绝执行普利肯博的命令。

在他这类人心目中，欧洲人跟神灵处于同一个层级，随时会遇到。

不过，在欧洲人面前，他从不敢有任何违抗。像其他土著民那样，他宁愿去找神灵要启示，因为它们的旨意是绝不能违抗的，唯有顺从才行，可找到它们并非易事。

他坚信，倘若只是不吃不喝，他决不至于昏厥。这也是他推崇的一种信念。那天夜里，他一无所得。翌晨，他像往常一样，去办公室上班。他认为应该把办公室的工作做得尽善尽美。

当他取办公室的钥匙时，不禁大吃一惊。办公室的门竟没有锁。他呆呆地沉思着：难道昨天我走时忘了锁门？这时，他没有推门入内，而是目不转睛地查看着办公室周围的墙。这墙是由叉形交错的铁栏杆组成，上面还铺了铁纱网。没有人能把手塞进铁纱缝隙里，从室内去开锁。透过铁纱，能看见里面的一切。办公室内的摆设都原封未动。那么，究竟是谁开的门呢？

他觉得自己没有疏忽大意。昨天离开办公室时，他是锁了门的。他还记得锁门时的"咔嚓"一声。当时他转身对差役说他头晕，要回家去了。差役还提醒他说："没忘了锁门吧，老爷？"

萨斯特罗·卡西尔坚信自己没有忘。锁上办公室的门是他在繁杂事务中必须做的一项工作，他不可能遗忘。这时，他望着坐在屋角长凳上的差役，满腹狐疑地问："这门是谁开的？"

"没人开过，老爷。"

"瞧这锁，我没进门，就打开了。钥匙还捏在我手里没动呢。"

差役吓得面色苍白，一言不发。

"叫昨夜值班的差役来。"

毋庸置疑，他断定有人未经他准许进过他的办公室。持有这房门钥匙的仅两个人：一个是他自己，另一个就是经理大人。可能普利肯博进去过，走时忘了锁门。可是，倘若有人居心叵测，用自制的钥匙开门入内，那怎么办呢？

半小时以后，值夜班的差役来了。

"是你昨晚在这儿守夜的吗？"

"是的，老爷。"

"有谁进我这个办公室吗？"

"经理大人，老爷。"

"你亲眼看见了吗？"

"是的，我亲眼看见的，老爷。"

"要是撒谎，我可饶不了你！他在里面干了些什么？"

"不知道，老爷。后来我到别处查看门窗去了。"

听差役这么一说，萨斯特罗·卡西尔感到稍微宽慰了些，但心头的疑虑未能完全消除。他带着怀疑的神情走进办公室，拉开抽屉，取出支款账本。他惶惑不安。他十分清楚地知道，为了争夺职位，最卑鄙和最丑恶的事，人们都会干得出来的。

他打开保险柜。昨天，他已把准备发放的工钱一叠一叠地放在保险柜内，现在只要把它们按次序放在桌上就行了。他不由自主地跳起来。保险柜是空的，没上锁，里面空空如也。他顿时目瞪口呆，往后退了几步，最后靠着桌子站住了。

"来人！"他大声叫唤。

"来了，老爷。"差役在铁栏外答应着。

"瞧！"萨斯特罗·卡西尔嚷道，"你是见证人！保险柜是空的。有人进来过，开过保险柜。你得替我作证！值夜班的那位伙计说，经理大人开过我办公室的门。你是证人！你作证！"

"是，老爷！"那差役回答，一边吓得浑身直哆嗦。

"是你看守我这间办公室的，快去报告经理大人。"

差役踉踉跄跄地去找普利肯博。

"今天发不了薪水，发不了工钱啦！"萨斯特罗·卡西尔歇斯底里地狂叫着。

人们纷纷赶来，站在铁栏前面，气喘吁吁地望着那打开的保险柜，柜内空无一物。

"发不成薪水，保险柜给人盗啦！被盗！今天发不了薪水，工钱没了！"萨斯特罗·卡西尔当着众人面，歇斯底里地发作，拼命叫嚷。

糖厂的行政工作彻底停摆了。无论是纯血统欧洲人、印欧混血儿，还是土著人，所有职员都前来围观，可是没有一个人敢跨入账房先生办公室的门槛。因为只有两个人才准许入内，一个是账房先生，另一个就是经理。

当弗里茨·霍默罗斯·弗莱肯巴伊赶到时，萨斯特罗还在歇斯底里地嚷个不休。弗莱肯巴伊厉声骂道："闭住你的狗嘴（moncong）！"这时，萨斯特罗·卡西尔才停止了叫喊。

人们对普利肯博都十分惧怕，一见他走来，便闪开给他让路。萨斯特罗则蜷缩在屋角里，目不转睛地盯着那空无一物的保险柜。

"萨斯特罗·卡西尔，你这毛猴，在吵嚷些什么？"

萨斯特罗对经理的辱骂已习以为常，他惶恐不安地报告："有人打开了办公室的门，把保险柜也打开了。"

"只有你在这里，没有别人！"

"来人哪，值夜班的，你过来！"萨斯特罗叫嚷道。

那个夜班差役把脸贴在办公室外的铁栏杆上，应声说："鄙人来了，老爷。"

"你快说，昨晚谁到我办公室里来了。"

夜班差役凝望了普利肯博很长时间，见经理凶狠地瞪着眼，十分吓人。差役急忙答道："没有人，老爷，没有人进过这办公室。"

"你刚才怎么说的？你不是说经理大人进来过吗？怎么现在又矢口否认了？值白班的差役也听你这么说过。喂，值白班的，你快来！"

这时，值白班的差役上前，站在夜班差役身旁，也把脸贴在铁栏杆上。他随着他同伴的目光，瞧了瞧普利肯博，又望了望账房先生，最后低下了头。

"你亲耳听见值夜班的刚才是怎样说的吧？"

"是的，老爷。"

"他刚才说，昨晚经理大人进过此屋，现在你就把你听到的话重复一遍。"

"值夜班的说：没有人进入过那里。"

"骗子！你们俩都是骗子！"

"你自己才是骗子！"普利肯博指着萨斯特罗的鼻子怒骂，"昨天你几点钟回家？十一点！你离开这里时，谁检查过你的东西？喂，值白班的，你检查过他带走的东西吗？"

"没有，经理大人。"

"谁能作证，证明你没有拿走糖厂的钱？谁能作证？"

"谁能作证，证明我拿走了工厂的钱？"萨斯特罗软弱无力地抗议。

"你先回答：谁能证明你没拿走工厂的钱？"

"没人能作证。"萨斯特罗答。

"这就是说，你把钱拿走了。报告骑警队去！"

"且慢，经理大人。且慢。我们先调查一下，昨晚谁到这里来了。只有您和我两人才有这房间的钥匙。现在这里没有撬门砸锁的痕迹，表明有人用原配的钥匙开锁了。"

"好大的胆子，你竟敢指控我？这里的经理？"

"谁知道这是怎么回事？"萨斯特罗开始反驳，"如果不是你，那就准是我了。除了我们俩，没有人能开这个保险柜。"

"好吧，我去叫骑警队来。让你在他们的皮鞭下招供吧。"经理准备马上就走，蓦地又停了下来。他叫："卡勒尔，卡勒尔！"被呼叫的人赶到时，经理用荷兰语吩咐他，"给我向荷兰政府军、骑警队写封控告信，现在就写。我要亲自送去。"他又转过身来，用马来语呵斥围观的人群："快，全给我回去干活！毛猴们！"

围观的人们一哄而散。这时，在办公室里，只剩下萨斯特罗和普利肯博两人面对面。离他们最近的是那两个差役，一个值白班的，另一个值夜班的。两人都吓得面如土色。他们背向办公室，却竖起耳朵，倾听着室内的动静。

"总而言之，"普利肯博说，"谁拿走了厂里的钱，这还是次要的。最重要的是，你今天必须把工头和苦力们的工钱都发出去。一定要发出去！"

"没有钱，叫我怎么发工钱呢？"

"这是你当账房先生的事。你的名字卡西尔不就是'账房先生'的意思么？工厂信赖你，让你当账房先生，你的办公室白天、黑夜都派人看守。这里一切都由你负责。总共丢了多少钱？"

萨斯特罗不用翻阅账本，当即答道："四万五千盾零五分。"

"这笔钱可不是小数目。没人有过这么多钱。全厂苦力一周的工钱是多少？"

"九千零四十四盾。"

"好吧，你把那九千零四十四盾付了吧。这可不能不付。"

"我这里连一盾钱都没有哇。"

"昨天你离开这里后，上哪去了？"

"回家了。"

"你回家后就没再出门吗？有人看见你又从家里到别处去了。你到谁家去了？为什么一声不吭？你不可能没去过别人家里。"

萨斯特罗恍然大悟：他已经中了圈套。这是经理有意对他一人设的圈套。他终于明白了它的奥妙！在这样一个案件中，有两名被告，一名是纯欧洲血统的经理，或许他还兼任厂里的股东，另一名则是土著民。按照东印度的法律，土著民必然是错的，欧洲人则总是正确的。自从他当账房先生以来，工厂的钱在他手里没少过一分。可这是以前的事，现在已事过境迁。别人可以这样质问："昨晚你上哪儿去了？谁替你作证？"那个值夜班的差役坚持他的谎话不改口，就说没人进过他的办公室，这就够了。他不必再提供任何根据，证明没有人进去过。而一名经理，或许又身兼股东，怎么可能偷自己工厂里的钱呢？

"快说，你上哪儿去了？还不老实招认？你见到谁了？为什么不吭声？好吧，你不愿回答。总之，你今天得把工钱给我发出去，不能拖延——这是工厂的规矩，白纸黑字写在工厂的条例上，是厂方与政府达成的协议。你听见了吗？这是与政府达成的协议！"

经理离开之前，还故意看了萨斯特罗一眼，补充说："难道你要和政府玩一玩？跟荷兰政府军、骑警队和警察斗？你不妨试试。"说完他扬长而去。

人们都望着账房先生的办公室，如今这个房间仿佛成了一个铁笼子。大伙都在暗暗庆幸，那飞来横祸没落到自己头上。

账房先生还呆立在他的办公室里，眼巴巴望着空荡荡的保险柜。他一筹莫展，不知所措。现在他考虑的不是丢钱的问题，而是他发放工薪的责任。他的手指数惯了钱，现在不数钱，似乎变得冰冷。过一会儿，工头们要来领薪了。他们各自手下成群的苦力正等着发工钱呢。萨斯特罗心里很清楚，倘若他没有支付应该支付的钱，工头和苦力们会给他怎样的威胁。他也知道厂方与政府已达成了有关的协议。

他把空无一物的保险柜轻轻关紧、锁上。他走出办公室，锁上门，然后耷拉着脑袋，对谁都没有瞧一眼，径直朝普利肯博的办公室慢慢走去。

"哈，你来了！有什么话要说？"

萨斯特罗·卡西尔恨不得抢起拳头，朝经理那透明、滚圆的眼珠猛击，但他毕竟没这个胆量。他凝视着那张欧洲人的脸，只见到阴险毒辣的魔鬼相。正是这家伙妄图施用伎俩夺走他的女儿。

　　"经理大人，我无法支付这笔工薪。如何处置，一切听凭大人摆布吧！"

　　"坐下！"经理命令道。

　　十四年来，这是他第一次，坐在面对普利肯博的椅子上。

　　"现在你要干什么？"

　　"今天必须给苦力和工头们发工薪。可是向银行借钱已经来不及了。请您先借给我钱吧！"

　　"借钱？"普利肯博轻蔑地哼了一声，"你这要求太岂有此理了。九千零四十四盾，这笔钱可以买十幢新的砖石洋房，连地皮和家具都包括在内。你疯了。"

　　"可是有什么办法呢，只有经理大人能帮我的忙。"

　　"假如你今天不能给苦力、工头和职员们发工薪，那么，你将被撤职、判刑、剥夺你的一切财产。你将沦为一个穷光蛋、乞丐、叫花子……"

　　"不管发生什么事，我听天由命。可是，如果我现在不支付工薪的话，您也不会有好日子过。工厂违反了与政府间的协议就会被关闭。这有什么办法呢？"

　　弗里茨·霍默罗斯·弗莱肯巴伊强颜笑起来，竭力掩饰内心的恐惧。接着他说："你真是诡计多端。你要把我也扯进去。"现在他的语气比较缓和了："我是应该帮你支付这笔工薪的。来，先在这契约上签字画押吧。先签名，再按上手印。这些手续，你必须样样办妥。"

　　萨斯特罗·卡西尔心里越来越明白，普利肯博显然早就把这套鬼把戏全都策划好了。他事先准备了这样的契约：要求萨斯特罗·卡西尔把自己正值青春妙龄的女儿拿来抵账，最迟不得超过签字后的第三天。一俟女儿交到他的手里，欠的债和其余丢失的钱都将由经理大人亲自补偿。

萨斯特罗·卡西尔强迫自己相信，这一切就是他昨天和前天两夜苦苦修行的结果。他直到现在还粒米未进，没合过眼。可是今天，工头们就要领取他们自己的薪水和苦力们的工钱了。他认识到自己是账房先生，无法推卸这个责任。他暗自祷告，祈求真主对经理进行惩罚。同时，他不得不在契约上签字，按手印。

他收下了那笔支付工薪的款子。经理给他的钱和他丢失的那笔款子，两笔钱数额完全相同。

普利肯博注视着这一切，笑了……

苏拉蒂开始生活得惶恐不安。她很了解萨妮庚姑姑的身世。她决不心甘情愿去充当别人的小妾，被周遭的环境所排斥，在大家眼里变成一个怪物，走到哪里都被众人围观。

她母亲一直劝她拒绝父亲的任何提议。可是苏拉蒂本人畏惧父亲，怜悯母亲。她自幼受到教育要敬畏和顺从父母。她听过训导，遭过打，挨过拧。对父母的畏惧已经成了她的天性。她既怕母亲，又怕父亲。然而她更怕欧洲人和他们的武器。苏拉蒂的生活乐趣从此消失殆尽。她感到母亲对父亲的反抗扰乱了她的内心。她既不愿看到父亲受到母亲这般侮辱，又不愿母亲在父亲眼里变得无足轻重。她把父母视作一对神仙，过去一直保护着自己。如今，倘若他们这样争吵下去，那么大地将会晃动，苏拉蒂就无立足之地了。

"可不要令妈妈和兄弟姐妹们蒙羞。当小老婆？当姨娘？千万不要，可别发生这样的事。不合适，不妥当。谁都不会认可的。"

苏拉蒂心里明白，她应该遵照母亲的意愿行事，不能给兄弟姐妹们丢脸。左邻右舍也都和母亲抱持同样的看法。可她更清楚，父亲对她最有权威，无人能够与他比拟。倘若父亲决定怎样安排女儿的命运，什么力量也阻拦不了。警察阻拦不了，荷兰政府军也阻拦不了，更不必说村长了。而苏拉蒂本人是不敢抗命的。

在这紧张的日子里她已心灰意懒。难道她必须听天由命？用顺从来使父母亲免于关系破裂？使他们在没完没了的敌对气氛中重新和睦相处？或者，她应该对抗父命？这样做，母亲会站在她一边，结果必然导致双亲离婚。那么，今后弟弟妹妹们又会有怎样的遭遇？苏拉蒂瞻前顾后，无所适从。她本人遇到过普利肯博。她不愿意被他玩弄。她不寒而栗。

下午，工厂汽笛长鸣，到了作出决定的最后时刻。苏拉蒂正疲惫不堪地躺在床上。在客厅里，母亲正责骂着父亲：

"你这天生的卖儿卖女的东西！只图自己舒服！你这种男人就是没骨气！还不如一条蚯蚓！蚯蚓受人欺侮时，还会蠕动挣扎！"母亲厉声怒骂，却无力阻止父亲的行动。

"苏拉蒂！"父亲叫唤着。

姑娘从里屋出来，走到她父亲面前，两手放在胸前，低着头，恭敬地站着。这时，她深深体会到，她的母亲只会大声嚷嚷，然而，怒骂根本就无济于事。

"是这样的，孩子，"萨斯特罗开腔说，"三天后，我将把你带到经理大人那里去。人的命运和福气都是由真主来安排的。真主按其意旨决定一切。"

此刻，苏拉蒂意识到她应该答话。她是一个胆怯、听话的孩子。她心里明白，她的畏惧和顺从完全意味着自身的毁灭。她蓦然想起村南正流行天花病。不用多久，谁也逃脱不了瘟疫之灾。图朗安的人也无法幸免。苏拉蒂思忖着，自己的厄运与死于天花相比有什么区别吗？

163

作为一个孝顺的孩子，她不想使她的父亲失望。

"女儿听从就是了，爸爸。"

"你听从了，孩子？我的孩子？怎样听从呢？"

"无论爸爸怎样吩咐，女儿都照办。"

"是的，孩子，只有你能拯救你的父亲，使我不至于被解雇，不至于进监狱。"

"爸爸不会被解雇和进监狱的。"

"让别人解雇他！让他去坐牢！拉蒂，让他明白，做个男人意味着什么。"

"不能这样，妈妈。我们都会因此而丢脸的。"

"唉，你呀，拉蒂，苏拉蒂，你就这样同意去当一个异教徒、一个恶鬼的小妾？"

"我们都靠经理吃饭呀！"萨斯特罗提醒他妻子。

"算了吧，妈妈，我还有好几个弟弟妹妹呢。我好比一个鸡蛋，少我一个算得了什么？我自己会去那里的，不必像萨妮庚姑姑那样需要有人陪着去。"

"谢天谢地，拉蒂，感谢真主。你真是一个能体谅父母的好孩子。一个孝顺的孩子，不论今生还是来世，都会十分荣耀的。"

"一张骗子嘴！"朱米拉气愤地说，"不是什么荣耀。你父亲根本不懂什么叫荣耀，什么是耻辱。"

"不过，"苏拉蒂继续说，"您得让我今晚就去修行。不许您来找我。到那时，我自己会去经理大人家的。"

"天都这么晚了，你还去修什么行呀，孩子？"朱米拉忍不住眼泪簌簌而下。满腔的愤懑一下融化在对女儿的怜惜之中。她说："如今到处都是瘟疫，你要到哪儿去？"

"是的，妈妈。要是双亲无法保护他们的孩儿，孩儿也就只能设法自寻出路。您说是吗？"

朱米拉听了感慨万千，她把女儿紧紧搂在怀里。

"你要上哪儿去？这一切都怪你父亲……"

"别说了，妈妈，让我现在就走吧。"

"你要上哪儿去呀？妈送你去。"

"不用了，妈。既然女儿应该为父亲作出牺牲，那么，您还有什么必要去送我呢？祝您和爸爸生活幸福。"

就这样，苏拉蒂带了一个小包，里面装了一些衣服、火柴、一小瓶煤油和少许干粮，出了家门，在漆黑的夜色里走了。她不由自主地朝村南走去。走了很长一段路以后，她便坐在路边静思默想。她应该干些什么呢？她所知道的，就是离开自己的家。从前，这个家保护着她免遭日晒雨淋；如今正是由于她，父母亲整天争执不休，闹得家里没有一刻安宁。可现在她该上哪去呢？她心里明白，母亲和弟弟、妹妹都在跟踪她。于是，她又站起来，继续往前走，而且步子越走越快。后来，她钻过一层灌木篱笆。母亲和弟弟、妹妹们不见了她的身影，再也无法跟踪了。

她继续向前走，越走越快。她不愿在自己心里留下对双亲的不满。

她觉得应由自己来处理自身的问题。因为这也是她本人应该面对的不幸遭遇。再说，倘若世上没有普利肯博，这一切也就不会发生了。一提到普利肯博，苏拉蒂就浑身哆嗦。怎么能把这样令人厌恶的人给她作男人呢？顷刻间，普利肯博的身影在她面前消失了，代之以她的母亲、父亲、弟弟、妹妹和萨妮庚姑姑的形象。过了一会，她脑海中又展现出安娜丽丝举行婚礼时的情景——安娜丽丝和丈夫并排而坐，显得十分幸福。苏拉蒂明白，这种幸福不是属于她的，而且她一辈子也不会有这样的福气。想到这里，她不禁潸然泪下。她向往着那美满幸福的生活，但是她的命运却迥然不同。而且她生怕由于对父母不孝而遭到诅咒。

"为什么父亲与爷爷萨斯特罗托莫一样呢？"她遗憾地自言自语，"父亲只顾自己，为保全自己的职位，竟忍心把我送入虎口。既然这样，当初何必生我？为什么我不能像别的姑娘那样过幸福的生活呢？"

刹那间，她想起了和她同命运的一些伙伴。她们全是俊俏的姑娘。欧洲人施尽各种手段，把她们从家里夺走。现在则轮到她了。只是因为她已到了该被劫走的时候。她也和别的姑娘一样，无力反抗。她心里想：倘若普利肯博不是那么令人厌恶的话，那她也应该像其他姑娘一样，听天由命算了。

夜风飕飕地吹着，凉气袭人。她的双脚不由自主地朝前一步接一步迈着。朝南走，她的目标是图朗安南侧的一个小村，一个正在蔓延着天花瘟疫（wabah cacar）的村落。

"在这个世界上，没有人庇护我。"苏拉蒂向夜幕笼罩的大地喃喃诉说着，"假如亲生父母不能……还有什么路可走呢？我只要不遭他们诅咒就行了。"

这时，她脑海里不知不觉地产生了一个念头——飞蛾扑火。

在那些紧张的日子里，她竭力鼓起勇气，为自己的命运作出决断。然而，她无能为力。一个她这样的姑娘，过着孤寂的生活。唯一伴随她的是对幸福的憧憬。一旦这种憧憬化作泡影，她就失去了一切。找不到人商量一下。倘若她要作出什么所谓决断的话，不外是听天由命罢了。一旦萨斯特罗·卡西尔作了决断，苏拉蒂顺从天命的想法也就成了不可改变的决定。此刻，她脑中出现了"天花瘟疫"的阴影。往后，她将与天花瘟疫连在一起了。她决意要这样做。

远处传来一群森林犬的吠叫声。近来，森林犬四处觅食。自从宵禁令发布以来，这一带成了森林犬的天下。当地居民的牲畜已多次遭森林犬袭击，被活活咬死。可是苏拉蒂毫不恐惧。她精神上受到沉重

166

压抑，以至失去了畏惧的感觉。她继续独自行走。只有当孤寂的猫头鹰发出凄厉的叫声时，她才止步仰望。也许猫头鹰在对月呼唤，或是为思念一去不复返的伴侣而哀鸣。

苏拉蒂已经走了大约十五公里路。她汗流浃背。月亮开始落入树丛背后，从隙缝中窥伺着大地。她在一棵树下停住脚步，向远处眺望。她不愿意被人发现，也不愿在路上遇到他人。她环顾四周，不见任何可疑之处。然而她仍不放心，特地凝望了一下漆黑的暗处。万籁俱寂，仿佛这世界上只有她一个人。猫头鹰的鸣叫令夜色愈发寂寥。

最近两周内，荷兰殖民军已多次发出在这个地区宵禁的命令。村民们都遵守命令，只有殖民军和警察可以外出。而苏拉蒂没见到一个士兵。

她又走了大约十公里。远处浮现出点点火光。一些篝火在竹丛间发出微弱的光芒，犹如盏盏油快烧尽的灯。那里就是她要去的村落。火光正是荷兰殖民军的哨所。她走过的地方，没见到有士兵。她便继续前进。她知道，荷兰殖民军禁止任何人走近那个村子，在离村子三荷里 [①] 处就禁止通行。整个村庄与外界隔绝，村里的人不许外出，村外的人不准入内。村里人都被甩给瘟神，毫无恻隐之心，任由他们悲惨地死去。"如果我也在那里丧命，我心甘情愿。"对着迎面而来的夜风，苏拉蒂在心里喃喃自语。用不了多久，一切将立刻终结：苏拉蒂要去寻死了。她已做好准备，听天由命。然而，她感到自己还能选择怎样去死，这与萨妮庚姑姑不同。她应该自己来了结自己的一切。

若我竟然没死掉，那么去当那最可憎可恶的人的姘妇，便是命里注定的事情了。没法子！啊，爸爸呀，妈妈呀！……

越走近村落，她越是远远避开大路、小径。她穿越干涸的水田和

---

① 一荷里约等于一千五百米，即一公里半。

荒芜的旱地。身上、脚上都沾满了草叶的茸毛，她却不感到痒痒。甚至她在走时，连裙摆都不往上提一下。

她撞到一群正在灌木丛下静静休憩的鸭子，禁不住吓了一跳。那些鸭子顿时四散逃窜，惶恐地嘎嘎乱叫，以示抗议。苏拉蒂暗暗思忖，这群鸭子无人看管，说不定放鸭人已经因天花而丧命了。

她又在旱地里穿行，那些田地已被野猪和野鹿糟蹋殆尽。苏拉蒂的衣服沾满毛毛草。头上的发髻已经散落。她全然不顾这些。她头上的发簪说不定早已掉了，不知丢哪里去了。

皓月越发澄明。篝火也显得越来越大。只见几名荷兰士兵在来回踱踱。夜风开始劲吹。苏拉蒂明白，巡逻队在村子四周值勤。因此愈是走近目的地，愈临近那个村子，她就愈是把腰压得低低的，最后她甚至像头野猪，低头贴地窜行了。

她绕开那些篝火——荷兰士兵的岗哨渐渐远了。她像只猫似的，继续蹑足往前，连一丁点响声都没有。她的手脚都被草刺和蒺藜扎得鲜血淋淋。村子四周是密密的竹林，苏拉蒂想穿过竹丛进村，但是行不通，那些不是普通的青竹，而是蒺藜丛生的刺竹，要从中穿行实在太困难。

她一心只想穿过竹林进村，以至不再去想自己的不幸遭遇。每个村口都堆着篝火，都由荷兰士兵警戒着。苏拉蒂身无利器，只有一双没有干过重活的细嫩的手，怎能穿越这竹丛呢？她觉得应该爬到竹竿顶上跃过去。于是，她平生第一次往竹竿上爬，以便能跳过竹丛。

这时，从远处传来了士兵们用荷兰语对话的声音："前面是谁（Hordah）？"

"自己人（Preng）！"

苏拉蒂静静地听着。接着又寂静无声了。

"我该下去了。"她对着面前的一根竹子低声说。可是她没有立即下来。当她举目眺望竹丛后的村子时，只见到处是茅草屋顶的房舍，犹如一只只匍匐在地的巨兽。她还看到一头瘦牛在静夜里独自走着。村子里，还隐隐约约地传来饿牛的哞叫声。月色皎洁，笼罩着大地上的一切事物。她没有心思去留意这些了。而她过去经常和同伴们一起唱着欢乐的歌，欣赏月夜的美丽景色。她再一次强迫自己眺望那沐浴在溶溶月光下的村寨，这也许是最后一次了。

然后，她小心翼翼地顺竿而下，避开荷兰士兵的监视，也不让竹刺戳伤肌肤。茂密竹林下的土地，盖满了残枝落叶。她走在上面，发出沙沙的声响。她停下脚步，侧耳细听，强风吹动着竹叶，在风声的间歇中，再次听到了饿牛微弱的哞叫声。也许那头牛还被拴在圈里呢。她没有听到人声。如今她变得和村民们一样，把自己完全交托给了天花瘟神。她放慢脚步，寻找着那条有气无力哞叫着的牛。月光下她朝一家村舍走去，屋后面是一个牛圈。她划了一根火柴，找到门闩，把门打开。圈内没有人，只有一头怀胎的母牛。她把牛的缰绳解了。于是这头母牛蹒跚起来，向传来草香的地方走去。她瞧了瞧那头牛，它毫无感激的表示。苏拉蒂又走到一棵番樱桃树下，只见一头母羊和几只羊羔横卧在地，已经饥渴而死。母羊的脖颈还拴在桩上，看来它产仔时无人在旁边。

月儿躲入了云层。苏拉蒂再次强打精神，抬头凝望着天空。在天花病毒侵入体内并把她送入地府之前，她彷佛要铭记自己的容颜。

她喃喃自语：活着的人们呵，你们继续活下去吧！死去的人们呵，你们永远安息吧！你们可别来打扰我！

接着她健步迈入一间茅屋。只听见从里面传来了微弱的声音。

"里面有人吗？"

无人答话。茅屋的门开着。从门口望去，屋内一片漆黑。确实她听到里面有声音，不过十分微弱。她点燃一根火柴，看见一个呼吸困难的婴儿，躺在断了气的母亲身旁。婴儿瘦得皮包骨，满身沾满污秽。母子俩横在一条破席上。一根火柴烧完了，苏拉蒂又划了一根，并把柱子上挂着的一盏油灯点亮。

她想，殖民军是不敢到这里来的。

她见到门后的地上躺着另一个人——一个光着膀子的男人。他也已经断气了。可他的右手还向前伸着，也许是想去抱那婴儿——他的心肝宝贝。

那男子很年轻，看上去不到二十岁。而苏拉蒂自己，比他还要年轻得多。

她上前把一息尚存的婴儿抱在怀里。一股腥臭味扑鼻而来。孩子身上烧得滚烫。她把自己包里的水瓶取出，往孩子嘴里喂水，但他无力吞咽，已经奄奄一息了。

远处传来荷兰士兵的军号声。苏拉蒂不知道这是什么信号。她不去理它。她抱着瘦骨嶙峋、腥臭污秽的婴儿，如同在家里抱着自己的弟妹一样。她把那瘦得一点分量都没有的孩子贴在胸前，亲吻他，仿佛在向他表示永别，并准备在地府与他再见，永远团聚。

油灯的微光下，那婴儿正在垂死挣扎。苏拉蒂开始哼起催眠曲来，以便让这降生不久的小生命在一个陌生人的怀里永远长眠。随后，她又用自己的衣角擦净孩子的面庞。

那婴儿挣扎了片刻便呜呼了。苏拉蒂还来不及了解他的姓名。过去，她没见过人临死前的挣扎。如今，在死神的包围下，她毫无惧色。她感到与这里的一切是那么贴近，那么亲切。再过一会儿，她自己也将成为其中的一部分。死亡？死亡之后是什么？至少她不会再见到普利肯博了，谁也见不到了。她想，为什么人们都怕死，而她却无所畏惧呢？即使天花进入体内，死神也驾到……不，她不为所动。因为对父母忤逆而遭受报应，毕竟比死更可怕。"天花，你来吧，到我的身上来吧！”

她把婴儿安放在他母亲的身旁。接着，她又使尽力气把婴儿父亲的尸体拖了过来。那具尸首已经僵硬。而今，婴儿至少已经安睡在双亲的身旁了。苏拉蒂望着那对夫妇的尸体，思忖着。看起来他们在死后显得十分安详。从此，他俩将永远团聚，不再分离了。苏拉蒂对自己的行为十分满意，仿佛已积下了无穷的功德。因为除了她以外，谁也没有这样做过。

茅屋内别无他物，只有一些破布，堆在翻倒着的竹篮上。她捡起那些破布，把三具尸体盖好，然后吹熄油灯，走出屋外，轻轻地把门关上。

苏拉蒂曾听说，荷兰殖民军要把这个村子浇上煤油并且烧成灰烬。但不是现在，要等五天后才会采取行动。据说，邻村的村长们对荷兰殖民军纷纷提出抗议，他们认为不应当把人活活烧死，因为患天花的村民不见得都会送命，也许会有人幸存下来。于是，荷兰殖民军的军医莫尔钦格上尉（Letnan Dokter H. H. Mörtsinger）作了估算，两天之内村民们将因天花而死，幸存者还会把瘟疫传播到其他地方，所以应该把他们全部烧死才对。村长们的抗议使烧村的行动推迟了几天，以便使幸存者最后也自然死去。然而，烧村仍将继续进行。

苏拉蒂想，即使自己被火烧死，也死不足惜。

在屋子外面她发现一些尸首，肢体已被野兽撕食得遍体伤痕，处处流着血水，臭气熏天。此时，她才发现尸体的臭味已四处弥漫，熏得她神志恍惚，仿佛把她带到虚无缥缈的远方。

就这样，苏拉蒂在那村里待了两天三夜。每当凉风吹来，她身上便感到毛骨悚然。她心里想，她已经染上天花了。拂晓时分，她找了一口井去洗澡。她把包里最漂亮的衣服拿出来，开始梳妆打扮，将她所有的首饰都戴上。她觉察到自己正在开始发烧。昏暗中，她又爬上

竹子，跳过竹丛，离开了即将被荷兰殖民军焚烧的村子。

就这样，她再次躲过了巡逻队的监视。

拂晓的朦胧中，她迎着晨雾而行。她的脚步那么急促，似乎完全知道有多少路程。她决心要在高烧发作之前赶到目的地。这时，她喃喃自语：几天后，我就要死去了。普利肯博呀，我将也把你带上死路！那时所有的人，不论妇女、儿童，还是你手下的工人，都将从你手下获得自由！没了你，世界可能会变得美好！

身上的高烧好像被她的意志制服了，不曾消耗她的精力或影响她敏捷的步履。她决心要使自己显得面容红润、年轻俏丽，顺利到达普利肯博家。

苏拉蒂并非农家姑娘。家里不仅从没教她快步行走，而且不允许她那么做。而今她在灰蒙蒙的晨雾中三步并作两步，匆匆前行，小跑似的走在长满野草的田埂上。她把花裙撩起，以免被毛毛草弄脏。

她已走了十公里，却没怎么出汗。她又走了五公里，接着又走了五公里，这时才在一棵树旁停住，下到一条大水渠里，洗起澡来。雾霭遮掩着月亮，苏拉蒂借着淡淡的月光，再次梳妆打扮。她在树下坐了许久，什么也不想。几天来她已不再思索，听天由命。她仿佛像风、水或土那样，成了大自然的一部分。凌晨，她开始看到了行人。于是她也站起身，缓缓地走，注意保持梳妆后的容颜和美姿。她宛若一位贵夫人，仪态雍容，不紧不慢。

旭日冉冉升起时，图朗安在淡淡的雾霭中依稀可辨。她看到路上出现了几辆载货的双轮马车，直奔西多阿乔市场而去。

她来到了图朗安，停住脚步，轻声自语道：我自己走上门来了，经理大人！请您欢迎我吧，我就是苏拉蒂！

她抵达糖厂时，行政人员已经开始办公。工厂周围的路上，苦力们正推着大车，熙熙攘攘，一片喧闹。她不知道大车里载的什么货物，也没心思去打听。她不由自主地迈步，径直来到普利肯博家门前。

她站在门口说："您好（kulo-nuwun）[1]！"此时此刻，她不禁想象着几十年前的情景：萨妮庚姑姑也是站在这幢房子门口，前来给梅莱玛先生当侍妾。面前的门开着，可不见有人应声。苏拉蒂便背朝屋子，坐在台阶上。所带的干粮已经吃完。她感到饥肠辘辘。发烧的时刻尚未到来，被她坚强的意志压抑住了。

她听到身后传来了穿着拖鞋的脚步声。苏拉蒂站起身，朝着大门垂首伫立，用爪哇语恭敬地再次向主人请安。

普利肯博身穿睡衣出现了。他站在门口定睛细看，一下子把她认了出来。

"你是萨斯特罗·卡西尔的闺女？"他欣喜地问，一边赶忙走下台阶，上前迎接她。

"奴家（sahaya）是萨斯特罗·卡西尔的女儿，经理大人。"

她跟随普利肯博走上了台阶，顺从地被直接带到房间里。这个房间成了她一生中的分界线，自此她从纯真的少女沦为欧洲人的姘妇。

她暗暗想：随便你吧！你可以把我身上的一切都夺走，但你也没有好下场。

一到普利肯博的家，她体内的瘟神便猖獗起来。她全身疲软，在普利肯博的床上一卧不起。顷刻间，普利肯博也被传染上了天花。

接连数天，他俩卧病在床，只等死神的召唤。

图朗安被宣布为瘟疫区。一切工作陷于停顿状态。路上空空荡荡。有些人宁愿放弃自己的职位和薪俸，从殖民军的封锁区往外潜逃。甘蔗园一片荒芜。蒸汽发电机停止了转动，工厂的汽笛也哑然无声。图朗安笼罩在黑暗之中。高耸入云的烟囱失去了昔日雄伟的气势，它们

---

① 原文系爪哇语，访客可在与主人打招呼时首先使用。

原本俯瞰着整个图朗安，仿佛想了解一下究竟发生了什么事，后来也无精打采地不再冒烟。人们也不愿再去仰望它们。

苏拉蒂离开的那个村子被荷兰人焚烧殆尽。当地居民数十年来栽培的树木，随着整个村子一起化为灰烬。图朗安却未遭此厄运。政府从爪哇各地派医生前来消灭瘟疫。居民可以丧命，糖厂却不能因天花蔓延而变成废墟。荷兰人的资本必须继续存在和发展。

军医莫尔钦格上尉和防疫局的所有部队卫生员都从万隆被调至图朗安。他们给当地和其他地区的居民种痘。同时，军队毫不留情地对图朗安严密封锁，不准人们自由出入。甚至村民走出自己的家门也都属被禁止之列。粮食从外运入村内，实行配给。每天，村民掩埋着瘟疫中丧生的亲友。

在整个图朗安，第一个死于天花的就是外号叫普利肯博的那个家伙，即经理大人弗里茨·霍默罗斯·弗莱肯巴伊。

人们把普利肯博的尸体从床上抬出去埋葬时，苏拉蒂仍然病倒在普利肯博的床上。这时，人们才得知，这姑娘已经给欧洲人当了侍妾。但她没有因患天花而丧命。

即使在瘟疫威胁生命的那个时期，全体图朗安的居民，不分民族，无论是纯欧洲血统，还是印欧混血儿，都对经理大人的去世感到万分庆幸。他们把他的尸首看作是图朗安消灾祛祸的法宝。然而，依然没一个人知晓，究竟是谁蓄意用天花把普利肯博置于死地。

朱米拉把当了侍妾的女儿接回家里，把丈夫萨斯特罗·卡西尔痛骂了一顿。

老板死了后，萨斯特罗·卡西尔没有停止他的活动，他乘机向公众申诉。在当地官员们监视下，他对已故主人的遗物进行了检查。他在一个柜子里找到了那笔丢失的款子，分文不差。因此，萨斯特罗后来仍是堂堂的账房先生，然而他作为一个丈夫和一位父亲的声望，却一落千丈，永世不能恢复了。

　　至于苏拉蒂自己，也永远失去了原先的美貌。图朗安的糖厂依旧傲然屹立，监视并统治着这里的人、牲畜以及一草一木。

第八章

　　我们在图朗安休养了三天。接替普利肯博的新经理来信，邀请姨娘去参观工厂。姨娘向他作了一番解释，说明她不能应邀前往。于是，经理亲自来到萨斯特罗·卡西尔的家，邀请姨娘光临他家。这位经理还相当年轻，看上去三十岁左右。这一次，姨娘仍谢绝了。

　　我不理解为什么这位糖厂经理非要请姨娘前往。姨娘也从未向我谈起其中原委。

　　高墨尔寄来了一封信，说明他无法过来。工人们正在为他安装黑豹捕捉器，制作起来显然挺费事，他不能撂下他们不管。

　　每天，姨娘同我一起，在附近的水田、农园和村落里闲逛。她确实变了，脸色不再那样严肃认真，显出悠然自得的神态。她看上去不像一名寡妇，也不像是在同自己丧妻的女婿散步。她像一位尚待出嫁的少女。

　　她像欧洲妇女一样，步履坚定有力，潇洒、自在。她总是穿着可芭雅（Kebaya）。这种服式在印欧混血妇女界、欧洲人的姨太太们中间已流行了几百年，如今在华人妇女中也时兴起来。土著妇女穿这种衣服的还不多见，只有贵妇人及小姐们才这样打扮。大多数当地妇女还只是用布带缠裹上身，甚至完全袒露前胸。

她的可芭雅镶着花边，精巧别致，引人注目。倒不仅仅是由于这种衣服在乡下罕见，而是它的素白色泽，再加上白色花边，在青翠丛中老远就会把人们的目光吸引过去。

第四天，她改变了习惯，没去散步，让我独自外出。

这天，我穿了一套西装①（人们称之为基督徒的衣服），带上个包，里面装了纸张、水壶和少许干粮，径自向南走去。我想根据苏拉蒂的讲述，去看看那个被荷兰殖民军烧毁的村子。

在一片甘蔗地里，我看到一栋屋宇的瓦顶，这情景使我心生狐疑。这是谁家的房子？是私人住宅还是歇凉的工棚？从房后露出的树枝看，那里没有种甘蔗，至少宅后有块空地。

我向那里走去，并不仅仅出于好奇，而主要是想使自己养成习惯，关心同我们土著民生活有关的一切。说我不了解自己的民族，这种指责叫我伤心透了。糟糕的是，也许高墨尔没说错。

道路两边种着甘蔗，一片静谧，见不到一个人影。然而从窝棚那个方向传来了含混不清的吆喝声，听起来嗓门挺粗。

太阳开始投下灼热的强光，我已经汗流浃背了。空气确实新鲜，我行止自如，不必再陪着姨娘了。我走啊走，一路上欣赏着大自然的美景，感到心旷神怡、筋骨舒坦。我清醒地意识到自己正置身青翠欲滴的景色中，像一只飞鸟那样自由自在，我真感到幸运极了。更何况我生平还从没有独自步行过这么远的距离，我或许已经走了超过五公里路。

我脚下走的这条路，正是前些时候苏拉蒂走过的。不过她不是在正午的炙烤下走，而是在月亮升起前的浓重夜色中。

———————————

① 原文系 berpakaian Eropa，意为“穿欧式服装”。

路两边的甘蔗再过几个月就要开花、成熟，被榨成糖，令爪哇成为世界第二大的糖业重镇。而且这些蔗糖将漂洋过海，运到许多国家，带给千百万人享受和营养——可那些人们连图朗安这个地名都未曾听说过呢。

又传来了一阵吆喝声。

这时，脚下的道路分成了两岔。其中一条甘蔗夹道的岔路通向那所引起我怀疑的房子。

那条窄路上，一个农民扛着锄头同我打了个照面。他举起竹篾编的帽子，向我鞠了个躬，不敢直视我，就因为我穿了一身西服，穿了那套"基督徒的衣服"。他正向大路走去，兴许他是在甘蔗地里干活的农民。

"那些人在嚷嚷什么？"我用爪哇语问他。

"嗨，嚷嚷惯了，少爷，特鲁诺那家伙（Si Truno）就是跟别人不一样。"

"特鲁诺是谁？"

"他就住在那里，少爷。"

"住在那间窝棚里？"

"是的，少爷。"

"为什么要吵吵呀？"

"他就是不肯从那儿搬出去。"

"为什么非要搬家？"

我的一连串提问把那位农民问得怯生生的。他蜷缩着身子，向我弯腰鞠了个躬，再次举起帽子，告辞而去。说不定他刚才也在那边跟着嚷嚷呢。

又传来一阵嚷嚷声。现在我听得清楚在说什么了，讲的是粗鲁的爪哇语："你什么时候从这儿搬走？"仍然看不见谁在说话。

接着又有好几个人的声音齐声呵斥，我没听懂他们在嚷什么。然后是互相争吵及往外轰人。在这片茂密无垠的甘蔗地里，究竟出什么事了？

一想到有人指责说我不了解自己的民族，加上我也的确想去看个究竟，我不由自主迈开了双腿，靠近事发地点。也许我能以此为起点，去学会了解和体悟他们的问题。我在不知不觉中加快了脚步。风把路边甘蔗叶吹得沙沙作响。我也顾不得去留意这些了。

我顺着那条窄路找到了那间窝棚。整个屋子是用粗茅竹盖的，屋里面相当宽敞，屋内四壁是用竹篾编织起来的。屋前站着一个男人，蓄着胡须，密密匝匝。上身光着脊梁，下身穿着一条齐膝高的黑裤，手执一把磨得明晃晃的砍刀。

他怒目圆睁，一见我便横眉竖眼地摆出一副挑战的架势。

"喂，大伯！"我用爪哇语同他寒暄起来，"刚才是谁在这里大声嚷嚷？"

他仍瞪着我，仿佛我就是他的仇敌。我在柴扉前停住了脚步。

"什么？"他操着粗鲁的低等爪哇语哼唧着，"你也要来赶我们？"他这话刺伤了我的心，我只觉得血往脸上冲。长期以来，还从来没有遇见哪个爪哇人敢这么无礼貌地跟我说话，更没见哪个人张口就粗鲁地用"你"（kau）来称呼我。他想必是下里巴人（jenis kurangajar），从未受过像样的爪哇教育。这一闪念掠过的瞬间，我耳边又响起了冉·马芮的指摘：明克，你不公道，你有什么权力让他毕恭毕敬地对待你呢？你为他做了什么？难道就因为你是一个县太爷的孙子，如今你父亲又当上了县长的缘故？你听过法国大革命的口号没有？你这个荷兰高级中学的毕业生读那么多书又有什么用？

于是，我的嘴边有意识地绽出一丝微笑。我还是应该和颜悦色地对他。

"别冲我发火，大伯。我不是您的敌人，也不是来跟您作对的。"

"每天……"他吐着怨气，不过我温和的态度还是使剑拔弩张的气势缓和下来了。

"发生什么事了，大伯？"

"像一群恶狗那样到这儿来狂叫！"他愤恨地说，语调短促、生硬。

"谁像一群恶狗，大伯？"我进一步恳切地问。

他投来怀疑的目光，警觉地注视着我。爪哇的庄稼汉通常不惯用怀疑的眼光瞟上等人，因为他们没有怀疑的权利。显然，这个庄稼汉一反常态，"越过了雷池"（mrojol selaning garu）。内曼曾说，许阿仕像一头离群的大象，很危险。眼前这位不守礼仪的爪哇农民，也和许阿仕一样，是一头离群的大象，也是危险的。他手握砍刀，说起话来声色俱厉，犟头倔脑地不听使唤，这都是明证。

"大伯，我刚到这里，您别误会了。"

他仍未消掉疑窦，不大的眸珠直勾勾地瞪着，好像都不愿眨一下，甚至好像要从眼眶里迸出来。我必须学会设法取得他的信任。是的，务必如此！对人，不先贴心，就不可能近身。

我不断为自己壮着胆，迈步跨进了他家的大门。要不是压抑着怯懦，我是不可能这样做的。

"到底出了什么事？"我亲切地问。

"少爷是工厂里的长官？"他突然用爪哇雅语（Jawa Kromo）问，听起来依然有一点失礼的感觉。

"不，我刚从泗水来，不是工厂的长官。我还在上学呢，大伯。我的工作是给报纸写写文章。"

他的眼里射出了两道机警的目光，这在当地农民身上是不常见的。他把我从头到脚打量了一番。

"这把刀可不只是为了砍香蕉用的，"他用爪哇俗语（Jawa Ngoko）

带着威吓口气说，"再来一次，就让他尝尝这把刀的厉害。"

"怎么啦，出什么事了？"我好言相劝。

"不管他是谁，爪哇人、马都拉人、荷兰军队，他们敢再来这里闹，哼！……"

他发完牢骚和威胁，盛怒逐步平息了。

"少爷，您跟他们是不是一伙的？"突然，他开始盘诘起我来了，越发出言不逊。

"你说的他们是指哪些人？"

又一次，他与我对视，接着把目光瞟向了我的包。

"他们，"他的话中包含着憎恨和仇隙，"是工厂里的那些恶狗。这是我的土地。我想怎么样就怎么样，他们管不着！"他边说边擦了擦肩头的汗水。

我心中仍怏怏不乐，因为这农民又在用爪哇俗语同我交谈了。这农民可真出格，我何必与他友善呢？但转念一想，我已经下决心要了解自己的民族！应该了解他的疾苦。因为他就是我所不了解的本民族一员。而我已开始熟悉自己的民族，我要用笔为本民族呼吁。

"这当然是你自己的土地。"我鼓励他说，也是为自己壮胆。

"这五巴胡（bahu）① 土地，是祖上传下来的。"

"你说得对，"我说，"我在地产管理处见过。"

"就是啊，在地产管理处作了登记。"他自言自语，紧张的神情逐步消退。我渐渐发现，他开始恢复成一个谦恭的爪哇农民。

"大伯，让我歇个脚好吗？"我更加和颜悦色地试探。

他那只手已不再紧紧握着砍刀了。我又朝前跨了一步。

"大伯息怒。如果您不见外，我倒想知道这里到底发生了什么事。

---

① 巴胡：7096.5平方米。——原注

说不定我能帮您一把。"我又迈腿跨上一步。

他默不作答，转身向屋里走去。我好像得到了他的暗示，也跟他走了进去。他把砍刀往屋里一扔，操起一把用椰叶梗扎的扫帚，扫了几下过道上的竹榻，说："请坐，少爷，别嫌寒碜。"

于是，我在铺着斑斓（pandan）席子的竹榻上落座。

而他双手抄在胸前，站在我对面，看来他开始信任我了。我正这样期待着。

"什么事惹您生那么大的气？能讲给我听听吗？"我问。

"是的，少爷。老实说，我已经忍无可忍了。祖上传给我五巴胡地，三巴胡水田、两巴胡旱地以及宅院地。工厂就占用了三巴胡，工厂里的长官、村长、种植园监工，我也说不上还有谁，他们不是好说好商量跟我租用，而是变着法儿硬逼我订了十八个月合同。租用哪是十八个月？分明已两年啦！还要等到甘蔗茬子全刨出来。除非我情愿再按个手印，把合同延长到下个收割季。合同里的土地租用金什么意思？我一五一十计算租金，那些狗东西从没把租金付足过，少爷……可他们现在又看中我的旱地了，还要砍掉我的树，改种甘蔗！"

"每巴胡给多少租金？"我问，从包中掏出纸和笔。我知道爪哇农民对能算会写的人怀有敬意，不管他是谁。我已经准备往本子上记了。

"十一角①钱，少爷。"他敏捷地答，这使我愕然。

"十一角钱，每巴胡地十八个月的租金？"我不禁叫了起来。

"不错，少爷。"

"你拿到多少了？"

"三枚二十五分的硬币②。"

---

① 原文系 sebelas picis，其中 picis 为辅币名，译作"角"。

② 原文系 tiga talen，其中 talen 为荷兰殖民时期发行的硬币，每枚面值两角五分。

"其余三十五分①去哪里啦？"

"我怎么知道，少爷，他们说我只用按个手印就行了。每巴胡不多于七角五分钱（tiga talen）。他们说租了十八个月，可是到把甘蔗根茬刨完，明明已经两年啦！"

"那甘蔗根茬子是他们自己刨吗？"

"当然，少爷。他们可不乐意看着那些根茬子重新发芽，长成甘蔗。他们不愿让农民既不花钱，又不费工就能得到二茬甘蔗！"

我不断记录着，我发现他真的开始对我敬重起来了。可我不知道他到底是怎么看待我的。

"好！我把刚才记录下来的原原本本地念一遍，您仔细听着。喔，大伯，您贵姓呀？"

"我叫特鲁诺东索（Trunodongso），少爷。"

听到他的名字，我顿住了片刻。关于名字上带"特鲁诺"的人，爷爷曾经提醒过我。那种人啊，我爷爷说，年轻的时候一般都是火暴性子。也许到年纪老了火气更大。取这种名字的人希望自己青春常驻，永远健康强壮，永不衰颓。而且这种人通常在婚前学过格斗。爷爷过去就是这么对我说的。对此，我将信将疑。

"这么说，您的名字就是特鲁诺东索了。好，我念给您听吧。"

我用爪哇语读给他听。我每读完一句，他就频频点头。

"我说过这份东西将会登在报纸上。上面那些有学问的大人物都会读到这份记录。说不定总督大人、县太爷、州长、督察官先生，大大小小的官员，所有人都会看到。他们都会被查问。他们将会知道，有一个名叫特鲁诺东索的农民正从自己的土地上被赶走，他租出的每一

---

① 原文系 tigapuluh lima sen，其中 sen 为货币单位"分"（也译作"仙"），每十分为一角。

巴胡土地得到的租金要比工厂付给的少三十五分钱。"

"嚯，少爷，"他松开抱在胸前的双手，开始提出异议，"不是那么回事。"

"你是要收回自己说过的话？"

"不是的。我讲的全都是实话，少爷。不过，只收到七角五分租金的不光是我一个人，所有农民都和我一样，少爷。"

"所有农民？"

"是的，除了村子里当官的。"

"他们拿到多少钱？"

"没人知道，少爷。至少没听到他们有过怨言，他们从来没表示不满。"

"那么，大家可以不把土地出租呀。"

"的确，那就是我如今的命运。我不愿再把土地租给他们，他们天天来吓唬、挖苦、叫骂。他们说：过几天就要把田间路堵死。除非你能飞到自己的地里去干活。他们先把小水渠（siér）截断，地里没法干活了，就不想租也得租给他们。"

我平生从未听到过这样的问题。因此，我不停地记着。特鲁诺东索滔滔不绝地讲，把长期以来无处诉说的话都向我倾吐了。我记录的不只是他说的话，而是成千上万像特鲁诺东索那类农民的遭遇。或许，产糖区里种甘蔗农民的命运均是如此。他说，遭此对待的农民确实不止他一人。他不仅要和欧洲人交涉，还要应付土著民——村长、民政官员以及必定包括萨斯特罗·卡西尔在内的工厂职员们。我越发起劲地记录，特鲁诺东索也越说越推心置腹。

只见一个女孩子提着一只竹篮，朝竹屋旁的水井走去。她用竹勺从井里舀水，倒在瓦盆里，开始洗衣服。

"那是您的孩子？"我问。他点了点头。"大伯，您总共有几个孩子？"

"五个，少爷。两个男孩，现在都在后边地里干活。下面几个都是女儿。"

"有五个孩子，我能到您屋里去看看吗？"我热心地问。

"那请吧，请进吧！不过屋子里脏得太不像话了。"

我跨进竹屋。屋里没有窗子，也不见有黄牛和水牛。可是我在犄角看见一根系牲口的桩子，说明他家曾经养过大牲口。

"大伯，您的牛到哪儿去了？"

"水田都没有了，牛还有啥用呀，少爷？已经卖掉了。"

屋里仅有一张宽大的竹榻，一根支撑的竹柱子及挂在上面的一盏油灯，没什么家具。屋角有一柄锄头，新沾上的泥巴尚未擦掉。

我暗自庆幸，这个暴脾气农民已经恢复了原先面目，成了以往的特鲁诺东索。他和颜悦色，谦逊有礼，与人为善。

"您的老伴呢，大伯？"

"刚去市场啦，少爷。"

"喂，小姑娘（Nduk）！"我朝正在那边洗东西的小丫头（si upik）呼唤着。

小姑娘跑跑颠颠地来到父亲身边。她睡眼惺忪，好像从未睡过甜蜜的好觉，也许是因为肚子里有蛔虫的缘故。

"小姑娘，今天做什么饭呀？"我问。

"等妈妈从街上回来再说，少爷。"她边回答，边盯着爸爸的眼睛。

"喂，小姑娘，我今天想在你家吃饭，你愿意给我做饭吗？"

她以无神的目光看着父亲的脸色。特鲁诺东索低下头，礼数十足地回答："当然愿意，少爷。皮娅（Piah）当然愿为少爷做饭，不过她做的饭菜肯定不合口。乡下孩子，见谅。"

"没关系。待会儿我们一起吃。总共几个人吃饭？七个人吗？"

"那样的话，让我去取些柴火，"特鲁诺东索向我告辞，"不过，少爷在这儿吃饭，您不觉得有失身份么？"

这家人开始解除对我的疑虑，我多么高兴啊！于是，我立即接上他的话茬说："市场离这里远吗？"

"不远，少爷，就在附近。"皮娅回答。

我清楚地知道，那市场在图朗安地区。

"给你，拿上这钱去买些东西吧，嗯？去采购吧。你做什么我就吃什么，随你便。"我塞给她两枚二十五分的银币①。

小姑娘拿着钱，又一次注视她父亲的脸。特鲁诺东索掉转脸，佯作没看见。我把手里的包往竹榻上一放，便朝屋外踱去。

我体会到胸间油然升起的幸福感，深深地吸了一口清新的空气。我舒张开双臂，俨然成为展翅欲飞的迦楼罗（Garuda）②。高墨尔说得有道理，只要稍稍留神，你就会发现新大陆，那上面有山有水，有成群的海岛以及环抱它们的海域。我将更长久地待在这块新大陆上。发现新大陆的不只有哥伦布，还有我。

我绕着房子走了一圈。房后晒着几件褴褛的衣服，更确切说，是一堆洗净了的抹布。拥有五巴胡田地的农民！三巴胡是上等水田。他既然能拒绝把旱地拱手与人，为什么对水田就不能如此呢？似乎这旱地是他们生活中的最后一道防线，他必须豁出命来保住它。否则，全家人就要变成流浪者。

这枝叶茂密的林间，空气真是清新。显然，我在这里感受到的不只是沁人心脾的空气，还有令人压抑的生活。在这片绿洲上，有岗峦，

---

① 原文系 dua uang tali perak，其中 tali 是面值二十五分的硬币。

② 古印度神话中的巨型神鸟，以龙蛇（那伽）为食，是印度教中三大主神之一毗湿奴的坐骑，在佛教中位列天龙八部，传入中国后与鲲鹏的形象混淆，即大鹏金翅鸟。

也有峡谷深渊。连着井口的排水渠蜿蜒曲折，望不到尽头。几只鸭子用嘴翻腾着泥浆，寻觅虫子；高良姜（lengkuas）树丛下，三只小鸡为了亲近老母鸡而争斗。一只怀胎的橘猫挺着大肚皮躺在落叶堆上晒太阳。一排香蕉树，枝叶耷拉着，全都无精打采、昏昏欲睡。远处，只见特鲁诺东索挥刀砍下了香蕉树的一根枝杆，然后将那枝上的香蕉砍下来，堆在树脚下。

房后的旱地里间种着玉米和木薯，耕耘得整整齐齐，块块庄稼地越远就显得轮廓越分明。在另几垄地上，五棵木菠萝树阴下种植了灌木丛。宅后空地和庄稼地之间则长着一排正结出密密麻麻果实的咖啡树，繁茂的椰树遮于其上。这一家人，除了衣着和盐，几乎全靠那片旱地糊口。

特鲁诺东索提着一挂香蕉走进屋去，再也没有出来。也不见有炊烟从厨房里冒出来。与工厂甘蔗地交界的地头上，他的两个儿子正在翻土。见到我，他们便撂下各自手中的锄头，停止了干活。他们显出十分恭敬、惊恐的神色，但更多的，还是对我的怀疑。

"你们是特鲁诺大伯的孩子？"

"是的，少爷。"他们摘下各自的竹帽，放在地上。

这两个孩子，一个十六岁，一个十四岁。他们家里没有挂威廉明娜女王陛下的画像，说明小学都没念完。

"工厂的甘蔗地和你们的田，就以此地为界吗？"

"是的，少爷。"

"倘若他们的甘蔗丢了，难道就不怀疑是你们偷的？"

弟兄俩交换了一下眼色，露出疑虑和恐惧的神情。

我说："不是，我不是工厂的职员。"他们仍是一副不信任和胆怯的样子。"现在我正在你们家投宿，稍后我还要和你们一起吃饭呢！"

他们对视了一下，然后一声不吭地低下头，各自看着自己的脚尖。

"要是工厂的甘蔗丢了，他们没有冤枉过你们吗？"我又追问了一句。

他们交替着瞟了我一眼，接着又互相交换了个眼色。

"我们不太清楚，少爷。"年龄大一些的回答。

他们仍然对我怀有戒意和恐惧。这是农民对所有非农民的普遍心情。马赫达·皮特斯老师送给我的那本没有名字的小册子里说：爪哇农民害怕一切不是农民的人，因为根据一个世纪又一个世纪以来的经历，只要是外人，单个的也好，成群合伙的也好，都是从他们手中抢去一切的掠夺者。这两个手拿锄头、脚下放着镶刀的小伙子之所以怕我，因为我不是他们中的一员，也因为我这一身打扮和他们的穿戴不同。哥伦布没发现过这一点。那本小册子却一针见血地道出了症结。小册子的作者是欧洲人，他却了解爪哇农民，而我，还刚刚发现这块新大陆！为什么他们在生活中感到恐惧和怀疑，现在我确已有所领悟。

小册子里说，他们这群生活在真主的阳光下，不习惯于按理性思维的人们，一旦克服了恐惧和怀疑，便会在被称为"狂乱"（amock）的爆发中盲目行动（membabi–buta）。他们或个别人或成群结伙地"发狂"（amok），反对农民之外的一切人。这些不懂世事沧桑的可怜生灵，其狂暴行为旋即就被东印度政府的军队镇压下去。经过尝试之后，他们也从此一蹶不振了。这种现象已存在三百年之久！因此，任何一个集团的任何一个人，只要能给他们慰藉，取得他们信任，他们就会追随他，无论是举行宗教仪式，挺身赶赴战场，或者直至失去生命。

我确实记得这段论述。为了不使兄弟俩过分感到畏怯，我离开他们而去。我折回原路朝屋子走去，一边思索起来：倘若我刚才不来，不向特鲁诺东索表示同情，也许这个男人已经抢起砍刀，乱砍一气。那本小册子还说，他们之所以这样狂乱，并不是因为要自卫、进攻或复仇，而因为他们的最后生机已被剥夺，走投无路。

我承认，这位无名氏作者确实阅历丰富。农民对自己一无所知。可在世界的彼端，在荷兰，却有人熟悉他们，而且对他们了如指掌。荷兰人在名为尼德兰的世界另一头，甚至把农民心态作为一个群体来理解。马芮说得有道理：你学习欧洲的语言是为了认识欧洲。通过欧洲才能够认识自己的民族。学习欧洲语言并不意味着你只同欧洲人攀谈，而不同自己的民族对话。

我继续朝着那座竹屋走去。我思索着：哺育我的不仅是欧洲！当今这个摩登时代，已经从我自己的民族、从日本、从中国、从美国、从印度、从阿拉伯、从地面上一切民族的乳腺中为我挤出了乳汁。它们仿佛是养育我并使我成为古罗马创建者的多条母狼。是否真的由你来创建罗马？是的，我自问自答。怎么创建呢？我还不知道。我怀着谦卑之心承认：我是古今一切时代的"万国之子"。至于幸临人世的地点、时间和父母双亲，无不带有偶然性，而绝非圣举。

回到竹屋后，我继续写作。可是刚下笔，写下的却不是我沿路所思，而是这样一句：罪恶亦接踵而来，它们来自一切时代的一切民族（Juga kejahatan berdatangan dari semua bangsa dari segala jaman）。

我奋笔疾书，直至把心中的想法全部写完，然后躺在竹榻上进入了梦乡，把世间的一切事物都抛到了九霄云外。

不知睡了多久。昨天晚上我睡得实在太少了，因为急于想把有关苏拉蒂的身世记完。一阵阵的呼唤使我睁开双眼，可身子依然懒洋洋地躺在竹榻上爬不起来。

"孩子，那只鸡只换得一角两分钱①，还不够给你做一件衣服，只够给你爸做一条裤子。"

我意识到这是从外边传来的中年妇人的声音，于是我匆忙站起身。

---

① 原文系 lima benggol，其中 benggol 是荷兰殖民时期流通的铜板，面值两分半。

她也许就是特鲁诺东索的妻子，刚从街上买东西回来。她身后跟着一个年龄尚幼的小女孩。特鲁诺大妈见到我，在门前愣了一下，连连躬身施礼，之后便绕开向房后走去。

皮娅好像已经在厨房里开始做饭了。我闻到了一股炸鸡的味道，腹中顿时咕噜咕噜叫起来。

这时，传来了皮娅用爪哇俗语问母亲的声音："妈，什么时候给我做衣服呀？"

没有答腔声。我猜度，也许皮娅的母亲在悄声答她：等小鸡长大了呗。我掏出结婚时母亲送我的金怀表看了看。已经是下午四点钟了。我越来越感到饥肠辘辘。

特鲁诺东索从屋里走出来，走到我眼前，请我去吃饭。他向我表示歉意，因为刚才不敢叫醒我。屋内摊了一张席子，上面放着饭菜。只有一只盘子，汤盛在瓦盆里，饭放在竹箩里。辣酱和炸鱼干连同捣杆还都一起放在捣钵中。

"请吧，少爷。"

"大家都一起来吃吧，大伯，还有孩子们和大妈。"

"算了，少爷，就这么一只盘子。"

"那我们都用蕉叶盛着吃好啦。"

经过一番推让，最后特鲁诺东索让了步。于是，全家都被叫来，把饭菜盛在香蕉叶上一起用餐，他们又到厨房里去添了一些吃的。尽管对他们来说，同我一起吃饭是个礼数上的折磨，但我却并不后悔。他们谁也不敢动一块鸡肉，尤其是炸鸡。鸡肉没煮烂，硬得像木棍。由此我猜想，这一家人虽然自己养着鸡，但从未做过鸡肉。

见到他们犹豫着不敢吃的样子，我快快吃完，立即到屋外纳凉了。

饭后，我们继续聊。

"假如那块水田由您自己耕种的话，那您的日子是否会比现在好过得多？"

特鲁诺东索笑了起来，我到这里以后，还是第一次看到他的笑脸。

"我父母在世时，我家房子四周稻谷成堆，院子里鸡鸭成群。就在他们临死的前几年，工厂开始硬逼着要那块水田，我父亲不答应。接着村长来，之后副区长（Setén）老爷也上门来。我父亲还是没同意。后来，水渠被堵死了，断了水，我父亲才……"

"水渠是农民自己挖的，不是工厂给挖的，对吧？"

"那还用说，我还去干过一个星期的活呢。我记得清清楚楚，我刨到最后，刨出一堆烂树叶子，里面藏着好多条蝮蛇，我数了一下，足足有七条。"

"没有人被咬？"

"嗨，只是很小很小的蛇，少爷。"

"您父亲拿到了多少钱？"

"谁给钱，没人给钱！"

他看见我把他的答话都记在本子上，感到很满意。我一定不会使他失望，我要把他说的这一切都发表在报纸上。而且，我估计这将引起一场轰动。甚至，如今面前的这个人，可能成为我描写甘蔗种植区农民的小说中的人物角色。他越发精彩了。我在纸上记下的东西越多，他就越信任我，越朝我敞开心扉。

从前，爷爷曾经提醒过我：你要提防名字叫特鲁诺的人。（他这么说，也许是对特鲁诺佐约［Trunajaja］① 还心有余悸吧！）那些喜欢凭着勇武和矫捷来斗殴的年轻人（喜欢徒手和持械斗殴的都包括在内）都爱起这样的名字。我爷爷还说：这类人会反抗政府，无论身处何地，甚

___

① 亦作 Trunojoyo，又译杜鲁诺·佐约，马都拉王国的王子，1674—1679 年领导马都拉人和爪哇人起义，反抗马打兰王国及荷兰殖民者。

至会落草为寇。嗯，爪哇人的名字，真是无奇不有！作为一个给报纸撰写商业广告的人，我认为，倘若我爷爷说得入理，那么爪哇人的名字就是与实际情况不尽相符的商标罢了。

我小心翼翼地问他：是不是好打架？

"不，"他回答，"不过在年纪轻的时候倒是学过两手。"

既然这么说，我断定他确实是个舞枪弄棒的人。因此爷爷的警告还是对的。

"您打过架吗？"

我的问题又重新勾起了他的猜忌。他眯起眼睛，好像要挡住外界对他的攻击。我摸着了他的心思，立即说：从前，我爷爷也一定要我学武艺，跟我一起习武的有十几个人，后来慢慢只剩下九个人了。我们学了三年，师父说我们满师了，可我本人从未真打过架。

此时，他不再眯缝双眼，而是睁大了眼睛，倾听着我的叙述。我的估计没错，他确实武艺高强。难怪人家不敢冒冒失失地把他轰走。

我赶紧从习武和打架的问题上转移开话题，他不再怀疑我了。我们谈了一件事又谈另一件事。我摇动手中的笔，不停地记录，特鲁诺东索这人真有趣，跟别的农民不一样，他敢于说出自己的看法，虽然说话有时比较绕，不能直接达意。我认为，他的确是位有个性的农民。别人平时很少问他什么，我问得越多，他就越高兴作答。我猜他曾经进城打过工，但我没有打听。

"我在您家过夜，您不介意吧？"我问。

他对我的要求感到愕然。他的确是个相当有吸引力的人物，我想在他家过夜，以便更好地了解他的生活。当然，他絮絮叨叨列出一串理由，中心意思无非是：回绝我的要求。他执意不肯，我却非要住在他家不可。争执不下，最后他勉强答应了我的请求，并派他的大孩子到图朗安去，替我给姨娘捎个信。

这样，我就在他家住了下来。

是夜，他按照以往还养着大牲口的习惯，给炉子（pendiangan）点上了火。在这间没有窗户的屋子里，烟雾弥漫。我被熏得烟呛火燎，透不过气来。夜色越来越浓，树蛙鸣叫的间隙显得格外宁静。我睡在一张大竹榻的边上，左侧挨着孩子们，有男孩子，也有女孩子。他们在酣睡中发出鼾声，此起彼落，互相呼应。间或，还轮番响起一阵阵咳嗽声。最后，炉火熄灭了，空中有蚊子向我俯冲，地上有臭虫向我袭击。真主啊，他们睡得是那样安稳。我却倍受折磨，无法合眼。

成百上千年以来，他们都这样睡觉的吗？人类真是相当有耐力和生命力。隔不多会儿，我就得伸手拍打一次叮在我身上的蚊子和跳蚤。我依然目不交睫。慢慢地，我越加烦躁，摸黑坐了起来。但蚊子和跳蚤可不理会我的烦躁心情。它们继续作祟、嗜血，好像除它们之外别的生命体都不需要生存似的。为了不让人指责我不了解自己的民族，我付出了多么昂贵的代价！倘若我不掏钱让他们去买东西，这一整天我可能吃不上饭。他们平时到底吃些什么？我依然不知。

我刚把脑袋枕到爬着跳蚤的稻草上，隐隐约约地传来了咏唱村谣的声音。在这到处是蚊子和跳蚤的夜晚，谁还有兴致唱歌呀？歌声里充满着疑虑。一曲未了，我便听到有人在蹑手蹑足地开门，发出"咿呀"的响声。我侧耳静听，听到了穿着筒裙行走的脚步声。显然是特鲁诺东索大妈。我又听到"咿呀"一声响，那老两口已起身走出屋外。

不，他们可不是出外解手。他们是被深更半夜的村谣召唤出去了。我心中疑团丛生，感到这可能是我写作的好素材。

我不由自主下了床，东摸摸西摸摸，摸索到屋外去的通道。我一定要了解他们去干什么。不一会，静夜中又传出一声"咿呀"的门响，这回是我在开门。我来到了屋子外。我已摆脱了跳蚤的啃咬，只有蚊子同我作伴了。天上漆黑不见星斗。我的目光竭力搜索着人们的动静。

除了黑黢黢一片，再也没有见到别的什么。老两口跑到哪儿去了？我努力追溯歌谣声传来的方向，挪动双脚向前走。我估摸自己已经来到了木菠萝树丛附近。那歌谣声已然消逝了。

"不可能。"我听到有人在低声警告。

没错，那棵木菠萝树下闪动着几个人影，至少有三个人。他们压低了嗓门，在窃窃私语。出于好奇，我对他们发生了兴趣。

"那个投宿的官绅（priyayi）准是工厂派来的探子！"我听到一个人在说，"你就不敢宰了他？"

"不，我以真主的名义起誓，他不是探子。"

"他同萨斯特罗·卡西尔是一家子！"

"就算是，但他行事不像那些工厂里的人。他说，他打泗水来，是给报纸写文章的。他要把我们受骗的遭遇写下来，登到报上去。"

"别废话了！好像你还没有把他们看透似的。把他宰掉算了。"

"在我家不许杀人。"特鲁诺东索的老伴说，"工厂探子可不是他那个样儿。"

"好吧，我去转告长老（Pak Kyai）。明天，我说不定还要到这来。"

我赶忙往回走。他们仍在那边商量。

我再次手摸脚探，眼下感觉那屋子离得很远很远，还得走上一两公里才能到。我可不能让他们在屋外撞见我。

突然，我走错了路，失足掉进臭水坑里。又冷又臭的泥汤浸湿我全身。那么，我已经靠近井边。我确实是摸错了方向。真糟糕！我不得不生平第一次在夜里洗澡，破天荒地自己洗衣服。在一片黑暗与寒凉之中。

我摸回到床边，冷得牙齿直打战。

我没有干衣服可换，倒头躺下，把爬满跳蚤的席子当作毯子盖在身上。

尽管如此，我反而觉得没之前那么难受了，感谢真主：特鲁诺东索夫妇俩的信任使我大为感动，远远超过了挨冻遭难的折磨。

第二天早晨，我只穿着内衣内裤，把衣服又洗了一遍，晾在太阳底下。然后又开始不停地写。显然，他们结成了秘密社团（persekutuan rahasia）。我猜测，他们结帮抱团是为了反对工厂。也许我的猜测不对。我还得待在这，继续观察，哪怕再待上一天也好。

我再次到房后去熟悉地形。

第二天夜里，又传来了唱村谣的声音。我爬起身，尾随着他们夫妇俩出了屋。夜空并不怎么黑，灿烂的星光映照着万物。我前面的两条身影急促地向一排木菠萝树走去。现在我不敢过于靠近他们。我看到大高良姜丛背后的几个身影。他们在那里没待多久，便全部不知去向了。

我回到竹屋，花了好长时间才点着油灯。油灯一亮，我发现特鲁诺东索的两个儿子已经不在床上，平时插在厨房墙上的砍刀和镰刀也不见了，只有几柄锄头依旧摆成一排，倒挂在梁架上。

翌晨，家里只剩下几个小家伙。在厨房里，他们帮着皮娅忙烧水，我也凑到正在烧水的皮娅跟前。她因此而心神不定起来。我从梁架上取下一柄锄头，向房后走去。我光着脚，踩在又脏又凉的泥地上，脚心感到痒得难受。我挥动锄头，学着昨天几个孩子的样子在地里干活。我也就干了五分钟，便不得不停下来歇息。我累得气喘吁吁，自感惭愧。几个孩子的年龄比我小得多，却能挥锄一连干四个钟头的活。

没人看到我的狼狈相。倘若有人发现我如此上气不接下气的样子，我将是多么羞愧。我又开始锄起来，动作越来越慢。皮娅走过来，对我说："少爷，别锄了，别弄脏了衣服，累坏了身子。咖啡煮好了，快进屋喝去。走吧，我来拿锄头。"

幸亏她来请我喝咖啡。否则，我自愿去干那苦差事，又不好意思停

197

下，非把我累死不可。

"少爷，别干了，"皮娅态度和蔼地劝阻我，"要是手上磨出泡来，就没法写字了。"

就算没磨出泡，我也已经写不成字了。

我的两只手不听使唤地瑟瑟颤抖。但我这辈子也算握过锄把了，显然我当不了这样的农民。

下午我告辞回去。我认为材料够用了。主要原因是，我无法在这种环境中长久生活下去。我现在明白了，这些人个个都比我坚强得多，他们有苦难中磨炼出来的铁打的身体。奇怪的是，为什么这些坚强的人必须在苦难中继续经受折磨。

特鲁诺东索双手抄在胸前，躬身站在我面前。他对招待不周表示遗憾。他的眼睛由于缺觉而布满了红丝。

"大伯，如果您去沃诺克罗莫，请一定到我家，可别不来啊。"我叮咛着。

他们全家都为我送行，我掏了掏口袋，还剩下一盾十五分，全部给了皮娅。

"可别忘了到沃诺克罗莫去，找温托索罗姨娘家。可别忘了，大伯，找温——托——索——罗姨娘。"

他老伴和两个儿子也红了眼圈。

现在，特鲁诺东索只身送我上路。他恭敬地帮我提着小包，像个仆人似的。在甘蔗丛中，我收住脚步，对他说："特鲁诺大伯，我向真主发誓，我并没有来监视任何人的企图。"他瞥了我一眼，低下了头。他显然猜到我已经听见那天黑夜中的交谈了。

"特鲁诺东索大伯，我敬重您以及所有和您同命运的人。我要用我的文章来努力减轻你们的痛苦。我所能做的莫过于此了。但愿我能成功地助你们一臂之力。不能总是用愤怒和砍刀来解决所有的困难。行啦，大伯，请回吧！回去好好睡一觉。您累了，也困了。留步吧，大伯，这包我自己来拿。"

他把小包交给了我。我头也不回地往前走。然而我感觉到，他依然站在原地。突然间，他喊着追了上来："对不起，少爷，您叫什么名字，能够告诉我吗？"

第
九
章

　　我来到图朗安的第十天，高墨尔带来一块鹿腿肉（sampil rusa）[①]。他看来兴高采烈，脸膛更加黝黑了。

　　姨娘接待了他。那篇关于特鲁诺东索的稿子还剩几行，我急着把它写完，未去注意这位报人的聒噪。我听到的只是他洪亮的声音、爽朗的笑声，显得乐观和充满希望。

　　我写完稿子，便和他们一起交谈起来。

　　"高墨尔先生，黑豹抓得怎么样了？"我问。

　　"没抓到，只得先回来了。捕捉器由那些人自己安装吧，"他回答，"有什么办法呢？办报也重要的。"

　　"您看上去气色很好。"我又说。

　　"姨娘也是，"他紧接着说，"只有您显得有些苍白。"

　　"他在屋子里呆太久了，高墨尔先生。"姨娘说。

　　"太可惜了，"高墨尔插话道，"整天埋头写作，明克先生，会把您

---

① Sampil：大腿肉。——原注（Sampil 来自爪哇语，含义之一专指已经宰杀的牛羊的大腿。——重校注）

累死的。您应该安排出时间到户外去走走。非常遗憾，您不愿跟我一起去打猎。那鹿跑起来一蹦一跳的，还斜着眼向后窥伺猎人，这些您也许从来也没见过吧？它那多杈的犄角，非常漂亮，可是无法用它来保护皮肉和生命。那一对角确实好看极了，尤其是它仰首奔跑的时候更奇妙。华而不实，正是那一对枝杈横生的犄角，使它在灌木丛中无法藏身，在森林中难以奔跑。那对犄角，明克先生，仅仅因为那对漂亮的犄角，这种动物便不得不到空旷的原野上生活。这样，它就很容易遭猎人的射击。究其原因，祸患完全出自那一对漂亮的犄角。"

"您大概在奚落人吧。"

"也可以这么说，如果这就叫奚落的话。试想一下，您的生活之美就在于您笔下的作品，因为它，您终日蜷缩在斗室之中，那分明是自毁式的工作。"

我不以为然地笑了起来。

"这可是正经话，明克先生。现在您还非常、非常年轻，年富力强，从未感到过病痛。假如您老是这样把自己关在屋里，您就会失去生活中许多宝贵的东西。"

"如果您要说的就是这个，那……"

"如果您在屋子里这样关上五年，就将会丧失十年的精力和健康的体魄。明克，一旦当您感到自己形如枯槁，悔之晚矣！"

我告诉他，我完成了两篇文章，其中一篇是我长久以来最得意的作品。

"听您这么说，我感到高兴，明克先生。我可以拜读一下大作吗？"

"印出来后，您会看到的。这也许叫您扫兴。不过，如果您有兴味，不妨看看另一篇。"

我把《苏拉蒂姨娘》(*Nyai Surati*)的稿子递给他，并留意他的表情。姨娘去里屋了。

"您现在就可以发表评论，只是别说出我提到的那些人名。"我提醒他说。

文章相当长。姨娘端着食品从里屋出来时，高墨尔还没读完，可他已被稿子吸引住了。他长吐了一口气，小心翼翼地把稿子放到桌上，生怕会把稿子碰碎似的。他凝视着我，眼里闪着欣喜的光芒，说："您文章的寓意越来越深刻。"他开口评论起来。

我担心他会脱口说出苏拉蒂的名字。好在他并没有。

"您怎么看？"我急切地问。

"是这样的，您的风格愈发鲜明。人们说得很有道理，您在日益趋向人道主义，涉猎越来越广。如果像我这样的人已看到您这一点进步，那么对您来说，就要着眼于未被人们提及的方面了。"至于"未被人们提及的方面"是什么意思，他没有说明。"您的作品唤起人性，反对野蛮、奸诈、诽谤和软弱。您期望人们坚强起来，具有坚强的人性。是的，明克，只有当每个人都变成强者，博爱（persahabatan sejati）才会存在。您确实是法国大革命之子，只要您保持这种特质……"

娘姨在一旁聆听着。她神情肃然，没有插话。我发现高墨尔向她扫了一眼，探询她对他那番议论的看法。但她未回应。

这位新闻记者仿佛得到了鼓励，继续说："您似乎研读了不少法兰西作家的作品。"

"没有，先生。"

"没有？喏，那是由于您把人生看得过于沉重，就和穆尔塔图里一模一样。您缺乏幽默感。如果您喜爱阅读法国文学家的作品，那您的观点说不定会有变化，不会这般重任在肩。"

"所以这篇文章写得不好？"

"不，写得好极了。它好的方面是毋庸置疑的。我说的是，在您的人生观中找不到幽默，看不见欢笑，十分压抑。您对当今的世界和人过于认真，过于剑拔弩张，仿佛您生活中从来没有欢笑和游乐，始终都是那么严肃。"

"有什么不对？"

"完全不是这个意思。但您同社会上各种各样的人缺乏交往。如果总是这样紧张和严肃的话，长此下去，您真的会把自己毁掉的。您的生活中就没有什么轻松惬意的分心之处吗？"

"你确实郁郁不乐（suram-suram），孩子。"姨娘插进来说。

"是的，姨娘，郁郁不乐这个词用得真是恰到好处。"高墨尔马上接过话茬。

"生活本来就没有喜乐（ceria）。"我争辩说。

此时，这位新闻记者聚精会神地听着。

"我们的社会确实没有让更多的人感到欣慰，高墨尔先生，而这个故事本身也确实是关于折磨和压迫。何来惬意之处？如果我认可那种做法，当看到人们在受折磨而愁容满面时，我就会感到滑稽。"我不停地说着，"我不属于那种参与压迫别人的人，高墨尔先生……"

"对。您说得全然没错。"高墨尔答道，"您的话给人以启示，看来也是受人启示的肺腑之言。您知行合一。那是思想和感情问题。您完全正确。是这样吧，姨娘？"

"哎呀，我可不懂得你们谈的那些问题。"姨娘想回避这样的讨论。

"明克，生命在于平衡。谁要是只看到它轻松的一面，那就是疯子；谁要是只看到它苦难的一面，那就是病人。"

"那么，您把我归到病人里去啦？"

"是的，如果您长此下去的话。假如您只了解苦难，就会失去毅力和机智，会被您了解的苦难压得喘不过气。您最好还是学着改变自己，如果我可以给您提个建议的话。"

高墨尔似乎对此话相当自信，好像不存在其他可能性似的。

"高墨尔先生，他只是需要个新环境，"姨娘插话说，"您的看法也过分了些。"

记者闻听此言，像被刺了一下，沉默下来。他面朝姨娘的脸，仔细倾听着。

"他还在服丧期。如果他更多地看到苦难，写出来的东西充满伤感，这是理所当然。他把所有受苦受难的人看成自己的朋友，把一切不公允都视为仇敌。人们并不一定非把欢欣和痛苦作为一个均衡体看待。生活，难道不是比谈论任何一个人的看法更现实吗？"

接着，我们三人发生了一场争论，全部都讲荷兰语。姨娘似乎谙熟文学，她更为熟悉的还是生活。而我作为一只雏燕，恭听多于辩驳。争论突然中止了。高墨尔像举起砍刀一般问我：

"您的写作足够出色了。我觉得所有人都同意我这个观点。您的近作是至今为止最好的一篇。如果照此下去，您将再也无法写小说了，而将到处去演讲，您的作者生涯也就到此结束了。您是想当一位作家，还是演说家？"

他的问题确实令我不快。更难受的是，实际上我还不太明白他为什么要这样说。

"为什么他非要从您提出的两种前途中作出选择呢？"姨娘反驳道，"他有权利发展自己，有权利不从您提出的两种前途里做选择。他风华正茂，至少还有二十年去探索。您认为您的职业生涯更成功吗？"

"姨娘，您别误会。"高墨尔开始软下来，"明克先生是土著民的希望。有哪个土著民能像他这样？如果明克先生没有勇气接受这种挑战，对他来说，今后要做到百折不挠是困难的，他将很快失去信心，无法完成他已经开始的事业。瞧，姨娘，在我读的这篇作品之中，他已经隐隐约约地开始在讨论，甚至在捍卫他的民族了……"

"您自己倒是摆出了演说家的架势呢……"姨娘顶了他一句。

"那些土著民对我有什么期望？没有。但他们对才气横溢的明克先生寄予希望，可以说，寄予无限的希望。他面前的挑战很多，需要他去满足多种条件。我建议他去了解一下自己民族的生活，那是他取之不尽的创作源泉。最近写的这篇作品中，他已开始听取并实践了我的建议。是不是那样，明克？"

"是的。"我回答。

"姨娘，如果明克先生看不到生活的兴味，他今后怎么能告诉自己的民族，那就是幸福所在呢？苦难终有尽头，姨娘。可战胜苦难的手段真是层出不穷的。看不到欢乐，看不到生趣，并以此去战胜苦难，人们就将在那番困苦之中徘徊。"

姨娘缄默不语，显然是在反复琢磨其想法。

"二十年，姨娘，你我都经历过。二十年时间并不算特别漫长。在二十年中，人们可能毫无长进。有许多人还会越来越不懂得从经验里吸取教益。我这些话确实犀利，不仅是对明克先生说的，而且也是对我自己说的。但这些话胜过马尔顿·内曼那些信口雌黄的恭维。明克先生收到的溢美之词太多了。姨娘，如果他不从正直的朋友们那里听取忠告，那会从哪里来呢？"

"二十年后，高墨尔先生，我相信他的成就会超过您，远超您。"

我掉转脸去，不好意思听岳母的维护和夸奖。她站在我一边，而非站在探索中的真理一边。

"嗯，这正是我所希望的。不妨让我告诉你们这么一件事：最近，精英圈子都在热烈谈论卡尔蒂妮的信。他们在荷兰的反道德堕落协会（Liga Anti Maksiat）会议上再次朗读了她的信。她在信中谈到，一些欧洲朋友告诉她，现代欧洲的美妙触手可得。然而在她生活的东印度却仅有暗夜。别说现代啦，连一线亮光都见不到！土著民生活在无边的黑暗中。由于无知，他们干了许多可笑的蠢事。我听说，她信中有这么一句话：如果人能睡过去，无论多久，一觉醒来时现代已降临，那该多幸福！你瞧，姨娘，许多人认为，只凭这一句话就足以表明她的绝望。依我个人之见，她确实是绝望了。"

"喏，您自己才真正是演说家。"

"是的，我是演说家，姨娘。我到哪儿都这样侃侃而谈。"

"不过，您也同明克一样，还能写文章。"

"是的，姨娘。"

"喏，能说又能写，两全也没什么不对呀？"

"但对明克先生来说，隐患是在文章中发表演说，不是在口头上。明克先生似乎并不像我这样擅长巧言令色。发议论的文章是最蹩脚的文章。"

"那么，这跟卡尔蒂妮有什么关系？卡尔蒂妮何许人也？"

"您问有什么关系，姨娘？卡尔蒂妮失去了信心，她不知道该为自己的民族做些什么。由于过多地看到苦难，所以她感到疲累；她幻想长眠一觉，醒来后就能跟着享受到现代幸福生活。现代不是在沉睡的梦乡里建设起来的。明克先生、我和许多人，当然，还有您的民族，都不希望人们去相信这种幻想。"

"您的确善于演讲。"姨娘赞扬说。

"只要对事情有益，我什么都愿意干，姨娘。说到卡尔蒂妮，她是唯一通过书信和文章公开发表自己见解的土著姑娘。"

"你看着办吧，孩子，"姨娘最后说，"怎么做才对你有好处，完全由你自己决定……"

"高墨尔先生，"我说，"说实在的，对您刚才所说的一番道理，我还不太理解。您到底对我这篇文章有何异议？"

"这是篇好作品，我刚才已经说过。但与此同时，它开始显露出了说教的倾向。如果不提醒您的话，此种倾向将会越来越明显。在东印度这块地方，批评从未见之于文字，明克先生。所有批评都是像我今天对您这样，通过口头方式进行的。对于批评，当然可以拒不接受，但是必须首先聆听和思索，倘有必要，就不要把它挡回去，而是作为建议接受下来。人无须一听到批评就暴跳如雷。"

这还是我第一次面对面听到高墨尔所谓的"批评"（kritik）。

午饭打断了交谈。饭后，困倦压倒了一切。高墨尔那口若悬河的劲头已经消退。他坐在椅子上打起盹来，可是还不愿意回家。他喜欢炫耀学识，又享受着陪伴我岳母的乐趣。又闷又热的天气越发使人昏昏欲睡。

高墨尔的声音无精打采，不再激昂，他又开始说："一位好作家，明克先生，应该给读者以欢乐——不是那种虚有其表的欢乐。应该给读者以信心，向他们指出：生活是美好的。可别让读者脑子里充斥着苦难，从而灰心丧气。世上并不存在不可抗拒的苦难。而且，深重的苦难一旦过去了，也就失去分量，甚至成为笑料。给您的读者希望吧！把自己驱赶到天花的魔窟中去，就同向苦难屈服一样。只要是人祸，而不是天灾，人们一定会有抗拒的办法。明克，给您的读者，给您的民族以希望。我不是曾建议你：开始学习用马来语或爪哇语写作么？把您力所能及最美好的东西赠予您的民族吧！"

"我将铭记在心，先生。"

"我给您提了两条建议，这两者是相辅相成的。"

"要领会您刚才所说的一番道理，还需要时间。"

"当然，您还年轻。"

"正因为如此，我才带他到这来，高墨尔先生，"姨娘说，"让他呼吸新鲜的空气。新的气息、新的环境、新的思想，精神面貌焕然一新。显然，他已获得了新的素材。"

"不错，姨娘，这是新的素材。但是，他观察这些素材的方法还全然是旧的。就是人们称之为悲观主义（pessimis）的观点。他目光的极点是苦难和阴郁。实际上，这个极点本身就是天之边际，也是太阳升起和降落的地方，船舶从视野中消失、出现并驶近陆地时的地方。"

我刚意识到高墨尔是不抽烟的。由于我自己也不抽烟，便默默地坐着。姨娘并未留意。

"更为重要的是，要能享受生活以及生活之美，同时又不会无视生活中的疮痍。为熬过千斤压顶的苦难，先生，这就需要力量，强劲而坚实的力量。明克先生，这是我对您寄予的期望。"

"妈妈，高墨尔先生刚才那几句话，也许开始帮助我领会他的意图了。诚然，我应该十分冷静地加以思索。"

"是的，明克先生，您本人是一位法国大革命的崇拜者，主张保护人的尊严。如果只看到人的一个侧面，即只看到苦难的侧面，那么，人将失去其他侧面。从苦难的侧面看，给我们带来的是仇恨，只有仇恨……"

"在这种度假的日子里，"姨娘提议，"就不能换个话题，谈点愉快的事情？"

"我本人可没什么愉快的事情跟你们谈，姨娘，我没能捕捉到黑豹。明天我得回泗水了。您什么时候回去？"

"我大概在您之后。"

交谈戛然中断。高墨尔的机灵劲开始渐渐消退。他困意绵绵，情不自禁连打了三个哈欠。我才打了两个哈欠。他大概也由于瞌睡虫作祟，所以既没能捕到黑豹，也未能赢得姨娘垂青。在火车上，他向姨娘求婚，就在盼着姨娘答复时，也会昏昏睡去。说不定，在他演讲的时候也会倒头睡去的。

"如果您太困倦的话……"姨娘提醒他说，"那您……"

"姨娘，明克先生，还是让我回去吧。"

我们陪他去牵了马。他套上车，缓缓地离开了图朗安。

"他只是夸耀他自以为懂的那些事，"姨娘不满地说，"就像小孩炫耀自己的洋娃娃。"

"或许他的话有在理之处，妈妈。"

"那当然，我只是说他表达的方式，孩子，还有他那股劲儿，那种派头……都不是他的心声。他只想显示自己如何博学。他可能自己都不相信自己的话。"

"他是个好人，妈妈。"我说。

"是的，他的确是个好人。他对我们的帮助是无私的，至少我希望他能这样。可他刚才那番高谈阔论却包藏着私心。"

"他有什么私心，妈妈？"我像个撒娇的孩子似的问。

"你在这里住腻了吧？"

"可能班吉·达尔曼已经回泗水来了。"

"那你是真的想离开我？"

"无论如何，妈妈，我希望能有个小妹妹（adik ipar）。"

"算了吧！"她说着，立即走进屋去。

平时，在萨斯特罗·卡西尔的家里，孩子们总是闹个没完。今天已到了下午三点，他们还都无声无息，我独自坐在客厅里，一边望着两张威廉明娜女王的画像，一边思考着高墨尔的话。他说起话来总是强人所难，带有命令和盛气凌人的口气，还要剥夺我的自主性。我知道他用意良好，他所要求我做的并非都无道理，也可能全部都是对的。但他何必用这种气势呢？为什么要这样自夸如何了不起，并随心所欲地掌控身边人呢？他一张口就是"务必"和"不许"，似乎没有别的言词了。在同他开始结识时，我确实被他吸引住了。我印象中，他是一位无与伦比的决策者（juru-penentu）。对他了解渐多后，他给我的初次印象就有了改变，他固执己见、缺乏同情心，甚至令人厌恶。姨娘也不愿再同他继续争论下去了。

他同萨拉和米丽娅姆是多么不同。甚至马赫达·皮特斯老师也从不像他那样用"务必"或"不许"给人发号施令。温柔而腼腆的冉·马芮也不那样，但有一次例外，他逼我用马来语写作。那次可能是受了高墨尔的影响。

我的父亲和哥哥倒酷似高墨尔，满口都是"务必"和"不许"。我不由得莞尔：那些不了解法国革命精神的人，也许都有这种落后的天性。男人对他软弱的妻小、邻居和弟妹为所欲为地发号施令？想到这，我不禁笑出声来，为自己的这一想法而得意，诚然它未必符合实际。

也许，高墨尔现在的观点是正确的。很可能如此。但是，由于他满口"务必"和"不许"，他就别指望能靠近姨娘的芳心。他只会受挫。

为什么冉·马芮这样温柔而害羞的人，也那么容易受到他影响，逼我学用马来语呢？我试图回忆起他那刺痛过我的话语，然而所记得的仅仅是他的规劝：你受过教育，办事应该公允！我自信，我始终是遵循他的劝告去思考问题的，而且也是那样做的。我仿佛感到马芮正在检验我是否言行一致，他说：再考虑考虑吧，你仍是更多去琢磨他人的好坏，对你自己又是如何呢？你公正地考虑过没有？

正如你的母亲所说，你见不到荷兰语读者的一丝感激之情，可你用荷兰语为他们写作，你这样做难道公允吗？

我自问自答：我才刚学习用马来语写作，这也不是一朝一夕能速成的。

明克，你自信从不强迫别人，从不阻止别人，仅仅因为你把强加于人视作豪奢。这不也跟高墨尔一样吗？

不，我从未这样过。真的，从未这样过。

如果你真是一位法国革命的崇拜者，那么，当特鲁诺东索这样的农民用爪哇俗语同你交谈时，为什么心里就觉得不适呢？

我脸上发烧，羞愧难言。我承认，法国革命的精神和口号没有革命性地改变我的日常生活，它们依然只是些知识而已，是我思想上的装饰品。

好吧，你已经承认了这一点。现在，倘若有一个土著民用爪哇雅语同你交谈，明克先生，你是否会建议他改成爪哇俗语呢？哈哈，你不敢作出回答。你祖先是凌驾于本民族的土著民之上的统治者，你还不能放弃从他们那里获得的特权吧！你在自欺欺人！为了此种世袭特权，你就摈弃了法国大革命中自由、平等、博爱口号的精髓。自由的口号之所以能鼓舞你，仅是为了你自己，仅此而已。你还自称是法国革命的崇拜者，不惭愧么？

我羞怯起来。的确，我应该承认，我未能放弃世代相袭的特权。听到有人用爪哇俗语对我说话时，我便觉得自己享有的特权遭到了剥夺。反之，听到有人用爪哇雅语对我说话时，我就感到自己出人头地，高人一等，成了凡人俗子中的神仙。这种世袭特权令我沉溺。

明克，作为知识分子，你言行不一。

那是农民自愿那样称呼我的！

不，那不是出于他们自己的意愿。他们世世代代作为大小王公的奴仆，这种世俗的经历迫使他们那样做。如果他们不贴地匍匐而行，别人就强迫他们那么做。如果他们这样对待你，那么他们对待其他人也同样如此。通过强迫你的民族的土著民卑躬屈膝，欧洲人获得了尊严，这时，你为何一定要感到难受呢？你并没有充分学习秉公行事，成为一个公正的人。

不可能一下子摈弃全部特权，我反驳。

你正在开始学习认识你的民族。现在，你已对自己的民族有所了解：你是如何通过爪哇语事实上参与奴役了自己的民族。而且，你假装想要通过报纸去保护特鲁诺东索。

我要保护他。

你是真想保护他么？

真的，我以真主的名义起誓。

姨娘说：真主总是站在胜利者一边。

因此，必须努力成为胜利者，这样，真主就会赐福于你。姨娘这样说，正是她长期以来的经验之谈。她本人不断遭遇挫败。在许多事情上，她已经以受真主赐福的胜利者面貌出现了。只是在欧洲人面前，她仍然是失败者，真主不愿或还没有赐福于她。

面对压迫，你也想用自己的语言保护他们？哈哈，你无法回答了。如真有此意，明克，你就应该开始用马来语写作，马来语不包含压迫性，它同法国革命的意志完全一致。

"您怎么发呆了，少爷？"

朱米拉的声音使我从沉思中惊醒。她把我的手稿往边上推了推，腾出地方来放椰浆煮的香蕉和一杯浓咖啡。

我笑着点头致谢，把稿子收在一旁。

"好像正在思念某个人？"她揶揄说，"在图朗安这里，您遇见谁啦？"

"遇见了许多人，许许多多。"我回答。

"感谢真主。"她折身向后面走去。

我目送朱米拉离去。除了吼叫，她宛如无力的母狮。和特鲁诺东索的妻子相比大相径庭。后者安静地陪伴着丈夫，既是生活伴侣，又是志同道合的朋友。朱米拉也不同于我的母亲，我母亲只知道照顾人和行善积德。也不同于受过教育的卡尔蒂妮，卡尔蒂妮憧憬着新时代。朱米拉也不同于姨娘，姨娘是一个自由独立的人，如同法国大革命时期争取自由的口号中所铭记的类型，可她认为，除了工具和方法上的进步，现代社会并没有赐给人们任何东西。

上述各位女性中，我认为，姨娘是最符合法国大革命理想的人物。

明克，你自己又怎样呢？经常自吹自擂，夸夸其谈？你已经跟姨娘一样，成了自由人，可你还不愿努力实现平等和博爱。法国革命不是已经过去了一百多年么？如今，你有什么话可说？已经事隔一百多年。

是的，我思想上的收获确实寥寥无几。冉·马芮的理想是以他的绘画充实人生，而不是单纯赖以谋生。我从事写作，收获声名又是为了什么？难道仅为追求个人满足？明克，如果你只为个人满足去追逐声名，那就不公正，太不公正！别人流血流汗，拼命干活，连一天两餐都没保障，更不要说出名了。

你与他人并无分别。你不比特鲁诺东索更高大、更光荣。明克，如果你真正理解法国大革命的含义，如今你作何设想？

我禁不住想起了许阿仕。他的人生已然具有意义。还有菲律宾土著民，他们尝试赶走西班牙人和美国人，活得充实。

显然，写作不能只是为了获取个人满足。像冉·马芮说的那样，写作应当赋予人生价值。我感到欣慰：关于特鲁诺东索的文章将会满足此种意愿。我将发表这篇作品，无须听取高墨尔的意见。

第
十
章

　　刚下火车，我便请求姨娘准许我直接去内曼的报社。我包里带着两篇稿子。我觉得其中一篇写得相当不错，另外一篇我则自认为完美。两者均具有保存价值，可谓传世之作。我尤其为第二篇感到自豪：它替所有与特鲁诺东索命运相同的人伸张正义，是一份辩护词。世人应该知道，糖厂如何把爪哇农民从他们自己的农田——最肥沃、浇灌得最好的农田——上赶走，民政官员及村吏又怎样为虎作伥。倘若穆尔塔图里就在泗水，我将前去告诉他：老师，从今开始，我将追随您的步履踪迹。

　　今天，我感到自己的工作意义重大。

　　关于特鲁诺东索的文章开篇如下：国王、官吏和军队，一切皆已衰落。正是特鲁诺东索那样的农民，支持他们重整旗鼓。农民背负着他们，他们却肆意践踏……

　　还没有见过谁用小说形式描写农民，我算是第一个。有人说，我不了解自己的民族。等着瞧！用不了多久，人们就会了解我的。

　　报社的白人小伙子请我径直上楼。内曼先生站起身来，向我伸出手："您好久没露面了，读者正等着拜读您的大作呢。"

我掏出关于特鲁诺东索的稿件，骄傲地递给他："内曼先生，这就是我一段时间以来闭门写作的成果。"

他接过稿子，彬彬有礼地向我表示歉意，想先把稿子浏览一遍。我会意地点了点头。我想，他对我的进步不胜惊讶。果然如此，他刚看几句，唇角便绽出了笑意。

"富有诗意！"他开心地点点头，继续阅读。

他从来没说过这样的赞词。仅凭这句话，我就知道他对我文章的评价。

我注视着他的神色。他还未读完一页，笑颜便已消失了，变得一本正经起来。当看到第二页时，他双眉紧锁；阅读第三页之前，他抬起眼，望了我一眼。

毋庸置疑，内曼先生，对您来说，想必是第一次读到这样的文章吧！

他继续往下看，此时他的脸皮涨红了。读到第五页时，他干脆把稿纸放在桌上，抄过烟斗抽了起来。他缓缓地向空中吐着白烟。少顷，他问："您还记得从前坐在您这椅子上的那个人吗？"

"当然，许阿仕。"

"不错。"

他止住话头，似乎正在搜索枯肠，寻觅恰当的词语。他为什么提起许阿仕？我警觉起来。

"是的，明克先生，我突然想起了许阿仕。那次见面之后，您好像同他交上朋友了。"

"自那次以后，我没再遇见过他。"

"真的吗？我读了您这篇作品，感觉上仿佛您已经同他倾谈过多次了。"

我察觉他的话似有所指。特鲁诺东索与许阿仕有何相干？我的自豪感被惴惴不安所取代。

"您这篇作品里的精神……明克先生，受许阿仕的影响太大了。"

"影响？什么影响？"我局促不安地问。

他并不回答我，反问："您在写这篇作品的时候是怎么想的？"

"怎么想？想的是我笔下的人物。"

"是确有其人呢，还是纯属虚构？"

"确有其人。"

"那么您敢说，您这篇文章不是杜撰，而是真人真事吗？"

"那当然。"

"您敢担保吗？"

"敢担保。"我理直气壮地顶了他一句，又开始得意起来。

他不吭声了，重又拿起稿纸，从头读起来。我感到慌张，由于被与许阿仕扯在一起。这岂不是节外生枝吗？

内曼停止阅读，思考着。

真的，我这篇作品写得尽善尽美，准是把他吸引住了。我在这篇文章中，为成千上万个特鲁诺东索的不公正境遇提出了抗议。我将向人们指出：吸血鬼们狼狈为奸，欺骗目不识丁的农民，通过租用方式来骗取他们的耕地。这种营私舞弊的勾当，不知延续几十个年头了。

没等看完第二页，内曼又抬起双眼，目光犀利地逼视着我，问："您是已故梅莱玛先生的女婿，对不对？倘若梅莱玛先生还健在，他读了自己女婿这篇大作，将作何感想呢？"

我以为自己的作品把他吸引住了的猜测顿时一扫而空。从他的脸色能看出，他正克制怒气。

"这同已经去世的梅莱玛先生又有何相干？"

"您自己不也知道吗？他当过图朗安糖厂的经理。您自己在文章中写道：这种营私舞弊的勾当不知延续了几十个年头？就算它二十五年

216

吧，那意味着您在指控梅莱玛先生至少参与了这种勾当有四年之久。"

我瞠目结舌，因为我从未这样想过。只见马尔顿·内曼先生继续翻动双唇，话语不断传来："您指控自己的岳父在租用农民土地方面营私舞弊。您清楚地知道，按照您这种指摘推演，那么姨娘的逸乐农场也是通过这种不法勾当骗取钱财而起家的。您说是吧？或许您本意非如此？您为什么不吭声？您是否仍坚持说这篇作品写的是真人真事，不是凭空杜撰的？"

我无言以对。我的大脑急速运转。可是不论我往哪边想，姨娘的面容始终在脑海里浮现。

"好吧，就算这篇作品写的是真人真事，不是凭空杜撰。"内曼继续说。他讲话声调柔和，于我而言却似风啸雷鸣："如果有关的官员要您提出那些营私舞弊的证据，您能提供吗？"

他的两只眼睛一眨不眨地注视着我，说："或者您的本意是要发表文章鼓动骚乱？"

"不！可那些农民——他们无处申冤。"

"无处申冤？到处都有警察，那是警方职责所在。农民们可以去请求警察保护！"

"警察同官员的关系比跟农民更密切，先生，这您自己是知道得很清楚的。"

"您的意思是，警察和官员互相勾结在一起？"他等着我答话，"您是否想控诉更多人？明克先生，请您设想一下，倘若这里有第三者在场，听到了我们之间的谈话，并且出首告发，那么，我当然要像证人那样提出证词。幸亏没有第三者，更幸运的是，先生，我不是警方的官员，倘若我是个警官并将此事立案，那么，您就会卷入诽谤案，您将难于提出人证和物证。"

现在我才开始明白，当个作家是多么危险。为什么长期以来没有人去写那些事情呢？为什么我写到农民，内曼就不再喜欢我的写作呢？

"您不用担心。"他终于安慰我说，"据我判断，这篇作品完全不属实，更像诽谤文章（smaadschrift）[1]。您塑造的人物，如果确有其人，也无非是个骗子。肯定是个骗子，您本人已经上当受骗。"

我的尊严受到了伤害。他的话等于是在指责：明克，你也通过你塑造的人物招摇撞骗！

"但您自己心里明白，我明克绝对不是骗子。"

"很显然，明克先生，您当然不是骗子，但是错误观念会招致许多是非。"他回答，"没有一个农民因为把土地租给糖厂而变得穷困潦倒。他们得到了合理的租金。他们可以去工厂当苦力，在租出去的土地上干活，开心过日子。"

他停顿了一下，我没有答话。我感到一种相互敌对的气氛正压在我心头。

"您知道么，种甘蔗的苦力工钱是多少？"他见我默不作声，继续说，"每个工作日至少二角五分。只要干上一个礼拜，他们从工厂领到的工钱就等于每巴胡土地的租金。"

那时，我也羡慕起高墨尔雄辩的口才了，他那种人必定能够反击这个老于世故的报界人士。但我没这本领，现在也做不到这点。我承认，我从特鲁诺东索那里调查到的情况还很不充分。

"您还是不说话，我的确不会对您搞什么名堂的，明克先生。我们是朋友，您说呢？您的不足之处仅仅在于：并未掌握有关蔗糖生产的资料。您需要查阅一下有关糖厂情况的年鉴吧？要专门关于图朗安的，还是整个西多阿乔的，或是全爪哇的？或许您也能研究一下工厂（Factorij）的备忘录。如果您确有兴趣，我将乐意助一臂之力。"

---

[1] Smaadschrift（荷兰语）：诽谤文章。——原注

说实在的，我没能力以自己的正确见解和公允态度去驳倒他。他观察问题的角度与我截然不同。而且可以明显地看出，他袒护厂方，根本不想了解特鲁诺东索的疾苦。

"您知道一个能干的苦力一天挣多少工钱吗？每天七角五分。如果他们去当苦力，又肯卖力气干活，只需两天，所挣的工钱就能超过他们出租一巴胡土地的租金。谁说他们宁肯耕种自己的土地，而不愿去糖厂当苦力呢？扛锄头干活，一天能进几个子儿？七分半，不会更多了。"

他口若悬河，既无所忌讳，也未遭到反驳。我胸中百感交集。他谈论着有关蔗糖生产的五花八门的知识：工头的工资、职员的薪金、榨糖机的价格、麻袋的市价和缝制每个麻袋的费用，工程师的专门技能以及并非每个地区或国家都能培养出这些工程师。

我原本认为自己的文章写得天衣无缝，如今这种自豪感已被彻底打碎。甚至对自己失去了信心。顷刻之间，我只觉得自己愚不可及，不会思考，不善瞻前顾后，不懂世事，可还自认为站在掌握真理的一方。

"您的确是优秀的写作者，但不是记者。在这里，您不讲究作品的美，而是长篇大论……"他的话与高墨尔说的如出一辙。

他甚至还没有读到第五页。

"很遗憾，我们观点不一致。"我说，已经伸出手去，想从他面前把稿子抽回来。

"我们并无分歧，明克先生。别误会，反映现实，应该辅之以充分的材料。写文章，不同的文体要求有不同的写法。"

"我相信，我这篇作品并无不妥之处。"

"人们完全可能相信那些不正确的东西。然而，历史却是从谬误的信念脱颖而出，反对一切愚昧和无知。"

他扭过脸去，仿佛是在给我机会以便重整精神。

"您最好还是避开那些可能使您难堪的事情吧。出自受过教育的人的点滴谬误，发展下去很可能会演变为公众的骚乱。土著民也会因此而受到损害。您还记得许阿仕吗？嗯，他是一个受过教育的青年，由于异端邪说而误入歧途，离开了自己的祖国，到东印度来蛊惑人心。幸好泗水的华人没上当，最终他自食其果。这些事您已经听说了吧？"

"您这话是什么意思？"

"他被人杀了。"

"许阿仕？"

"是的，我说的正是他。"

"在哪里被杀的，内曼先生？"

"您问这事的神情那么紧张。由此可知，您似乎同他交上了朋友。您的文章也表明了这一点。"他把熄灭了的烟斗放在桌上，接着说，"如果您非要步许阿仕的后尘，明克先生，我将同其他人一样，觉得是个损失。"

"如果您的境遇和许阿仕一样，内曼先生，我倒要请教您，您将作何感想？尽管你我之间，说实在的，还谈不上有什么交情。"

他肯定明白我的回答是什么意思：从今天起，我不再视他为我的老师了。在我看来，他是一个想把我逼得无路可退的竞争对手。我随手拿起我的稿子，往包里一塞，就像许阿仕那样，没告辞就离开了他的办公室。

我雇了一辆马车直奔冉·马芮家。一路上，我又对内曼那番带威胁口气的话沉思起来。也许他会对我不利，会把描写特鲁诺东索的这篇稿子作为证据。他是会这么干的，因为他对许阿仕之死幸灾乐祸。同样，他也会把我置于死地而后快。

我急忙从包中拿出手稿。啊，我的佳作，完美文章！我双手捏住稿纸，把它撕成两半，接着又撕第二下、第三下，把稿纸撕得粉碎。

碎片飞飞扬扬，撒满了一路。

特鲁诺东索，请您宽恕我。我还是无能为力呀！

我看到梅正在厨房里烧水。她兴高采烈地迎上前来。我见到冉正在工场里聚精会神看工匠干活，于是我拉他来到画室。

"明克，你神色慌张。"他同我打招呼道。

"没错，冉。"

"碰上棘手的事情了？"

"不，只是这回……我头一次把自己写的东西撕了，还把它撒了一路。"我把刚才发生的事原原本本对他叙述了一遍，最后说，"我不会再同《泗水日报》还有内曼打交道了。他前后两次让我非常不舒服！"

我等着他表态，可他却一声不吭地坐在椅子上，甚至看都不看我一眼，仿佛我的沮丧、懊恼、忧虑和愤慨对他来说都不值得一提。他反倒去招呼梅，让她把吃的东西快点端来。

"你，没什么看法，冉？"我催促道，"因为他是欧洲人，你就要与他站在一起吗？"

他嗫嚅着，目光迟缓地盯住我，语调缓慢："那是成见。"他先用法语，接着又用马来语继续说："我总是想让你明白，什么叫成见。你这就是成见，是对肤色的成见，对文化的成见。你不是个受过教育的人吗？"

"内曼受的教育并不亚于我。他更有成见，与其说他主持公道和正义，倒不如说是站在糖厂主一边。"

"先不要这样说，明克，你并未看到事情的原委（duduk-perkara）。也许你是对的，但你还没有能力证明自己是对的。我相信，你肯定是对的。对我来说，如果有唯一的不足之处，那就是你提不出证据来证明自己正确。从法律上讲，只要你提不出证据，你就输了，确实不能提出控告及判罚；相反，法庭会表明你没有证据，你无法捍卫真理。"

"我可以带着特鲁诺东索以及与他境遇相同的人出庭作证。"

"可他已经在领取租金的每一份单据上按了手印。钱数一清二楚，白纸黑字，分文不差。"

"正是在这里搞了鬼名堂！"我又变得怒不可遏起来。

"正是在这一点上，你必须提出证据，说明他们搞了鬼。这时你不再是一位作家了，而要挑战自我去当一名探员。如果你调查成功，带回了确凿的证据，证明他们搞了骗局，那么这篇作品就更有价值，而且无可辩驳。写社会小说的那些欧洲大作家们就是这样工作的，明克，比如……在那类作品后附有证明文件。这样他去任何一个法庭都不畏惧。而法庭却非常怕他。"

我不得不认真听着。马赫达·皮特斯老师都从未教过我这些。

"那些欧洲大作家也跟你一样，为了赢得人性和公理而写作。不过在法律前面你还很弱。我希望你变得更加坚强有力。你的方向没有错，是正确的，只是还不够强大。嗯，明克，你可别以为我不站在你这边。我了解你，不只是东印度，全世界都需要你这类作家……有立场的作家。"

"这一切你都明白，为什么自己不动手写起来？"

"要是我能写作的话，又何苦要当这画家呢？"

"感谢你，冉。我明白你的意思。你是我的好朋友。"

"明克，你别灰心，没必要把那份稿子撕毁。我们可以一起来探讨，我随时乐意帮你。"

"懊悔忧愤，冉。"

"我理解你的心情。可你的作品并没发表，或者说还没发表，那就谈不上有什么危险。要说你有错，那是你把内曼神化了。如果你持此观点，那么有朝一日一定会大失所望。他不是制定规则的人。他不过

222

是这块土地上千千万万人中间的一员。这千万人中间，每个人都有各持己见的权利。你为什么恼怒？为什么内曼与你的观点相左，你就受不了？他有权拥有自己的看法！"

"他那样蛮不讲理，冉。我还从没见过。"

"你应当去见见高墨尔。他早就预言：你会失望和消沉。"

"是的，我记得。"

"他早前也消沉过。"

"谢谢，冉。我明白你的意思。"

梅向我走来，见到我们的谈话很严肃，便止住了脚步。她在离我有一段距离的地方坐下，用疑惑的眼光望着我。

"昨天高墨尔从这里回去了。他很遗憾，黑豹捕捉器还没完工。更令他感到遗憾的是，他发现你没有接受他的观点。"

"是的。"

"梅，你给明克叔叔沏的茶在哪儿？"

梅端着托盘，里面盛着热气腾腾的茶，走上前来。把茶放好以后，她便又走开了。

"也许他为人不拘礼俗，但观点未必就不对，明克。他对你仍然愿意为《泗水日报》撰稿，也表示惋惜。"

"梅，跟我到沃诺克罗莫去吧。"

"可惜我去不了，叔叔，下午还有朋友要来找我呢。"

我喝完梅端来的茶，便起身告辞。冉·马芮非要一瘸一拐地送我。

"你的马车呢？"

"我雇了个车，冉。"

"你不要灰心，别一蹶不振。这对我也无益。"

马车载着我向沃诺克罗莫出发。在离开冉的房子大约百米远的地方，我看见高墨尔正在徒步走着。他也许是去冉的家。他没看见我，我也不愿意让他看到。

来到家门口，达萨姆上前迎接我。他手上裹着纱布，用三角绷带吊在胸前。

"少爷，我倒了霉。"他对我诉说起来。

"是从车上摔下来了？"

他摇摇头，伸起左手捋着胡须。

"运气不好罢了，少爷，真倒霉！"

"骑马摔的？你可从来没有骑过马。"

"行了，都处理完了，少爷，一切都交给警察了。"

"警察？出了什么事？"

"还是那个胖子的事，少爷。他又来了。今天晚上我再跟您讲吧，让姨娘也一起听听。"

我走进屋里，看到姨娘正坐着读《泗水日报》。见我进屋，她便撂下报纸，叫我坐下，然后说："有你朋友的消息，孩子，快拿去看看吧。"她把报纸递给了我。

只见一行大字标题：《一名骚乱分子丧生》（*Matinya Seorang Perusuh*）。我接着往下读，那所谓的骚乱分子并非别人，是许阿仕。

据报道：

某天早上，在红桥（Jembatan Merah）[①] 的栏杆上发现一条长长的假发辫子，发辫缠在一枚钉子上。那枚铁钉看似刚刚被故意钉在木桥栏杆上，还没有锈痕。发辫上满是鲜血。前往现场检查

_____

① 也称为"荷兰红桥"，泗水市老城中心的商业区及著名历史景点之一，桥东侧靠近唐人街，桥下即卡里玛斯河。

224

的警察发现发辫里夹了一张纸条，叫一名华人翻译了纸条上的字，上面写着：如果我不得不从头上摘下假发辫，意味着我已落入他们手里了，他们就是唐帮（Gerombolan Thong）。

发现假发辫后三个小时，一名渔民在桥下十二米开外处打鱼，渔网被挂住，怎么也拉不动，无可奈何，只得从舢板上纵身跳入河中去，排除障碍。下水一摸，他便匆匆爬上舢板，往岸上跑去，边跑边叫：来人！来人啊！水里有死人！

警察再次赴现场查看，并命附近渔民一齐下水打捞尸体。死者是一名青年华人，留短发，牙齿稀疏而尖利。他双脚被绳索捆住，并坠有巨石。他身上有三十来处伤痕，均为利器所致。

警察很快就验明了死者身份，该人即是近日来自称许阿仕的骚乱分子。他自上海流窜至此，曾在香港遭通缉，现于泗水的卡里玛斯（Kali Mas）河丧生。

迄今，尚无亲友前往认领尸体。

"孩子，你可别出面去料理此事。他已经完成了自己的事业，远离亲朋，在异国殉身了。"

"我已经从内曼那听说了，妈妈。看来，内曼对许阿仕的死幸灾乐祸。"

温托索罗姨娘并没仔细听我的话。她呆呆地望着远处，神情哀伤。

"妈妈，他早就意识到自己的危险处境了。"我安慰道。

"看来一切有立场的人都会被撵出东印度或被置于死地。"她若有所思地说。

她说完就垂下头，我也垂下了头。我们向一位异国青年表示哀悼。他比我年长几岁，只身流落他乡，为了唤起自己民族的觉醒。他在呼喊：日本已染指中华；在这个新世纪里，若中国仍怠惰不振，或将被日本侵吞。任何一个民族，都将为拥有许阿仕这样的赤子而自豪。

在我心目中，许阿仕的形象十分高大。而我自感相当弱小，偎身于一位姨娘身旁，安身立命于已被荷兰并吞达三百年之久的国度。

姨娘先抬起了头，仍以若有所思的神情说："每一位母亲都将为有他这样的儿子感到骄傲，尽管母亲无时无刻不在为儿子的安危而心惊肉跳。"

"妈妈，他是个孤儿。"

"愿他们在九泉之下重享天伦之乐吧！"

我和姨娘默默重温这位青年留给我们的每一个印象。

姨娘说："从前，也曾有位像他——你的朋友——那样的孤儿。直至今朝，尽管已经过去了几百年，但在各地农村，也许在整个爪哇，他仍然受到人们的爱戴。他也像你的朋友一样殉身了，不过他是在战场上捐躯。这个人英勇、机智、聪颖。你已经听说过，他叫苏拉巴蒂，翁东·苏拉巴蒂 [1]。"她一词一顿地说着，仿佛在体味自己的声韵和思念。

我的思绪不由得飞向了翁东·苏拉巴蒂。姨娘崇敬他，爱戴他。而我自感有愧。长期以来，我仅把他视作一个传说中的人物而已。

"没有一个爪哇人不知道苏拉巴蒂，人们都爱戴他。"

哀悼气氛突然间被驶近的出租马车声驱散了。高墨尔跳下马车，把冉·马芮也搀下了车。他们俩朝屋里走来。

"打扰了，姨娘，听说明克先生遇到了不称心的事，我们俩便跑来了。"

---

[1] 翁东·苏拉巴蒂（Untung Surapati，1660—1706），也译作苏拉帕提，印尼史上著名的民族英雄，反抗荷兰殖民者的起义领袖。他出生于巴厘岛，童年沦为奴隶，后来成为荷兰东印度公司军队的雇佣兵，1683 年率领土著雇佣兵起义，1686 年在东爪哇巴苏鲁安（Pasuruan）建立了王国，1706 年在荷兰人的进攻中战死。

姨娘用探询的目光望向我，接着说："您是指报上那条消息？"

"什么报上的消息？"高墨尔反问，"不，他被马尔顿·内曼奚落了一顿。"

我向姨娘简短地复述了事情原委。

"这么说，还不是我谈过的那篇稿子？"高墨尔紧接着问。

"不是。"

"是您认为写得最好的那篇作品？"

"我也那么想，"姨娘插话说，"它无疑是最了不起的佳作，其中包含着一种理想。"

"我也这么认为。"高墨尔表示赞同，"冉·马芮说得对。尽管如此，明克先生在法律上不堪一击，而特鲁诺东索就更弱了。就算他是正确的，可他无法证明自己的正确。现在我们来，就是为了补充介绍一下内曼那家报纸。按说，明克先生早该知道这一点了。姨娘，明克先生，要说内曼祖护糖厂，那真是切中要害。他本人就是靠糖厂过日子。他的报纸是糖业报，经费由各蔗糖企业资助，它维护糖厂的利益。"

无论姨娘还是我本人，都把许阿仕、翁东·苏拉巴蒂和达萨姆那条胳膊的事置于脑后了。冉·马芮正出神地欣赏姨娘的风度，我们看在眼里，也无心去理会他。

我专注地听着高墨尔的介绍：

少年时代，他从荷兰人办的小学毕业后，到《赤道》（De Evenaar）周报社工作。那不过是份无足轻重的小报，它的印刷所归在糖厂名下。后来，他终于知道，《赤道》是糖厂办的。

"因此，我大约二十五年前就认识梅莱玛先生了。"他接着说，"有一天，梅莱玛先生来到报社，送来一篇稿子，让我务必刊用。文章指控西多阿乔副县长（Patih Sidoarjo）一再阻挠糖厂扩大甘蔗种植面积，反驳副县长认为蔗糖生产影响了西多阿乔繁荣的看法。文章指出：蔗糖生产会使西多阿乔更加繁荣。后来，那位副县长被调任到文多禾梭（Bondowoso）。两年后，一个乡长跟梅莱玛先生发生了矛盾。那乡长本人是个地主，有五十公顷上等水田，可他还觊觎别人的耕地。乡长同糖厂因竞相扩张各自的占地面积而冲突起来。梅莱玛先生来到报社，直接命令我监视那个乡长。我的合法身份是新闻记者。"

"您都照办了吗？"温托索罗姨娘问。

"我那时不过是个低级职员，姨娘，我全都照办了。"

"他还命令您做些什么？"

"只是监视他的活动规律。我把了解到的一切都向梅莱玛先生作了汇报。"

"就这些吗？"

"就这些。我回到泗水又继续办我的报纸。后来有消息说，那个乡换了新乡长。老乡长调去哪里，我不清楚。但前任乡长的土地落到了新任的手中，接着一转手，便归属糖厂了。"

"那个乡长死了吗？"姨娘焦灼地问。

"没人知道他的下落。"

"您还没有将实情全部讲出来。"姨娘敦促道。

"那个乡长下落不明，我觉得自己负有罪责。我对供职的报纸感到失望。于是，我离开了那里，到《泗水星报》（*Bintang Surabaia*）工作。我走后，那份报纸兴旺发达起来，每周由一期改出两期，后来甚至一度改为日报，更名为《每日新闻》（*D.D.*）。只维持了一个星期，后来受到巴达维亚方面控告侵犯了专利（oktroi），因为巴达维亚已有一家相当著名的同名报纸。于是泗水的《每日新闻》更名为《泗水日报》（*S.N. v/d D*）。可无论从前还是现在，它终归是一份糖业报纸，必须维护糖厂利益，这点上没有变化。它的宗旨：糖业安稳，万事大吉。明克先生，您给那家报纸撰稿，也就是您已中了他们的圈套，糖业的钓钩！"

"高墨尔先生，您先听我讲，"姨娘打断高墨尔的话，"那时候，我曾经听说，水田里发现了一具尸体，据说被牛角顶死的，有人说，那是西多阿乔乡长……"

"这事我没听说过，姨娘，报上也未登载过这样的消息。"

姨娘沉思起来，也许正在回忆她从未听说过的关于赫曼·梅莱玛先生的往事。从她的神情可以看出，她心乱如麻。

"我并非要勾起您对已故梅莱玛先生的回忆。"高墨尔带着歉意解释道。

"高墨尔先生，请原谅，我理解您的意思。"她边回答，边站起身准备离去。

大家都看着她朝后面走去，直至从视线中消失。

"她生气了，是吗？"高墨尔问。

"近来令人震惊的事情太多了，高墨尔先生，"我解释道，"接连的死讯、伤天害理之事，现在您又带来了新疑问。她听到梅莱玛先生竟干出这种事，太震惊了。我也为之吃惊。她这样是可以理解的。"

"这不是我的本意，明克先生，真不是。"

"您只是叙述了您所知道的事情，我们感谢您直言相告。"

"我也相当遗憾，明克。这介绍很不错，内容却触目惊心。"冉·马芮补充说。

"没什么可遗憾的，冉。如果没人告诉我们这些事，我们倒应该感到遗憾。哦，高墨尔先生，我们由衷感谢您一番好意。我们理解，您是以异乎寻常的勇气才把这些事告诉我们。所有这一切都由我那篇稿子引起。的确，我那篇自认为写得完美的作品您并没读过，我已经把它撕碎并且撒了一路。但是另一篇，高墨尔先生，"我解开背包，从里面取出他看过的《苏拉蒂姨娘》，顺手递过去，"在这种黯淡的日子里，您愿意收下它留作纪念吗？"

"为什么，明克？"冉·马芮问，"你想让高墨尔先生把你的文章译成马来语发表？"

"不，冉，这是给高墨尔先生个人看的。谁知道呢，有朝一日，高墨尔先生空闲时会不会把它修改发表，作为我们友谊的纪念和对今天的回忆？"[①]

高墨尔迟疑了一下，但还是接住稿子。

"您常去西多阿乔，"我补充道，"您可以进行更广泛的调查，而不必像我这样仓促写就。您不是认为这篇东西有意义么，尽管风格像讲稿？"

"为什么您不自己动手改好呢？"

"从今天起，高墨尔先生，我已经搁笔了。我接受您的建议，学习观察光明的一面。如果长此以往下去，我的写作能力会枯竭。"

"搁笔，这是怎么回事，明克？你放弃写作了？"

"是的，冉。我该停止写作了，至少暂时如此。"

"明克，你累了，"马芮忧伤地说，"不是身体累，而是心神倦怠。你需要换另一个环境，另一种氛围。"

"是的，我必须出去走走。"

"明克，你要去哪里？要丢下你岳母么？"

我无法回答。冉·马芮的话提醒了我，我确实感到疲惫无力。

"很好，您该休息一下，"高墨尔建议，"您有休息的权利。我们的来意只是为了告诉您有关马尔顿·内曼以及他那份报纸的背景，那是一份糖业报。您无须懊丧。走吧，马芮先生，我们该走了。请代向姨

---

① 参见高墨尔《拜娜姨娘的故事》（*Tjerita Nji Paina*），维特公司（Veit&Co.）出版社，巴达维亚，1900 年；后在普拉姆迪亚·阿南达·杜尔《往昔之年》（*Tempo Doeloe*）里重印，哈斯塔·米特拉（Hasta Mitra）出版社，雅加达，1981 年。——原注

230

娘告别。”

他们起身告辞，我把他们送到屋前的台阶上。

然后，我目送着他们的马车起程。他们渐渐远去，最后从视线中消失了。

无论高墨尔多么不拘小节，他显然是个可以信赖的好朋友，冉·马芮更是如此。如果没有朋友，我将会变成什么样子？这段时间以来，他们与我同甘共苦。我要写信告诉母亲：是的，友谊是多么美好，正如她经常教导我的一样。但长久以来，我对友谊的意义却从未认真考虑过！

我回到屋里，不禁想起了姨娘。高墨尔带来的消息使她惊愕。看来她秉信的东西消失了，心头乱作一团。我需要留在她身旁。

我缓步走上楼梯，没去敲她的房门。门未锁，半掩着。我听到姨娘在房里啜泣，哭声微弱，几乎不见动静。

就算坚强如她也会掩面而泣！她饱尝了人世间的辛酸。今天，高墨尔揭示的已故梅莱玛先生与《赤道》和《泗水日报》的关系，沉重打击了她的心灵……

第十一章

整件事尚未完结！令人不快的桩桩件件仍然紧追着我们。

那天晚上，我同姨娘一起坐在前厅。她眼睛已有了点神采，可还肿着。目光里若有所思，时而显得不安。

"的确，孩子，你最好换个环境。我是多么想走，远远抛开这一切烦恼。高墨尔讲得对，接连不断的事件折磨着我们，长此下去，我们会毫无声息地死去。"

"妈妈，您想远走高飞去哪？"

"在沃诺克罗莫住够了。也许对这种生活已经感到腻烦了。可是不管去哪儿，我们也都会遇到无赖的人。"

"您想去欧洲，还是去暹罗？"

"有朝一日，说不定我会离开东印度，这个国家对我而言，越来越陌生了。"

"那欧洲和暹罗就更陌生了，妈妈。"

她没有答话，只有叹息。我还是第一次听到她那样唉声叹气。高墨尔一席话令她痛心疾首。我已猜到是什么事情在使她难受。内曼曾挪揄过我，他说：在租赁农民土地的过程中，梅莱玛先生也参与了营私舞弊的勾当。

我对谁都不曾提起内曼挖苦我的事，更何况是对姨娘了。但她这么聪明的女性，肯定能从高墨尔的片言只语中推断出她已故丈夫的一切罪恶。

"如果我早知道他的资本是来自欺骗、勒索，甚至谋杀……"她嗫嚅道。

"妈妈，咱们也是刚听说的。"我安慰她。

"幸亏你写了一篇关于特鲁诺东索的稿子。否则，我总觉得……自己清白无辜。那不要脸的家伙至死还在欺骗我。混账，一点人性都没有！"她不由得升起无名怒火，气愤地咒骂着，"装得道貌岸然，其实是个骗子，坑害无能为力的小农！"

我脑中不禁浮现出图朗安糖厂的那位年轻经理。他曾经两次邀请姨娘。我想，他同普利肯博和我的岳父梅莱玛肯定是一丘之貉。

突然，姨娘抑制不住情绪，又哽咽着啜泣起来。

"妈妈，我送你上楼。"

"别管我，明克。谢谢你的好意，还是让我发泄一下怨气吧。听我说，明克，好好听我说，如果我不对你讲，还能去向谁倾诉呢？"

她越哭越伤心，呜呜地哽咽，无比哀戚。她哭泣着，这是一个硬心肠、有魄力、见多识广、受过教养和聪颖的妇女的哭泣。她醒悟到自己是从污泥中发迹起来的。

除去垂头，我不知该做什么。像她这样的人，始终如磐石般屹立，无须别人扶持。

稍稍平息后，她便一个词一个词，从呜咽中挤出断续的话语："我从没像现在这样恼恨，我的身躯被他糟蹋。我悔不该跟他生儿育女。他是个恶棍！无赖！流氓！我真不该侍候他。他是个坑害小农的骗子！

制造穷困的罪魁！迫害狂！剥削者！……"

"是的，妈妈，我明白。请原谅，都怪我写了那篇小说。"

"……杀人凶手！是他把那个乡长给害了。可有人说那乡长是在田里被牛顶死的。其实是他杀害的。凶手就是梅莱玛！"

"妈妈。"

"苏拉蒂做得对。她把那家伙送上了西天，结果了他的性命。我本该也这么做，不必用天花，我要用两只手掐死他，掐死那狗东西，掐死那老流氓！"

"我要是不写那篇特鲁诺东索的小说该多好啊……"

"你没有错，孩子。算他走运，死得早。"

"妈妈。"

"他要是不早死，我就叫达萨姆宰了他。我要亲眼看着他死在我面前！"

温托索罗姨娘双手捂住自己的脸。

我看见达萨姆胳膊吊在胸前，从后面走出来，有事要向姨娘报告。我挥手示意他离去。他转身从右侧折回去，接着便消失在视线里。

"我没法想象自己的处境。我将本求利经营了二十多年，但没想到，这是罪恶的资本，是欺骗无能为力的人得来的不义之财……"

"妈妈，并不都是来自欺骗的。"

"谁知道？我可不敢期望。多缺德！缺德鬼！没有人性！畜生！该死的东西！千古罪人！"她那不可名状的怒火和怨恨又燃烧起来。

"妈妈，我给您拿杯水吧。"不等她回话，我便朝厨房走去。

我看到达萨姆蹲坐在一张案桌旁。一个厨娘正端着一杯咖啡放在他的面前。

"大婶，给我一杯凉水。"

"是，少爷，我马上给您送到前面去。"

234

"我自己端过去吧，大婶。"

达萨姆站起身，行过礼，问："少爷，还有要紧事吗？"

"今晚你大概向她报告不成了。"

"大概报告不成，还是肯定报告不成，少爷？"

"大概不成吧。"

"那这杯水让我送去。"达萨姆恳求说。

"不用了。"

我亲自端着水，离开了厨房，两个人用莫名其妙的目光注视着我。

姨娘接过玻璃杯一饮而尽。从她的神色看，已经比刚才平静多了。

"不禁觉得生活一片虚无（Hampa hidup terasa），在了解那些本钱的来历之后。"

我完全理解她的心情，她一心扑在生意上，诚信至上，而生意竟然是靠着罪恶资本发迹的。

"你有没有听说或读到过像我这样的经历？这样被诅咒的经历？"

"没有，妈妈。"

"你不要写我这种遭遇。现在跟我说说话。唉，明克，如果没有你，我会是多么孤寂。"

"妈妈，即使有了资本，假如您不干活，生意照样维持不住的。"

她凝视我片刻。只见她双唇绷得紧紧的，强忍住又要迸发出来的愤怒。不过，她的紧张神情慢慢松弛下来。她又恢复了平静。

"明克，你真是这么想的吗？"她不太自信地问。

于是，我向她讲述了鲁滨逊的故事，这是我过去从一位老师那里听来的。

"我读过那部小说，"她打断我的话说，"故事是说鲁滨逊一个人漂流到了一个海岛上。"

"是的，妈妈，他之所以能生存下去，不是因为他有资本，而是因为他的劳动。妈妈，在那荒无人烟的海岛上黄金和钞票毫无用处。如果把黄金堆成一座山，把钞票堆成三座山，对鲁滨逊来说，那也无济于事。没有人的劳动，任何一样东西都不会具有价值。我的老师还说，在地底下，在我们的脚下，妈妈，有无数的金、银、铜、铁、煤，甚至还有堆积如山的钻石珠宝，还有石油、盐、天然气。这些都是难以估量的财富。而这一切的一切，如果没有人的劳动，只要人不把它们从地底下开发出来并加以利用，它们就没有意义。"

"你的意思是说，孩子，在你看来，我的劳动的价值远远超过那罪恶资本？"她用自我安慰、孩子气的语调问。

"依我看，您所付出的一切劳动，比您聚敛的财富更值得珍视。"

她吐出一口长气。看上去她对自己取得的成就仍不知该作何评价。

"妈妈，您所获得的财产并非都是不义之财。"我鼓足勇气劝慰她，"甚至您的资本也并非全是跟别人合伙，来路不正的钱。"

"难就难在这，明克。我们说不清其中有多少是不义之财。如果我知道，那倒省事，我把它分出来就是了。"

"妈妈，用不着现在就把它弄清楚。"

"应当把那不义之财还给原主，还给那些农民们。可这无法做到，因为我们只认识特鲁诺东索一个人。还给他一个人也不公道，交给他，由他去分发给其他人也办不到。交给政府等于干蠢事。按照农民们应该享有的权利，应该分给他们多少呢？同样是心中无数。"

"妈妈，现在您别去费那番心思啦。"

"现在倒确实没有必要。但是，毛里茨·梅莱玛工程师随时都会来接管这里。我们应该在他来之前就把一切都安排妥当。"

我不由得想起了一件事，我的老师曾经讲，欧洲富翁和土著财东不一样。土著财东喜好藏娇纳妾，自称那样做是"拯救"给他们当妻妾的妇女们。欧洲富翁却不然，他们把部分财产捐来资助公益事业：办学校，开医院，建立出版机构，造会堂，搞研究……

"你有想法了么，明克。"

"嗯，妈妈。"但我仍犹豫。

"如果有教师的话……"

"是的，妈妈，"我表示赞同，"我们可以开办一所学校，让受害者的子弟来上学……"

这个想法对她而言成了安慰剂。她的愤怒、惆怅和哀伤已开始消敛了。

"达萨姆！"她冷不丁地呼唤起来。

她又变得和往常一样了。

达萨姆走进来，站在前厅与后厅之间。他那只没有缠挂绷带的手不时捻动着胡须。我向他招招手。他迈步走来，抬起那只健康的手行了个礼。

"如果姨娘您不感到累的话，我今晚有事要向您报告。"他说。

"去搬张椅子坐下。"姨娘吩咐道。

达萨姆用左手拽过一把椅子坐下，还用那只左手打了个招呼，表示歉意，因为他坐的椅子比姨娘的椅子高。坐定后，他感到心地舒坦，长长地吐了一口气。

"你还记得吗？如果前来见我，要遵守什么规矩？"姨娘用马都拉语问。

"不许抽烟，姨娘。"

"好，那你开始讲吧。"

"等一下，姨娘，还有一样东西。"他说着，从口袋里掏出一封厚厚的信，交给他的老板。

姨娘扫了一下信的内容，随即递给了我。

"我看不懂，你念给我听吧。"她说。

信是用英文写的，圆头圆脑的字体，又大又不工整。落款也写得模糊不清。不过，只要看头一行，就知道是许阿仕写的。我把它翻译成荷兰语，读给姨娘听。

"我敬爱的妈妈……"我念了起来。

"他称呼我妈妈？"她问，"你没翻译错吧？"

"我是按原文翻译的，妈妈。我继续往下念吧……"

我无法用言语表达，对您给予我的一切援助，我身怀感激。那时我——您的孩子，正身陷困境之中，是您援助了我，其意义尤为重大。最终，在整个泗水，唯有您伸手相助，而那些和我同属一个民族的人却非难我、诬蔑我，对我冷嘲热讽。他们仍顽固地因循守旧，认为中国是神圣不可侵犯的天朝，决不会落入外族之手。他们忘记香港、九龙、澳门已落入外族掌中了。广州，甚至上海这个中国及世界的最大的城市，也被瓜分为洋人的租界（konsesi）。妈妈，那是被十几个国家的洋人瓜分，恶劣影响越来越令人发指。在那些地方，我的民族却在自己的国土上受侮辱。他们对这样的现实熟视无睹。而您，敬爱的妈妈，对我来说您也是一个异国人，不懂我们的语言，却能理解我的心情。从您身上，我看到了一位真正的母亲的形象。

敬爱的妈妈，这几天我又到这里来投宿了，达萨姆待我非常热情，只要我拂晓前回家，他总是为我开门。他招待我十分周全。我能拖着疲惫的身子倒头便睡，从未受到干扰。达萨姆为我警卫，满足我的生活所需。他完全不了解我的秘密，我也不了解他。我们间的交际语言只是点头或摇头，然而彼此却心灵相通。

其实，我不该写这封信。妈妈，另一番斟酌迫使我这样做。近来，我的活动范围日益缩小，比东印度政府划定的华人居住区 ① 还小。唯有您这个家为我提供了膳宿。日趋缩小的活动范围驱策着我提笔写这封信。

本来，我最好是前来口头面谢，直接向您表达我真挚的心意。但是，敬爱的妈妈，有谁知道，我是否还有机会当面向您致谢呢？

谢谢您，我的妈妈，对您给予的一切帮助和真挚保护表示万分的感谢。您的孩子……

信的末尾，许阿仕用拉丁文署上了自己的姓名。

信封里另附一信，是写给我的，我也把它翻译成荷兰语，读给姨娘听：

亲爱的好友明克：

也许，这封信是向您转达某件事情的唯一途径。我的处境已经危如累卵，亟须帮助。大概有一天，他们——和我同是一个民族的那些人——将会剥夺我的自由，我在泗水的使命太难完成了。在我与您永难再会的情况下，请您帮我把随此信附上的另一封信转交给巴达维亚的某人，此人名叫……

请原谅，此人的地址必须从另一个人那里才能得知。这另一个人名叫杜尔拉基姆（Dulrakim），住在克东鲁肯（Kedungrukem）。我本人已忘记其地址了。而我近期内又无法见到杜尔拉基姆，因为他是个海员。

又及，明克，此信请勿邮寄。您不是要到巴达维亚去吗？那

人就在您要去的地方。请您转告，我至死不会将其遗忘。

请接受我——一个来不及报答您恩情的朋友——的深切谢意。

随后，我看到了另一封信，写的全部是中文。

"他仿佛已有预感，孩子。"姨娘用荷兰语对我说，"明克，我有一点不明白，'租界'是什么意思？"

"我也不懂，妈妈，待会儿我给您查词典吧。"

达萨姆转动眼睛，看看姨娘，又看看我，竭力想听懂我们的交谈。就算他的胡须比如今再浓密十倍，也还是不明白。

"达萨姆，你的那位客人，"姨娘用马都拉语解释道，"他因为没法同你交谈，才不得不写这封信。他说你待他非常好，他十分感激你。"

达萨姆的眼中放出光芒，慢慢地眨巴着，在体会姨娘对他说的话。

"他说，无论是今生还是来世，他永远不会忘记你。"

"姨娘，那位年轻的新客真这样说的？"

"他为什么不会这么说呢，达萨姆？"

"他拖着根辫子，姨娘，还有，他动不动就着急和吐痰。"

"留辫子有什么不对？有头发的人谁都可以留辫子。嗓子里有痰，把它吐掉，这又怎么啦？每个人都有痰。区别在于他把痰大声吐出来，而你是不声不响地把它咽下去，就这一点不同。"

"可是他还口口声声地说什么来世呀来世的。"达萨姆表示异议。

"达萨姆，他说'今生来世'，不过是为了向你表达深切的谢意。"

"姨娘，他不过是刚来的一位新客。"

"不错，就像我，不过是个爪哇人。荷兰人也无非是荷兰人罢了。"

"他不会再到这里来了么，姨娘？"

"他不再来了。所以，他才对你表示最后的谢意。"

"准是回国去了。"

"回到他祖先那里去了。"

"准是坐船回去的。"

"舟车劳顿，风雨兼程。好吧，达萨姆，说说你要报告的事情。"

第十二章

达萨姆的汇报显然比较长,从头至尾都是用马都拉语讲的,我听不懂,不得不向姨娘求助。经过整理,我把达萨姆讲的事记叙如下:

在温托索罗姨娘外出的第二天,达尔梅耶先生来了。

按照姨娘的吩咐,我把他请到办公室,让他在姨娘的位置工作。我从柜子里拿出姨娘准备好的账册和清单,放在他面前的桌上。我还把吃的、喝的都给他送到办公室去。

他查阅了所有的账册和清单,逐份逐页,认真核对着。

下午四点,他要我领他去看看奶牛的圈舍。我便把他带到后面。他把牛全部数了一遍,并把头数登记在账册上。如果只是看看,清点一下母牛、公牛和牛犊各有多少头,确实也不用很久。但是,当他遇见另一头"母牛"时,他便在圈里停留了好长时间,竟待在那里不想走了。

姨娘肯定知道我说的是什么意思。

我便把他留给骚货米纳姆(si genit Minem),走开了。有什么办法呢?他们已经相遇,而且眉来眼去,当时我是农场的管家,他们不希望我在场。我离开了，留下他俩在牛圈里。

从前，那骚货总是骚扰安娜丽丝小姐，硬要让小姐提拔她当挤奶工的工头。小姐去荷兰后，她就缠上我了。她确实舌巧嘴甜，善于阿谀奉承。小姐健在的时候，要不是她怀孕干不了活，后来又生孩子、坐月子，她准会没完没了缠着小姐不放。

姨娘，您知道，她是在小姐动身前几个月生的孩子。那时她带着孩子干活，又要给孩子喂奶，她挤的牛奶不是一天比一天多，而是越来越少。她想当工头，当然没道理。这种情形下，她还死皮赖脸不断缠着小姐。要不是小姐忙着乘船出发，小姐差不多会让步，提拔她当工头。

但她真是个妖精，油嘴滑舌地很会来事儿。见到姨娘和明克少爷都已去西多阿乔，她便起了个大早，没上工就跑到我家去。那时我老婆也在，孩子们也还没有去上学。她哪管这些，就那样抱着孩子到我家来，一进门就说："达萨姆大叔，你瞧这孩子，"她边说边用手指着怀里的孩子，"他奶奶那么有钱，小孙子却这副邋遢相，说得过去吗？"

这女人真不要脸。即便那样，她的话使我大吃一惊。

"就算让我当挤奶工的工头，我还觉得受委屈了呢！"

"那你为什么不把小孙子给他有钱的奶奶抱去呀？"我假装没有听懂她的话，问道。

"要是他的奶奶肯认这个小孙子，事情当然好办。要是不认，怎么办呢？"

米纳姆没有丈夫。听人说她是个寡妇。也有人说她男人把她休了，或者是她主动离婚。姨娘肯定还记得，她是咱们这一带最会卖弄风情的娘儿们。坏就坏在她长得俊俏，身段苗条，皮肤也算鲜亮，确实有吸引力。如果她从前擅长跳舞，请她表演的人准少不了。

"那么，这小娃是谁的孩子？"我问。她挑逗地笑了笑。

"你对男人来者不拒，现在拿孩子当口实了。"我继续说。

"这孩子可不是随便就跟哪个男人生的。"她抿嘴笑了笑，瞟了我一眼，反驳道，"这孩子的爸爸不是旁人，就是咱们少东家！你能说我是跟他厮混吗？"

"你可别没事找事，跑来讹人。"我警告她。

"达萨姆大叔，谁敢来讹你呀？这的确是罗伯特少爷的孩子！"

您瞧，姨娘，又一个麻烦。说实在的，我打心眼里不乐意把这事告诉您。可我前后思量，觉得必须向您报告。是的，说不定她在胡诌。可万一她说的是真的呢？如果真有那么回事，不管怎么说，姨娘，这孩子可能还真就是您家的人，我必须报告。

"把孩子抱给我！"我命令她，从她怀里把孩子抱了过来。

她没拒绝。那孩子身上很脏，流着鼻涕，满是泥。看我被恶心到的样子，她撩起自己的披肩给孩子擦了擦。姨娘，那是个男孩，健康、胖乎乎的，就是没好好照管。瞧那模样真像是您的家人。他脸蛋像安娜丽丝小姐，高高的鼻梁，不过肤色像少爷。

我抱着那孩子，他不哭不闹，两只大眼睛，荷兰人的眼睛。我挺纳闷：孩子真是少爷的么？会不会是……姨娘，恕我直说，会不会是和梅莱玛老爷生的呢？我盘问她。

她一口咬定："就是少爷的孩子！"

"在沃诺克罗莫这块地方，外国的少爷和老爷多着呢！"我将信将疑，因为我自己也不认为别的外国少爷或老爷会跑到我们农场后面的村庄里来。而米纳姆又整天在牛圈里干活。她的活很累，晚上根本不可能再跑到外面去胡闹。她成年累月在牛圈里干活，从没休息过一天。再说我天天巡夜值班，也未见到有什么可疑的行迹。别人巡逻时，也从没提到有哪个不认识的外国人闯进我们的农场。

确实，在姨娘外出前的三个星期，几个巡逻人员向我报告说，有个外人到米纳姆屋里去过几次。但他们说那人的行迹并不可疑，普通客人，并不是行为不端的人，大概是想娶她为妻。我们没有权利禁止他去。

因此，只要她不惹事，我也不去理会她。那天她来我家时，我突然想起了那位客人。他三番五次去找过她。于是，我问她说："米纳姆，早先你可从没提起过孩子父亲的事。最近你有了访客，为啥就提起这事来了呢？"

"这可跟那个人毫不相干。"她回答，一边挤眉弄眼，"问题是，我一直在等着少爷回来。可总也不见他回家。这孩子该怎么办呢？罗伯特少爷曾许诺：只要孩子生下来，他就承认。"

"他还没有承认。"

"正是为这事，我才来找您，达萨姆大叔！"

"你意思是要我帮忙，让姨娘承认这个孙子？"

"为啥不呢，如果这就是她的亲生孙子？我敢拿性命担保，上哪儿去我都敢发誓，这就是罗伯特少爷的儿子。"

我叫我的老婆和孩子都到屋外去，怕他们以后传出去。但有些话他们已经听见了。我估计米纳姆心里早就有了主意，她要把事情闹到大家都知道，稍后就让整个沃诺克罗莫的人都听说。我也是出于这种考虑，才急着要向您报告。可能她早已经开始跟她的伙伴说开了，当然目的是为了进行讹诈。

我是这样想，姨娘，像米纳姆那样头脑简单的乡下孩子，肯定不懂得讹人的法子。因此我猜测，或许是那个屡次到她那去的陌生人在旁撺掇，教唆她向姨娘进行讹诈，以便从中获利。姨娘，我这样猜您说有没有错？

后来，我把孩子还给了她。瞧那孩子的身材，长大了以后准是高个子。

"达萨姆大叔，您瞧瞧这孩子就知道，他爸准不是个爪哇人。"米纳姆说。

"最近是谁老往你屋里跑呀？"

"孔大叔（Babah Kong）。"她毫不害臊地回答。

"可能这是孔大叔的孩子。"我说。

"不，我最近刚认识他。"

"孔大叔想娶你？"

"不。"

"想要你当小老婆？"

"他只是来找我聊聊天而已。"

"胡扯，"我顶了她一句，"好像我不知道你什么货色。你再给我重复一遍：他来就只是聊天。说呀！快说呀！"

米纳姆没再重复她的话。

"下次你再生了孩子，你准会又赖上别人，说人家是孩子的父亲。"

"不，达萨姆大叔！这真是罗伯特少爷的孩子。"

"那个客人都跟你说些什么呢？"

"东拉西扯，啥都讲。"

"关于这孩子，他是怎么说的呢？"我追问她。

"他倒也真问起过。他问：'这孩子是谁的？是少爷的？老爷的？还是姑爷的？'我告诉他，是少爷的孩子。"

"他怎么会知道这里有少爷、老爷，还有姑爷？"我逼问，"都你跟他瞎嚼的舌根儿？"

"根本不是那么回事。"

"好吧，就算他认识你之前就知道。那么，是不是他叫你跑到这儿来讹人？"

米纳姆死活不承认。但我也弄不清她说的是真是假，姨娘，因为

246

她总嬉皮笑脸，说着话还动手动脚的，这儿拧一下，那儿掐一把，很轻佻。

"你为啥不说这孩子的父亲是州长大人（Tuan Residen）或者总督大人（Tuanbesar Gubernur Jenderal）呢？"

她根本不懂什么叫州长，什么叫总督。她回答："这孩子的父亲的确是罗伯特少爷，我始终是这么说的，达萨姆大叔，因为他对我许过诺，他说要娶我当姨太太，让我住楼房，当老板，再也不用干活了。"

"可孔大叔不也想要娶你么？你这是咋回事？"

"我已经拒绝他了。我还在等着少爷呢。可少爷总也不回来。达萨姆大叔，帮帮这小孩！请您跟姨娘说，难道她就忍心看着她的小孙子沦落到这个地步吗？"

"你是想让我帮这孩子，还是帮你？"

"我们母子俩一起帮，有什么不好呢？"她说着就在我大腿上拧了一把，劲儿真大，我疼得叫出来，于是把她撵了出去。

就是那样的，姨娘，事情源起我已经报告了，我的意思是说米纳姆孩子的事。依我达萨姆的看法，姨娘，您得亲自仔细过问一下米纳姆娘儿俩的事。米纳姆那个女人，我也闹不清她要搞什么鬼名堂。她那股骚劲儿简直像妖精。她同达尔梅耶先生见面第一天，就已经浪出圈了。达尔梅耶先生显然神魂颠倒。他在这工作了四天，每天下午就一头扎进牛圈里与米纳姆亲热。好多人跑去看热闹。

尽管他俩说的全是悄悄话，可也不免传到了旁人耳朵。至于他们说些啥，姨娘，就不用我转述了。怪难听的。

达尔梅耶先生走了以后，有天下午，一位巡逻人员跑来向我报告：孔大叔去米纳姆那里了。按规矩，那天米纳姆还没到下班时间呢，可她就回屋里去了。于是，我尾随着她朝屋子走去。我老远就看到，他们俩刚从前廊往屋子里走。我看到了孔大叔。姨娘，咱们都认识他：

他就是那个胖子!

可他只是在我眼前一闪而过,我得再仔细认一认。

我便走近米纳姆的屋子。他们似乎知道我跟过去了,米纳姆从屋里出来,上前迎接我。

"那客人是谁?"我问。

"我家没来客人。"她搪塞说,当时她怀里还抱着孩子。

我径自走进屋。屋里只有她上了年纪的母亲。我检查了床底下,确实没外人。米纳姆又回牛圈继续干活了,不再搭理我。但我是亲眼看到孔大叔走进屋去的,说不定他从后门溜走了。于是,我绕到屋后,果然不出所料,那人正急匆匆地穿行在香蕉和芋头地里。

我没认错人,姨娘,我不会看走眼。孔大叔不是别人,就是那个胖子。

我抽出砍刀追了上去。他发现我在追他,也奔跑起来。别看他胖,脚步轻盈,疾奔如飞,真跟鬼魂似的。

"你给我站住,胖子!"我喝令。

他没理我,我加快步伐追上去,想逮住他。他要逃出村庄,跑进田里,我在后面紧追不放。这家伙真能跑。他躬起胖墩墩的身子,看上去圆乎乎像个球。跑吧!你休想逃出我手心!你并不了解这一带的地形。

我想方设法,不让他再逃进阿章那个妓院里头去。我应该趁黄昏时分,神不知鬼不觉把他杀死在田野。他对咱们犯下的罪孽太多了。他一露面,就意味着我们又要遭难。他必须死,我要把他干掉。

看样子,他的确是想朝阿章家的方向跑。

我抄近道截住了他的去路。他拐弯往左边跑。我离他越来越近。他不时回头张望,只见他跑得满脸通红,胸脯一起一伏地喘着粗气。不用别人帮忙,单凭我达萨姆一个人,你就甭想逃掉。胖子!就让你痛快地喘口气，我马上要把你一刀劈成两半。

他跑到一片荒地里，那里从来没种过庄稼，因为那地太次了，地势也太低，到处坑坑洼洼，长满了羊齿根。早先，小姐曾经吩咐过，用花生壳把那块地的深坑填平。后来有一部分坑已用花生壳填平了。可如今花生壳已经沤烂，下陷了。被填平的地方又洼了进去。当然，新出现的坑不像过去那么深。

胖子正朝那块地跑去。他栽了好几个跟头，我也是。但他很快又爬起来，我也一样。我并不觉轻松。有一回，我摔了一跤，手里的刀都飞了出去，在深莽的羊齿丛里找了半天才找到。见到这情况，那胖子边跑边幸灾乐祸地笑着，甚至他还停下来喘了口气。

"胖子！"我威胁道，"别喘一口气就得意！我立马撵上你！"

我找到砍刀，又去追他，把全部力气都拼上了。我离他越来越近，他喘得上气不接下气，筋疲力尽。"瞧，现在就抓到你！"我高喊。我看到他一跤跌进了干水沟，连滚带翻地栽倒在沟底。他整个人消失在我视野里。

等我追到那条干水沟时，只见他正在挣脱树藤的挂碍。他眼中毫无惧色，跟疯子一样。

"你死定了。"我咬牙切齿地说。

"别杀我！"他一面喘气，一面和颜悦色地说，"我不是你的敌人。"

"住嘴！"

"真的，咱俩不是死对头。"

我举刀吓唬他，好让他痛快地从实招来。

"我是你的朋友。"他又说，神情坚定，没有惧怕的样子。

我挥刀朝他脑袋上砍去。他动作敏捷，一闪身就躲了过去。这家伙尽管长了一身肥肉，可灵活得像头鹿。他那灵活劲儿叫我不知怎么办。于是，我一纵身也跳进沟里，想宰了他算了。我听见他气喘吁吁。

我也同他一样。

"刀下留情!"他见我真的要杀他,高声喊道。

不理他。要是他躲不及,待会儿就叫他脑袋落地。我抡起手中的弯刀,嗖嗖地挥舞着。他一骨碌打了个滚翻,使我扑了空,一刀砍在丁香(cengkehan)树上。我立即拔出刀再砍过去。

突然,一声枪响,我举刀的那只手在空中摇晃了几下。刀断了。那半截刀飞出去老远,掉落在蔓草丛中。

姨娘,我愣住了。我的刀没砍到他的脑袋。我抬头看了看手中举着的刀。我见到的是高大的树冠和粗壮的刺桐(cangkring)树枝。我的刀只剩半截!胖子也许以为我胆怯了。他笑了,像个疯子!姨娘,看来他还真不知道我达萨姆的厉害。

胖子把身体靠在沟壁。我又举起手中的半截刀,照准他脸上砍去。他胖乎乎的脸和那双眯缝眼就要玩完了。他手中握着一支枪,我却根本不把它放在眼里。

"住手吧。"他警告我。

我才不管呢。又一声枪响,我手中那半截刀顿时掉了,落在沟底的草丛里。姨娘,我觉得手火辣辣的,拳头捏不拢。他已经击中了我,而我却无法还手。

"我刚才说的什么?"他用马来语说,"我不是你的敌人。没法子,不得不给你一枪。"他从靠着的沟壁直起身,手里还拿枪直指向我。

如果他再开一枪,我就没法像现在这样来跟您报告了。我宁可死得痛快,但他没那样做。他打伤了我的手,叫我无法还击。我想用左手去搂他。但转念一想,觉得那样也不会有好结果。于是,我不动了。

"打够了吗?"他出言不逊,"不能再打了吧?领教了?"我一声不吭,感到恼怒、羞辱、愤懑。"要是你打够了,我就把这枪收起来。让我来扶你一把,怎么样?同意吗?"

他这家伙真会嘲弄人。我仍不出一声。他知道我气得咬牙切齿。他晃动脑袋，微笑着，不知是故意气我，还是真打心底里感到高兴。

"一个人，一把刀，有什么用？！"他又说，"好了，上去吧，我来帮你，你先上。"

我羞得无地自容，但还是照办了。我抬腿踩着沟坡，他从下面托着我的屁股助我往上爬。缺德透顶了。等我爬上地面，他却像只野猫，一纵身子就蹿了上来。

"让我给你止血。"他说，"流血过多会丧命。尽量举高你那只伤手。痛？嗯，当然痛。"

他挺友善。他是装模作样要嘲弄我，让我难受，还是出于真心，我不知道。反正他叫我怎么样，我就听凭他摆布。我把受伤的那只手举得高高的。他把手枪放进了衣兜。他可以杀死我，只要他乐意。他没那么干。他举止不像惹是生非的人，这使我不知该怎么应对他才好。他小心翼翼地伸手掏着口袋，摸出了一块手绢，把它拧得像根带子，然后紧紧扎住我的手腕。血止住了。

"我来送你回去吧。"他接着又说。

他真的不想杀死我。他那双手看上去刚劲有力。他长得腰圆膀粗，但并非虚胖。我算是错看了人。幸好一个村民也没有出来，他们听到枪声都回家锁好门，躲起来了。否则，要是他们见到我被人押送，而且正是被我的对手押送着，这该有多丢脸啊！也没被巡逻的人瞧见。姨娘，太阳已落山，月亮还没升起，漆黑一片。我家门正好从里面反锁着。

在我家门前，他对我说："到家了，叫你妻子送你到沃诺克罗莫油厂（pabrikminyak）的医院去吧！可别说是给枪打的，也别报警，就说是不小心把手碰伤了。"

趁着天黑，他马上要走。临走前他又叮嘱我说："我不是你的敌人。

你可别误会了。我是你暗地里（diam-diam）的朋友，只是你还不知道我的姓名罢了。现在就尽快赶去医院吧。"

我连叫带喊，死劲敲了一阵子门，我的老婆才出来开门。后来由马朱基驾着马车，老婆把我送到了医院。幸亏医院里还有人没睡，在值班。果真就有人问我的手是怎么受伤的。

"我摔了一跤，医生，给竹桩扎的。"我答道。

那名荷兰医生给我洗伤口，上药，用绷带包扎并把胳臂吊了起来，变成这副模样。他不让我回家，还招待我们三人喝咖啡，让我们坐在长凳上等一会。

这可糟了，姨娘，没过多久，警察来了。我们被带到警察局，当晚受到了盘问。他们不相信我的手是被竹子扎伤。他们说：伤口上没有竹子的痕迹，只有弹痕。他们是怎么知道的呢？我不清楚。但我怎么也不承认。他们威胁说要把我们三人拘留，直到招认了为止。我不得不招认。要是不那样做，谁来照管这农场呢？

当晚，一伙警察送我们回家。他们提着灯到那条干水沟查看。他们不仅从地上捡到子弹壳，而且看到了两人斗殴时留下的脚印。他们把弹壳和那把断成两个半截的刀，都带走了。

就是那样的，姨娘。我这一承认，所有老问题都给抖了出来。那天夜里米纳姆也被盘问。她不知道孔大叔住在哪儿。她供认，曾经跟他睡过好几次觉。他许诺说要娶她做小老婆。但米纳姆信不过他的话。据这个骚货说，孔大叔不够阔绰，因此她拿不定主意。

他们全都做了笔录。您瞧，姨娘，我没被拘留，米纳姆也没有。如今，警察正在四处搜捕孔大叔。如果这个胖子被逮捕的话，姨娘，说不定我们又该上法庭了。

至此，我估计达萨姆报告完了。姨娘没有向达萨姆问什么，尽管她明白，摆在面前的是成堆的新问题：米纳姆的孩子、达尔梅耶先生核查农场资产的结果、达尔梅耶同米纳姆的关系、依然流窜在外的胖子、达萨姆新捅的娄子、未来的法庭诉讼案……

这位女性必须直面的事情如此之多。

然而，达萨姆还没说完。

他把吊着的胳臂从怀间解下来，搁在桌子上。

"姨娘，"他说话的语调比刚才愈发严峻，"我已经按照您的吩咐尽力去做了。要是做得不合适，或做错了，姨娘，我恳求您直接说出来。"

此刻，大家都悄然无声，气氛颇感紧张。姨娘也未言语。

"我做得有什么不对吗，姨娘？"

温托索罗姨娘鼓起腮帮，使劲呼了口气。她伸出左手，用指头在耳根后面挠了挠，然后慢慢地说："达萨姆，你没做错，也没有什么不当之处。全都做对了。"

"在对待胖子的事情上，我做得也对吗？姨娘？"达萨姆带点孩子气地问。

"那件事你做得不全对。跟从前一样，你太过火。如果孔大叔没带手枪，你就把他杀了？"

"不会，姨娘，我只不过是吓唬吓唬他。"

"别骗我！如果你不动真格，他会当真吗？"姨娘反驳道，"现在你的胳膊怎么样？"

"姨娘，"他没有领会姨娘的意思，难过地说，"我的手已经伤成这样，几个指头再也没法举刀，不要说挥刀转刀，就连握刀都握不紧了。姨娘，我达萨姆今天才体会到，这条右胳膊没受伤的时候，过日子全仗这几个手指头。靠着它们，我能够执行您的命令，遵照您每个指示行事：赶车、送牛奶、拿砍刀跟人搏斗、收账、护院守宅、赢得所有工人的钦佩。现在这几个手指头不听使唤了。姨娘，我已经琢磨了很久，真的，最近我一直在想，我达萨姆没了右手几个指头，对您来说还有什么用呢？我自己都感到自己毫无用处了。现在，我什么都干不了。我不得不承认，姨娘，我无法为您效劳了。"他的声音渐渐慢下来，仍是那么一本正经而且语气沉痛，"姨娘，我要告退还乡了，回我的桑庞（Sampang）老家去。"

"你到那里去干什么？制盐？那也不行。你的右手指头动弹不得，照样什么活也干不了！"

"我也在为这发愁，姨娘！"

"明天去找马第内特医生看一看，你那几个指头未必完全不能用了。"

"要是都不中用了呢，姨娘？"

"先去检查一下。马第内特医生会尽全力的。"

"要是都不中用了呢，姨娘？"他重复说。

"好了，先去看看再说吧！"

达萨姆还是不肯离开，一动不动地坐在那里。他在等待着主人的决定。

"你还在等什么呀？"

"您是要赶我离开这里，姨娘？"

"即使手指头都不管用了，你也留在这儿。你的几个孩子今年就要高小（Vervolg）毕业，接下去该学着干活了。他们可以开始学习荷兰语。你那几个孩子，达萨姆，日后也许不会像你这样不动脑子。只要你心里没垮掉，断几个手指又算得了什么！好吧，你睡觉去吧！"

"我达萨姆的手再也没法握刀啦！"

"睡觉去吧！"姨娘提高了嗓门对他说。

达萨姆踌躇着站起身，举左手向姨娘和我致礼，接着拖动椅子把它放回墙根处。他脚步坚定，头也不回地走下楼去，离开了。

"你知道今天晚上究竟发生了什么事吗？"姨娘问我。

"警察在搜捕胖子，妈妈，显然那人就是孔大叔。"

"这不重要。"

"是又要出庭么，妈妈？又要遭受侮辱？"

"那也不重要。案子已结了，尽管解决得不彻底。是这样的，孩子，重要的是达萨姆以及像他那样的人刚刚意识到：长期以来，他们的生活全凭着右手的几个手指头。靠手指生存。突然那几个手指不中用了，他才意识到失去了资本。手指就是他生活的资本。而另一些人假装在靠头脑谋生。他们学习十余年，动脑思考，以求能像自己所祈望的那样体面地生活。某天，他们的脑子同样也会坏的，比如梅莱玛先生。十余年寒窗之苦，甚至全部学养都付之东流了。他们像野兽在黑夜里四处逃窜，再也意识不到自己还是人……"

"您为什么这样说，妈妈？"

"还有一种人，坚信生活依赖资本的权力。将本生息数十年，把一颗小种子培育成枝叶繁茂的大榕树。忽然间获知自己的资本是不义之财，全是诈骗的结果……"

"妈妈！"

"显然，都一样的，孩子：我、梅莱玛先生，还有达萨姆。原先自视为坚固、强大、可信的一切东西都烟消云散了。也许这就叫生活的悲剧吧。人类如此脆弱。再看看许阿仕，他年轻、聪敏、有学识，他为他的民族不辞劳苦，结果却死于自己的同胞之手。也许那个凶手早就认识他，为一两盾钱就杀人……"

"如果那些人真正了解他，肯定不会杀害他，"我插话说，"说不定还会帮助他。"

"明克，那种事情只可能在皮影戏里发生。现实生活中，人恰是死在熟人手里。欧洲人了解亚齐，甚至可以说了如指掌，但多少亚齐人被他们杀害？再说，你那篇描写特鲁诺东索的小说，你想想，是谁把他剥削得一贫如洗，把他从自己的土地上赶走？不就是那些非常了解农民、非常懂得农业的人吗？我相信，梅莱玛先生不仅在租地时对农民进行了诈骗，更有甚者，他也参与了强行租地和镇压农民的勾当。如果不能廉价租地，就不会发生狼狈为奸。"

我明白，姨娘不是在同我交谈，而是正检验她自己的思想。她在努力寻找一种扎根于真理的信条。她试图正视和阻止生活悲剧的发生。我本人和这个世界，都曾为现代的到来而欢欣鼓舞。迟早却又注定，这种欢欣不过是一片痴心妄想。姨娘说过，仅有工具和方法变得现代了而已。人类依然毫无变化，在海上、在陆地上、在地极上，他们或贫或富，都是自己一手创造的。

"听达萨姆报告的时候，我就在盘算着应向农民们补偿多少损失。孩子，这个数目相当于我们初办农场时的资本。我要用这些钱建学校，聘请一两位教师，让他们教荷兰语和算术。"

"您这样做太好了，妈妈！"

"学会了荷兰语，他们见到荷兰人就不会胆怯。学会算术，他们就不会再受骗。如果你不离开沃诺克罗莫和泗水，每星期你可以到那个学校去一次，给孩子们讲讲那些人干过的坏事。"

"他们会抓我、审判我，指控我煽动。妈妈，马赫达·皮特斯老师甚至都被他们赶走了。"

"那么，如果不由你迈出第一步，谁来开这个头呢？你是不是也想那样，像高墨尔讲的那样，等一觉睡醒了，现代已经来临？"

坦白说，听到这样的挑战，我深受触动。

"明克，我的孩子，你不说话了。你不带头谁带头？难道一切都得我亲力亲为？"

"当然不是的，妈妈！"

"谁必须做这事？是的，的确会有数以百计像你这样的人去干这些事，可那是将来。我说不准什么时候。但谁来开始呢？"

说实话，姨娘提出的问题令我生畏——仅就那种思想而言。我没有勇气回答她。我也羞于听到自己的声音。在此等挑战面前，我怯于展示真实的自我。

"喔，对了，"温托索罗姨娘忽然岔开话题，"我忘了，你想进医科学校深造……"她说话语气听上去带着揶揄。

"是的，妈妈，等班吉·达尔曼一回来，我将马上出发。"

"孩子，可仍然需要你来开启这项事业。不管你人在哪里，到什么学校念书。你是最先感受到所有这一切的人，知道事情的来龙去脉，各种前因后果。"

"妈妈。"我想为自己辩解。

"如果不做，你就是临阵脱逃，孩子。你还记得母亲的那封信吗？你曾经把它读给我听。逃避就是犯罪。如果这样，你受到的教育，你的学识全都付诸东流了。我相信，你不是逃兵。"

第
十
三
章

　　显然，故事仍未能告终，各种状况纷至沓来。一波未平一波又起。

　　报纸上的一则消息称：西多阿乔地区发生了农民暴动。巡警队招
架不住，只好向荷印殖民政府雇佣军求助。仅在三天内，暴动就被镇
压下去了。长老苏克里（Kyai Sukri）被认为是主谋，遭逮捕给扭送到
图朗安的糖厂。由于骚乱影响了那家糖厂的生产，经理老爷大发雷霆，
下令先把苏克里长老笞八十皮鞭，然后再送法庭审判。

　　在工厂所有职员、工头、苦力们眼前，苏克里长老受到鞭笞，打
到第七十下，他便咽了气。

　　"如果你那篇作品，早前发表出去的话……"姨娘首先开腔说。

　　"是的，妈妈，与我本人的意愿相违，实际上是我背叛了他们。"

　　"你的文章使内曼嗅到了某种气息。你就跟内曼的探子一样，没报
酬，还被乱喷一通。"

　　听到姨娘这番评论，我心如刀割。我想起了皮娅、特鲁诺大婶以
及特鲁诺东索全家。我曾叮咛特鲁诺东索：并非一切事情都可以用砍
刀和发怒来解决。他们一直等着我去实现许下的诺言，等得不耐烦了

吧？是的，他们必定盼望我能站在他们一边，与他们结为同盟。

"好在你把那篇作品撕毁了。但是，你仍然处于危险之中，明克，内曼知道你的底细。萨斯特罗·卡西尔及其家人知道你在特鲁诺东索家里住过。冉·马芮和高墨尔也都知道你的事，因为你对他们说过，我也知情。冉·马芮或许不会说什么，高墨尔、萨斯特罗·卡西尔及其家人如何，就不得而知了。如果特鲁诺东索被逮捕，念叨起你的名字……"她长叹一声，继续说，"如果他死了，倒也不了了之，至少降低了风险。"

我知道，我必须立即离开这个家，离开沃诺克罗莫，离开泗水，我得消失一段时间。

"我也一样，明克，我的孩子，因为你一直跟我在一起。咱们俩都曾经牵连进法庭的案子。还没算上最近达萨姆惹的事，咱们处境越来越恶化了。是的，咱俩又一次被同一件令人不愉快的事情绑在一起了，我更觉得是跟你共患难。"

"幸好，妈妈您先前没有接受图朗安糖厂经理的邀请。"

"那个年轻人受过教育，刚从欧洲直接来这里，竟然命令人鞭打苏克里长老八十下。或许那位长老上了年纪，弯腰驼背，也许他患有骨髓病……"

在那一刻，我听到她又说了如下一番话，使我感觉孤苦无依。她说："明克，你确实必须离开了。这个家对你来说并没有好处。你还年轻，就像高墨尔建议的那样，你有权利享受生活的乐趣。至于那一桩桩麻烦事，我自有办法摆脱它。你不必一直陪着我，经历这么多困苦。只不过我现在想，特鲁诺东索会一直记得你对他的承诺。"

"目前，我绝无抛下您一走了之的想法。作为您的女婿，就算我的幸福日子不长，妈妈，那种幸福已经把我和您联系在一起了……这种情形之下，我不可能离开您。"

"话不能这么说，明克，你更有权去享受欢乐。即便如此，特鲁诺东索也还是那样想，你向他许过诺，你欠着他了。"

"妈妈，我已跟他说过，并不是任何事情都可以用砍刀和愤怒去解决的。"

"他会一直记得，你承诺过要帮他。"

一辆马车驶过来，打断了我们的交谈。我们知道那是马朱基的车，刚从丹戎卑叻接回了班吉·达尔曼——即罗伯特·延·达伯斯特。下午三点，马朱基出发前，我们就托付他代我们向班吉·达尔曼表示歉意，由于我们因故无法前去迎接他。

正当马车在门口的台阶前停下时，只听得办公室门前有人说"您好"①。来者一脸密匝匝大胡子，我一看便知，他就是我们正议论着的特鲁诺东索。

"他是谁呀，孩子？"姨娘看到我脸色发白，便问。

"他就是特鲁诺东索，妈妈。"我在她耳边小声地说。

"啊哈？"她从椅子上站起来，快步向他走去。

我们两人探身望向他。他裹着一条褴褛而不合身的筒裙，踉跄不堪，像一个乞丐。髭须掩不住他的惨白面色。

姨娘不由分说，把他拉进家门，领他到办公室。

他认得我，目光一直朝着我，缓慢地说："少爷，我是来请求您的庇护的。"

"特鲁诺，你这是正发烧呢！"姨娘招呼他说。

"是的，我病了，正发烧。少爷，这不是种稻季节的寒热病（demam musim-tanam）。我病成这样子，可我不得不硬撑着上门来。"

姨娘让他在椅子上坐下，一时不知该说什么好，眼神慌乱地东张

---

① 原文系爪哇语 kulonuwun。

261

西望。见此情景，我关上了办公室的门。从中厅里传来了一阵脚步声，有人正朝办公室门口走来。我起身一个箭步，去把门锁上，不让别人进来。

"少爷，今天我来这里，就是把这条命交给您了，还有我老婆孩子的死活也托付给您了。"

"他们在哪儿？"姨娘问。

我急忙走到办公室的窗户旁，守在那里，以防外人向屋里窥探。

"还在河对面呢，少爷。"

"你为什么用筒裙这样裹着身子？"

他揭开筒裙。他根本没穿衣服，左边脊背上有一道伤口，绽开长度足有十五厘米。

"你被荷印雇佣军的军刀砍伤了，特鲁诺？"姨娘低声问。见到这伤口，她更加慌张，"盖上筒裙吧，咱们马上就去请医生。"

"我怕医生……"

透过窗户，我看到班吉·达尔曼正向这边走来。他朝着我们招手，很高兴重又见到我们。在欧洲住了一段时期后，他双颊健康红润，神态爽朗，脸色不再那么黝黑了。

"喂，明克！"

"哦，"我答应着，"欢迎，罗伯！"我实在不怎么愿意称呼他为班吉·达尔曼，"我们太忙了，没能去接你。"

"没什么。姨娘在哪儿？"他一面说着话，走近窗边。

"她挺好的。"这时，班吉·达尔曼已经来到窗户跟前。

"我们正忙着呢，罗伯。稍后，今晚再聚，怎么样？"

他显出扫兴的样子，点点头，悻悻而去。

"这么说，特鲁诺，你是扔下了田地，扔下了房子，把一切都扔下了？"姨娘问，"明克，你派人去把马第内特医生请来，吩咐达萨姆在库房里腾出一块地方来。"

然而，我不在旁，特鲁诺东索缺乏安全感。他双眼似乎向我频频呼唤。我靠近并解释："大叔，您待在这里就好。不要担心。您在这里是安全的。只要什么都不说，就没事，明白了么？"

"别去给我请医生。"

"特鲁诺，你别讲话了，"姨娘低声说，"一切都是为了你好。"

他忍着疼，点了点头。于是我走开了。

放置杂粮的仓库本来就差不多是空的。姨娘早已吩咐过把库里粮食全部卖掉，库存每一天都在减少。平时都是姨娘等顾客上门，这回可不同往常，她正在千方百计倾销库存。姨娘的这番用意，我心领神会。去找达萨姆的路上，我想着特鲁诺东索如何用筒裙盖住身上的伤口。从筒裙掀开的地方露出了肿胀的双脚。他不再是从前那个挥舞着砍刀、不甘示弱的特鲁诺东索了。如今，他比一个木偶更虚弱无力。

我找到了马朱基，他正从马背上卸下车辕。

我要他到城里去把马第内特医生接来。他皱起眉头抗议："少爷，这匹马还没歇过！"

"换一匹马。"

"全部都在使唤着呢。"

"那还是套上你这匹马吧。"

"这匹马还没缓过劲来呢！"他执拗地说。

我们不得不争执起来，达萨姆跑来帮忙。马朱基很不情愿地重新套上马车。达萨姆立即离开去办他的差事了。

回到办公室里，我看见姨娘正在同特鲁诺东索说话。他们两人低声交谈着。走近他们身边，我听到姨娘对他说："你正病着呢，不要自己去接家里人了。"

"他们不知道怎么来这个地方。"特鲁诺东索回答说。

"明克会去接他们。你把地点告诉明克。"

"他们不会信任他。"特鲁诺东索答道。

"明克会有办法让他们信任的。他们见过他，认识他。"

"就算那样，他们也不信任。"

"明克，你去一趟。别用家里的马车，租一辆。特鲁诺，请你告诉明克，他们在哪儿。"

于是我走出办公室，租了一辆马车朝着指定地点驶去：布兰塔斯（Brantas）河边渡口。我从未去过那个地方，还是经车夫指点，我才知道该在哪里下车。下车后，我踏上乡间小路，往南步行了大约两公里。车夫驾着空马车，过桥后走了一公里左右，停在那边等我回来。

我一边走，一边寻思，姨娘为什么叫我去接他们，其实她也知道我已经疲惫不堪。她本可以吩咐别人来办这件事。何况我对沃诺克罗莫这一带并不熟悉。

这条乡间土路行人稀少，杂草蔓生，看起来从未清理过。路也没有沟渠，长满着刺桐和仙人掌。那一根根带刺的枯枝散落满地。几个过路人与我迎面相遇，他们忙不迭地给我让路，因为我从头到脚都是欧洲人打扮，俨然一个基督徒。也许他们把我当成了黑皮肤的荷兰人，正在滋事寻衅的那种。

靠近渡口时我才不禁想到：或许姨娘是故意将我从家里支开，离开特鲁诺东索身边。如果特鲁诺东索有特务盯梢，那他们就只能抓住姨娘一个人，不至于把我也一起抓走。如果我这样估计没错，那么姨娘有她自己的考虑。而所有这一切，全都不外乎是我所作所为的后果。姨娘啊姨娘！您同这件事毫无瓜葛，却甘愿伸出援手，让自己卷入麻烦之中。

渡口悄然无声，仅有一个摆渡人在河中央用篙撑着筏子。我只好伫立岸边，等候摆渡。至于特鲁诺的家人，我根本看不到。

摆渡人一见我站在河边等，他就不再撑篙，假装筏子出了故障，动弹不得。你这摆渡人，我心里说，装模作样而已，你也害怕我这个"黑皮肤的荷兰人"啊！

"大叔（man），快把筏子撑过来！"我用爪哇话吆喝着。

那人慌了手脚，脸上显出一副惊恐的神色。

不过，他还是把筏子撑到了岸边，系在一根木柱上，随即将手中的撑篙往地上一放，走上前来躬身折腰地向我施礼，然后双手交贴在胸前："少爷，您有什么吩咐？"

"刚才在这的那几个人去哪里了？不等筏子啦？"我问。

"少爷，并没有不等筏子的人啊。"

"一位大婶、两个年纪稍大一点的男孩、一个女孩和弟弟妹妹。"

"没有哇，少爷，真的没有。"

"你小心点！快告诉我，否则……"

"嗯……唉……嗯……"

"不必嗯……唉……嗯……，要我把你带到办公室去说？"

"可别这样，少爷，的确是没有人。"他耷拉着脑袋，甚至连我的鞋子都不敢看一眼。

"你真没看见他们？"我威胁地问。

他一声不吭。

"走吧，跟我到警察局（Kantor Sekaut）去一趟！"

"不要这样，少爷。天这么晚了，孩子们都在等着我回家。"

"你老婆不在家吗？"

"我没有老婆，少爷！我现在是个鳏夫。"

"我可管不了这些。走，跟我走一趟吧！"

"少爷，饶了我吧！我啥也没干啊！"

"我才不饶你呢。跟我走。"我挪动身子，向前走了几步。他急忙跟上来。

看他惊恐万状的样子，我猜肯定是他把我要找的人藏了起来。

"你家在哪儿？"

"少爷，我从没当过小偷，我家啥都没有。"

"你在前面走，领我去你家。"

他在我前面慢腾腾地走，不时回过头来看我。对他如此粗暴，这使我心怀歉疚。我悔不该身着西装革履来到此地，这些对于平民百姓来说既是魔怪又是仇敌。他们会认为我来是为了剥夺他们的自由，强占他们的家产。

我们一前一后沿着河走在竹丛边的小道上，一路所见是一片片无人照管的香蕉地。

"那就是你的家吗？"我问。透过竹丛，我看到了一所用茅草盖顶的竹屋。屋顶上炊烟缭绕，冉冉升起。一阵风吹来烟消雾散。

"这就是我的家，少爷。"

"谁在屋里做饭呢？"

他只顾低着头往前走，佯装没听见我的问话。见此情景，我便加快脚步赶到他前面，自己一个人疾步向茅屋走去。

竹门敞开着。屋里一片黑，满是烟雾。我看见皮娅正用瓦罐煮东西。她蹲在火边，身旁还有两个孩童。

"皮娅！"我喊道。

她吃了一惊，望着我，吓得两手颤抖。两个孩童搂住她。

"怎么不记得我还怕我了？"她打量着我的一双鞋，呆呆立在原地。她用颤抖的手抚摸着两个孩童的头。我又问："你妈在哪里？"

她仍不答话，眼睛向卧榻瞟了一眼。特鲁诺大婶带着两个男孩并排躺在那边。

"告诉你妈妈，对的，我是来接你们的。马车正在大路那边等着你

266

们。"

我走出烟雾缭绕的茅屋。摆渡人也跟了上来。他依旧耷拉着脑袋，没敢正视我一眼。

"那两个小孩是你的孩子吗？"

"是的，少爷。"

"你说你没有老婆，屋里的女人是谁？"

特鲁诺东索的妻子走出茅屋，朝我走来。她双眼通红，明显睡眠不足。她衣衫破烂，几处地方是新撕破的。跟丈夫一样，她双脚肿胀。随后两个男孩也跟了过来。他们也双脚浮肿。他们穿着及膝长的裤子，筒裙挂在脖子上，双手交贴在胸前，站立着。

"大婶，还累吧？"

"不累了，少爷，您怎么知道我们在这里？"

"特鲁诺大叔告诉我的。他找到我家去了，把事情全都跟我说了。你们再走大约五六里路（dua pal）①，还走得动吗？马车在那边等着你们呢。"

他们看起来十分疲弱，或许已经很久没吃东西了。特鲁诺大婶望着摆渡人，请他拿主意。摆渡人并不作答，仍低着头，显出胆怯和疑虑的样子。

"好吧，先吃点东西！天色这么晚了。"

我走到小屋外等他们。两个男孩也走出屋来，坐在地上陪着我。我本人坐在一截椰树干上。他们一声不吭，也不敢与我对视。摆渡人走进屋去许久未出来。

过了五分钟，皮娅走出来，右手托着陶盘，盘里盛了三块红薯，

---

① Pal（荷兰语 paal）：1506 米。——原注（原文系 kira-kira dua pal，pal 原意为里程碑，通常两座里程碑间距一公里半或近一哩［1609 公尺］。——重校注）

左手提着陶制水罐。她把陶盘放在我身旁的椰树桩上，水罐则放在我脚边。她请我吃东西，却没有理会她那两个兄弟。

我猜测，这就是摆渡人的一日伙食。如今他把有限的口粮拿来招待我这个宾客。我把陶盘放到两个男孩面前。

"你们吃吧，咱们马上要动身了。"我说。

他们并没有动。

"别管我。我吃过了。你们还得再走五六里路呢。"

由于饥饿难忍，他们把三块红薯连皮也没剥就吃了。吃完后，又从陶罐里喝了很多水。

摆渡人已为这些避难者提供了他所能提供的一切：茅屋、红薯、竹榻，连同自身安危。在另一处地方，梅莱玛工程师——尽管他受过教育，生活富裕——竟想占有别人的财产。正是梅莱玛先生那类人，造成了像特鲁诺东索及其家人们这般无处栖身的境地。阿章，你也是一路货色。

特鲁诺东索，这一次我失败了。但是下一次，我一定要拿起笔来为你而战斗。你，一个对新时代毫无所知的人，没上过学，不会读书写字，一看到穿皮鞋的人就胆颤，满腹狐疑、恐惧和忧虑！你将成为我小说里的主人公。还有你，摆渡人，也会成为我笔下的人物。可能你也是农民，失去了土地，而今不得不在布兰塔斯河上撑筏谋生。

目前我确实还做不到。日后等我对自己的民族有了更多了解，我会这样做的。这一刻，我必须把他们马上带走。或许我本人也必须立即离开沃诺克罗莫和泗水。

仍不见摆渡人从茅屋里出来，说不定他正在关照特鲁诺东索的妻子，叫她别相信我。

"走吧，我们现在就动身。"我对她的两个儿子说。

他们走进屋去。我等候良久，总不见他们出来。看来他们是达成

268

了一致，不打算信任我。我进到屋里，他们全都以怪异的目光警觉地注视我。

"来，快走吧！天色已晚。特鲁诺大叔生着病，难道你们忍心让他久等吗？"

显然，那位摆渡人在给我捣乱。

我没生气。无论如何，我对他怀有敬意。他本人不与我目光交接，只是垂着头，可能在避免直视我那沾满尘土的皮鞋。

"那么，特鲁诺大婶和孩子们不愿同我一起走？"我问，"如果是这样，我就自己回去。特鲁诺大叔养好伤之前是不可能来接你们的。"

我走出屋，缓步而行，一边等他们拿定主意。我回头看了一眼，仍未见他们出来。于是我加快脚步。走了五十来米才听到皮娅呼唤我。我佯装没听见，但放慢了脚步，让她有机会追上。

我听到她跑来的脚步声。

"少爷，少爷！"她喊。

我停住脚步，听到她气喘吁吁。我回过头，只见她疲惫不堪，童稚的脸庞显得有些憔悴。

"少爷不会把我们都抓起来吧？"

"你爸爸受了伤，正在等你们。我是来接你们的，你们却不愿跟我去，皮娅。要是愿意去就跟着我走。大路离这里还有很远，我先慢慢走着。"

恻隐之心，人皆有之。这个女孩在家里比谁都劳累。见她那样任劳任怨，谁都会同情她。然而，即使身处困境，他们依然珍惜自由——法国大革命口号的精髓，哪怕只有一点点自由，尽管他们从未听说过法国革命。然而我能为他们做些什么呢？只不过表达一番好意而已。

皮娅呆呆地立着。

"如果只有你愿意跟我去，那就来吧。"

"少爷，我得先回去一趟。"

"好的，你先回去吧。可我不能停下，先慢慢地往前走。"

女孩子回到她母亲身边去了。我继续朝前走着，头都不回，感觉归途漫长。他们对我捉摸不透。早先，我在图朗安时从他们那里得到的信任，如今已不复存在了。那是几个月以前发生的事？两个月？怎么我们的境况变化这么快？相互之间的差别和距离如同白天与黑夜。我身着基督徒的服装，穿皮鞋，比他们更像是欧洲人。而想把为人父、为人夫的特鲁诺东索抓起来的正是欧洲人。他的家人在逃亡，担惊受怕，忍饥挨饿，疲于奔命。

我心里确定，他们最终还是会向我求助。他们失去了特鲁诺东索，人生地不熟，寸步难行。他们肯定会求助于我。

没有任何迹象表明，他们跟过来了。

我到了大路边，发现车夫正在马车上酣睡。我爬上车坐到他身旁。他依然未醒，身子斜倚着，鼾声大作。他仰着头，嘴巴张开，缠头布掉落在车上，露出已然灰白的头发。

我在马车夫身旁坐了有五分钟。傍晚的苍蝇嗡嗡叫着蜂拥而至。马不停地挥尾巴，抖动身子驱赶苍蝇。车子也不时地晃动起来。可车夫仍没醒。特鲁诺东索的家眷也不见前来。

我清了清嗓子，把车夫吵醒了。他一阵慌乱，不好意思地看着我，伸手去摸缠头布。当他发现头上什么也没有时惊呆了，依照爪哇风俗，这是有失体统的。我捡起那掉落的缠头布交给他。他欠着身子跨下车，连声道谢。他觉得这是对他莫大的抬举，分外看得起他。

"少爷，恕我失礼。"

"大叔，别见外。"

"现在就出发么，少爷？"

"再等一会吧！"

他没表示反对。夕阳西沉。他什么也没问，二话不讲。还没到一个光脚的人同一位穿鞋的人随便交谈的时代。在祖先的传说中只有牧师和神仙才穿鞋踏屐。普通人都把鞋子视作欧洲权力的象征，代表着殖民军的洋枪大炮。与匕首、砍刀、刺刀、短剑和长矛相比，他们更害怕鞋子。赫勃特、萨拉和米丽娅姆，全都给你们说对了。欧洲人和本民族土著官吏已打掉了他们的威风，使他们自感低贱。三百年来在面对欧洲文明的战场上，接连不断败北已使他们胆小如鼠了。

喏，高墨尔，我还不算了解自己的同胞吗？难道因为我只用荷兰语写作，人们就在我背后笑话我，把我看作是半瓶子醋？我正言相告：我已经开始了解我的民族了，以农民为主体的民族，尽管刚了解一点而已。

等着瞧吧，特鲁诺东索的家人将不得不驱散疑虑和畏怯，听从一家之主召唤，来到他身边。因为这是爪哇人的生活规矩，他们会来的，势必要来的。我很熟悉这种模式。我就等着吧。我的想法不会落空的。

暮色之中，他们一个跟着一个，从远处朝这边走来。他们走得慢是因为饥肠辘辘。皮娅走在最前头，两个男孩的臂膀里偎依着他们的弟弟妹妹。

我跳下马车迎上前去。他们仍显得踌躇不决。但他们希望和一家之主团聚，脸上闪现出淡淡的希望。摆渡人远远地跟在他们后面。

"快，都上车吧！"

他们全都上了马车，默不作声。只要能见到特鲁诺东索，他们什么都愿意听我的——不惧饥饿与疲惫。

摆渡人从远处观望。我向他招手。他走上前来，对我躬腰施礼。

"谢谢，你照顾了特鲁诺东索家人。他们一走，你该冷清了吧？"

他只是轻轻哼了一声。

"你过来一下。"

他向前迈了一步，不敢靠太近。

"你给了他们住处，又把自己的番薯给他们吃，为向你表示酬谢，收下这两角钱吧。"

他不声不响地收下了钱。

"你还有什么要跟他们说的吗？"

"可以么，将来我去看一看他们？"

"他们会来看你，如果形势已经好转了。"

马车开始走起来。我坐在车夫旁边，转过头去，逐一注视着他们。为躲避殖民军追捕，他们兜兜转转地步行了多少公里？我不想在车上问他们。他们东张西望，不安地向四处扫视。他们从甘蔗林中孑然独立的小屋来到工厂林立、街灯通明的城市，却毫无兴致。也许他们把城市喧嚣与田间蔗叶随风摇曳时发出的飒飒声一视同仁。

"皮娅，你见过火车吗？"我问。

"见过，少爷。"她有气无力地答，对我的问话兴味索然。其他几个孩子也持相同态度。仿佛火车发明者史蒂文森并没有把蒸汽变作机车的动力，而火车则把蔗农辛勤劳动的果实运往丹绒卑叻港。

"坐过火车吗？"

"没有，少爷。"

"想坐吗？"

"不想。"她慢慢答道。她关注我的问题多于想象人世间的火车。

"你瞧那火车，"我指着一列从南面呜呜奔驶而来的火车问，"好不好看？"

听我这么一说，他们都把目光投向那列不套骏马的铁车（si kereta-besi-tak-berkuda）。他们觉得火车与己无关，因此都不以为然。也许他们的梦境要比火车更美好。

火车离我们的马车越来越近，只见它扑哧扑哧地喘着气，喷吐出滚滚浓烟，迸发出颗颗火星，就像历史上人们想象中的蛟龙一般。他们仍旧不甚在意。或许是由于他们过于疲惫，前程未卜。或者，在他们脑海中，最高大的形象就是他们生活的支柱特鲁诺东索，舍此别无他物。

"你们知道特鲁诺大叔生病了吗？"

没有一个人回答。他们懂得，还是不承认为好。

"你们可以到沃诺克罗莫去干活。"我对两个年龄略大的孩子说。

他们仍然一声不吭。

"你们没有上过学吧？"我又问。

"能扛上锄头就不错了，少爷。"这一次，他们的母亲开口回答了。

"或许，医生为特鲁诺大叔治疗过了。"我说。

一听说有位医生已经找上了特鲁诺东索，他们顿时惊恐不安。在路灯映照下，他们慌乱的神色明显可见。哎呀，凡是欧洲的一切东西都会扰得他们心神不宁。我感到没法再与他们继续交谈了。我意识到，我同他们之间存在着几个世纪的鸿沟。数个世纪之遥！也许这就是历史老师从前所说的"社会鸿沟"（jarak sosial）吧？或者叫做"历史鸿沟"(jarak sejarah)？同属一个民族，同食盘中餐，同饮一江水，生活在同一块土地之上，甚至同坐一辆马车，居然两者之间会出现"鸿沟"（jarak），未能逾越或不可逾越！

我们同坐在一辆马车上，默默无言，各自陷入沉思。

太阳早已西沉，马车驶进了逸乐农场。姨娘吩咐将他们径直带到仓库去，特鲁诺东索正坐在那的竹席子上，接受马第内特医生的治疗。特鲁诺大婶和孩子们一见到有欧洲人在，便马上停住脚步，互相挽住对方的手，踌躇不前。

"没关系的，"我为他们壮胆说，"进去吧。"

我给他们做表率，先走了进去。他们这才拖着沉重的步伐，欠身折腰，在仓库地板上走着。他们的眼睛躲避着面前的白种人。

姨娘也跟着他们进来。

"来，别害怕！"她也为他们壮胆说，走到了他们前头，来到医生面前。

"这伤口治疗得有些晚。"马第内特用荷兰语对姨娘说。

"乡下人就是这样，医生。"她答。

"伤口不是竹子划破的，"他继续说，"是被利器砍伤的，约莫有一个星期了。达萨姆那次闹事以后，这里又发生过械斗吗？"

"没有。"

"姨娘，请您记住您现在说的话，日后若有人追究起来，我是要上报的。"

"那当然，医生。"

"我十分清楚，他可不是被竹子划伤。"马第内特医生的语气咄咄逼人。

"医生，有什么区别呢？都一样的，他受了伤，需要治疗。"

"在法律面前，问题可就不同了。"

"没必要去法庭，医生。"温托索罗姨娘态度果决。

"好吧，就当他是被竹子划伤。让他守口如瓶，姨娘，否则会连累许多人。"

"谢谢您，医生，您对我们太好了。"

治疗完毕，医生转身离去，没有留下来同我们共进晚餐。

马第内特医生走后，特鲁诺东索的妻子和孩子们才敢走上前去。姨娘立即关心起新来的客人们："这样吧，特鲁诺大婶，你住这里，跟你老公一起。孩子们也一起住在这里。过去的事就过去了，也别去想其他事。你好好照顾老公。那边有一摞席子，睡觉时把它铺在地板上。

这仓库足够宽敞。你们别跟任何人说，什么也别讲。一旦你们说出去，大家全遭殃。明白么，大婶？"

"他们全都明白，夫人！"特鲁诺东索代为答说。

"明克，我们走吧。"姨娘叫我一起离开了。

走去大屋的路上，她把手搭在我肩头，慢慢地小声说："你刚一走，我就叫班吉·达尔曼去找轮船公司的代理商了。正好，明天有一班轮船去巴达维亚。你明天动身，孩子，我的孩子。你要装作若无其事的样子。对谁都别提起这事。"

我抓过姨娘的手，挽住她的胳膊，说："妈妈，您的孩子要走了！您已为我做了一切力所能及的事。太感激您了！妈妈，我抛下您独自去应对如此棘手的事情，岂非无过？"

"明克，我都想好了。"

"为我祝福吧，妈妈，愿我一路顺风，学业有成。"

"你会成功的，明克，我的孩子。你跟我一起经历了这么多事情。我非常理解你待在我身边的难处。你明天动身，雇一辆出租马车，一清早就出发，没有人送你，别害怕，也别难过。"

"我还没接种天花疫苗呢，妈妈。"

"达尔曼是上了船才接种的。代理商会给你把一切都安排好。"

我亲吻了她的手，可亲可敬的岳母。明天之后，不知我还能不能再一次见到她。

走到家门口时，她接着低声说："别忘记你那已故的朋友托付你去办的事。"

"妈妈，谁？"

"许阿仕，你没有忘记他吧？"

"我会把他的信送到。"

"务必，已故者的托付是神圣的，孩子。"

"我也有件事要跟您说，妈妈。"

她停住脚步。夜色无边无际，天空阴云密布不见一点星光。不远处传来达萨姆的干咳声。

"你有什么事，明克？如果你有困难，我会帮助你。你有权要求我这样做。"

"不是我，妈妈，是特鲁诺东索以及他家人。"

"不必操心，他有权要求这个农场照顾他。梅莱玛先生坑害过的所有农民都有权要求。"

"那么，妈妈，您自己怎么办呢？"

"一切都会妥善解决的。还有，你别把你妻子的那帧画像带走。"

"我时常想念她，妈妈。"

"不行，带着它，你学业无法进步。忘了她吧，你可以跟别的姑娘交往，孩子，好好交往。你到了巴达维亚可别忘记你的母亲。你经常想不起她，她是一位值得尊敬的妇女。"

达萨姆又干咳起来，姨娘唤他过来，对他说："达萨姆，好好照顾那一家人。找个机会，把他家两个男孩带去干点活。工作都交给你安排。那个女孩就安排到厨房做饭吧。"

"姨娘，您说的究竟是谁呀？"

"我说的那个人，往后一定会成为你的忠诚朋友。"

姨娘走进屋子里，我也跟了进去。她径直走到前厅，在一把椅子上坐下。班吉·达尔曼早就坐在那等候她了。

班吉·达尔曼执行姨娘的命令，外出才几个月，可他看上去俨然是个大人了。一见我们走进来，他便站起身，向温托索罗姨娘行了个鞠躬礼。

"嗯，罗伯，你可以开始了。"

这小伙子朝我点点头，重又坐到椅子上，开始用荷兰语说："妈妈……"刚开口，他又沉默了，凝视姨娘的脸色良久。"看了我早先写给你们的那几封信，别怪我，我写不出更好的。"

"你写得蛮不错！"姨娘回应说。

"另外，我也不太会说话。"

"不，你也很会说话。"

"明克，我也请你原谅。你看起来很疲惫。如果我的话有不当之处，请你别生我的气。"

他开始向我们汇报一路上的情况，言语谦恭，谈吐谨慎，避开了每一个可能触动我们情感的细节。他首先感谢姨娘的莫大信任，派他去照料安娜丽丝，同时对自己的不足之处也请求予以原谅。在汇报过程中，我记不清他表示了多少次歉意。

"你出色地完成了我交给你的任务，罗伯。其他人也难办得更好了。你代表了我和明克，也许料理得比我们两个人亲自去还要好。应该是我们感谢你。你信上写过的不必再重复了。关于我那过世的女儿无须再提。你的任务已经完成，事情也就算结束了。"

班吉·达尔曼吃惊地望着姨娘，立即问："妈妈，您生我的气了？"

"换个话题吧，罗伯。"我替他解围。

班吉·达尔曼明白了我们的意思，接着说："不，妈妈，明克，我应该把事情的全部经过向你们汇报，我在信中并没有写全。我不想再次勾起你们的无限悲伤，而是我不把事情的始末讲完，就不算完成了任务。"他不理会我们的意见，继续讲下去：

他独自一人送安娜丽丝去了长眠的墓地。丧事由殡仪馆来料理。牧师拒绝为死者祈祷，因为他不信奉她的宗教。班吉·达尔曼自己按照爪哇习俗为她进行了简单的入葬仪式。

"妈妈，要是我做错了，请您宽恕我吧！"

姨娘面无表情。我垂头倾听着他的讲述。他用词清晰纯正，句句出自他无私的心灵。

"我至今还不知道安娜丽丝夫人信奉什么宗教。如果她信奉伊斯兰教，那就请宽恕我吧。我真心认为，举行仪式总比不举行好。敬爱的妈妈和我的挚友明克，我同你们一样感到万分悲痛。我深知妈妈、明克和安娜丽丝夫人的为人，你们心地善良，对我好，我不知该如何报答你们。"

他越往下讲越正式，过于絮烦。姨娘打断他的话，说："谢谢你的好意，罗伯。明克也是由衷感谢你的。明克，是这样吧？"

"是的，罗伯。"

"现在说一说其他相关的情况。"

班吉·达尔曼，即原来的罗伯特·延·达伯斯特，不厌其烦地向姨娘表示感谢，因为姨娘曾提出愿意资助他在荷兰继续求学。并且他对自己未能马上返回再次表示歉意。

"我多支出了一点不太必要的费用。"他接着说，"事情是这样的：有一次，我在阿姆斯特丹看到一条消息，说正在筹备出版马来语杂志，将取名为《荷兰通讯》(*Pewarta Wolanda*)。妈妈，明克，据说那份期刊主要为东印度的读者而办，将使用地道的马来语。他们将竭力使马来语不断得以完善，成为体面的公务用语和文雅的交际语言。不过对我来说，最重要的是这个消息：那份杂志正在征集关于东印度的纪实稿件。因此，我需要去拜访一下杂志办公室，打听一两件事。你们猜我在那间编辑部遇见谁了？不是别人，正是马赫达·皮特斯小姐！"

他坐在会客室里等候时，听到马赫达·皮特斯同一个东印度人发生争执。在印刷机的轰隆声里，听不清他们为什么而吵。她走出来时马上认出了班吉·达尔曼。由于编辑室的人正有请班吉·达尔曼进去，马赫达·皮特斯没来得及与他多讲话，只给他留下一个地址。

后来听说，那位即将上任的杂志主编是一个参加过亚齐战争的退伍军人，过去是中尉军官，很了解东印度。他对罗伯特的来访感到高兴。他的助理是个苏门答腊人，名叫阿卜杜尔·里法伊（Abdul Rivai），他是一位爪哇医生^①，到荷兰来继续深造的。

"不好意思，我把这位主编的名字给忘了。"他接着说，"他约我写一篇在荷兰的见闻，用马来语或用荷兰语都可以。我答应了。我一下子想起了我经历过的那些事。我将通过那份杂志把欧洲人对姨娘一家的迫害公之于世。我对他说，两周后我再去他那里。可遗憾的是，他要我用高雅的马来语写作，而不要用市场马来语。我胜任不了。我告诉他，我只能用荷兰语写，这时他才作了让步。

"离开之前，他给我展示了几份即将出版的杂志清样。妈妈，明克，它确实相当精美，同其他欧洲杂志别无二致。杂志内各种图片，引人入胜。我回到住处开始动笔写那篇文章。这就是我迟迟未归的原因。"

有一天，班吉·达尔曼登门拜访了马赫达·皮特斯小姐。我们的这位前任老师在相当简陋的居民区租了一间屋子。室内没有地毯，取暖用的是个铁炉子，家具只有一张床、一个壁橱、一张桌子和两把椅子，与她过去在东印度的境况天壤之别：那时，她屋里摆满了整套家具，琳琅满目，还有仆人。她看起来倒是并未因目前困苦的生活而愁眉不展。

"我去她那里，是为我写的文章向她征求意见。我隐去了文中的真实姓名。她说，像我这种反殖民主义的文章是不能登在殖民主义杂志上供读者们看的。出版那份杂志的目的是为了给那些忠于殖民政权的人开阔眼界，好让殖民主义的大佬先生跟他们说上几句话。"

"你的心多好啊，罗伯特！"姨娘插话说，"不过你不必那么做。"

---

① 原文系 dokter Jawa，特指荷兰殖民统治时期培养的土著医生。

"我感到这是我的责任，妈妈。我必须尽力办好。"

"罗伯特，你帮了我们好多。"我紧接着说。

"如果这点责任都没尽到，我想，我将会负疚终生的，明克，那往后我还能办什么事呢？"

姨娘被这位青年质朴无私的忠诚打动了。她眼里闪烁着晶莹的泪花，注视着班吉·达尔曼。

"我并未领会马赫达·皮特斯老师的意思。"他说，"我也没有来得及同她谈些别的什么。我向她告辞，直接去到那家杂志的编辑部。主编读了一遍，什么也没说，给我三盾钱作稿酬。"

"我没见过那份杂志。"我说。

"我也没见到过。我要求主编把我用的那些真实姓名改掉。他说不必了。他也没让我留下通讯地址。"

"罗伯特，他们是不会发表你写的文章的。"姨娘说。

"不管怎么说，我试过那类机会了。"班吉·达尔曼毫不迟疑地答。

"还有别的事吗，罗伯特？"姨娘开始不耐烦了。

这时，班吉·达尔曼向姨娘报告他的钱是怎么花的。连那三盾稿酬也向姨娘作了汇报。"好吧，现在我再向您汇报一下关于企业的事，妈妈。"他又说，"他们要求'香料农场'给他们多运些肉桂去，不要碾成粉的那种。"

"很好，罗伯，等你准备开工时，就跟采肉桂的人说。现在休息去吧。"说着，她从椅子上站起来，朝楼上走去。她显得十分疲惫。

"晚安，祝您休息好，妈妈。"

她没搭腔，接着便从我们的视野中消失了。

"我们明天再谈吧，罗伯，你休息去吧！"我没让他再说下去。他一走，我便锁上门，又从后门出去，从外面把门锁上。

乌云已经消散，繁星点缀着夜空，幽静安谧。我到仓库去再一次看特鲁诺东索。

他的妻子和几个孩子都已入睡。他自己倒卧在一旁辗转反侧，睡不着觉，显出一副痛苦难忍的样子。墙壁上的挂灯照着他的脸庞，依稀可辨那双眨动的双眼。他不知道我在向他走去。当他发现我的身影，便猝然警觉起来。

"喔，是少爷。"他一边说着，一边艰难地坐起身。

"好些了吗？"我问他。

"少爷，我的那片地，"他忧心忡忡地说，"现在准是全给夺走了。"

"算了吧，什么也别去想了。先把身体养好要紧。姨娘会给你们安排好的。如果你们不愿回村去，那你和孩子们就在这干活好了。"

"我的地，少爷。"

"别想了，"我说，"我不是跟你说过么？并不是所有事都能用砍刀和暴怒来解决。你已经下过赌注了，用你的砍刀和你的怒火。你输了。如今那些都静止了。等伤口愈合吧。"[①]

"早前，少爷许诺会帮我。"

"是你太心急。我还没把事情办好，你就惹出这些事。过去我是怎么跟你说的？"

"少爷，我信守承诺。"

"我对你的许诺仍然有效。可你对其他人的许诺却把事情全都搞砸了。算了，现在睡觉吧，别多想了。姨娘会把一切都安排好的。别提图朗安的事，也别跟人说我同你见过面。没有达萨姆的许可，你哪里也别去。那些人还在继续搜捕你呢。你赶紧去把胡须刮干净。"

---

① 以上两段对话出自《万国之子》印尼语版（兰特拉·迪潘塔拉出版社 2015 年 8 月第十五版）；荷兰印尼语欧洲版（1981）、北京大学出版社中译本初版（1983）和马克斯·莱恩英译本中均无。

"好的，少爷。"

从仓库出来时，我迎面遇上了达萨姆。他好像还没睡过觉。

"少爷，您还没睡？"

"你呢，为什么还不睡？"

"少爷，自从我胳膊受伤后，我也不知道为什么睡不着。"

"姨娘说过：你就一直留在这里。"

"我这副模样还能为她干些什么呢？最后只能像挨饿的老鼠，白天黑夜来回窜。"

"你还想干什么呀？"

"想干活，少爷，可干不了。难道我要像一棵树，站着不动，每天从土壤里吸收养料？"

"往后日子一长，等你习惯以后，可以根据情况干些力所能及的工作。据马第内特医生说，你的手指头并不是全都毁了。确实会有几个动弹不了，但不是整只手都不能动。"

我把手搭在他肩膀上，拉着他一同回到他家去。

我们来到他家里。他的家人全都入睡了。他把灯点亮。

"达萨姆。"我轻轻地叫他。

他没有听见，顺手抓过一块抹布，擦了擦椅子，准备请我坐下。

"达萨姆，"我又叫了一声，"我不坐了，我就站着跟你说几句吧。达萨姆，你瞧，我不会忘记的，你在我困难时期给过我许多帮助。我不知该怎样对你，是当作兄长还是看作叔伯。"

"少爷，你今晚真奇怪啊。"他愕然道。

我从口袋里掏出母亲给我的金怀表，说："你瞧，达萨姆，你会读书写字了，能认钟点吧？瞧这表，现在是几点？"

"十二点差五分，少爷。"

"好。"我打开怀表的后盖，指着它问，"这几个字你认识吗？"

他看了又看，念不出来。

"不，你不认得，这是爪哇文，意思是：我的爱子，结婚志喜（Untuk putraku tercinta pada hari perkawinannya）。达萨姆，这是日惹哥打格德（Kotagede）的金银匠精工细作而成，我母亲送给我的。你试戴一下，好看吧？"

"可别，少爷，我不能要它。"

"嘘，别大声嚷嚷。"我把怀表塞进他上衣口袋，又把表链挂到他的上起第二颗纽扣眼里，"真好看，达萨姆，合适极了。这块表好像是专门为你制作的。戴上它吧，这是一个年轻人送给你的纪念品，他永远不会忘记你对他的恩情。"

"少爷。"他不肯收下。

"别推辞了，这是命令。你无论去哪里都戴着这块表。"我拽过他的左手，紧紧握住，并不断地摇晃着。

他益发不知所措。趁此情形，我从他身边离开了……

前厅的时钟敲了两下。我的物品都已装进了箱子。提包里装满了写字的纸张。今晚我不打算睡觉了。我在前厅和后厅踱着步，试图把这一切留在脑海中，片刻之后我就要与你们分开了，不知会分开多久，说不定再也见不到了：屋里的家具，好久没用过的留声机，墙上的饰物，平滑光亮的拼花地板，所有一切都在幽暗的油灯光下映入我眼帘。

我久久凝视着温托索罗姨娘的画像，这是冉·马芮的杰作。幽光微照，它显得比姨娘本人更神彩焕发。她浑身充满了活力，俨然一位祛病消灾、永世不灭的女神。无论风云变幻或者时移事往，她始终昂然挺立、不屈不挠。甚至她头顶的乌云也在向远处逃遁。如果她生活在大约十个世纪或者三十个世纪以前，那么画家就可能有权在她的头上画一个光环。将来，假使我得以长寿，老到患上健忘症，我也忘不了这位女性。她的面容、恩德、睿智、坚毅以及强悍将铭刻在我心中，永志不忘。

我回到房里，从绛紫色天鹅绒封套中抽出冉·马芮所作的安娜丽丝像，将它立在灯光近处。

安娜，你仍然笑靥如花。从前，是你把我领进这间屋子，也是你把我带到室外的花园。如今我依然在这里（尽管只剩一天时间了），你却已先我而去，了无踪迹。我不知道自己此生再也见不到你了。今生今世，我再也遇不到像你这样的女子。

"把画像收起来吧！"

姨娘已站在我身后。她手挎竹篮，随即把它放到了桌上。

"这些面包和饮料，是你上船前吃的早点。"她从篮子中拿出一个纸包，交给我说，"这是你在农场工作期间存的钱，共一百五十盾。马车已经在路边等你了。出发吧。行李都由你自己拿着，别让其他人见到你。祝你一路平安，孩子，我的孩子，一帆风顺。"

她把我搂在怀里，吻我的额头，然后帮我提着包，走到门边。跨下台阶前，我请求她替我祈祷，为我祝福。她照办了，然后又重复道："祝你顺利，孩子，梦想成真。"

她转过身朝屋里走去。我站在台阶上，陷入沉思。从前，我在这里第一次遇到安娜丽丝，与她结识，之后便成了这个家庭的一员。而今也是在这里我要离去，离开我所眷恋的一切。我感到心里沉甸甸的。我还能从这美丽的屋宇冀望些什么呢？再也没人等我归来，期待我抚慰。我不禁潸然泪下。

凉风迎面扑来。我双手拎着篮子、提包和皮箱。刚走几步，便听到有人对我说："少爷，我来帮你拿！"

提包从我手里滑落下来。

"你可不要告诉任何人！"

"少爷要去哪里？"

"这事只有你知道。别再问了！"

我们静悄悄地走向路边的马车。车夫见到我们走过来，便把车灯打开。

达萨姆一声不吭，把我的行李一件接一件都搬到了车上。

"少爷，不管你去哪里，祝你一路平安。"他从腰间取出一柄带着皮鞘的匕首（belati），交给我说，"少爷，带上这把刀。"他把那件武器往我腰上一挂。

"出发！"

再见了，沃诺克罗莫，美好又忧伤的记忆。再见了，睿智的姨娘，达萨姆、特鲁诺东索及其家人。再见了，这里的一切，我不会再回来了。姨娘，我毕生钦佩的女性，我犹如您掌中的一团黏土，任您捏塑。没有我，您照样力挽狂澜，日理万机。您聪颖、博学，领先于时代。再见了，姨娘，我将把您对我的每一个期望都变成现实，全部实现！

黎明前的黑暗里，我哭了，不停啜泣着。

马车在万籁俱寂中缓缓前行，距离沃诺克罗莫越来越远。我故意叫车夫驾着车，绕道克朗甘，经过我以前的宿舍和冉·马芮家。梅必定还在毯子下熟睡。再见了，诸位！再见了，戴林卡一家！梅，我多想再去看一看你，可我不得不尽力克制住这个念头。你是个多么可爱的孩子！你非常善于维护父亲与我的友谊。你是多么爱护父亲啊！你把他的苦痛也视作自己的苦痛。你尚且如此年幼。再见了，梅！

再见了，所有的人和事。

那个凌晨，还有几小时空闲，我吩咐车夫驱车前往我曾经喜欢过的每一个地方，也去了我的母校——荷兰高级中学。宿舍大楼笼罩在一片黑暗之中，院子和路上都没有灯光。我的母校，你彷佛羞于直视我的面庞，因为你教给我的一切显然还没有太多意义。马车继续走着，走着。再见了，这里的一切。我不会再回到你们这里了。我要踏上征程，成就自我，做一个自主之人。

　　再会了。

第
十
四
章

东方号（Oosthoek）客轮从丹绒卑叻港起航了。

送行的人们渐渐变小，宛若麇集在岸边的蚁群。在他们之中，没有一个人是来为我送行的。不，我并不为此感到难受。再见了，你们所有人，这里的人和土地！

船离岸向海中驶去。我要使自己成为一个独立自主的人，而不愿事事尾随他人，即便我对他人相当敬重。我不必为这次离别而感到悲伤。无论泗水还是沃诺克罗莫，全都消耗了我的青春，我不可能期望在这里会有较好的发展。你们渐行渐远，最后只有南方远处的群山依稀可辨。

通宵未眠，我却毫无倦意。这是我首次乘船远航。从海上远眺我出生的这个岛，只见那白色海岸线顷刻间被浓墨重彩的绿色遮掩，峰峦逶迤宛如灰蓝色万顷波涛。这就是穆尔塔图里笔下的"赤道翡翠"（Zamrud Khatulistiwa Multatuli）。

"您在叹气呢。"我听见有人用荷兰语跟我打招呼。

一个欧洲人站在我身旁，他看上去年轻又和蔼。他的脸上正绽露

287

笑意，双唇泛白，牙齿被烟熏得微微发黄。他身材高而修长，穿着一套白色纯棉衣服。他的无名指上戴着一只镶嵌钻石的金戒指，那颗小钻石不到五分之一克拉。

他主动跟我握手，并自我介绍："我叫特·哈尔（Ter Haar），明克先生，或者该叫您马科斯·托莱纳尔先生。"

"哦，特·哈尔先生，我们在哪里认识的？"

"我过去是《泗水日报》的联合编辑（mede-redaktur），先生。"

"为什么我没有见过您呢？"

"这不足为奇。内曼先生不希望别的编辑接待亚洲人，特别是接待土著民。"

"我可否请问一下，这是什么缘故呢？"

"尤其是您去那里，他不愿意看到您受别人的影响。"

"受什么影响？"

他莞尔一笑，拍了拍我的肩膀，接着摘下眼镜，用白手帕擦拭了一会，然后又戴上。他向我递烟，我表示不吸烟，谢绝了。他频频点头道："最好是永远不吸烟，明克先生。一旦试过就再也戒不掉。我这么吸烟，不打扰您吧？"

"不，您请便。"

"您很幸运，从荷兰高级中学成功毕业。受这样高层次教育的土著民太少了。"

听人这么说，我习以为常。他话里的意思大概是：准备好了，我要问你关于欧洲的问题。"

我脱口而出一句彬彬有礼的话，就像留声机自动播放一般："我将洗耳恭听。"

他微微颔首，双目注视着我。一场说教（pengguruan）开始了：

"在我们生活的时代里，明克先生，存在着形形色色、错综复杂的思想。而内曼先生却不喜欢跟他意见不同的人。"他咳嗽了几声，把手中的香烟扔入海里。"吸烟上瘾了就是这副样子，先生，不吸烟时想吸烟；一吸烟，咽喉就难受。幸好您不喜欢吸烟。"

也许，他把烟扔掉并不是因为喉咙难受，只是需要一点时间，斟酌与我谈论有关马尔顿·内曼的事是否合适。

"内曼先生不喜欢激进的人（orang radikal）。"我说。

"您的目光显然十分敏锐。您说得对。更重要的是，他是印欧混血儿，是东印度协会①支部的领导人之一。"

"您来自激进派吗？"

"算您说对了。"

我禁不住想起米丽娅姆，她已参加了某政党，我便问："您是自由民主党②党员吗？"

"差不多就是那样。"

"您的意思是：马尔顿·内曼先生不喜欢这个政党？"

"哦，他是 T.V.K. 公司③的股东。"特·哈尔搔了搔脖颈，补充道，

---

① 东印度协会（Indische Bond），亦译作"东印度联盟"，1898 年在巴达维亚建立，是荷属东印度的印欧混血儿争取自身权益的组织，旨在反对殖民精英阶层针对他们的歧视，由前种植园主、报纸编辑安得利斯（G. A. Andriesse）领导。其中分为两派：道维斯·戴克尔（Ernest Douwes Dekker）为首的激进派，认为混血儿的苦难源于殖民统治，必须结束殖民统治；扎尔贝尔克（Karel Zaalberg）为首的温和派，愿意接受殖民统治。道维斯·戴克尔是"布鲁岛四部曲"历史背景的重要人物，荷兰作家穆尔塔图里的侄孙，首次出场在《人世间》第七章。

② 自由民主党（荷兰语 Vrijzinnige Democraat）属于被公众称之为"激进群体"的荷兰民主自由派政党，早在变成自由民主联盟（Vrijzinnig Democratische Bond）前，该政党曾经名为激进分子联盟（Radicale Bond）。——原注

③ T.V.K. 是荷兰语缩写，来自公司的名称 Tijdeman&Van Kerchem N.V.，该公司持有图朗安（Tulangan）、占第（Tjandi）、克伦蓬（Krembong）的众多糖厂，三地均在西多阿乔一带。——原注

"我也是听人这么说的。看来他不喜欢我的一些想法。为此，我们经常发生口角。尽管这本来是不必要的。我本人与 T.V.K. 公司毫无关联。您知道 T.V.K. 公司吗？"

"当然知道，先生。马都拉人管它叫戴博加（tepeka）公司①。"

"如果泗水人不知道 T.V.K.，那可就奇怪了。"他吐了口气，两腮鼓胀，嘴唇微微颤抖，"由于我们之间经常发生争执，我便做出让步，离开了报社。"

"最近刚离开的？"

"是的，最近。"

"您想去哪里呢？"

"三宝垄，先生。我将转到《火车头报》（De Locomotief）去工作。您读过三宝垄的那份报纸吗？"

"还没读过。"

"遗憾，这是一家最老的报纸，先生，它拥有悠久而光辉的传统，在荷兰本土也有读者。"

"很奇怪，这家报纸竟以'火车头'命名。"

"这是为了向史蒂文森先生表达敬意。这家报纸在三十六年前问世，当年适逢火车在爪哇岛上首次被使用。"②

"和《泗水日报》相比，那家报纸怎么样？"

---

① 马都拉人把 T.V.K. 念成 Tepeka（戴博加）。

② 乔治·史蒂文森（1781—1848），英国发明家、工程师，他和儿子罗伯特·史蒂文森（1803—1859）对蒸汽机车和铁路系统的发展贡献巨大。印尼由于岛屿众多、地处环太平洋地震带等自然地理条件，铁路交通网络的发展面临较多困难。19 世纪 60 年代，荷属东印度政府修建了连接三宝垄和东贡（Tanggung）之间的第一条铁路，虽然全长仅二十五公里，却使爪哇成为亚洲第二个开通铁路运输的地区，仅次于印度，三宝垄也成为爪哇铁路发展的重要站点。"布鲁岛四部曲"中，火车作为现代化象征之一多次出现，在《人世间》第二章，明克即表达过对史蒂文森的敬意。

"没法比，先生，《泗水日报》是极端殖民主义的报纸。"

"那么说，它真的是糖业媒体？"

"真的，报社年轻助理们已深感失望。他们时不时接到一些并非新闻工作的任务。"

特·哈尔——这不是他的真姓实名——没有继续说下去。我从高墨尔那学来的一套理解事物的本领，有助于我领会他的谈话。

"只要不涉及糖业，《泗水日报》看上去就如同世界各地的中立性报刊一样。可是一旦涉及糖业，它就暴露了自己的真面目。我曾听说，您和内曼之间发生过龃龉。"

"没有。"

"即使没有过，您也最好给《火车头报》写文章，那家报纸更有声誉，发行量也更大。我会努力发表您写的文章。这份三宝垄的报纸不仅在荷兰闻名，而且发行到南非的德兰士瓦（Transvaal）和奥兰治自由邦（Oranje Vrijstaat）①，还有使用荷兰语的其他地方，如苏里南（Suriname）②、圭亚那（Guiana）③以及荷属安的列斯群岛（Antillen）④，它向全世界读者如实报道荷属东印度东印度。"

他一说到新闻界，就兴致盎然。我认真听着，就像孩子在聆听《五卷书》（Pancatantra）⑤里的故事一样。

他说，在任何一个国家，几乎没有中立性的报刊。在东印度几乎

---

① 德兰士瓦和奥兰自由邦是南非布尔人的两个小国，布尔人是南非荷兰移民的后裔。
——原注

② 苏里南旧称"荷属圭亚那"，位于南美洲北部，。

③ 圭亚那位于南美洲北部，曾分属英、荷、法三国。

④ 安的列斯群岛位于加勒比海。

⑤ 著名的古印度故事集和寓言集，分为《朋友的决裂》《朋友的获得》《乌鸦和猫头鹰从事于和平与战争等等》《已经得到的东西的失去》和《不思而行》等五卷（据季羡林先生译本）。

所有报纸都属于极端殖民主义者。更糟的是属于种植园的报刊，它最主要的工作是切合种植园的意愿，给当地政府官员一些间接的命令或建议。它也刊登一些新闻，但这仅仅是为了看起来还像一份报纸而已。

"譬如说，刊登您的文章，就是为安抚读者，说明东印度十分太平，对糖厂来说平安喜乐（aman dan sentausa）。这样一来，糖厂的股东们就会放心了，阿姆斯特丹证券交易所的股票就能保持坚挺的价格。"

他似乎在指摘我，说我的文章不外乎博取糖厂股东们的欢心。实际上我写每篇文章都十分认真，殚精竭虑，无一不是呕心沥血之作。

"倘若对糖业不利会怎样？"

"那么您的文章就无发表之地，一切都是为了赢得股东们信赖。例如，不能报道因糖价下跌而造成的糖业危机。"

我对此不明白。我多么愚蠢。糖业危机！价格跌落！我不懂的何其之多！可我羞于请教。我是荷兰高级中学毕业生，对糖业一窍不通却关心种甘蔗的雇工，结果遭到了内曼先生奚落。

特·哈尔越来越摆出好为人师的姿态。他谈兴正高——义务教员的激情上来了。我这个不付分文的学生，却越听越扫兴。从高墨尔那学来的一套理解事物的本领也派不上用场。我不懂，真是一窍不通！谁能去责怪一个对事情毫不了解的人呢？

"现在你就能明白，为什么内曼对那个特鲁诺东索的事大发雷霆了吧？"

他越来越放肆了，拼命向我灌输他的一套。他像一头母狼，按住我脖颈，硬把它的奶头塞进我嘴里，强迫我吸吮。正是因为这个缘故，我不愿说出特·哈尔的真实姓名。

内曼，这个从事糖业的人，双手没摸过甘蔗秆，裤腿没沾过甘蔗园的土，究竟是什么原因一定要对特鲁诺东索摆出穷凶极恶的架势呢？政府不是有足够的军警吗？

特·哈尔以教育者的姿态不住地点着头。他仰起脸又点燃一支烟，吸了一口，烟内的丁香烧得噼啪作响。灰白色的烟卷，燃烧后化作弧形的灰。他仰望着甲板上高高的船塔。

"瞧这艘船，先生。您听听它的机器声响。这不是政府的资产，而是归荷兰皇家船运公司（K.P.M.）[①] 所有。有人说，该公司大部分资本来自女王陛下，所以公司的名称使用了'皇家'（Koninklijke）[②] 一词。但它并不归政府所有。"

他愈讲愈起劲——这头母狼的乳汁越来越浓，我吃力吮吸着。他迅速掀动嘴唇，偶尔叽里咕噜，几乎看不到嘴在动。但是他的声音洪亮，压过强劲的海风，直灌入我耳朵。

"奇怪吗？有的公司属于女王陛下，却不归政府所有？这是一种奇特现象，先生，是我们当今时代的奇特现象。哦，请不要质疑。我知道您想表达哪些异议。啊，不是的，您已理解了。"

我惶恐地摇摇头。

"不？真的不明白？"他短促一笑，令我刺痛般难受。他又说："政府起着保护作用，保障女王陛下的船只的安全，保证每次航行都能获得利润。对糖厂和甘蔗园，对所有私营企业，政府也都起着同样的保护作用。"

他喋喋不休，讲述东印度的各种巨型公司：数目、资本、散布全国各地，发展并且繁殖，令附身其上的每个人都变成牵线木偶，随之起舞。

特·哈尔把烟头扔进海里。烟头漂浮在水面，随着扑打船舷的浪

---

① K.P.M. 来自荷兰语 Koninklijke Paketvaart Maatschappij，皇家船运公司（Perusahaan Pelayaran Kerajaan）。——原注

② 荷兰语 Koninklijk（e）意即"国王的"。——原注

花起伏不停。

"任何资本都可以进入您的领地，政府已实行门户开放政策。它将保障一切投资的安全。先生，一旦您获悉这些资本从何而来时，您会痛心疾首。绝大部分的资本来自荷兰，先生。而这些荷兰资本又来自爪哇农民自身。您读过今年的爆炸性新闻（sensasi）了吧？"他死盯着我，像一个魔鬼企图剜掉我的眼珠，"没有？当然没读到过，这里的媒体肯定不会报道。非同一般的新闻，先生。它是在荷兰国会的下议院揭发出来的。范・登・勃克（N. P. van den Berg）和范・德文特（Mr. C. Th. van Deventer）指责说，荷兰王室已从爪哇农民手中夺取了九亿五千一百万盾钱。先生，您见过一千盾钱么？"

这只母狼挤出一滴浓浓的奶汁，我不自觉把它一口吸进了肚里。

"荷兰王室侵吞爪哇农民的钱！像特鲁诺东索那类农民的钱，先生。范・登・勃克和范・德文特进行了谴责。"

我称之为特・哈尔的人再次盯着我，仿佛要把我高高举起，然后朝甲板上摔去。

他愤然说："我们在东印度，正等着跟进荷兰下议院那件事的结果。竟到此为止了，先生，偃旗息鼓了。不知多少人被荷兰王室收买，闭嘴了。忽然之间，尊敬的下议院议员们哑然失声。"

我似懂非懂，点着头。我甚至不理解，一件事和其他事究竟有何关联。

"可是，荷兰国内总宣扬说：为了征服亚齐，东印度身负巨额债务，六年间欠了一亿盾。"

这时，我不觉想起了参加过亚齐战争的冉・马芮。与此同时我心中还产生了一个疑问：我称之为特・哈尔的这个家伙，他究竟是何许人也？但他望着我——也许恰在我发愣的一刻，他哈哈大笑起来。

"有什么办法呢？我说这些，是为了擦亮您的眼睛，让您看清楚些。

无知是可耻的。任由好学之人身处无知状态不合天理。您瞧，我可是个顺乎天理的人，对么？"

他拍拍我的肩膀。"《火车头报》的人与《泗水日报》的人，两者说话迥然不同吧？"

"您认识高墨尔吗？"我问。

"高墨尔？您是指马来语报的那个记者吗？我听说过他的名字。"

"他从来没谈到过你刚才说的那些事。"

特·哈尔没有理会，弯下他那修长的身躯，把嘴凑近我的耳朵窃窃私语："罗赛博姆总督① 以温文尔雅著称，虚与委蛇，装得像鹿一样驯良。"

他猛地直起身子，倚着船栏，头朝后一抬，仰天大笑起来。他笑够了以后，又躬身贴近我耳朵说："您每天看报，是吧？"这时他说话与内曼一样，"可并不是所有消息都登在报上的。在荷属东印度，日本侨民和欧洲侨民的法律地位是平等的，你听说了吗？"我点点头。他干咳了一声，继续说："俄国人对荷属东印度大发雷霆。"

"俄国人？"

"是的，先生，沙皇大发雷霆。您知道原因吗？"我摇摇头。"在满洲里（Mantsuria），俄国和日本不是剑拔弩张地对峙着么？"这时，我轻轻咳了一声。"几周以前，"他伸出手指数着，可是仍算不出确切的数字，"俄国舰队光顾了丹绒卑叻，先生。总督罗赛博姆急不可待地想博得俄国人青睐。这可以理解，先生。当时俄国王子正随舰队一起，目的地是旅顺（Port Arthur）。"他吸了一口气，接着说，"您知道旅顺在何处，是吧？喏，为了表示荷属东印度的中立地位，罗赛博姆便邀请俄国王子到卑叻的林区去打猎。为了不让王子抱怨，罗赛博姆派人

---

① 指威廉·罗赛博姆（Willem Rooseboom），1899至1904年间任荷属东印度总督。

把茂物宫里的大部分驯鹿运到卑叻一带的林区去。"说到这里，特·哈尔又禁不住哈哈大笑。

"你想象一下，王子看到自己一枪打过去，几只半驯半野的鹿应声而倒，他的心里会是多么得意。恰在此时，周围响起荷兰海军军官们一片恭维声——这是事先准备的。他们奉承说：俄国王子陛下真是神枪手哇，您一枪击倒三只鹿，我们在东印度还从未见到过这样的好猎手呢！"

此时，特·哈尔说话的声音逐渐低缓下来。

"那是白天的活动。到了晚上，就会有一位县太爷家的小姐去陪伴王子。上帝！这就是荷属东印度的中立姿态！那位姑娘多大岁数？还不足十四岁！我的上帝！无论在欧洲还是东印度，虚伪都如出一辙！"

他时而聒噪并大笑，时而躬身对我低语，时而又挺身高谈阔论，我真不知如何是好。现在，他又点燃了一支烟，在那玉米衣卷裹的香烟（rokok klobot）上扎有一根丝线。不同的是刚才的烟系着一条红线，现在的则是根绿线。

"那所谓的中立，明克先生，是为东印度的一些大公司服务的。"

看来他在发泄某种情绪，我却莫名其妙。待到痛快发泄完之后，他便沉默不语。趁此机会，我问了一下他的身世和文化程度。他看上去是那么年轻。他笑了笑，虽不回避我的问题，回答却含糊不清。我从他口里听来如下几句：他十二岁时，在开往东印度的船上当小跟班（kacung），到泗水后从船上逃出来，当了工厂小跟班；后来他随一名科学家进入加里曼丹岛（Kalimantan）腹地、托拉查人地区（Tanah Toraja）、巴达克人地区（Tanah Batak）[①]——也许还是在当小跟班。从

---

① 加里曼丹岛（婆罗洲）、托拉查人所在的苏拉威西岛、巴达克人所在的苏门答腊岛均系印尼面积较大的岛屿。

那时起，各类学者，尤其是教堂神职人员，都来找他当助手。

他谦虚地承认："我从他们那里学习到了有关世界的知识。同时我靠自己的双脚跋山涉水，通过耳闻目睹，积累了关于东印度的大量知识。"

"您刚才讲的那些，可并不是关于您所穿越的茂密丛林。"

他又笑起来，不像刚才那样恣意了。这时他不再抽烟，因为他口袋里没有香烟了。

"有什么不同呢？大城市和丛林一样，都是人们互相控制、敲骨吸髓的地方。是吧？您说是不是？"他的笑声令人难以置信。

突然，他说："先生，如今的政府可与从前不同了。由于过去采取强迫种植制（Tanampaksa）①，您的民族已经被盘剥得精光，现在只剩皮包骨，而这里的大公司纷纷发了大财，它们向东印度政府缴的税款也与日俱增。因此在必要时，政府肯定将调集它的军警队和警察、官员和村吏，以实现那些大公司的意愿。"

又回到了刚才的话题。我无法从他的说教中摆脱出来。

他不停地说着，滔滔不绝。许多事情是我闻所未闻的。东方号正在朝西驶去。我举目远眺，只见海面上到处飘荡着小小的渔船，有布吉斯人的船，有马都拉人的船。

"在荷兰皇家船运公司的大船面前，布吉斯和马都拉人的渔船不知还能维持多久？现在与过去相比，渔船显然少多了。我曾经亲眼目睹，阿拉伯人的船和中国人的船是怎样接连地把那些渔船赶走的。"

"在学校里，老师从来没讲过这些事。"

"请原谅，先生，我可没有上过学。何况学校里教这些有什么用？

---

① 1830 至 1870 年，荷兰殖民者在东印度强迫农民们种植政府规定的经济作物并廉价收购。

一个土著民愿意谈论这些，说真的，先生，我很高兴。哦，现在这个时代，好比一口没底的蒸锅，不管你提多少问题，不管你作多少解释，都是装不满的。而且，虚伪也日渐严重。我说的虚伪可不是指一些贫苦人为糊口而采取的不老实手段。我说的那种虚伪，与他们民族的污泥一样低贱。有权有势者的欺诈，先生，那是一个过度强大的政权的合法产物。抱歉，先生，跟你说这些事的我本人不过是个私生子罢了，有一个母亲，但不知有几个父亲……"

他杂乱的谈话戛然而止，仿佛被追踪来的魔鬼一瞬间给掐灭了。他的手往裤子口袋摸去，左掏右掏，却找不到一支香烟。

"为什么女王陛下也来投资呢？"为了掩饰我的无知，我脱口向他提问。

"为什么？唉，先生。在咱们这个疯狂的时代，国王意味着什么？如果一个国王没有资本，也要听从资本的命令。如果一个国王能当上资本的国王（raja modal），那就更好了。"

"可是，老师们都说：咱们进入了现代（jaman modern），而并不是资本时代（jaman modal）。"

"他们只是一知半解，明克先生。对于正在发生的事，新闻记者了解得更多。一知半解并不等于了解。是这么回事，托莱纳尔先生，您用马科斯·托莱纳尔这个笔名，不正是为了要靠近穆尔塔图里的《马格斯·哈弗拉尔》吗？人们由此知道，您是穆尔塔图里的精神之子（anak rohani）。您坚信人道主义。尽管如此，如果不了解社会生活的实质，在东印度，人道主义可能会误入歧途（tersasar）。所谓的现代，托莱纳尔先生，就是资本无往不胜的时代。在这个时代每一个现代人都依照强大资本的命令而行事。您受的荷兰高级中学教育也是根据资本的需要，而不是凭您个人的意愿。报刊也是那样，一切都受资本的支配，也包括文明、法律、真理和知识。"

特·哈尔说的话越来越像小册子里的宣传文章。（我把它记在这，心里也直犹豫，真不知该不该继续往下写。何况我也还没完全理解他的意思。）可是不记下来也不对：特·哈尔把我引进了地理书上从没出现的几片"新大陆"。如果我的这些记录接近于一本小册子的话，那么——是的，这就是我所进入的状态。轮船、海洋、流逝的岁月，泗水和沃诺克罗莫，远在彼岸——呃，这一切构成了我这本小册子的章节，变成了我的并不全面、支离破碎的见解。

大资本彻底席卷所有人的生活，我还难以完全接受这样一种观念。在农村，人们纺织蜡染、下田耕作、结婚生育、生老病死，这些岂不是和资本毫无关系么？人们清晨起身，取水洁身，向真主祈祷，难道这些也是由于资本而发生吗？

马芮谈起亚齐战争时，曾讲过资本的作用。此时我想起了他的话，但只是在脑际一闪而过。特·哈尔的一席话却犹如雷电劈头而来。马芮说过，荷属东印度嫉妒英国资本，因为英国资本能通过亚齐这个缓冲地带，染指和控制安达拉斯（Andalas）①。于是荷兰便进攻亚齐，使它丧失了独立，尽管荷兰从始至终都在说：荷兰根据与英国达成的协议行事。

"不错，"特·哈尔继续说，"所谓资本，不仅仅是金钱而已，先生。它是无形的、抽象的东西，对现实的事物具有神奇的力量。资本能使一切分散的事物集中起来，又能使集中的事物分散开去；使液体变成固体，使固体化为液体。所有事物的形态变化都取决于资本。资本使干的变成湿的，使湿的变成干的。它是操纵世界的新神仙。这些听起来的确使人感到厌烦，然而它是事实。生产、贸易、人们的汗水、运输、交通、各种渠道，没有人能超越资本的控制，不受其影响和支配。

---

① 苏门答腊的旧称。

明克先生，甚至连人们的思维方式和理想也都由资本来认可和取舍。"

特·哈尔越谈越离奇，他说的与学校那一套背道而驰。于是，我试图把过去人们的提法重新搬出来，说："如果说科学知识及其规律掌控着一切，这不是更加确切吗？"

他和蔼地笑了——不复高声大笑。他说："科学知识及其规律只剩下空泡泡，没有力量……"

姨娘认为一切事情均由政权掌控。只见特·哈尔又捧腹大笑，以至修长的身躯微微颤动。这时，我怀疑他是一名精神病患者，对他本人和他说的话不可百分百全部相信。

"当今时代，没有一个政权不是源于资本，先生。早先，在草原上、沙漠中、丛林里或在荒凉的原野上，曾有过游牧民族，在他们的社会里没有发生资本与政权的结合。无论人有多少聪明才干，就算本世纪的杰出人才史蒂文森，若没有资本，他也不可能为全世界发明火车头。唯有通过资本，才能令蒸汽拖动几十米长的车厢。若没有资本，人们无法操纵电，进而使电报机和电话机发挥效用。难道不是这样么？事实就是如此！要是没有资本，那些大人物就像没有牵线杆的皮影一样寸步难行。您说对不对呀？"

这匹凶悍的母狼已然说出了太多东西，要记录下来实在困难。

那天中午，我睡了个好觉。下午，我把特·哈尔信口开河的一番话追记下来，并再次思索他讲的是否有道理。昔日老师们传授给我的一些知识，如今在无所不能的资本面前，也许都要颠倒过来理解了。刚才特·哈尔是怎样说的呢？他说，资本征服了个性、社会和民族等一切。凡是不向资本臣服的人，都要靠边站和落荒而逃。他说国王、军队、美国和法国的总统，以至小商店和教堂前的乞丐，无一不受控于资本。凡是抵制资本势力的民族，要么一蹶不振，要么就此湮灭。避开资本势力的社会将退化到石器时代。所有人都应把资本势力作为一种现实而接受下来，无论是否喜欢它。

我启程去巴达维亚是为了继续深造。毕业后，我将成为受雇于政府的医生，专门为公务员们治病，使他们康复后得以继续贯彻政府的命令。而政府则履行职责去保护资本的安全。我就这样成了一个为资本利益效劳的劳动力而自身毫无意义。难道这就是我的未来？

我思索良久，仍不得其解。手头的东西也还没写完，特·哈尔却来到了我的船舱。他邀请我去饭厅吃饭。

走出船舱，我才发现夜幕已开始降临。

二等舱的餐厅里全部是西餐，我顿时倒了胃口。特·哈尔却喜形于色，立即狼吞虎咽起来。

"您不怎么喜欢西餐，"他说，"嗯，吃饭本来就是习惯问题。我至今仍喜欢吃梨，多过于喜欢吃香蕉。"

回到甲板上，我先开了腔："特·哈尔先生，为什么内曼先生及其报纸要敌视许阿仕呢？"

"您是指在红桥被杀的那位新客？"

他不了解那件事的底细，我便向他作了介绍。

"先生，"他说，"对大资本而言，现在东印度的局势是国泰民安，秩序井然。人们能安心工作，没有重大干扰。许阿仕以及他所属的新青会，或许会影响到东印度的华人，也可能影响到东印度的局势。若此局势受到干扰，那么商贸、生产和物价必然接连受到干扰……"

"可是，干扰总是存在着的。"我向他讲述了图朗安农民的骚乱，他也听说过这件事。

"农民暴动的影响微乎其微，先生。"

"但局势受到了干扰。"

"那种小规模干扰已事先估算在生产费用里了。"他现在似乎注意了自己的说话方式，避免给人一种说教的印象，"那些没有资本的农民能有多大能量？他们能造成多大破坏？最多不超过二十麻袋糖的价值。"
他笑了，并未笑出声，"与五千麻袋相比，二十麻袋算得了什么？参
加暴动的农民很快就被镇压下去了，最多一星期就够了。局势又恢复
如常。可是，托莱纳尔先生，如果改变的是人（kalau manusianya yang
berubah）……啊，就会天翻地覆。人们的生活条件会随之开始起变化，
久而久之，原先的局面就也改变了。"

"但是，即使许阿仕成功了，发生变化的也不是农民，而是在东印
度的华人。"

"事情没那么简单。各种生活在东印度的不同人群将相互影响，甚
至连吃的东西也不例外。也许您本人已经开始喜欢酱油、豆腐、豆酱、
肉面、肉丸子和绿豆粉糕，但您却没意识到自己已受到了其他族群的
影响。不仅本地的土著民，外来欧洲人也如此。人们用汤匙和餐叉吃
细条实心面和通心粉，也会受华人饮食文化的影响。当今时代，任何
生活方式，只要它能使人愉快，能减轻痛苦、厌倦和辛劳，世界各地
的人们都会加以模仿。那位年轻的新客也一样。他和他的同伴只是想
效法美国和法国。久而久之，土著民自己也会学着做的。倘若土著民
效法起西方来，那么大资本要想在东印度牟利可就难了。"

他后来讲的那些话使我茅塞顿开，而且还帮助我去领会了他之前
讲过的意思。醍醐灌顶之言犹如一盏明灯，照亮了我前面的路，使我
无须他人帮助也能够独立行进。

我们眼前的爪哇岛已被夜色吞没。灯光点点，黄里泛红，宛如萤
火虫一般闪烁。那里有我的同胞在生活着。他们被剥夺了学习美国或
法国的权利，不论直接模仿还是间接效法，都遭到禁止。他们必须维
持原状，永无任何变更。

"东印度就是大资本牟利的源泉。"特·哈尔继续说，"每个人都必
须成为利润来源。利润来自缝到衣服补丁上的每一厘米线，走在路上的

302

每一个步子。欧洲和美国的城市也一样，利润来自每一口饮用水。将来说不定连吸入体内的每一立方厘米空气，也都要为他们生产利润。"

突然，他的声调变得咄咄逼人："您了解东印度的近邻菲律宾吗？"

"略知一二。菲律宾人反抗西班牙的殖民统治，后来又反抗美国人。"

"您从哪里听说的？东印度的报刊从未清晰报道过。"

"嗯，偶然听来的，先生。"我答道。我不能再往下讲了，不是因为消息本身，而是因为这源自我和许阿仕的友谊。他的信甚至就放在我的皮箱里。

"来自菲律宾的消息相当少，政府看来感到有必要加以封锁。"特·哈尔越说越快，越说越来劲，仿佛在宣传他的个人信念："政府担心东印度土著知识分子知道的多了，西班牙殖民统治下的菲律宾民族如此进步，东印度土著知识分子会感到惭愧……"

特·哈尔继续讲着。许多菲律宾土著民已经有文化，受过良好教育。有人成为了学者。东印度的土著民如何？在荷兰大学里深造过的人寥寥无几。东印度土著民还没有饱学之士。公立学校的发展也没超过七十五年，而菲律宾办学几乎已三百年历史了。在东印度，百分之九十九的土著民是文盲，菲律宾的文盲人数要比这少百分之十。

菲律宾的进步，使它的土著民更多接触到欧洲科学知识，更深入地了解欧洲民族力量所在，并懂得如何运用科学知识。于是，他们便奋起反抗。由于受过欧洲教育，菲律宾人发生了改变。他们再也不会回到原先土著民的状态了。荷属东印度政府更加忧心忡忡，生怕东印度土著知识分子获悉这样一个事实，在菲律宾已发生由知识分子领导的起义，而不只是图朗安那种农民骚乱。

他越说越远，弗远无界，似乎不再需要脚下踩着的这片土地了。

他继续讲：在菲律宾发生起义前，首先是港口苦力们拒绝干活了。

我感到十分诧异。苦力拒绝工作！猛然间，我想起了类似事件的报道，发生在荷兰，报界称为"擅离职守"（belot kerja），荷兰人称为"罢工"（staking）^①。

　　"菲律宾人比荷兰铁路公司的劳工更先开始罢工了。"特·哈尔说，"但跟这些罢工相比，起义更引人注目，它震撼了包括荷兰在内的全部欧洲殖民国家，先生。"他匆匆点上一支烟，接着说，"那些国家迅速研究起义爆发的原因，以免在自己的殖民地也发生类似事件。我朋友认识菲律宾土著民的领袖之———何塞·黎刹博士^②。我的朋友曾在布拉格见过他，他是一位诗人，精明能干，一个具有强烈爱国主义精神的人。西班牙人逮捕了他，可惜，这么出类拔萃的人，信念不够坚定（Imannya kurang kuat），真遗憾。"他咂着嘴说，"他的命运已注定：判

---

① 印尼语 belot 意为"叛变，变节，投敌，叛教"，kerja 意为"工作"，马克斯·莱恩把 belot kerja 译作 work desertion；句末 staking 是荷兰语，英译作 striking。

② 何塞·黎刹（José Rizal，1861—1896），也译作何塞·黎萨尔，菲律宾著名作家、眼科医生，民族独立运动先驱，被菲律宾人民尊为国父。黎刹有闽南人血统，1861 年 6 月 19 日出生在吕宋岛内湖省卡兰巴镇，18 岁时发表诗歌《献给菲律宾青年》，提出"祖国是菲律宾而不是西班牙"；1882 年赴欧洲留学，先后在德国柏林和比利时根特出版了西班牙语反殖民主义长篇小说《不许犯我》（又译《社会毒瘤》）和《起义者》（又译《贪婪的统治》）；1892 年 6 月黎刹返回菲律宾，7 月 3 日创立了民族主义政治团体"菲律宾联盟"，提出"把整个群岛统一成强大的民族共同体"，同年被殖民当局流放，1896 年 12 月 30 日早晨七时，黎刹在马尼拉以"非法结社和文字煽动叛乱"的罪名被枪决，临刑前与爱尔兰裔未婚妻约瑟芬·布蕾肯（Josephine Bracken，1876—1902）举行了婚礼，和写下绝命诗《永别了，我的祖国》。
　　《万国之子》的故事发生于黎刹就义后的三年内，特·哈尔提到的"信念不够坚定"指黎刹对西班牙殖民者抱有幻想，包括曾在监狱里写下一份批评卡蒂普南起义的《告菲律宾人民书》，详情可参见周南京《应该如何评价何塞·黎刹——评〈菲律宾史稿〉〈菲律宾社会与革命〉等书有关何塞·黎刹的论述》，收录于《黎刹与中国》（周南京、凌彰、吴文焕主编，南岛出版社，2001）。《万国之子》中的这段谈话及对黎刹的关涉映衬着《玻璃屋》中明克做出的人生最重要抉择。

处死刑，终此一生。他是一位文质彬彬的人，用西班牙语写诗，正如您用荷兰语写作。他又是一名医生，托莱纳尔先生，您本人不是也想当一名医生吗？看来，这些都不是偶然的巧合。"

"一个受过教育的人、医生、诗人……起义……"

"也许荷兰人比西班牙人更精明。在荷属东印度，土著知识分子从未发动过起义。这里的知识分子总是追随荷兰人。显然，东印度不是菲律宾，荷兰也不是西班牙。"

"何塞·黎刹被处死了。"我禁不住想起许阿仕。

"这是必然的。西班牙武警（carabiniero Spanyol）以凶残闻名。"

一位受过教育的人反抗自己的"老师"……这种事确实没在东印度发生过。

特·哈尔说："西班牙人把何塞·黎刹与他的伙伴们隔离开来，然而他不是孤立存在。许许多多人热爱他，因为他热爱自己的民族，他把自己的知识献给了他的民族。他这样做很对。因此，欧洲许多知识分子纷纷要求西班牙政府能够赦免这位出类拔萃的菲律宾知识分子。"

"通过那次暴动，是想要达到什么目的？"

"您不知道？暴动目的是要让菲律宾人自己管理自己，不再听命于西班牙人。很遗憾，"他又咂着嘴，说，"这个缺乏经验的民族最后成了西班牙和美国狼狈为奸的牺牲品。它落入了美国的手中。"

"我不太明白，先生。他们要怎样管理自己呢？难道他们的知识分子去取代西班牙和美国，为自己的民族当政吗？"

"当然，那就是他们的目的，实现民族独立。"

我脑海里出现王公和领主们迷恋权势、好摆威风的情景。在他们面前，人们必须躬身折腰、屈膝爬行，对他们顶礼膜拜、俯首听命，以求得他们的欢心。这些王公和领主甚至不一定比他们的臣民更有文化。我不由自主地摇了摇头。我简直无法想象，菲律宾人能在没有白人的情况下管理自己的国家。而在我生于斯长于斯的东印度，土著民独立自主的事不但不可想象，而且根本行不通。如果没有白人政权的话，那些土著王公贵族将会把人们动员起来，为争权夺利而自相残杀。这不是在历史上屡见不鲜么？

"为什么？"

"土著王公贵族重新掌权，会怎样？到那时，知识分子将要大难临头，特·哈尔先生。"

"不，他们将以美国或法国方式来管理自己的国家。我的意思是，如果他们赢了，他们将会采取共和体制。在这样彻底的觉醒中，必然会产生出具有欧洲思想的领导人，也肯定产生出现代组织。不会像图朗安的农民那样。菲律宾有一个组织作为反抗运动的发动机，那个组织的名字叫做……卡蒂普南①。"

"那现代组织是什么呢？"

"这么说，您还从不晓得一个现代组织是什么概念？"他一边摇头，一边咂着嘴。

我看不清楚他脸上的神色，漆黑的夜已经成为他面庞的良好屏障。像我这样一个荷兰高级中学毕业生，竟不知道现代组织是怎么一回事。也许他觉得我可怜。也许温托索罗姨娘了解这些，能给我作出很好的解释。可是，说实在的，我真是一窍不通。我默默地听着，不敢进一步提

---

① 卡蒂普南，他加禄语 Katipunan，来自 Kataastaasang Kagalang-galang na Katipunan ng mga Anak ng Bayan。——原注（卡蒂普南是 19 世纪末菲律宾草根阶层的秘密革命组织，全名"最崇高、最受尊敬的菲律宾儿女协会"，"卡蒂普南"是他加禄语"协会"的音译。卡蒂普南由滂尼发秀等人创建于 1892 年 7 月 7 日，成员多为失业工人、城市贫民、农民、殖民政府下层官员等，后来也有资产阶级加入，组织受天主教思想影响，反对种族歧视，倡导人人平等，并无明确的政治纲领，意图以激进形式推翻西班牙殖民统治，实现菲律宾独立。1896 年 8 月 26 日，卡蒂普南在奎松市巴林塔瓦克［Balintawak］发动了武装起义。——重校注）

问。我很羞愧，感到无地自容。

船上轮机的隆隆声震荡着我的五脏六腑，甚至震荡了我的思绪。

"最后，"特·哈尔继续说，"无论哪个民族，一旦土著民接触欧洲科学知识渐多起来，他们都将追随菲律宾土著民，不管采取什么途径和方式，会努力把自己从欧洲的桎梏下解放出来。菲律宾土著民也谋求本民族的独立，比如当今日本，全世界文明国家公认它是个独立国家。"

"您的意思是说，东印度也会如此？"

"当然，不知会在何时。为了避免或至少能推迟这样的事件发生，荷属东印度政府向土著民进行欧洲的文化教育时表现得十分吝啬。它不愿轻易传授科学知识。可随着这里的土著知识分子日益增多，荷属东印度政府日后免不了步他们的后尘。那一天必定会到来，但不知哪一天，也许就像森托特（Sentot）① 预言的那样。您知道森托特这个名字吗？"

"您是指穆尔塔图里的朋友？"

"是的。咱们走动一下吧。这样站着不动，对身体不好，尤其是我这样吸烟过多的人。"

也许因为觉得我尚未理解他的意思，他便没继续往下谈，而是讲起了别的事情，但稍后，他又回到了原来的话题："总有一天，当您读更多书，见识更多时，您会比现在理解得更多。"

_____

① 参见《人世间》第十一章；历史上真实的森托特应为阿里·巴萨·森托特·普拉伊拉德贾（Ali Basah Sentot Prawiradirdja，1807—1855），是苏丹长子蒂博尼哥罗（Pangeran Diponegoro）领导的反抗荷兰统治的爪哇大起义的英雄之一；荷兰诗人兼记者鲁达·范·埃辛卡（Roorda van Eysinga）把自己的诗歌《诅咒之歌——荷兰人在爪哇的末日》（*De Vloekzang. De laatste dag der Hollanders op Java*）发表在穆尔塔图里的《马格斯·哈弗拉尔》附录注释中时，托名为森托特。

"东印度，先生。"我一直都在洗耳恭听，若不出声回应一下，总觉得不自在，于是说，"东印度面对着荷兰军队的枪炮。三百年来它连遭失败。"突然，我想起了翁东·苏拉巴蒂，早年他反抗荷兰人时打过胜仗，"偶然赢过，可那不过是暂时的，昙花一现而已。"

他温和地笑了。

"那当然，"他答道，"因为土著民还像是中世纪人，或许像古代人，也可能是石器时代。但是，倘若东印度土著民百分之一的人——用不着百分之一，千分之一就行了——掌握了欧洲科学知识，这些思想开了窍的人就能对现实进行变革，于是其民族也会发生改变。如果再掌握了资本，就会如虎添翼。荷兰军队的枪炮阻止不了这种变革，托莱纳尔先生。如果一个阶层已经觉醒了，尽管他们人数有限，那么即便其所属的民族极其弱小，也会奋起斗争……您还记得八十年战争吧？和西班牙相比，当时的荷兰算得了什么？一旦觉醒了，最后西班牙也不得不认输。先生，您知道墨西哥吗？"

"不知道，很遗憾。"

"它是第一个击败它的宗主国西班牙的民族。与西班牙相比，当时的墨西哥土著民算得了什么呢？然而，只要一个阶层奋起反抗，整个民族便揭竿而起，那种力量坚不可摧。势不可挡啊，先生！"他简直要喊起来，"挡不住！"

"照您看来，东印度有朝一日也将如此。"

"我跟您讲这些，没白费功夫。"

"如果真的发生了，荷兰人不会高兴，您本人具体怎么想？"我问。

"我本人比较相信法国大革命，托莱纳尔先生。自由、平等、博爱。它不像欧洲大陆和美国现在的样子，只是为了一己私利，而是为了世界上每一个人、每一个民族。这种态度通常被称之为真正的自由主义态度，先生。"

"可是法国在非洲、亚洲和美洲也有殖民地。"

"这是法国和整个欧洲的错误。但法国革命的口号依然崇高。那是法兰西民族用鲜血、泪水、痛苦和牺牲筑造成的。"

"您令我惊异。"

"先生，我很自豪，我是一个自由主义者，彻底的自由主义者。别人称之为极端自由主义。不愿受压迫，也不愿压迫别人（tidak suka ditindas,tidak suka menindas），不止于此：不喜欢压迫的存在（lebih dari itu: tidak suka adanya penindasan）……"

我回到船舱时，夜已深沉。我只把特·哈尔说的要点记录了下来，其中真意并未完全理解。我困倦得不行，爬到上铺就寝了。同舱的旅客们早已酣睡多时。我确信：片刻之后，一个好觉将会赐福于我。

我醒来时，从船舱的圆形窗户往外看，天已亮了。两只小渔船，扬着小帆，正破浪前进。轰隆隆的发动机声震荡着轮船上的一切，也震荡着我身心。我没洗澡，只在盥洗盆里洗了把脸，便走出房间。那天早晨，特·哈尔的话又在我脑海中翻腾起来，萦绕不休。一个土著民怎样才能当上总统？如果他当了总统，日后怎样才能避免陷入王公贵族的陈规陋习？从古代传下来的故事里，现今各领主的衙门里，那些难道不是他本人的耳濡目染？再者，将来会否冒出其他人想篡夺总统大权？翻天覆地，干戈相见，就像《爪哇史话》里那样的战火连天无尽头？这个人反对那个人，这群人反对那群人？这混战将会成什么样子呢？

我们经历过数百年的战争，特·哈尔先生，屡战屡败。据米丽娅姆说——不知是她本人的看法，还是从世界上某个街头巷尾拾来的道听途说——"嗯，明克，沉湎于梦幻、自我安慰和战无不胜的幻觉里，在这方面，你的民族可以说是当今世界上独一无二、最自作聪明的了。"

不知是出于正义感，还是因为神经质，那位姑娘向我提出了期望。她说："你可不要像你民族的那些人一样，明克。你的民族必须有一个自觉者，成为整个民族的头脑和五官（otak dan pancaindera）。"啊，她又是另一只在哺乳的母狼。

一谈到菲律宾，我便肃然起敬。菲律宾败了吗？败给美国了。无论如何，那个英勇的民族战胜过西班牙。很可惜，我们不是菲律宾人，特·哈尔先生。我无法想象：没有了荷兰的东印度！我们必须从欧洲汲取尽可能多的科学知识，正如日本做的那样。没有欧洲的科学知识，便没有尊严。啊，特·哈尔先生，您真是一位激情的劝诱者，一位善于蛊惑的煽动者。

带着那些思绪，我走进了洗澡间。可那些问题总无法拭去，它们纷纷在我脑海中浮现、追逐、疯狂跃动（berjingkrak gila）。我的知识多么贫乏，竟被折磨成这个样子……

私人资本开始进入东印度……是的，在强迫种植制结束的时候……德·瓦尔总督（Gubernur Jenderal de Waal）制定了掠夺土地的法律，为从强迫种植制中搜刮来的大量资本做准备条件。那些资本要求获得荷属东印度总督的保护。他们不会去向土著造反者求助，因为对土著民不屑一顾……威胁来自英国，它正虎视眈眈地盘踞在新加坡和马来半岛（Semenanjung）。1824 年的《伦敦条约》[①] 意义何在？它不过是一张纸而已……英国完全可以利用亚齐作跳板……因此，荷属东印度必须把亚齐牢牢地掌握在手中，这才能解除荷兰私人资本的后顾之忧……那些荷兰大资本惶惶不可终日，唯恐英国把亚齐当跳板，入侵东印度。

---

① 该条约旨在解决英国、荷兰在东南亚地区的势力范围划分、贸易纠纷和赔款问题，其中规定了撤销英国在亚齐的商馆、荷兰必须尊重亚齐的独立等，在当时防止了两国关系进一步恶化，也防范英荷以外的列强染指这一地区。《伦敦条约》对东南亚的影响深远，涉及如日后新加坡的命运、马来西亚和印尼两国的领土边界等。

必须将亚齐置于荷属东印度的绝对控制之中。

亚齐毕竟不是爪哇。荷兰中了圈套。亚齐战争爆发了。荷兰付出统治东印度期间最昂贵的代价。为了取得亚齐战争的胜利，荷属东印度派出百分之九十的军队，花费百分之七十的预算。战争持续了几乎四分一世纪！荷属东印度在亚齐的坚定政策，对大资本起到了保障作用。于是，投向东印度的资本源源而来……

我去到饭厅，特·哈尔早已等候在那里。他延续了昨天的话题。他试图说明大资本在我们这个新时代的权势。他没提及亚齐战争。他后来谈的那些观点，几乎跟马赫达·皮特斯给我的那本无名氏写的小册子如出一辙。

我问他是否读过一本无名氏写的小册子。他诧异地反问："您是指用荷兰语写的《我们殖民主义政治的泥潭》① 那本书吗？"

"没错。"我说。

"这么说，你也读过。这本小册子已被宣布为禁书，您知道吗？"

我这才知道，在东印度还存在着禁书。

"小心保管这本书，先生。过去也有一本禁书，书名叫《去雅加达的女人们》②，不过与这一本相比，那本就相形见绌了。如果您读过这些书，那您就该加入东印度自由主义小组 ③。若您同意，我可以设法介绍您参加。至于东印度协会，我劝您还是离它远一些为好。"

---

① 荷兰语 *Onze Koloniale Modderpoel*，印尼语 *Kubang Comberan Politik Kolonial Kita*。——原注（马克斯·莱恩英译为 *The Cesspool of Our Colonial Policies*。——重校注）

② 荷兰语 *Vrouwen naar Jacatra*，印尼语 *Wanita Ke Jakarta*。——原注（马克斯·莱恩英译为 *Women of Jayakarta*。——重校注）

③ 荷兰语 *Vrijzinnige Groep*，印尼语 golongan yang disebut Grup Liberal（被称为"自由党"的团体）。——原注（马克斯·莱恩英译为 Radical Group。——重校注）

"那是个什么组织，先生？"

"讨论形势的普通小组而已，您同意加入吗？"

能够荣幸地成为该小组一名成员，有什么不好呢？啊，特·哈尔真会引诱人！讨论形势也许比学校的讨论会更有意思。我没多加思索，便一口同意加入。关于这个小组，至少特·哈尔比我知道得多。

他邀我到甲板上去散步。他兴致勃勃，继续侃侃而谈：

"现在进入东印度的大资本不仅经营农业，而且在尝试矿业、运输业、航海业和工业。在邦加（Bangka）岛，一些华人小锡矿主受到大资本排挤，已荡然无存。爪哇的制糖小业主早已被糖厂挤压得喘不过气来。先前的那些小业主如今沦为了苦力，替有权有势的阔老板们打工。"他问，"关于德·瓦尔总督制定的农业法，您了解吗？"

我当然只能摇摇头。于是他长篇大论讲起来。这对我而言，又是一片新大陆。

"您应该知道，荷兰前殖民大臣范·德·普特（Van de Putte）是德·瓦尔的出色智囊，又是天底下最聪明的恶魔之一。他原来是一名海员，先生，来到爪哇之后就成了糖厂经理。就是这家伙在当上了殖民大臣以后便制订了糖业法。人们现在才知道：他就是东爪哇的伯苏基—朋多沃索（Besuki–Bondowoso）地区最大的甘蔗种植园主！就是他！而周边的爪哇农民却一贫如洗。如果您参加我们的讨论，您就会知道这些情况的。"

这只母狼可谓无所不知，他所讲的可能没有一件是真事。但他毕竟所知甚多。

他问我："您知道，普里昂岸（Priangan）的富裕农民是怎样被夺走了肥沃土地么？"

他开始讲起来，说这是不久前发生的事：那里的富裕农民或富足的村子都有自己的森林、水田、旱田和新垦耕地。他们拥有数百头牛，自由放牧在全村公有或私人的丛林中。为了把农民的耕地夺过来，并交给荷兰在东印度经营农业的大资本，政府原本仅需颁布土地条例。但为了要进入这些地区而不引起村民们怀疑，当局又派出了一些土著代理人。他们在畜群饮水的地方撒播毒药。一个月内，上万头牛中毒而死。许多村子里牛骸遍地，臭气熏天。瘟疫流行起来了。于是政府宣布，禁止牲口进入森林。因为有荷兰殖民军作政府的打手，各村各户和富裕农民没有作任何反抗，不得不把他们的土地交了出来。如今在这些土地已种上了茶。再也找不到原先在那里大批放牧的痕迹了，绝迹了。

"如果不加入自由主义小组，先生，人们不可能知道这一切。请原谅，您可别这样看着我。我们的小组，无非是个搜集东印度一切黑暗勾当的团体（wadah）。关于坤甸（Pontianak）乡下的淘金事件（rush mas），我还没向你介绍呢。你肯定闻所未闻。是那样么，没错吧？您也不知道从北婆罗洲偷渡而来的秘密会社（kongsi–kongsi gelap）吧？"

他口若悬河，滔滔不绝。我不知道他怎么使自己的嗓子和嘴唇保持润湿的。他可能已经连续抽了六七支香烟，甚至连我的衣服也熏得满是烟味了。他讲呀讲，不停地讲着：

大资本企图使东印度土著民全都变成他们的苦力，土著民的土地都变成他们的经营场所。因此，他们拼命反对向土著民传授欧洲的知识，生怕土著民知晓其强大、狡诈的根源及恶行。可是，那些大资本需要的不仅仅是苦力，还需要能读会写的监工。为此就开办了乡村小学。后来，能读会写也不足够了。他们还需要能数会算的人。他们不得不开办荷兰初级小学（sekolah Vervolg）。而这些小学又缺少教员，于是他们就开办了师范学校（Sekolah Guru）。后来，他们感到还需要少许荷兰语的人才，便把五年制小学（Sekolah Dasar）分成一阶段和二阶段，让学生在第一阶段学一点荷兰语。久而久之，那些大资本从自身利益出发，需要培养土著知识分子。这种情况不断延续和发展，更高级的学校也创办起来了，为土著民专设的农业、民政管理、医科和政法等中等专业学校（sekolah menengah vak）相继出现。这成了不可阻挡的趋势。一切都是为了大资本自身发展的需要。您想去就读的医科学校也概莫能外。这些学校提供高额合同公费奖学金（ikatan dinas），以此吸引土著青年。

经营制糖业的资本最有权势。在荷兰的自由派，即自称为"伦理团体"（golongan ethiek）的人士，也是以糖业的名义发声，借口由于以前实行了强迫种植制而在道义上欠了债，如今要还东印度的债，便挥舞起兴办教育、移民和灌溉事业的旗帜，声称这些都是为了东印度的利益，为了土著社会的繁荣。可这一切恰恰都是为发展糖业而服务的。兴办教育是为了给制糖业培养能读、会写、会算和有专业知识的人才；移民是要把爪哇的居民移至别的岛屿，以便扩大甘蔗种植面积；水利灌溉则是为了发展甘蔗园的生产，增加糖产量。

"事情并没有到此为止，托莱纳尔先生。"特·哈尔继续说。"一种需要产生出了另一种需要，生活的规律就是如此。大资本不得不把欧洲的科学知识带给土著民，这些并非其发自内心的意愿。"

他说："托莱纳尔先生，您本人想通过学习成为一名医生。是的，为了使种植园和工厂的生产顺利进行，不至于因有人生病而受影响，是应该培养医生的。"

"如果我将来毕业后当了医生，我的意图可不是……"

"不管愿意与否，您将会像榨糖机的部件，如同转轴、碾轮或锅炉一样。"

"可是，从医科学校毕业的学生，将成为政府的医生。"

"最终结果都一样，先生。"

他向我做出了确切的解释，使我明白了他的观点。

"如果不是为了自身利益，政府是不愿兴办教育的。瞧，菲律宾的情况就是一个明证。他们办教育是出于无可奈何。"

我越来越理解冉·马芮为何那么厌恶亚齐战争，他完全是出于切身体会。

我们看见一艘船正从西方迎面驶来。

特·哈尔说："瞧，那艘船，也属于荷兰皇家船运公司，其中也有荷兰女王陛下的资本，就跟我们这艘船一样。这些船都出自能工巧匠之手。杰出的发明家制作了这些机器。但是，这一切都归资本家（sang modal）所有。没有资本的人只能沦为苦力而已，不会比这更好，即使他的本领像天一样高，甚至完全超过希腊和罗马诸神……"

啊，我不禁想起了姨娘。她为了农场的利益，也雇用过欧洲人。那些欧洲人呼之即来。甚至连德拉德拉·莱里奥布托克斯法学士也被姨娘当面赶跑了，因为他不能发挥有利作用。土著民竟把欧洲人挥之即去！她从梅莱玛先生那里学来的本领可真不少！

特·哈尔采用一些他估计我能理解的素材，重又谈论菲律宾问题。现在，他用了一个十分深奥的新词：民族主义（nasionalisme）。他自己解释这个词时也遇到了困难，便停下来。彷佛突然想起了什么，他取出怀表看了看，说："我早先跟您说过了，托莱纳尔先生，您听我这么冗长的谈话，难道不觉得厌烦吗？"

"我丝毫没有厌烦的感觉，先生。"实际上，我已经听腻了。

"要是这样的话，咱们稍后再接着谈吧。"

"我从未遇见过像您这样的欧洲人。"

"并不是所有的欧洲人都那么糟（busuk），先生。"

"您和马赫达·皮特斯老师一样。"

"也许。我在她被驱逐出东印度之后才听说她的姓名。"说罢，他点头告辞，步伐矫健轻快地走下了舷梯。

我回到船舱里，翻开词典查阅着。可是词典上关于民族主义的解释与特·哈尔的解说一样含混不清，无法给出令人满意的概括。特·哈尔曾经描述过菲律宾土著民奋起反抗西班牙和美国的英勇斗争，从词典上却根本找不到一点相同之处。

我大致记下了他长篇大论的要点。稍后，他派人给我送来杂志《东印度指南》和《调查与实验》①。通过这些，特·哈尔想继续表达他的未尽之言。

由于第一次见到《调查与实验》这样的德语杂志，我便好奇地翻阅了一下。杂志内无插图。我的德语很差，看不懂一篇关于菲律宾的文章。我不得不对它的内容连蒙带猜。结果不仅感到它复杂难懂，而且与我最近的生活经历交织在一起，变得杂乱无章，简直无法理出个头绪。但同时，我的生活经历又恰恰有助于我去理解一些事物。凭着个人的想象力，又借助于我的经历，我把那本杂志上关于菲律宾问题的论述大致理解如下：

……菲律宾的土著知识分子把希望寄托在西班牙国内的自由主义者身上，正如我一直以来把希望寄托在荷兰本土"真正的"自由主义者身上一样。是的，在欧洲国家，人类最高智慧和创造力之巅峰，我们可以从博物馆收藏里看到。菲律宾土著知识分子怀着美好的幻梦：某一天，西班牙人将大发慈悲，让他们当上西班牙议会的议员，享受西班牙统治下的民政权利，这样他们就可以为自己的民族和祖国做些好事。

我学习到了这样一件事——某种基本知识：即一小部分人想入非

---

① 荷兰语杂志 *Indische Gids*，印尼语 *Pedoman Hindia*；德语杂志 *Forschung und Prüfüng*，印尼语 *Penyelidikan dan Percobaan*。——原注（《东印度指南》也是温托索罗姨娘日常翻阅的杂志，见《人世间》第十三章。——重校注）

非，他们通过出版报纸来宣扬幻想，让别人也跟他们一起幻想。报纸！菲律宾土著民出版了自己的报纸——《团结报》[①]！土著知识分子何塞·黎刹博士是该报的领导人。

我没见过何塞·黎刹的相片。在我想象中，他身材修长、满腮胡子、浓眉黑髭。这些并不重要，重要的是：统治菲律宾这块殖民地的西班牙当权者们诅咒他，针对他采取行动。这使我不得不联想到东印度的情况。没发生过同类的事，这种事从没有过。但看各种迹象，将来是免不了会有的。特鲁诺东索真可怜，他竟然用大刀和锄头来进行反抗！黎刹也打不过他。

何塞·黎刹对西班牙人仍然心存幻想，以为他们会发善心，于是他创立了菲律宾联盟。然而，在菲律宾的殖民统治者却始终把他视为眼中钉、肉中刺。

我很清楚，谁也不会对我这种平铺直叙的记录感兴趣。可我别无选择，只能继续。问题是：它也属于我个人生活的范畴。唉，由于缺乏知识，特鲁诺东索并不知道在这个世界上还有一个叫菲律宾的邻国。我阅读那两本杂志后增长了知识，使菲律宾成为我个人世界的一部分，尽管这还仅仅停留在思想层面。知识有神奇的力量：书生不出门，能知天下事。通过知识可以了解世界的广度、深度和高度，还有世界上的各种苦难。

那本杂志说，黎刹还梦想欧洲会具有崇高的精神。但欧洲国家政权却是另一副面孔，它活像饕餮的巨人。这使我不禁想起祖先的哇扬

---

① 《团结报》(*La Solidaridad*)，史称"宣传运动"的菲律宾资产阶级启蒙运动的重要刊物。1882 年，一些西班牙知识分子和侨居西班牙的菲律宾知识分子建立"西班牙—菲律宾协会"，《团结报》由该协会主办，1889 年 2 月在巴塞罗那创刊，后移至马德里出版，秘密传入菲律宾后深受欢迎，对民族觉醒发挥了重要影响；1895 年 11 月因经费困难被迫停刊。

故事，有个名叫布多·依佐（Buto Ijo）的凶神恶煞。

菲律宾的其他土著知识分子组织对西班牙殖民主义政权早就失去了信心。他们拿起武器，进行反抗。特鲁诺东索和他的伙伴们很可怜。他们没有地理概念，以为一旦把糖业主的势力逐出图朗安，也就大功告成，永享胜利果实了。可是，黎刹比特鲁诺东索更值得同情。当他的伙伴们举起武器反抗的时候，他仍对在菲律宾的西班牙殖民统治者抱有幻想，期望着他们大发慈悲。在遭到逮捕和流放以后，他这种幻想也没有丢掉。甚至在执行死刑前几天，他还不断呼吁，希望所有奋起反抗的菲律宾人扔掉手中的武器，听凭敌人镇压。黎刹，他比特鲁诺东索更令人怜悯！特鲁诺东索因无知而失败，而黎刹呢，虽然他有知识，但对自己的知识缺乏信念……对自己身为知识分子的良知缺乏信念。

菲律宾革命爆发了。它的目标是把西班牙殖民者赶出菲律宾。我眼前展现出这样一幅情景：菲律宾的知识分子率领像特鲁诺东索这样没有文化的同胞，向西班牙人的军营冲去——此类战争在爪哇的哇扬戏舞台上是无法表演的。就连我也想象不出来。这些菲律宾人并不是听从某一个人的指挥，而是接受一个反抗司令部的领导，由卡蒂普南这个组织进行代表，而组织的领导层的代表人物就是安德烈·滂尼发秀（Andres Bonifacio），这些都在七年之前了[1]。特鲁诺东索实在值

---

① 安德烈·滂尼发秀（Andrés Bonifacio, 1863—1897），也译作安德列斯·博尼法西奥，菲律宾政治家、军事家、独立运动的发起人及领导人，被尊为菲律宾革命之父，部分菲律宾人把他视为第一任总统。滂尼发秀出身贫寒，长期生活在社会底层，早年深受黎刹的思想影响，曾参加菲律宾联盟，1892 年 7 月 7 日创建卡蒂普南，主张武装斗争推翻西班牙殖民统治；由于被告密，卡蒂普南提前发动起义，1896 年 8 月 23 日在马尼拉以北的巴林塔瓦克（Balintawak）召开紧急会议，与会成员撕碎身份证宣示与西班牙决裂，高呼"菲律宾万岁！"，史称"巴林塔瓦克呼声"。

得同情！他不懂得菲律宾人的领导方式。而我自己呢，也很可悲，就在几个小时前才刚了解到这一点。几万名菲律宾土著民已经把全体人民动员起来进行反抗。他们投入了反抗西班牙殖民统治的斗争。我想象着整个菲律宾都沸腾了。人们齐刷刷走出各自家门，投入战斗，决一死战。在菲律宾的西班牙人遭到打击，节节败北。菲律宾土著民选出他们的第一任总统——埃米利奥·阿奎纳多（Emilio Aguinaldo）[①]。1897年！亚洲的第一个共和国诞生了！

菲律宾是在仿效法国大革命！怪不得许阿仕一谈到菲律宾就眉飞色舞。可他还只是像黎刹那样处于对群众进行呼吁的阶段，此时他的祖国正四面受敌，被美、英、法、德、日等国侵犯，而全国各地遭逢旱灾。最后，许阿仕也和黎刹一样遇害了。反观我们这些爪哇人，至今还没有谁能有所作为，成为有影响的人物。

菲律宾革命遭到了一些叛徒的破坏，那些人喜爱金钱多于国家和民族独立。（对我而言，这也算长了见识。）那些起义者在困境中接受了美国的援助。美国战舰开往菲律宾，向西班牙舰队猛烈开火。陆上

[①]　埃米利奥·阿奎纳多（Emilio Aguinaldo，1869—1964），菲律宾政治家、军事家、独立运动的领导人。1894年，他经滂尼发秀介绍加入卡蒂普南，1896年卡蒂普南发动起义后，阿奎纳多在甲米地省响应起事，并代表保守的一派与滂尼发秀冲突，引起革命分裂。1897年3月22日在特赫罗斯大会（Tejeros Convention）上，阿奎纳多及其势力决议解散卡蒂普南，成立革命政府，推选阿奎纳多为共和国总统；滂尼发秀拒绝承认决议。同年4月，阿奎纳多的部队俘虏了滂尼发秀，5月10日以叛国罪将其处决；12月14日，阿奎纳多与西班牙殖民政府议和，签订《破石洞条约》（Pakta Biak-na-Bato），16日解散革命政府，阿奎纳多与追随者自愿流亡香港。美西战争爆发后，阿奎纳多返回菲律宾，1898年6月12日宣告菲律宾独立，1899年1月23日宣告成立菲律宾共和国，标志着西班牙殖民统治的结束。同年2月，美菲战争爆发，1901年3月23日阿奎纳多被美军俘虏，4月1日宣告效忠美国政府，废除共和国，承认了美国对菲律宾的主权。

的菲律宾人和美国海军携手合作。这就跟爪哇的故事传说没什么两样。我曾经听过炮声，尤其在荷兰女王威廉明娜陛下加冕之日，礼炮轰鸣。然而，此刻我心目中的炮声却是另一种情景：万炮齐发，射向西班牙人在菲律宾扎下的军营，把大地炸开。天空硝烟弥漫，一片黑暗。死神来到了人间，哀鸿遍野。这可与苏拉蒂在图朗安村南边所见的情景不同，那里的瘟疫死神是悄悄降临的，无声无息就把居民置于死地；菲律宾人却在欢呼声中遭到了屠杀。两者真是天渊之别！

然而，欠缺经验的菲律宾人终于上了美国的当。在 1898 年 8 月 13 日的战争[①]中——这是西班牙和美国之间装模作样在作战，正如马打兰王国与苏拉巴蒂之间佯装战斗——西班牙失败，美国获胜。实际上，菲律宾爱国者遭到了失败，他们挣脱了西班牙人的枷锁，却又落入新统治者美国人的手中！

由此我获得一条教训：天下的白人政权都一样贪婪……

贪婪！贪得无厌！这个词的声音，连同它的意义，在我脑际轰鸣。贪得无厌！诚然，它终究比战争、屠杀、毁灭要好些，最糟糕的是那些毫无胜利希望的战争，例如亚齐战争、在菲律宾的战争和特鲁诺东索那样的斗争。不，特·哈尔是一个煽动者，可我仍需要欧洲导师，包括你这家伙在内。欧洲人，只有通过你们的力量，我们才能够对抗你们！

---

① 1898 年 8 月 12 日，西班牙和美国在华盛顿签署了停火协议，但身处菲律宾的美军指挥官乔治·杜威（George Dewey）和威斯理·梅利特（Wesley Merritt）并未得知，按原计划于 13 日攻打马尼拉。当时菲律宾共和军（系菲律宾革命军在宣告独立后更名）与美军合作，美国人为阻止菲律宾人占领马尼拉，同时西班牙人为免于向菲律宾人投降，双方在战前达成秘密协议，约定通过佯战转移对市中心的控制权并把共和军排除在外围，然后西班牙人向美国人投降。

东方号停泊在三宝垄了，抛锚时铁索铿锵作响。夜幕已经降临。陆上和海上的灯光明灭之间交相映衬。夜空中繁星闪烁，倒映在水面，宛若点燃的银黄色线条蜿蜒摇曳。特·哈尔没有露面，我在饭厅里也没有看到他。

我走进他的房间，他也不在那里，只见行李已打包得整整齐齐。

从船上的扩音喇叭里传出了一个通知：三宝垄已经到了。到三宝垄来的旅客现在下船。目的地不是三宝垄的旅客也可上岸游览，游览时间自明晨八时算起，时长四个钟头。

我趁此机会在甲板漫步，目送着一些旅客上岸。我来到下船的舷梯附近，遇见特·哈尔正和一位欧洲人在谈话。还是他先看见了我，他对我说："马科斯·托莱纳尔先生，我向您介绍一下，这是我的朋友，他在《火车头报》工作。"

"他叫彼得斯（Pieters）。"特·哈尔介绍说。

接着，特·哈尔向他朋友介绍我与《泗水日报》的关系。

"喔，马科斯·托莱纳尔先生，原来您还这么年轻。我原本以为您是个中年人呢。您的文章多么睿智啊！"

"我们马上就要上岸了，先生。"特·哈尔说。

"明天您也上岸去看看吗？"

"那当然。"

"好，我们来接您，事先您可别下船。"彼得斯对我说，"请您去参观一下我们的报社。谁知道呢？"

他们搭上一只舢板，向我挥手告别。在三宝垄下船的旅客不多，稍顷，舢板把他们都送上了岸。

"喂，明克先生！"有人向我打招呼。

在我身旁，站着一名警官，他是位纯血统的欧洲人。

"我没有看错人吧，"他问，"您是县太爷的公子明克少爷？我是区侦缉队长范·杜伊宁（Schout Van Duijnen）。您旅途顺利吗？愉快吗？"

他没有主动和我握手。我希望他没看到我惊愕的神情，回答："旅途很愉快，先生。这是我第一次乘船。"

"没晕船吧？"

"天气晴朗，船开得很稳。"

"很好。您不上岸玩玩吗？"

"我遵照船上的规定，明天上岸，先生。"

我不禁疑惑起来，心怦怦直跳。他与我素昧平生，突然跟我打起招呼来，总不是无缘由的吧？也许特鲁诺东索在受审时供出了我。特鲁诺，你这个特鲁诺东索！不知你究竟胡说了些什么！

"最好您现在就上岸去，先生。"他建议道。经他这么一说，我更加疑虑重重。

"对不起，先生，失陪了。我现在需要休息。"

"您可以到旅馆休息！"

"谢谢您的好意，先生。"

"我可不是跟您开玩笑。随我一起下船吧。您的行李在哪儿？"

果然，特鲁诺东索已经背弃了他的诺言。区侦缉队长明显要逮捕我。我不由自主地朝船舱走去。他紧跟在后。我收拾行李，把衣物装进箱里。他也在一旁帮我整理。

"一路上，您还有空写些旅途见闻吗？"

"看来您叫我上岸是有什么事吧？"我问。

"是的，先生。"他向我出示上司的手谕，上面写着要把我带上岸去，"先生不必担心，您自己看一下这手谕吧。我不是来绑架您的。"

"可我的目的地是巴达维亚，不是三宝垄。"

"以后您会有时间去巴达维亚的。为什么不乘火车去那呢？走南边那条路，景色不是更迷人吗？"

他在怀疑我。我没有答话，佯装没听见。我拎起箱子和提包，把盛早餐的篮子留在那里。

"我来帮您拿。"他一边说，一边把我的箱子接过去，"行李间没有您的大件行李吧？"

"没有，先生。"

走下舷梯的时候，许多人目不转睛地注视着我们。也许人们这样想：瞧，船上抓到了一个不良青年！

"我的行为哪一点触犯了法律，先生？"我问。

"我本人也不清楚。别着急，我估计没什么事。"

"您怎么能就这样随便把我抓起来呢？我身为贵胄，这您明明是知道的。"

"正因为如此，我这区侦缉队长才专程前来接您哪！"

"来接我？"

我百思不得其解。想来想去，总是摆脱不了对特鲁诺东索的怀疑。如今我面前又出现了新的麻烦。报纸上又将登载有关我的新闻了。我的母亲又该担心了。母亲，您的孩子没什么能孝敬您！可这种意想不到的事情却接踵而来！上次，警察来接我，是因为父亲被提拔为县长；这次，区侦缉队长来接我，想必不会是父亲擢升为东印度总督了。

一条专用的小船把我们送上了岸。码头上，一辆政府的马车早就等候在那里。它将把我带往何处呢？……

"……要把我带到哪儿去，先生？"我问。

"您不必担心。"

马车把我们送往一家旅馆……

"这是三宝垄最豪华的旅馆，先生。"区侦缉队长说。

三宝垄正在酣睡之中，主干道两边安装的汽灯光芒四射。他一点也没有挖苦我的意思。我们的马车确实是直驱三宝垄最大的旅馆。

人们彬彬有礼地接待了我们，给我准备的是一间宽敞的双人房，这不仅不能算差，甚至可以说太奢华了。

"好吧，明克少爷，请您好好地待在这个房间里吧。不要出去。在有人来接您之前，请不要离开这个旅馆。"

"我究竟与哪桩案子有了牵连？为什么要逮捕我呢？"我又问。

"难道给您的待遇还不够好吗？"他对我的态度与过去押我去 B 县的警察几乎一模一样。

区侦缉队长离开之前，又关照了我一遍注意事项。我再次迷惑不解。我这次遭到拘留，肯定不是因为父亲擢升为总督。我的父亲这辈子是不可能当上总督的。或者会否因为父亲功绩卓著，荣获了雄狮勋章呢？算了，别胡猜乱想了，现在该为特鲁诺东索多考虑。也许与罗伯特·苏霍夫有关？

十分周到的招待，连我的饭菜也由旅馆侍者送来。他们对我是如此谨小慎微，简直到了惶恐不安的程度。他们拒不回答我提出的问题。说不定房门口还有侦缉队员在监视着我呢。

现在，我多么想念特·哈尔。他是个诱惑者、挑唆者、哄骗者，同时又是给我启示的人。他对我的喁喁私语还在我耳边萦绕：他们，他们那些欧洲人，明克先生，都是把自己的政权建立在东印度的愚昧无知基础之上。哦，特·哈尔，你这个哄骗者，你究竟是何许人？是区侦缉队长派来的密探吗？我满腹狐疑。事情也许就是这样。我的学校已把我品德不够格的评语放入了所有政府机构的档案册里了？这些机构的公职都是由县长的亲属来担任的。我个人对此无能为力，更无法使政府机构的档案不起作用，无法阻止区侦缉队长对我采取行动！

我在柔软舒适的床铺上辗转，不能入眠，直至天明。

清晨四时，敲门声把我从遐想中惊醒。我的心怦怦直跳，就像开斋节时敲击清真寺的大鼓。晨光熹微，一位印欧混血的一级警官已经来到了我的床前，面对我站着。他朝我微微颔首，直挺挺的脖颈显得十分僵硬，看来是在向我示意：起床的时间到了，快去洗澡、用早餐、准备出发吧！我心里是这样猜度，他却缄默无语。

我犹如一只初离母怀的羊羔，乖乖地、顺从地按照警官的示意和手势行事。

过了一会，区侦缉队长范·杜伊宁前来接我。他没说几句话，就和我一起去火车站。清晨五点，火车朝东南方向驶去。我第一次在中爪哇内地旅行。沿途一片干旱景象，映入眼帘的是灰蒙蒙的土地、长长的桥梁、宽阔的河道、黄色的水流、山脉。

火车头呼哧呼哧地朝向爪哇土邦梭罗和日惹驰去。那里盛产染料靛青、巧克力糖、烟草、稻米和甘草，全部属于欧洲地主所有。

火车头，火车头，火车头！你不停地吼叫着，像是在向我介绍：我叫火——车——头！你在铁轨上发疯般奔驰，向天空喷吐着浓烟，汽笛长鸣，把周围的人们从梦中惊醒。你仿佛在向人们显示：你是陆地上最庞大、最有力的生灵！

通常人们总爱旧话重叙，说什么正是受了那火车头的启示，《三宝垄新闻和广告报》(*Semarangsch Nieuws en Advertentieblad*) 才改名为《火车头报》。人们总也忘不了改名那一年：1862 年。然而，此人却与特·哈尔不同，他的故事别具一格：

"喂，明克先生，蒂博尼哥罗起义 [1] 失败后，强迫种植制就在梭罗和日惹土邦地区得到了推广。事实难道不正是这样么，先生？在这个文明世界里，只有梭罗和日惹一带的农民能被敲骨吸髓，榨得一无所有。因此，荷兰的私人资本跑到那里去掠夺农民土地，后来成了大地主。这难道不是事实吗？当时，他们仓库里的靛青和糖多到装不下，通

---

① 即爪哇大起义，也叫爪哇战争。

过三宝垄向国外出口……是吧？不就是这样么？贵族乡绅们的仓库里不也堆满了货物？难道事实不正是如此？那么，去往三宝垄的货运就成了问题。您想必还不知道这些事。我说'想必'，为什么呢？因为这滑稽事牵涉到某位大人物，明克先生。它又一次涉及了殖民大臣，那位鲍德先生（Meester Baud）。正是他把骆驼运到了爪哇。他运来的可真是些好骆驼，先生。大概有四十八只。可后来情况并不妙，明克先生。这些骆驼把靛青从梭罗和日惹土邦地区运至三宝垄时，确实没什么问题。它们排着队，像思想家那样严肃认真，执行驮运任务。但是有一段时间，翁阿兰（Ungaran）和三宝垄两地缺大米，那些来自塔那那利佛（Tanarifa）的骆驼却改变了态度。您还没有忘记塔那那利佛在哪里？就在非洲的西北部，对不？加那利群岛（Kepulauan Kanari）来的骆驼在驮运大米的一周里显然不像以前那样严肃认真了。它们驮着大米，却闻不惯大米味，龇牙咧嘴，不时回头张望。这些骆驼蹭着路上的石头，跟跟跄跄，互相碰撞。它们驮运大米两星期，全都趴下了，有的横卧路旁，有的倒在厩里，再也站不起来。爪哇王公贵族们除了大场面和逍遥官之外，别无他物。他们没有驮运货物的马队和牛队。于是，鲍德部长把驴运到爪哇。他运来的驴头数要比骆驼多十倍。托莱纳尔先生，它们的表现与骆驼可不同。第一个月，它们驮着用麻袋装的货物，愁眉苦脸，走过梭罗和日惹土邦地区通往三宝垄这一段路。第二个月，它们运糖时累得疲惫不堪，伸着舌头直喘气。后来几个月，它们运靛青时就一路上直打喷嚏，结果也都累死了。梭罗和日惹土邦地区的欧洲地主们怨气冲天。最终，是的，到了最后，明克先生，他们才选上了铁马——火车头。有了火车头，欧洲人再次大肆掠夺起爪哇的土产来了。"

而今在爪哇，在整个东印度，这是第一个火车头，它正拽着我的车厢驶向爪哇土邦梭罗和日惹——盛产靛青、糖和供欧洲人享用的各种货品的地方。

范·杜伊宁一直不说话。他正在读洪意堂（Ang I Tong）写的马来语叙事诗《弗莱德里克·亨德利克王子光临安汶》（*Pantoen Waktoe Kadatangan Prince Frederick Hendrik di Ambon*）。他没看怀里那份《爪哇之光》（*Sinar Djawa*）报，也没主动把它借给我看。现在，我也亲眼见到荷兰人在阅读马来语书报了。我精神恍惚，兴味索然，无意去浏览那些报章杂志。我继续寻思着，究竟有什么祸事即将降临到我的头上呢？

当晚，范·杜伊宁盛情到旅馆接我。他用"阁下"（Mylord）① 载我游览梭罗市容。他谈了许多这个爪哇文化中心的故事，而且他乐于定居此地。

我想，我能理解他为何如此。特·哈尔也对我说过："先生，梭罗是你们民族的文化圣地，这里有一百一十个欧洲人的大种植园。设想下，您想象一下！怎么可能还有土地供农民谋生呢？请想象一下，先生，这意味着什么？这是白人种植园主的天堂，白人极乐世界，像我这种人。"说到这里，特·哈尔大笑。接着他又说："难道不是这样吗？事实就是如此！您的民族除了高居顶端的大贵族和成功的生意人，其他人拥有什么？日益潦倒，只为一口饭挣扎？"

我感到特·哈尔仿佛在指着我的额头："现在你应该和谁讲话呀？难道还跟像范·杜伊宁这样的人交谈吗？就是这些人，他们在你们民族文化的摇篮里逍遥自在，怡然自得。"

路边的挂灯，每个胡同口的油灯，沿街摊贩的提灯，灯光点点，若明若暗。母亲，原谅您的儿子吧，孩儿不仅没有给您回信，而且也没能讨您欢心，孩儿还没能达成您的期望。尽管您对我的要求并不高：

---

① 英语 Mylord 是一种豪华马车名。——原注

希望我能用爪哇语写作。如果用冉·马芮的话说，我应该替爪哇人发声。高墨尔也无疑正是此意。母亲，我目之所及的地方，仅是似有若无的微光。

在返回泗水的火车上，范·杜伊宁仍不说话。仅当他打瞌睡猛然惊醒时，才突如其来问我："您看起来脸色发白。病了吗？感冒了？"

"没有，"我摇摇头说，"也许是太累了。"

"所以您宁愿选择乘船？"

"在船上，乘客至少可以散散步和洗个澡。"

"长途旅行，坐火车终究不如乘船舒服。"在这样的攀谈中他显得平易近人。

我没心思和他闲聊。我甚至故意蜷缩在车厢角落里，闭着眼，摆出一副困倦的样子。

下午五时，火车进入泗水车站。政府的马车在车站等着迎接我们。它要把我们送往何处？沃诺克罗莫？我对这一带的景物了如指掌，不必细看。

突然，在我们面前有一伙人挡住了去路。马车被迫停下。范·杜伊宁引颈张望，吃惊地看到一群人堵住了交通。我们的马车夫直摇铃，人们置若罔闻，不愿把路让开。范·杜伊宁站起身来，兴高采烈地喊："瞧，先生！"

出于礼节，我勉强朝他手指的方向望去。那边……究竟有什么？哦，真主！脚踏车，单车，自行车！① 四名欧洲人各自骑着一辆自行车，手互相搭在肩膀上，并排向前慢慢行驶。马路被他们堵住了。我

---

① 原文系 sang vélocipéde, sang sepeda, sang keretaangin，接连出现了三个指代自行车的词组。其中 sang 作为冠词，无论置于人、神或动物名词之前，均可表达尊敬之意，若置于其他物质名词之前，表示尊崇并使之形象化或仿若具有生命感。

已多次见过那奇特的两轮车子。我一直认为眼前这些自行车很不结实，经不起摔打。它那高高的车身、瘦骨嶙峋的车架、轻巧的轮子，似乎可以弯曲、折叠，只需一只手就能把它们举起并扔到任何一个角落。

看到那几个骑自行车的人稳稳当当地前进着，竟没有从车上摔下来，人们惊叹不已。

四名欧洲人看上去很年轻，年龄不相上下。他们偶尔撒开车把，高举起双手，哇，一边用脚蹬着车，一边还自得其乐地唱歌！他们仍没摔下来！欧洲人又在展示奇迹了！

在这些正表演的欧洲人前面，一位印欧混血儿拿着话筒，边走边用马来语喊："先生们，这就是脚踏车，或者叫自行车，地道的德国货，骑起来像风一样快。因为风也起着作用，骑自行车的人摔不下来。人稳当地坐在车上，脚稍稍一蹬，于是……人和车就像离弦之箭，疾驶如飞！人人都能购买，付现金或分期付款都行。请大家快到东仲安路（Jalan Tujungan）柯伦贝尔赫商号（Firma Kolenberger）去购买。先生们，可真是价廉物美啊！

"自行车和马跑得一样快。它既不需要吃草，也不需要马厩。诸位只需花十五分钟，保证能学会。骑上车，便能到各处去游玩，比骑马还舒服。先生们，自行车不喝水，不放屁，也不拉屎。地道的德国货！自行车不出汗，携带方便，可以直接把它推进房间！"

那几名欧洲人作着表演悠然而过，我们乘坐的政府马车靠向路边，给他们让路。

步行的那个印欧混血儿又在喊："柯伦贝尔赫商号还负责教诸位学骑自行车。付两角五分钱，包教包会，莫失良机。这是当代最可靠的交通工具，后面带上妻子，前面带个孩子，分文不花，既轻巧又灵便，一家三口便可一起在全城兜风了。"

等他们走过后，我们的马车又继续上路了。

"神经病！"范·杜伊宁说，"整个世界都得了神经病！"他忽然笑起来，"两只轮子，您想想，只有两只轮子！我们将越来越多地看到这样的车辆。真是发疯了！要是骑车碰撞了什么，丈夫、妻子和孩子必将全都摔个嘴啃泥。谁愿意去买这种车子呀？模样像只蝗虫，只会妨碍交通！"他说着，又笑了起来，可能他在想象骑自行车的人正从马路上摔下来的情景。"刚才您也听到了吧？"他兴致勃勃地对我说，"他们说，自行车比马还强。难道那车子能像马一样跳越沟渠吗？能爬山越岭吗？能凫水过河吗？能生马驹子吗？简直是疯人说胡话！如果要说自行车有什么长处，那就是不喝水，不吃草，不拉屎而已！"这时，他又笑了起来，"可是，它也不会像马那样嘶鸣呀！"

我坐在自己的位置上，斜躺在靠背上回忆着：荷兰出版的杂志上已登了好些文章，对最先骑自行车的一些妙龄少女冷嘲热讽，说她们伤风败俗。文章还说，她们骑车时如果正好刮着风，路人则纷纷睨视，这不仅造孽，还会出车祸呢！糟糕的是，每次有了什么新玩意儿，总是那帮调皮的捣蛋鬼先时兴起来，一旦有人起了头，世界上其他人就纷纷效仿。如今那些人已经在大路上骑自行车了。他们那样做，根本不是出于某种实际需要！

如今，在荷兰及整个欧洲，已经掀起了一股骑两轮车子（si roda-dua）的热潮。

我还记得另一本杂志辟了一个宣传自行车的专栏，其中说：反对进步，就跟堂吉诃德袭击风车没什么两样。如果妇女们已经开始喜爱骑两轮车，为什么不专门给她们生产一种女车呢？这样，人们也就不至于把风当罪魁祸首了。是否有人把世界看成是男性独占的天下呀？

我从自行车，想到了荷兰；从荷兰，又想起了安娜丽丝。如今她已长眠于九泉之下。她生前没能看到，在她出生的土地上出现了越来越多的自行车。如果她没有心碎而亡，今年她就可以摆脱监护，已经能回爪哇了。我们夫妻便能破镜重圆了。

为什么我又一定要想到她呢？为什么一提到荷兰，我就自然而然要想起她呢？她已选择了自己的道路，抛下我，孤单一人，香消玉殒。如今，荷兰的土地下埋着她的白骨。她已无法见证在那里掀起的轰轰烈烈的妇女解放运动了。荷兰女性在自行车上获得了解放。

现在，我的思绪完全撇开了在九泉安息的安娜丽丝，而是想象着方兴未艾的妇女解放运动。安娜，荷兰有许多著名的妇女解放运动的领袖，你却未曾有机会聆听她们讲话。她们说：没有女性，人类就会毁灭。为什么要让女性处在生活的最底层呢？为什么女性生下的儿子也竟然拼命反对女性参加社交活动呢？这些孩子只是凑巧成为男性而已。尽管荷兰已经连续两代由女王统治，但为什么至今仍不允许女性当部长或下院议员呢？

啊，现代世界！你究竟给人类带来了什么恩惠？旧世界遗留下的陈规陋习尚未废除。譬如，土著民不能与欧洲人平起平坐，更不能超越欧洲人，相反，土著民只能低人一等或被踩在脚下；欧洲人自己也互相争斗，自由主义者反对非自由主义者，一些自由主义者反对另一些自由主义者。当前，欧洲又出现了妇女解放运动——女性反对男性的运动。难道这就是新时代吗？这就是资本胜利的时代？机器和新的发明创造没起到什么作用。人们依然如故，被贪得无厌的欲望扰得眼花缭乱，晕头转向，这与古爪哇从前的哇扬戏何其相似。

不知不觉，我在政府的马车上睡着了。车停下来时，我被惊醒了。一下车，我就感到周围的景物十分熟悉。是的，全然没错，车子在沃诺克罗莫的温托索罗姨娘家门前停了下来。区侦缉队长的用意何在呢？我心中忐忑不安，思量着：特鲁诺东索！最终还是在图朗安发生的事。

温托索罗姨娘走出来，笑吟吟地迎接我。不对，她的微笑表明，让我回来显然与特鲁诺东索的事情无关。

"太太，"范·杜伊宁说，"我已把明克先生接回来了。我马上就要离开这里。遵照检察官的吩咐，明克先生不准外出。再见！"他用马来语说完后，乘着自己的马车走了。

"进屋去吧，孩子。你的行李让别人去搬好啦。你别生气，也别失望。看来你已十分疲惫。我了解你的困难处境。你想尽快与过去的麻烦事一刀两断。"姨娘说，"可是事情显然还没完结，这所房子和我已经属于你的麻烦事了。嗨，微笑一下，坐下吧。"

"现在又出什么事了，妈妈？是特鲁诺东索的事吗？"

"他没带来什么麻烦。"

"是与罗伯特·苏霍夫的事有关吗？"

"不是。"

"现在到底是怎么回事呢，妈妈？"

"你别那么忧心忡忡，问这问那。孩子，不光你一人不顺心。我和我们所热爱的人们都闷闷不乐。但愿从此以后万事顺意。我让你受委屈了，孩子，很对不起你。我们都盼着过幸福的日子。倘若事与愿违，那就只能请你原谅。你先去洗个澡吧。回头咱们再好好谈谈。"

我环视前厅，一切如旧。早先人们悬挂荷兰前女王埃玛像的地方依旧挂着姨娘的相片。

"你才走了两三天，怎么一回来就感到什么都很新鲜似的？委屈你了，很对不起你。"她反复地说着。

说罢，她径直走进了自己的办公室。

第
十
五
章

　　这个家庭里出现了新情况：挤奶女工米纳姆，这个妖媚、轻佻的女人，现在已经住到主楼来了。她正在扫地。距离她好几步远的地方，我就看见她在东张西望。

　　我走过时，听到她娇滴滴地跟我打招呼："少爷刚来哦。"声调像劝诱的耳语。

　　我装作没听见，径直往洗澡间走去。

　　可怜的姨娘，自从我走后，您看来十分孤寂，因而就满足了米纳姆的企望。或者，您是想离您的孙子更近些？您想与世无争，听天由命吧？

　　晚饭前，我正读着报纸，姨娘抱着米纳姆的孩子走过来。"这是罗诺（Rono），明克。"

　　"这是米纳姆的孩子吧，妈妈？"我随手把报纸放在一边。

　　"罗伯特的孩子，我的小孙子。"姨娘的双眸闪现出光彩，"这样我就不会断后了。明克，本来我更盼着你的孩子。天命难违。"

　　看到我困惑不解的神情，她解释："这的确是罗伯特的孩子。你瞧他的眼睛！和他爷爷的眼睛一模一样！罗伯特本人已经证实了这就是他的孩子。"

"罗伯特？"我惊呼。

"是，他在最近的，也是最后的一封信里承认的。"

"最近的，也是最后的一封信？"

"他去世了，明克。罗伯特死了。他得了花柳病，死在洛杉矶。"

"美国？"

姨娘点了点头。

"那么遥远！"

"这婴儿永远见不到他的父亲了。"姨娘更像在自言自语地说。气氛沉静、压抑。

我恍然大悟，不禁垂下了头。姨娘的两个孩子，年纪轻轻就接连去世了。在罗伯特死之前，安娜丽丝的那匹爱马也一命呜呼。它死的情景，与它的主人一样，令人难忘。

我脑海中陡然浮现出那匹马死去的悲惨情景。它瞑目之前，马夫无法安抚那动物的心。姨娘便取代安娜丽丝，每天抽三五分钟时间凑近马的耳朵说几句话。这匹马平日里喜欢吃糖，这时却懒得张口接受。它日渐消瘦，最后，连兽医都说它病入膏肓，没有医治的希望了。

也许就像安娜丽丝似的，那匹马后来连站都站不起来。它躺倒在马厩里，连头都不愿抬。

动身去西多阿乔之前的一天，我和姨娘正在办公室工作。那是上午九时。后来，姨娘问我，现在几点了。我说，九点十分。姨娘用双手捂住两只耳朵。半分钟后，从后面传来乒乓两声枪响。这时，姨娘才把手放下，继续工作。我问，出了什么事？姨娘说，已经让巴乌马归天了。

巴乌马从此和梅莱玛父子一样，离开了人间。

现在又出来了一个罗诺。

"我自己的孩子都没了，现在我需要这个孩子——罗诺。"

我以疑问的目光望向姨娘。她便对我慢慢讲起来，仿佛在漆黑的夜里一步步地向前摸索。

这段故事并不是那么简单：

东方号刚刚起航，把我送往三宝垄，温托索罗姨娘就收到了罗伯特·梅莱玛从美国洛杉矶寄来的信。当天下午姨娘带着那封信，去检察署处理先前阿章的那个案件。检察署热情地接待了她。两位书记员把那封信抄了下来。检察署请姨娘把两份抄件与原件核对一下。他们把一份抄件给了姨娘，原件则由检察署保存。

接着姨娘去了警察局，要求协助她与罗伯特·梅莱玛取得联系。正巧，这次是达萨姆为她赶车。这时，在警察局的大院里发生了这样一件事：

就像导演巧妙安排好的一出戏，那个胖子又名孔大叔，这时也正在院子里。

"胖子！"我从座位上蓦地站了起来。

"他原来是一级警官。"

"后来，达萨姆怎么样了？"

"恰恰是那个胖子提醒达萨姆，警告他闭口，不要谈及那次开枪事件。"

"达萨姆呢，达萨姆怎么样？"我急不可耐地问。

"达萨姆撂下马车，急忙到警察局的办公室找我。他向我报告了刚才的情况。一位警官正在接待我，听了达萨姆的报告大吃一惊。他命令他的部下传讯达萨姆说的那个家伙……他的名字既不叫胖子，也不叫孔大叔……而叫延·丹当（Jan Tantang）。"

我简直无法想象，当时姨娘的思绪会多么乱。我也不知应如何设想这纷乱复杂的一出戏！

"当着我们的面，延·丹当受到了审问，"姨娘继续讲述，"原来这家伙不是放高利贷者（mindring），的确是一级警官，万鸦佬—荷兰混血儿（Belanda Menado）。"

"他招供了么，妈妈？"

"在初次审问中，他就全供认不讳了。"

"又要跟法院打交道了，妈妈？"

"又有什么办法呢？"

罗诺在姨娘怀里发出咿咿呀呀声。米纳姆走过来，要给孩子喂奶。后来她把孩子抱走时，使劲地瞟了我们一眼。

"是这样的，明克，这些日子以来发生了许多事情。昨天，警察来这里，带消息说洛杉矶来了电报，罗伯特的地址找到了，但只是地址而已。四个月前，罗伯特已在那里过世了。"

"妈妈。"

"是的。别去想他了！天意难违的事，终究发生了。"姨娘说出罗伯特去世的具体日期。说来也凑巧，就在那一天，兽医朝安娜丽丝爱马的头部开枪，把它打死了。

"妈妈，我对罗伯特去世也感到悲痛。"

"罗伯特已经有了自己的归宿。我想，这对他来说更好。至少，他已经实现了他的理想：成为一名海员，出海远航，周游世界。"

这位杰出的女性没流露出一丝悲哀的神情。可我明白，她的内心已然四分五裂。不久，她将不得不失去她的农场。对她而言，这农场是她的长子、她的尊严，犹如她全部生活的冠冕。

"真奇怪，孩子，不知不觉我已经有了孙子。"姨娘迅速转换话题。

这时，我更加强烈地猜测：召我回来并不是因为特鲁诺东索的事，而是由于收到罗伯特·梅莱玛的信，同时还发现了那个胖子——又名孔大叔或延·丹当。

"你应该读一读罗伯特的信，这是来信的抄件。"

"这不是写给我的，妈妈。不必给我看了吧。"

"审讯时会牵连到你的，你还是应该读一读。"

晚饭后，姨娘把信交给了我。因为我只读了一遍，现在已记不清信的全部内容。罗伯特的信在语言上错误百出，但经我整理如下：

妈妈：

我知道，您不会宽恕我的。尽管如此，妈妈，我还是再次请求您宽恕我，宽恕您这个儿子罗伯特，您亲生的罗伯特·梅莱玛。

妈妈，我的妈妈，在我写这封信的时候，我感到和您多么亲近，就像我还是婴孩一样，在您的怀里吮吸着您的乳汁。如今您的乳房里已经没有奶水。那些养育人的乳汁，宽宥人的乳汁，已经干涸了。我心里明白，我将在没有您宽恕的情况下，就这样年纪轻轻地死去。现在，我头痛欲裂，全身关节僵硬，疼痛不已，但我还是强打精神给您写信。妈妈，您这个失踪了的孩子在给您写信。我正发着阵阵高烧，眼前模糊不清，甚至不知道我的字一行行写对了没有。即使如此，我也必须写完这封信。也许，这是我最后的一封信了。我不知要写几个星期，反正我要继续写下去，一直写到我写不了时为止。

护士们的心肠真好。她们给我纸、笔和墨水，答应一定把信寄给您，并为我代付邮资。她们还保证把信消毒后寄出。

这也许是我给您的最后一封信了。我并不要求您怜悯我，只要求您宽恕我。我将像您一样，坚定地面对一切可能发生的事。因此，当我谈及我的疼痛时，您不必感到丝毫的悲伤。作为您的孩子，我只想让母亲知道，别无他意。

我的病正在向全身蔓延，日益恶化。我的身躯只剩下一堆腐骨臭肉，已经不听自己使唤，更不必说有益于他人了。我并不顾影自怜。妈妈，我可怜的却是您老人家。是您经受了分娩的疼痛，生下了我；也是您含辛茹苦抚育了我；而我，命运却如此凄惨！

妈妈，首先让我跟您讲一讲，我是从哪里染上这疾病的。

我患的是花柳病。经过左思右想，我断定这是从阿章的妓院里染上的。阿章，我咒他子孙八代都不解恨。那时，他利用我年幼无知，把我引诱进他的妓院，给我送上一个日本女人。就因为这个女人，我才向妈妈撒最后一次谎，也是我一生中最大的谎言。

如今，我住在医院里，没有一个医生能治好我的病。他们对我的病不加置评，但我懂得他们的缄默意味着什么。因为事情是从阿章那里开始的，现在我就从他那里说起吧。阿章千方百计要我签字画押，证明我住在他的妓院里，一切吃喝玩乐的费用都由他负担。我到他家后的第二天，他邀我作了一次长谈。他说："梅莱玛先生百年后，少爷您就是唯一的继承人。"

"不会的，阿章，我还有一个妹妹呢。"

他点点头，接着说："一个妹妹，也值得少爷您愁眉不展么？"

"我还有一个同父异母哥哥，是爸爸合法婚姻时生下的儿子。"

"同父异母哥哥？他在你们沃诺克罗莫的家里出过什么力？他根本没有任何权利。少爷，我可以帮您找一些法律专家来处理这件事。没问题，少爷，您将是遗产的唯一继承人。"

"不行吧，阿章。"

"您的麻烦只在于有一个妹妹。要排除她，不费吹灰之力。她不就是您的妹妹而已。"

"说不定我爸爸已经写好遗嘱了。"

"不，您爸爸一个字都没写。"

"您怎么知道的？"

他诡秘地笑了笑。

"您怎么知道的？"我再次问。

"算了，您别操心了。您肯定是唯一的继承人。"

"过些日子，我妹妹可能要和一位荷兰高级中学的学生结婚。他以后会为他妻子的继承权提出申诉的。"

阿章沉默不语了。接着，他问那个青年是谁，住在何处。我告诉他，那人住在我们家，不过目前他正与警察交涉事情。他又问我，是否喜欢我那个未来的妹夫。我说："他只是个讨厌的土著民！初次见面，我就不喜欢他。"

"是这么回事，"阿章说，"如果您成了您父亲遗产的唯一继承人，您就可以把吴姬作为您的侍妾。那时，您不必费心，由我来管理整个农场，保证没问题。"

"妈妈不会同意的。"

他点了点头，又继续说："您妹妹不过是个女子。您的妈妈也不过是土著妇女。她俩在您面前有什么力量？她们无能为力。少爷，女流之辈就像脆弱的香蕉树干，不堪一击。您听我的就是了。如果我说您是唯一的继承人，言下之意就是她俩不存在。"

"可她们明明还在。"我反驳他。

"当前她们固然还在。但是，谁知明后天她们会出什么事？可那农场依旧归您一人所有。您无须劳神，只管整天逍遥作乐（plesiran）便是了，农场的利润自然会源源而来。"

"还有爸爸呢。"

"您爸爸已经不顶用了。他实际上是行尸走肉。他的话，他的意愿都毫无价值。这是众所周知的事。这确实可怜，然而事实就是如此。"

"倒也是。"我承认。

"姨娘给您多少零花钱呀？"

"不再给了。"

他拍了几下手，咂着嘴，替我叫屈。至今我才恍然大悟，为什么妈妈不给我零花钱。妈妈是想教育我，要用自己的劳动去挣钱，而我却不愿工作。安娜丽丝愿意干活，她理解您这番苦心，因此她是幸福的。我错了，妈妈，如今追悔莫及。妈妈，您说得很有道理，只有付出辛勤的劳动才能享受到幸福。现在我才刚理解这一点，您是幸福的人。至少您从工作之中获得了幸福。唉，妈妈，我跟您谈这些毫无价值的个人感受，对您有什么用呢？

妈妈，还是让我继续告诉您我和阿章的谈话吧。

很显然，阿章正在给我出主意，以使父亲的遗产全都落入我手中。而我是多么愚蠢，听着他那些歹毒的主意，竟扬扬得意。

"至于那个未来的妹夫，少爷……那还不容易，何况他又住在您家。嘿，解决掉一个妹夫能花几个钱？"

"达萨姆会保护他的。"我说。

"达萨姆？他只是一个家丁。一个家丁能挣几个工钱？有三个林吉特（tiga ringgit）[①]吗？"

"我不知道，大伯。"

"就算给他七盾半还不行吗？雇一个家丁最高的价钱也就三十盾。要是少爷您给他五十盾，他就跟定您，对你唯命是从了。"

我同意他的看法。接着，阿章教我如何去接近达萨姆。"所有

[①] Ringgit（林吉特）在几个国家意味着"元"；在荷属东印度等值两个半荷兰盾。——原注（林吉特是旧时在印尼群岛地区流通的银币，每枚币值两盾半，三个林吉特等值七盾半，下文的四个林吉特等值十盾。——重校注）

家丁都一样。"他说，"多给他几个钱，就会背叛自己的雇主。凡是家丁全无例外。您不妨先付他十盾作诱饵。"说着他从口袋里取出十盾钱交给我，又说，"您不是讨厌您的妹妹和母亲么？"

"我恨她们。"我回答。

"对付她们更容易了。首先要收拾的是那个未来的妹夫。"

那时，我已鬼迷心窍。一天晚上，我去找达萨姆。我在他房间找到了他。我邀他到仓库去，他满腹狐疑地跟我去了。我点了个亮，把十盾钱放在他的面前：

"这亮闪闪的四个林吉特，可是货真价实的银钱。"我开腔道。

"呵呵，"达萨姆短笑了两声。

"这钱是给你的，达萨姆。"

"少爷突然发大财了。您从哪儿弄来这些钱？"

"甭管了，别说话。钱往口袋里放好。下次我再给你加四倍，给你四十盾钱。"

"还有四十盾？"他问，"少爷您现在可真阔气！"

我把火吹灭，以便他收下这些钱时不必羞答答。

"姨娘每周给你多少工钱？"

"嘿，少爷别装糊涂了！"

"一句话，要是你听我吩咐，你会更开心。"

"少爷的财产（bodol）① 来自哪里？"

"不成问题，达萨姆。喂，大哥，听人说，过去有个贼闯进我们家，你一下就把他杀了。"

"小事一桩，少爷，那是贼，仅一个人，我一抬胳膊就把他

---

① 印尼语 bodol 来自荷兰语 boedel，即"财产、不动产、所有物"（harta-benda）。——原注

宰了！"

"那当然算不了啥。对达萨姆老兄（Cak）来说，干什么都不费吹灰之力。喂，老兄，你听我说，要是我家又来了贼，你还敢宰他吗？"

"我得先瞧瞧这个贼究竟是谁，少爷。要是这个贼就是姨娘的儿子，我最好还是躲远点。"

"你指的是我吗，达萨姆？除了我爸爸的财产外，大哥，我可从来没有拿过别人的东西。"

"所以，我得先瞧瞧，这个贼究竟是什么人。"

他的话不禁使我踌躇不决，心惊胆战。可是，一想到阿章说的那一套，我又壮起了胆。我便对达萨姆继续说："现在有一个贼，大哥。他没有枪。要是你能悄悄地把他干掉，不留蛛丝马迹，我就再赏你四十盾钱。"

"您指的那个贼是谁呀，少爷？"

"明克！"

在漆黑的仓库里，我瞧不见他的脸部表情。但我隐约觉察到，他像一头猛虎，正在狂怒。

"收起你那些钱吧！"他恶狠狠地骂，"达萨姆从来不要杀人的赏钱。在我叫你滚蛋之前，老老实实听着：要是我没说完话，你敢动一动……我就一刀宰了你，谁也不知道。你听着，我只听姨娘和小姐的话。她们都喜欢明克少爷。你给我小心着点儿！要是他们三人出了什么差错，我知道是谁干的坏事。小心他的脑袋！是你干的我也饶不了你！快滚！从那儿滚出去！可别跟我达萨姆来闹着玩！"

我吓得魂不附体，急忙逃回阿章的妓院。阿章听了我的叙述，只是点了点头，一言不发。而我自己，尽量忘却刚发生的事情。从此我不敢再与达萨姆见面。过去，我一直以为他不过是一个仆人、一个家丁而已。事实上正是他，使我手足无措、狼狈不堪。

阿章叫我住在他的妓院里。我便过着放荡不羁的生活。他为我的吃喝玩乐提供种种方便，使我无须费心劳神。

阿章对我们家居心不良，妈妈。当时我不仅不反对，而且听之任之。甚至还居然表示赞同。为此，我现在感到十分内疚。如果妈妈不愿宽恕我，这也是理所当然的。

目前我的一切遭遇，是我罪有应得，咎由自取，舍此无赎罪之路。我不想求得任何人的怜悯。妈妈呀，您没有必要怜悯我，也不要惦记我。您就当没生我这个孩子算了，就当您把乳汁白洒在地上了。我大逆不道，不配当您的儿子。可以说，我连条狗都不如，因为狗都懂得忠于生母，报答养育之恩。我这不肖子孙，天地不容。即使如此，妈妈，我仍然需要您的宽恕。我也需要安娜丽丝和明克宽恕我，尽管他们是不会原谅我的。然而，我仍然要向您、向他们提出恳求，至少我也算尽了自己的一份职责。

妈妈，对阿章可要警惕啊！现在我日渐明白，他妄图通过谋杀和诡计，霸占我们整个农场和农场的土地。

现在，我们把这丑恶的事情先搁在一边不谈吧，妈妈。

您还记得挤奶工米纳姆吗？安娜丽丝比较了解她。那天，达萨姆、妈妈、安娜丽丝和明克追到阿章的妓院时，我不得不逃出妓院。我知道妈妈对我和阿章非常气愤。我逃到外面，妈妈。我逃到米纳姆家里，在她肚里留下了我的种子。我是说，米纳姆是因为我而怀孕的。她没有与别人乱搞。我不知道她打胎了没有。倘若没有的话，那她肚里怀的是我的孩子，是您的孙子。

妈妈，我请求您帮我照管好那个孩子。我不知道是个男孩还是个女孩。但愿她是个女孩。不管怎样，这婴儿是您的亲骨肉。孩子纯洁无瑕，没对您做过任何坏事。请让这婴孩取我的姓吧，让他姓梅莱玛。倘若她是个女孩，就让她叫安娜丽丝·梅莱玛好了，因为她也会出落成姿色出众的婷婷少女。

请别让米纳姆再当挤奶工了。让她住到我们楼里来，从前我曾向她许过愿。至于如何安排她，妈妈，这就由您作主了。

妈妈，我已经花了一周的时间写这封信。明天，我就再也写不下去了。在这弥留之际，我祝您幸福。妈妈……再见了，我崇敬的妈妈，祝您健康长寿。祝愿您能亲眼见到您的孙子孙女和重孙重孙女。

但愿您的子孙中，再也没有人给您带来烦恼。希望他们之中，有人能让您引以自豪。祝安娜丽丝和明克安康……

法院再次开庭。旁听者不像过去那么多了。公众的兴趣已经减退。然而，又发生了一桩轰动的事：《泗水日报》头版刊登了安娜丽丝全身珠光宝气的相片。令人十分遗憾的是，相片下面耸人听闻的说明称安娜丽丝为"遗产争夺战的瑰丽祭品"（wanita cantik kurban perebutan harta warisan），这说法深深刺痛了我的心。

在这张相片的背后，包含着多么不平凡的经历，它使我联想起几个月来我和安娜丽丝甜蜜幸福的生活！可是，照片的说明却对此只字不提。更使我难过的是，马尔顿·内曼还特地来到我们家，为他登载这张照片而自我夸耀一番。

"为了向我们借用那块照相版，泗水和其他一些城市的报章杂志出版商纷至沓来。我们简直应接不暇。"他不体谅我们的心情，只知道为刊登这张照片的成功眉飞色舞，扬扬得意。马尔顿·内曼继续说："我规定了每印一百份要多少租金，但是，前来借版的人十分踊跃。相比之下，我规定的租金太低了。他们愿意付三倍租金借用那块照相版。"

过去我对他很崇拜，现在我却憎恨他，厌恶他。我妻子的照片越是大量地刊登在报章杂志上，我对新闻界的厌恶程度就越深。这伙人只想要贩卖我们的感情。他们利令智昏，看不到有人并不同意他们的做法。而我们却无能为力。

即使这样，庭审仍然没引起多大的关注。然而据一家马来语报纸报道，无论是居民住宅，还是商店、餐厅，甚至旅馆，都开始张贴我妻子的相片。

就在这种令人厌恶的气氛中，我们出庭作证。

法庭审讯反反复复，拖拖拉拉。审判长一如从前，还是那位延森法学士（Mr. B. Jansen）。

阿章消瘦多了，脸色苍白，弯腰驼背，辫子已经花白。他穿一身绸衣绸裤，显得过于肥大。他双目深陷，几乎一直低垂着头。

阿章的妓女们，包括吴姬在内，又一次被叫到法庭作证。出庭作证的还有那个外号叫孔大叔、真名叫延·丹当的胖子。

这时的审讯啰唆又冗长，仅是重复前几次的内容，我当然不愿在此赘述。总之，由于拖沓，审讯不得不多次延期。结果越拖事越多，没完没了。

开庭日期固然推迟了，可我仍不得空闲。因为在此间隙里，一场新的审讯开始了。我作为人证，被告是罗伯特·苏霍夫。

罗伯特·苏霍夫和埃泽基尔珠宝店的老板同坐在被告席上。我、罗伯特·延·达伯斯特和几名已毕业的同班同学出庭作证。我们目睹罗伯特·苏霍夫曾把那只戒指戴在我妻子的手指上。出庭作证的还有那被盗坟墓的丧主以及被苏霍夫殴打的那位看墓人。

尽管罗伯特·苏霍夫在回答审判官的提问时躲躲闪闪，转弯抹角，但他毕竟无法否认他本人的所作所为。整个审讯进行得十分顺利。

坐在我后面的苏霍夫太太颇为伤心，啜泣不止。当审判官问到罗伯特·延·达伯斯特为什么要把姓名改为班吉·达尔曼时，全场一片哗然。人们的哄堂大笑一下子把苏霍夫太太的悲伤之情冲得烟消云散。

我的朋友延·达伯斯特对法庭的做法很反感，他觉得自己的尊严受到了冒犯，眉头紧蹙。他当即作答，义正词严，使全场的哄笑戛然而止！

他反驳道："想改叫什么名字是我的个人权利。诸位先生从未为我改名付过分文。"

我欣赏他的回答。

审判持续还不到一个半小时就宣告结束。罗伯特·苏霍夫被判一年半徒刑，不扣除拘留时间。埃泽基尔以窝赃罪被判八个月徒刑。

审判一结束，除了苏霍夫太太外，人们都站起身来准备离去。我与罗伯特两人目光相遇。他双眼燃烧着仇恨，对我表示出刻骨仇恨，甚至还特意把牙齿咬得格格作响。同样，他对班吉·达尔曼也摆出一副咬牙切齿的凶相。

苏霍夫太太多次呼唤他，可是他佯装没听见。在几名警察的押送下，他迈开急促的步子朝外走。他将会被监禁在卡利梭索监狱。

返回沃诺克罗莫的车里，班吉·达尔曼首先开口："苏霍夫恨上咱们了，明克。"

"我马上要去巴达维亚了，罗伯（Rob）①。你由达萨姆来保护。"

"他终究还是个危险人物，明克。"

"并非他一人称得上是男子汉，罗伯。"

---

① 这是明克对罗伯特·延·达伯斯特的习惯性昵称，类似于脱口而出称呼其小名。《人世间》和《万国之子》先后登场了三位年龄大致相同的"罗伯特"男性，昵称均为 Rob，分别是罗伯特·苏霍夫、罗伯特·梅莱玛、罗伯特·延·达伯斯特（班吉·达尔曼）。这三个同名角色参与到明克学生时代的生活中，身份各异，与明克关系有别却互相映照，构成一种宛如镜像的存在。

我们的谈话稍停片刻，然而我们心中依然忐忑不安。

"咱们确实应该更小心一些。"我说，"像他那种人会不顾一切。罗伯，我非常欣赏你刚才在法庭上的回答。我也觉得受到冒犯了。"

"最近的经历迫使我对那些先生们采取这般态度。"

"祝福你，罗伯，祝你平安！"我一边说，一边向他伸出了手。

他握住我的手，不知不觉，我们俩已经拥抱住彼此，就像两个正在结为生死之交的孩童。

在后续几次法庭审讯之中，询问主要围绕着延·丹当、米纳姆和达萨姆三人进行。

延·丹当声称他从来不认识阿章，见都没见过他。法庭传讯阿章妓院里的妓女们与之对质。全部妓女都承认，从没和他照过面或与他相识。

阿章的园丁说，在赫曼·梅莱玛去世当天，他见到过像延·丹当模样的一个胖子，步履镇定地在园子内走着。但园丁只看到了那个人的背影，以为是一个普通狎客想兜兜风而已。那个人穿着西装，没有辫子。园丁估计他是一位华人基督徒，也许是华侨侨领雷珍兰（Tuan Luitenant der Chineezen）①的家族亲戚。他不想也根本不敢跟他打招呼，后来就不再注意他了。

随后的法庭询问围绕以下关系展开：以罗伯特·梅莱玛和阿章为一方，以延·丹当为另一方。延·丹当供认他听说过罗伯特·梅莱玛的名字，但并不认识他。他还供认，梅莱玛先生去世当天，他确实在

---

① 雷珍兰（Luitenant）是印尼群岛华侨侨领的官职，地位低于玛腰（Majoor）和甲必丹（Kapitein）。在荷兰殖民统治时期，通常由殖民当局委任华人中的商贾巨富担任侨领，职能相当于地方官，负责评议、审理或裁决当地华人社会的各类事务，玛腰、甲必丹、雷珍兰均出自荷兰语，原意分别对应三种军阶：少校、上尉、中尉。

阿章的院子里，可不曾涉足室内。

"我之所以在那里，是为了避险，当时有个马都拉人举刀要杀我。"他说，"听说那个马都拉人叫达萨姆。"

"是谁把他的名字告诉你的？"

延·丹当思索良久，回答时闪烁其词。检察官逼问之下，他供认说："米纳姆。"

关于米纳姆的这一问一答，引起了人们哄堂大笑。

达萨姆供认，他曾想教训延·丹当，他以为那是罗伯特·梅莱玛雇用的打手，蓄意谋害他。

"我的职责是维护主人家庭和农场的安全，"他说，"我一直尽力去做，他们付给我钱，就是要我做这份工作。"

法庭追问达萨姆，他是否想杀害延·丹当，因为早前达萨姆杀过人，甚至有卷入那次反抗骑警队和巡警队骚乱的嫌疑。达萨姆回答，他只想弄明白，究竟是谁指派延·丹当来这里。

"要是他的确受命来杀人，那我就当场把他宰了。这就是薪酬杀手应有的下场！"

"你为什么要怀疑延·丹当呢？"

问和答烦琐冗长，最后又转回到了我的头上。

我讲述了自己的经历：在结婚前，我从博佐内戈罗（Bojonegoro）乘火车去沃诺克罗莫，一路上的各种怀疑，我说我已经把自己的怀疑告诉了别人。延·丹当也证实了由我的怀疑所引发的一些后果。

审讯已持续一周。事实上，再过一个半月，学校就要开课了。法庭上询问拖泥带水，仿佛没完没了。我期待着法庭赶快宣读罗伯特·梅莱玛给姨娘的来信。看来我所期待的事还将不得不再等待一下。

朝去暮来，日复一日，仍没有迹象表明审讯何时终了。法庭调查赫曼·梅莱玛先生的死因费了不少时日。甚至有一次，还问到了温托索罗姨娘家庭的内部事务：姨娘如何对待她的子女。姨娘当即表示拒绝回答这一问题。她申明她不是被告，而且对待子女的态度问题纯属个人私事。

犹如晴天一声霹雳，法庭突如其来向我提出一个问题："您对温托索罗姨娘（又名萨妮庚）的感情如何？"

我一听火冒三丈。姨娘满脸绯红，看我怎样回答。他们企图叫我们当众出丑，但没得逞。

法庭仿佛要给人这么一个印象：延·丹当无论与阿章，还是与罗伯特·梅莱玛，都没有关系。正因为如此，法庭的质问连珠炮般朝我们袭来。罗伯特·梅莱玛的信却一直没有出现，无法在法庭上宣读。检察官千方百计寻找线索，想知道姨娘究竟给达萨姆下了哪些指令。

姨娘作为农场的总管和主人，凡是有可能涉及她管理农场的一些问题，她坚决不予回答。她只是申明，她从来没有吩咐手下人对某人采取行动，更没有差人去杀害那些进入农场村落的人。

一个月很快就过去了。又过了一周、两周、三周，我今年无法去医学院上课了。

检察官问我："在协助农场工作期间，您是否受命对某个嫌疑者采取过行动？"

"检察官先生，您所说的某个嫌疑者是指谁？"我反问。

"是指某个会损害姨娘和您本人利益的人。"

"损害我们利益的人，我至今还未见到。"我说。

"这么说，那样的人还是有的？"

"有。"

"在哪儿？"

"不知道。"

"您遭受到了什么样的损失呢？"

"我失去了妻子，迄今为止。"

事情越来越清楚，他们正在通过审讯，妄图证明姨娘、我和达萨姆三人沆瀣一气，正在针对某人策划阴谋。至于要证明我们想对付谁，我不得而知。尽管如此，我的理智还能作出这样的判断：法庭确实在向我们施加压力。

回到家里，我把这些想法告诉了姨娘。她点头表示同意。

她说："他们是在向我们施加压力，并故意拖延时间。我同意你的猜测。"

"妈妈，他们出于什么原因这样做？"

于是，姨娘开始讲述她的看法。她说，在我被从三宝垄带回来的前一天，有三个骑马的人来到我们家：一名政府会计师，是纯欧洲人，另外两个混血儿是他的助理。他们来检查农场的账目、地契和牲口存栏数。姨娘向他们出示了达尔梅耶先生有关农场账目已经核实无误的新证明（S.E.&O.）①，可他们对此不屑一顾。

"达尔梅耶先生在查账中出了差错吗？"姨娘问。那政府会计师不予置理，他只把另一份账目已核实无误的证书交给了姨娘。"你瞧，孩子，"姨娘继续说，"看来他们很快就要来接管农场了。也许，梅莱玛工程师马上就要来了，或者，他将派人前来帮他料理此事。"

"这与法庭有什么关系，妈妈？"

"如果他们成功让我们在公众面前名誉扫地，或者至少给外人这样一个印象：我们的农场管理不善，经营者道德缺失。如此一来，他们把我这样的人踢出农场，就理所当然了。梅莱玛工程师便能轻而易举地进入农场。公众将支持他，并认为我们被踢出农场是合情合理。"

---

① S.E.&O. 是英语缩写，来自 Save of Error and Omission，意为"无错漏"（Bebas dari kekeliruan dan Keteledoran）。——原注

"受过教育的人竟能干出如此卑鄙的勾当？"

"所受的教育正是卑鄙。"

事情很清楚，我本该一开始就学会像姨娘那样大胆去思考。过去，我的那些认识十分模糊，如今，看来我将在实践中得到证实。

"是的，你应该这样大胆地去思考问题，孩子。他们那伙人干的勾当，甚至比我们想象的还要卑鄙。"姨娘说话时镇定自若，就像什么都没有发生过。"在纷繁复杂的生活里，你从学校学到的东西就像是儿童的游戏。如今你已经成年，你该懂得，无论在他们之中，或者在我们自己人内部，丛林法则主导一切。不久，你将会看到我说的这些话没错，而且是全然不会错。"

现在，我日益懂得，我们必须坚持反抗，百折不挠。就像菲律宾人那样，即使没一个人能预料斗争的前景，但仍然有一件事应该去做，那就是反抗。

当晚，我去找高墨尔和马尔登·内曼，给他们看罗伯特·梅莱玛写给姨娘的信的抄件——它是由检察署复制并批准为正式文件的。我还协助高墨尔把信中有关罗伯特与阿章勾结的那一部分译成马来语。也就在当晚，他们两人还写了评论，发表在报纸的特快号外（edisi kilat）上。翌晨，号外就送往四方。

高墨尔作了非常大胆的评论。他指出：法庭不应对证人追问个没完，何况事实已证明他们不是被告，而只是证人。评论写道：法庭审讯应该回到要害的问题上，即回到以阿章、罗伯特为一方，以延·丹当为另一方的有关案件上。

法院传唤高墨尔和马尔顿·内曼出庭作证。法庭分别质问他们：是从何处获得罗伯特·梅莱玛信的摘录。他俩都拒绝回答。审判官追问高墨尔："所谓罗伯特·梅莱玛的信是马来语写的？"

"荷兰语。"

"既然是荷兰语写的，那您有什么权利，不通过由审判官批准的法庭正式译员，擅自把那封信译成马来语并发表呢？那封信属于法院审理范围之内。"

"据我所知，那封信不是写给法院的，而是写给温托索罗姨娘的。事实很清楚，法院无权掌握和持有该信，更谈不上翻译它了。我没见到报上哪一条消息是由法庭正式译员翻译的。自我当记者以来，从未见过法庭有此类规定。"

"难道您不明白，您的特快号外会影响庭审的进程吗？"

"这取决于法庭是否愿意接受它的影响。任何人都有接受或拒绝某种影响的自由。不管怎么说，那封信至少不是捏造。"

"那封信的原件现在哪里？"审判官问。

"在检察署。"

审判官问检察官，是否有那样的信。于是，现在又围绕信的问题进行了短暂的问答。

审讯过程中，姨娘作了说明，她曾因这封信要求警方协助她与在洛杉矶的罗伯特·梅莱玛取得联系，而事实上，寄信人已经去世了。

审判官多次用木槌敲着桌子，警告姨娘不要答非所问。

法庭的气氛变得紧张起来。许多问题频繁地交替出现。证人也走马灯似的换了一批又一批。我目不暇接，几乎跟不上审讯的进程。

高墨尔在他的报纸上提出了连珠炮的问题：罗伯特·梅莱玛的信究竟在何处？如果没有如那封信的新材料，为什么要再次开庭？为什么又出来一个延·丹当的问题，且没完没了来回审讯？

内曼的评论也差不多。我把原来对他的憎恨变为对他的警惕。我认为，他参与此事纯粹是出于商业性的牟利动机。

然而，只要他的做法客观上对我们有利，我就没有必要去憎恨他。他们俩冒很大的风险，竭力不让审讯转移目标：到底谁才是被告？

他们那些评论引起了一贯热血的泗水读者的极大兴趣，无论来自哪个族群。出庭旁听的人与日俱增。当旁听席上拥挤不堪时，法庭宣布延期几天审讯。

我已没法赶去上学了。

重新开庭时，审判长改由一位瘦长男子来担任，他的名字是德·埃森德拉特法学学士（Mr. D. Eisendraht）。审判长为何易人，我不得而知。也许延森法学士病了。

后来的几次审讯进行得非常顺利，犹如列车在笔直的铁轨上飞驰，畅行无阻。

审判长要求检察官出示罗伯特·梅莱玛的信。接着他又指定一人当众宣读。与洛杉矶电报联系的那名警察也被叫到法庭，由他宣读通过美国警察署转来的洛杉矶市政府复电："确有一位名叫罗伯特·梅莱玛的荷属东印度人曾在该城治病，他于四个月零两天以前病故了。"

根据这封信，法庭对阿章谋害赫曼·梅莱玛的动机进行了调查。但由于阿章病重不能出庭，审讯又推迟了。阿章出庭时，他更加消瘦不堪，脸如死灰，显出一副绝望的神情。他低头认罪了。他被判绞刑。可是他已病入膏肓，未等服刑就一命呜呼了。

就这样，在高墨尔和内曼的协助下，阿章—罗伯特·梅莱玛一案终于宣告结束。

延·丹当一案显然是一出弄巧成拙的把戏。

延·丹当原是博佐内戈罗的一级警官。某天，他接到命令去拜见博佐内戈罗的州长德·拉·柯罗瓦。他能说出日期，甚至各项活动在几点钟。他作为一位工作细致的政府公职人员，将所有细节都有条不紊地记录了下来。

他一接到命令，便去拜见州长。

当时是晚上八点。州长坐在前厅的藤椅上。延·丹当则毕恭毕敬地伫立在州长面前。

"你是区侦缉队长派来的一级警官吧？"赫勃特·德·拉·柯罗瓦问。

"是的，州长先生，一级警官延·丹当。"

"万鸦佬人？"

"我是万鸦佬人，州长先生。"

"会说荷兰语吗？"

"会一点。"

听到他说只会一点时，州长先生颇为失望。

"会读、会写荷兰语吗？"当听到延·丹当回答"会读、会写"时，州长的脸上露出了一丝笑容，又问："在你们一级警官中，谁能讲比较流利的荷兰语？"

"据我所知，没有这样的人，州长先生。"

"我需要一个精明能干的人去完成一项特殊的使命。你能胜任吗？"

他对法庭坦承，盼望早日晋级，答应道："行，州长先生！"

"好，明天早晨你就出发到泗水去，监视新县长的儿子明克。你听说过这个人吗？"

"没有，州长先生。"

"你去车站之前先等着他。你会知道的，他是泗水荷兰高级中学的学生。"

延·丹当受命去侦察明克日常的生活习惯、上学的情况、他学习时专心致志的程度、他平日的交往、有哪些朋友，以及他在校外的社交活动，等等。

"赫勃特·德·拉·柯罗瓦先生当时身为博佐内戈罗州长，他为什么要派你做这件事呢？"

延·丹当表示一无所知（tidak tahu）[1]。他说，他把执行任务看作自己的职责。他把所了解的情况，用书信或电报向州长作了汇报。

"为什么你的行动会让人起疑？难道这是德·拉·柯罗瓦先生所希望采取的唯一方式吗？"

"关于如何执行任务，州长先生并没有给我什么指示。"

"举止惹人怀疑，你认为这是唯一最佳方式？"

"我不这样认为。"

他进一步解释，他本想结识明克，这样就可以自然地进行交往。但是，明克先生是位荷兰高级中学的学生，自己要与他交朋友，不禁有些胆怯。他感到自卑，便与明克保持着一段距离。

当法庭问他关于我与温托索罗姨娘的关系时，我生怕发生意外。他坚持答说，对此事一无所知。法庭数次旁敲侧击、含沙射影提出类似问题，他仍坚持表示无可奉告。

我估计他很了解我和姨娘的关系。他有意不谈别人的私生活，以免对不在场的其他人不利。他这种做法令我十分感动。有时我想，他确实是我们的一位朋友，就像他告诉达萨姆的那样。

延·丹当坐在被告席上，镇定自若，彬彬有礼，两手放在膝头。我看不到他是个胖子，而是有人性的人。他回答问题时总是谦恭文雅，有条有理，干脆利落。他已经赢得了我的好感。

他是受德·拉·柯罗瓦之命被派来对我进行全面调查的。他们把我作为土著知识分子之一进行研究。看来，在研究土著知识分子心理方面，赫勃特·德·拉·柯罗瓦不甘于落在史努克·许尔格龙涅博士之后。[2] 他本人成了自己研究工作的牺牲品，致使多人卷入诉讼案件。

---

① 原文此处及下一处均为斜体。

② 参见《人世间》第七章。

他失去了公职，也许回到欧洲之后，不得不过着无固定收入的生活。

出庭作证的证人中还有米纳姆。这个爱卖弄风情的女人，选了我身旁的一个位置坐下。这样一来，我就夹在她和姨娘这两位妇女之间。而达萨姆则与别的证人坐在一起。

法庭接下来的询问是对米纳姆，她用爪哇语回答："一天下午，有个胖子牵着一匹马在我家门前经过。他向我微笑，停下来问我要不要香水。没经过我允许，他就当即把香水搽在我脖子上。那香水可真香。于是，我把他请进了屋。"米纳姆叙述时口齿伶俐，落落大方，一点也不显得拘束。

"为什么你要自称孔大叔呢？"法庭问延·丹当。

"我只知道一件事，不能泄露我的真名实姓。"延·丹当回答。

"你已经不在执行一位副州长委派的任务了。"

"我仍在执行赫勃特·德·拉·柯罗瓦先生给我的任务，尽管他现在不当副州长了。"

"你为什么要听命于他呢？你不知道你是一名政府公职人员吗？"

"我是在闲暇时间做的。至于他为什么要我这样做？那是德·拉·柯罗瓦先生的事。"

"他给过你佣金吗？"

"没有。"他毫不犹豫地答。

"那你为什么愿意那样干呢？"

"我慢慢理解了德·拉·柯罗瓦先生的用意，因此我便自愿协助他。"

"后来，德·拉·柯罗瓦先生不当副州长了，你又是通过什么途径与他联系的呢？"

"书信。"

"他信中都写了些什么？"

"他的信是写给我的，不是写给公众或法院的。"

看来，延·丹当是很有原则的人，并不轻率。他有权受到别人的器重和尊敬。

米纳姆说："孔大叔多次问起我的孩子，问孩子他爸是谁，到哪儿去了。我回答说，孩子的爸不知去向，已有半年多不见了。他又问我们离婚了么？我说没结婚，怎么谈得上离婚呢？孔大叔取出一小瓶香水，在手上倒了一点，搽在我的脸上，还顺手拧了一把。"

全法庭人哄堂大笑。延·丹当低下了头。米纳姆因自己吸引到了公众注意力而神采飞扬，艳光四射。这位年轻的母亲直言不讳。她那两片薄薄的樱唇滔滔不绝地讲着。审判官和检察官都没打断她的话。看来，他们也乐于凝视这位村姑姣好的身材、甜美的面容和爽朗的谈吐。

米纳姆毫不掩饰地当众宣布，她正在哺乳的婴儿是罗伯特·梅莱玛的孩子，是自己的雇主温托索罗姨娘的孙子。接着，她说：

"看来孔大叔对孩子他爸有醋意，他老是追着问我，究竟谁是孩子他爸。我给这孩子起名叫罗诺，老爷。"

"真名叫延·丹当的孔大叔没有向你求婚吗？"

"孔大叔曾经要我跟他过日子。"

"你为什么不愿意呢？"

"我得把孩子先安置好呀。"

"这是姨娘的孙子，姨娘认不认呢？"

"现在她已经认了。"米纳姆欣喜地回答。

姨娘貌似对米纳姆很不满意。她的家庭私事屡次被当众抖搂出来。而检察官先生当然不愿白白放过这个可乘之机。因此我感到，检察官是有意在拖延审讯过程。一连串的问题不断向姨娘袭来。

审判长终于约束了公众那些不必要的好奇心。问题转到达萨姆身上。

"你，达萨姆，你一天和米纳姆见多少次面？"

"我从来没算过。"达萨姆板着脸答。

"你勾引过她吗？"

"像她这样的女人用不着别人去勾引。"他尖刻的回答显示出他已火冒三丈。

"你认为哪种女人才值得去勾引呢？"这时，检察官向姨娘瞟了一眼。

轮到我怒不可遏了。

审判长又一次用木槌敲击着桌子，向检察官提出了警告。

"这对了解案情的背景很重要，尊敬的审判长先生。"检察官申辩，"达萨姆，你要老实回答，你为什么从不去勾引她？"

达萨姆不答话。

"你碰都没有碰过她？"

"没有！"达萨姆气得咬牙切齿。

"他说的是真的么，米纳姆？"

"是真的。"

"明克先生到你家去过没有？"

"没有。"米纳姆答。

"你和他说过话吗？"

"说过几次，老爷。"

"他勾引过你吗？"

我眼泪流出来了，因为气恼。

"可惜呢，他没有过，老爷。"

"为什么说可惜？你盼他来勾引你？"

米纳姆轻声嬉笑。

姨娘在座位上烦躁不安。

一回到家里，姨娘再也不理睬米纳姆了。我把自己对法庭的看法告诉了她。她只淡淡一笑，说："检察官挖空心思想找到线索，证明那小孩不是罗伯特·梅莱玛的儿子，不是我孙子。"

"这又有什么关系，妈妈？"

"如果罗诺确实是罗伯特·梅莱玛的孩子，显然他就有权得到爷爷的一份遗产。咱们能看清，检察官与毛里茨工程师串通一气。可咱们什么也做不了，咱们没有真凭实据。"

在以后几天里，法庭审理那次枪击事件。延·丹当和达萨姆两人曾经斗殴，这是事实。已有这方面的证据和调查人员的报告。但法庭无法证明，他俩是为米纳姆争风吃醋，互相敌视。

不论达萨姆，还是延·丹当，都对那次斗殴供认不讳。法庭也确认了他们斗殴的明显动机。达萨姆被指控为攻击者，延·丹当只是进行了自卫。

结果是达萨姆被判处六个月监禁，缓刑两年。延·丹当被判处八个月监禁，开除公职。他有一项附加罪：伪造身份（menyamar）。

这桩案件经历了旷日持久的审理，终于了结。

第
十
六
章

一天清晨，来了一个骑马的人。他身穿白色衣裤，头戴白帽，却没有穿鞋。他是一个褐色皮肤的印欧混血儿。他毕恭毕敬地交给我两封信。当时，姨娘正巧不在办公室里，她在屋后忙着做从前安娜丽丝做的工作。

一封信是政府会计师的公函，函件写明农场的资产与账目一致。这是对原先关于账目核实无误证明的重申。另一封是毛里茨·梅莱玛工程师的来信。我没有拆开这封信，而是把它放在姨娘的办公桌上。

"先生，"信使对我说，"请准许我与米纳姆见一面。"

"米纳姆？"

"她不是住在这里么？"

"有什么事？"

"请让我亲自跟她说吧。"

我把通向前厅的门打开，喊了那女人一声。只见她满面春风，抱着孩子走了过来。

"少爷叫我呢？"她卖弄风情地问。她那两片薄嘴唇油光光的，不知刚吃了什么东西。

　　她靠得很近站着，搔首弄姿。

　　"进来吧。"我说。她跨进了办公室。

　　当见到还有别人在场时，她不禁感到颇为失望。

　　"这就是米纳姆，如果你真要找她。"

　　"你是米纳姆？"信使用马来语问。

　　"是的，先生。"

　　"能今天就动身跟我走吗？"

　　"跟你上哪儿去呀？"

　　"去见德·菲斯赫（De Visch）会计师先生。"

　　"谁是那会计师先生呀？"

　　"我的老板。你不是答应愿意跟他一起生活么？"

　　米纳姆思索片刻，笑起来。

　　"哦，那位先生吗？等一下，让我去向姨娘道个别。您能稍等我一会儿么？"

　　她走出了办公室。我十分诧异。只见她举止自若，毫无惧色，一点也没害羞，不像一般土著妇女，反倒像荷兰高级中学里的欧洲姑娘。我想，这女人聪明伶俐，只是没得到良好的教育而已。她是一位勇者，敢于碰运气。看来她心里很明白，把自己的曼妙身姿和可人容颜作为获取幸福生活的唯一资本。倘若她能受到良好和正当的教育，也许能成为一名出类拔萃的女性。

　　一会儿之后，姨娘和达萨姆走了进来。姨娘没太理会信使，径自坐在办公桌前，取出几张纸交给了达萨姆，她说："向他们所有人转达我们的问候。设法见到延·丹当。告诉他，别为失去工作而忧虑。一旦他获得自由，我们就会给他安排一份工作。"

　　达萨姆举起手致意，告辞而去。我走到姨娘跟前，向她报告收到了德·菲斯赫先生的来信，并把我刚才读过的那封信递给了她。

姨娘读着信，双眸闪现出光芒，一丝浅笑挂在嘴边，她点了点头。

我注视着她的面容，她还是那么年轻、有活力，真不像生育过孩子的女人。她从不忽视梳妆打扮，皮肤总是带着光泽。最近发生的一些事情仿佛已然淡去，对她身心并没有造成什么影响。

她拿过梅莱玛工程师的信，脸上的笑容顿时消失了。她拿起一把开信的铜刀，想把信拆开但又犹豫不定。她望了望我，然后又看了看那个信使。

"信使等着回音呢，妈妈。"

"这信是你送来的？"她用荷兰语问信使。

"是我送来的，姨娘。"

"毛里茨·梅莱玛工程师先生的信也是你送来的吗？"

"没错，姨娘。"

"你是德·菲斯赫先生的信使，还是毛里茨·梅莱玛的信使？"

"前者，姨娘。"

"那么说，这封信是顺便捎来的啰？"

"是的。"

"梅莱玛工程师正在会计师的办公室吗？这封信没贴邮票。"

"我不知道，姨娘。"

姨娘把毛里茨·梅莱玛工程师信的一角往桌上敲了几下。她正试图消除心中的疑虑。接着，她又把信和那把铜刀重新放在桌上。

"你读给我听吧，孩子。"她轻声对我说。

我把信拆开，压低着声音，读了起来。

"好吧，"她听完后说，"写封回信吧，孩子。"

回信写好后，姨娘把它放进信封。她呼唤那名信使，说："这封回信你可以带走了。"

信使走到姨娘办公桌前，接过信，又回到自己的座位上。

"都给你了，没什么可等的了。"

"还有米纳姆呢，姨娘。"

"米纳姆？"

"我准备把她带走，姨娘。"

"你在什么地方认识她的？"

"就刚才，在这里。"

"在这里？"姨娘睁大了眼睛。

我急忙说明了事情的原委。姨娘站起身，从抽屉里取出一块手帕，塞在嘴里咬了几下。她慢慢地走到门口，吸了一口清新空气，又回到桌边，在信使对面坐下。

"米纳姆是在什么时候与德·菲斯赫认识的？嗯，好吧，让我把她叫过来。"

米纳姆走到门口，没敲门，就走了进来。她一只手抱着罗诺，另一只手拎着一只竹包。她稍加打扮之后，看上去既苗条又丰腴，十分妩媚动人。这次，她一反常态，不再在姨娘面前低头鞠躬了，开门见山地说："姨娘，今天我向您告辞了。我要去跟……先生了。"

"先在这里坐下，米纳姆。让我们平心静气地谈一谈。明克，你过来，让你来当见证人。还有你，你叫什么名字？"

"雷蒙·德·勃雷（Raymond de Bree），姨娘。"

我们四人围着桌子坐下来，加上抱在怀里的罗诺，总共是五个人。

"米纳姆，"姨娘开了腔，"因为罗伯特的嘱咐，你才住到我们这座楼里来的。你住到这里来，是出于你的自愿，也是出于我对你的主动邀请。米纳姆，是这样吧？"

"是的，姨娘。"

"你在这里住的时间确实并不长。从来也没有人赶你走，你说是不是呀？"

"没有人赶我走，姨娘。"

"真的没有吗？"

"真的，姨娘。"

"你现在没有身孕吧？"

"没有，姨娘，我清清白白的。"

"好。那你说说，我们待你好不好？"

"待我很好。姨娘。"

"那好。这么说，你不会在外面说坏话，关于将要离开的老东家？"

"不会的，姨娘。"

"你要跟着德·菲斯赫先生一起，将来会不会后悔？"

"不会的，姨娘。"

"你先考虑一下。因为你一旦离开这里，我就不会重新接你回来了，懂吗？"

"我懂，姨娘。"

"这么说，你心里很明白，我让你住在我家是因为罗伯特少爷有过嘱咐。今天你要走，是出于你自己的意愿。"

"是的，姨娘。"

"那么，罗诺怎么办呢？"

"姨娘，如果您要这孩子，那我就把他留给您好了。"

"你确定吗？你反复考虑过了吗？"

"图个啥，像这样没有爸爸的孩子，姨娘？"

"好吧，把孩子交给我吧。"米纳姆便把怀里的罗诺递给了姨娘，"你不需要这孩子了，是吗？你也不会再来看望他了，是不是？要是你来的话，会打扰我们和这个孩子。"

"我不会来了。不过，您得给点补偿金。"

"你的意思是要赔偿损失？"

米纳姆点点头，毫不感到羞涩。

"我会好好照顾这孩子的。你现在要走，我会给你钱，但我不是在买我的亲孙子，是你自己要把他交给我的，是你自己托了好几个人，催促我承认这个孙子的。"

信使已经等得不耐烦了。他不时地调整坐姿，并且摆动着身上的挎包。为了使他耐心些，姨娘说："这关系到一个人的命运，雷蒙先生，可不能草率从事。好吧，米纳姆，我将会给你补偿金。但我不是用钱在买卖人口。雷蒙·德·勃雷先生，你是见证人。希望你稍后也能转告德·菲斯赫先生一声。"

"让她自己说去吧，姨娘。"

"要是你不愿当见证人，那就算了。对我来说，明克就是见证人。以后要是有了什么事，我仍将提到你的名字，把你作为见证人。哪一天，星期几，几点钟，你在这里并带走了米纳姆。我可是做了书面记录，现在你可以走了。"

"我还没有完成把米纳姆带走的使命呢！"

"你带她走吧！"

"喂，米纳姆，咱们走吧！"德·勃雷招呼道。

"补偿金还没给呢，姨娘。"

"这要有字据，米纳姆，"姨娘说，"而且你要在上面按手印。这是说你同意的话。要是不同意，你可以空着手离开。如果同意，那就稍等一会，让我先把字据准备好。"她向我使了个眼色，叫我去起草字据。

字据写得很简短，内容是说，米纳姆确认在某年、某月、某日、星期几、几点钟把她的孩子交给了温托索罗姨娘。当时，在场的见证人有明克和会计师德·菲斯赫的信使雷蒙·德·勃雷。字据上还写着孩子的生辰，说明他是米纳姆本人和罗伯特·梅莱玛非合法婚姻而生。

姨娘把字据看了一遍，然后把它译成爪哇文。随后，米纳姆便在上面按了手印。姨娘和我先后签了字。可是雷蒙·德·勃雷拒绝在字据上签字。

　　"你拒绝签字，没关系，"姨娘说，"在你的姓名下，我们注明：你已听了全部谈话，但拒绝签字作证。明克，你把刚才这句话补写上去，另外再写上：雷蒙·德·勃雷先生是在不明确告知去向的情况下把米纳姆带走的。"

　　我在字据上作了补充后，姨娘再次把它递给了信使，让他过目。

　　雷蒙·德·勃雷仍拒绝签字。

　　"好吧，如果你坚持不签字，将来别人可以指控你把她拐走的。"

　　信使似乎惶恐起来。他踌躇不决，最后不得不在字据上签了名。

　　出发之前，米纳姆亲吻了她的孩子。就在那一刻，她流下了几滴眼泪，随即便跟着德·勃雷一前一后离开了。他俩都光着脚，趿拉着土拖鞋，脚趾露在外面。

　　"米纳姆！"姨娘叫了一声。那女人又折了回来，德·勃雷留在一棵树下等她。

　　"你妈妈怎么办呢？你就这样丢下她不管了？"

　　"下次我来接她，姨娘。"

　　"你这一走，谁来管她吃饭呀？"

　　米纳姆没有回答，告辞后，快步离开了姨娘的办公室。此时，罗诺正在姨娘的怀里酣睡。

　　"荡妇！"姨娘轻声地骂了一句。她望着罗诺，自言自语说："算你运气好，罗诺。你再也不会见到你的母亲了。"她又对着我问："你描写过放荡的女人吗，孩子？她可是个典型，供你创作时参考。你也从近处亲眼见过她了。"

　　我还是第一次听到这个奇怪的名称：荡妇！

"你可以把今天发生的事写下来，留作纪念。"姨娘继续说。

"她有权那样做，妈妈。也许她觉得在我们家生活不安定。"

但姨娘不愿听这些。

"这世界上的荡妇为数不多。这些女人趁着乳房没下垂，面颊还没塌陷，用贞操换取利益。任何地方，任何阶层，都存在这类人，总叫人作呕。如果我像你那样善于写作……瞧这孩子，他在米纳姆眼里什么都不是。对她来说，丈夫也毫无意义。她不顾家，也不要父母。她把妙龄时光献给了放浪的需求。她看待和评价这个世界，都是通过利害关系，为了能够穷奢极欲。"

姨娘在发泄对米纳姆的恼恨。我没必要附和。

"没人知道这孩子未来的命运怎么样，罗诺，愿你福星高照，运气胜过你的父母。瞧你的鼻子，跟罗伯特一模一样。你的皮肤比罗伯特小时候还白净，比你妈妈更白皙得多。"

忽然，她好像是无意间记起了什么事。

"今天下午五点，孩子，毛里茨工程师要到这里来。"她说。

我装作没有听见。这位不速之客必定是要把姨娘扫地出门。

"你脸色苍白，孩子。别担心。不知他为什么来，也许是要把财产之外所有人都赶出去。"

如果我遭人驱逐，被粗暴地一脚踢出门外，该会是多么羞耻、毫无尊严。那些恨我们的家伙就会幸灾乐祸。然而，我必须和姨娘共同熬过这最后一道难关。

"我们应该给他准备一个恰当的欢迎仪式。"姨娘又说。

"欢迎他？"我惊呼。

"按照法律，他是这里一切的拥有者。由于安娜丽丝和罗伯特的去世，他走了运。"

"妈妈，那您自己怎么办呢？"

"你为我担忧？谢谢你，孩子。你怕我成了你的负担，或者要跟着你过活么？不会的。当务之急，咱们来直面这个家伙。你也有笔账该跟他算一下。是的，咱们确实没有力量对抗法律和他，可咱们还有一张会说话的嘴。咱们要用唇枪舌剑去对付他。咱们还有自己的朋友。"

"他们能做什么呢？"

"患难见知己。不要轻视友谊。朋友的情谊比仇敌的憎恨更强大。如果咱们把朋友们请来参加今天下午的欢迎会，你同意吗？请谁呢？冉·马芮和高墨尔？"

我还在默默思忖这样做的利弊。没有法律的力量，他俩能有何作为？其中一位是腼腆的残障人士，另一位则是演说家和捕捉猛兽的猎手。

"好的，妈妈，我去请他们来。"

睡在姨娘怀里的罗诺惊醒了。姨娘没用长围巾兜着他，而是用胳膊当摇篮，轻轻摇晃。

"啊，这孩子又尿了。嗯，明克，你去把朋友们请来吧。这才是上策。"

于是我出发了，不再回想水性杨花的米纳姆以及被她弃之脑后的罗诺。我心中浮现出一个关于我岳母的新谜团，她将会如何正面迎击一位可能驱逐她的人……

第十七章

　　根据这个故事的发展顺序，我最好将一些笔录以及与我生活相关的见闻重新加以整理。其中有几项材料确实是来源于此后几年，但这也没什么。

　　是这样的：最初，听到有人传说（sassus），荷属东印度有意要建立自己的海军，名叫政府海军，该部队不受荷兰皇家海军的管辖。这条传闻不是捏造，而是有充分的根据。

　　日本已经获得承认，与白种人平起平坐。日本的国际地位和承认它的那些国家完全平等。居住在东印度的日本国民已经从东方外国人（Timur Asing）名单上跃入欧洲人的行列。尽管殖民者絮叨舌噪，抗议谩骂，但国家的规定不能违反。

　　东印度的欧洲殖民者可以竭尽嘲讽之能事，说什么日本作为海洋国家，其船只老旧，破烂得像鸡笼一样。有些日本人反倒虚心承认：我们确实还处在幼儿学步阶段。他们内心里暗喜：日本从未向欧洲卑躬屈膝过，更不会匍匐在地——面对国际上的各种嘲讽，日本民族不屑一顾。

我见过一幅小招贴画，那是幅版画上一支被暴风吹打得破乱不堪的日本船队。船上的大炮在寒冷中瑟缩。每只船都挂着一面日本旗，旗子和船身一般大小。画面的下方附有文字：为穿和服的艺伎而前进（Demi kimono geisha, maju terus）！

尽管嘲讽不断，荷属东印度的军事专家感到有必要为东印度专门组织一次防务论坛，其时恰逢荷兰皇家海军舰队司令（我不愿讲出他的姓名）率领一支舰队分队来视察东印度海域。

防务论坛的基本议题：什么是东印度最好的防卫方式？

在这次论坛上，日本成了人们反复议论的话题。有人说，日本海军比当年征服爪哇、苏门答腊和马鲁古的荷属东印度公司军队要强大几十倍。日本和东印度之间的距离，比荷兰与东印度之间近得多！面对日本的崛起，可不能报以殖民主义的嘲讽态度。不要轻视一个已经能与西方霸权相抗衡的民族。这样的民族有能力实现自己的理想。科学知识已然为世界所共有，它属于那些能够掌握它的民族。这意味着，在未来时代的战争中，决定胜负的不是肤色，而是觉醒的人及其手中的武器。任何种族的躯体均无法抵挡炮弹袭击。现代科学并非欧洲人所垄断。有人说，日本只是善于模仿西方。如此奚落之词是由于对人类发展史的无知。模仿一切好的和有用的东西，并不像几个殖民主义者所讥讽的那样，是一种耻辱，而是进步的标志。所有个人和民族在自立之前，总是从模仿他人开始的。人们必须学会适应新情况。事实并不会因为人们不喜欢或每天嘲笑而变得不存在。欧洲各民族尚未发达如今之时，难道不也是在模仿别人？甚至还模仿过别人的不良习惯，例如抽香烟和旱烟，不就是从印第安人那里学来的吗？模仿岂非孩童成长的必经阶段？然而总有一天，孩童不也要长大成人么？因此，人们理应为这一天做好准备。一旦远超预期的现实突然出现在面前，人们不要惊讶，也不要因此而丧气。

然而，人们并没有提早做好准备。

感觉上，这就像故事传说：日本能染指东印度。它会在印度支那面对法国，在新加坡（东南亚最坚强的堡垒）与英国人狭路相逢。诚然，东印度处于欧洲人的层层保护下，而且堡垒无法攻破。但请不要忘记，欧洲距离东南亚太遥远了，欧洲的战舰分散在美洲、非洲、亚洲、澳洲等各个殖民地国家的海域里。而日本军舰则一直集中，更何况它的陆军呢。

人们最好不要忘记：每一个离开故土的日本人，无论是在夏威夷种菠萝的苦力、外国轮船上的伙夫、旧金山某座大厦里的厨师，还是大都会中的烟花女郎，他们每一个人都是日本民族的心肝宝贝，都与祖国心心相印，与自己的民族和祖先血肉相连。尤其应该指出的是，尽管他们依靠我们生活，可仍把我们看作野蛮人，并深信总有一天他们将证实自己的看法是正确的。

人们不要为此发笑，也不要认为这仅是一个民族的狂妄自大，认为这个民族孤悬一方，与其他各大民族毫无瓜葛。日本接受西方影响，已开放门户长达几十年之久，其国民忙于在世界民族之林里博采众长。日本人以节俭著称，他们深知节俭是为了大日本之强盛。早于向我们学习前，他们就已实施了各种经济原则。

据说，论坛的一部分参与者仍然轻视日本，也看不起发言者。

讨论会上有人提出：东印度一旦受到外来侵犯，根据东印度的地理位置，应采取何种战略防卫措施呢？可不要像 1811 年延森（Jansen）总督当政时那样，英国海军轻而易举就击败了荷属东印度。① 那种事再也不能重演了。迄今，荷属东印度的陆军已经能够自立，并自成一体，成为荷属东印度政权的支柱。然而在海上，东印度仍旧依赖于荷兰王

---

① 指英国和荷兰对爪哇的争夺。

国的海军。甚至向亚齐、马鲁古调运陆军还得依靠阿拉伯、中国、马都拉和布吉斯等地的私人航运公司，至于荷兰皇家船运公司成立以前的情况，就更不用说了。

我从未思索过有关海洋方面的问题，然而这种问题颇能引起我的兴趣。于是，我脑海之中想象着前几个世纪里已经发生过的事情。东印度公司的船只——那些全都是木船——整月，甚至整年在海上破浪航行，到处寻找香料，后来终于如愿以偿，获得了巨额的利润。为了维护和发展其利益，荷兰建立起了一个世界帝国（kerajaan dunia），我们的国土便是其帝国的主要组成部分。他们的世界帝国建立起来了，如今便以疑虑的目光注视着大海，注视着给他们带来繁荣强盛的大海，注视着那依然如故的大海！他们懂得：每一个先进的民族也都可以利用大海来建立起世界帝国。他们不愿看到别的民族崛起。他们保卫着自己所建立的和拥有的一切。他们的行为遭到了他人的诅咒……

荷属东印度需要自己的海军来捍卫自己的领海。

如果其他王国的军舰和舰队还在大西洋成群结队地自由游弋，那么一旦发生意外，荷兰要进行海上自卫就成了黄粱美梦。

会上有人说：东印度必须建立自己的海军，而且越快越好。东印度的防卫理所当然要尽快适应东印度的自然条件，要建立自己的海上防卫体系，要广为考察和寻找海军基地，必须建立海军基地。不能再出现这样的现象：荷兰王国海军如同蜜月旅行一般，在任何地方任意停泊。

在论坛上，军人们都聚精会神，深入探讨。那位海军司令也全神贯注、凝神谛听。据说，他来参加论坛就代表着荷兰王国对这个问题的重视。

那次论坛给我留下的印象是：仿佛战争明后天就要爆发，但我不知荷属东印度将抗击何人。当今世界上的冲突可真不少。你反对我，我反对你，谁都可以互相反对。一个民族反对另一个民族，一个集团对抗另一个集团，个人也可以对抗集团，集团和派别之间互相倾轧，来回争斗。在欧洲，女人可以反对男人，但男人不能反对女人。政府也会和自己的国民闹起冲突。如今世界上各王国之间互相对峙，争斗不休。而这五花八门的斗争，归根结底反映一个事实：争权夺利！

倘若荷兰自身难保——这种情况已出现过几次——那么东印度就必须依靠自己的力量实行自卫。在现代，没有海军而要实行自卫是难以想象的。有人提议要牢牢记住：德国已在巴布亚东北部，英国已在东印度以北，甚至已伸展到了东印度的东南方。美国海军开始在东南亚活动，与菲律宾的反抗者诡秘周旋（bermain petak），并成功把西班牙人驱赶了出去⋯⋯

有人说："均势"（imbangan kekuasaan）改变（这在我脑子里是个了不起的见解），已然将东印度置于一个新位置。

很遗憾，我从没看过婆罗多大战的皮影戏。据我所知，没有哪位皮影戏艺人敢于演出，由于那太复杂了，而这种复杂性令人觉得神奇。同样道理，"均势"这个提法也使我感到好奇。在我所能够想象出的那些神奇奥妙、复杂曲折方面，有一个笼框（krangkeng）里充斥着大堆乱七八糟的问号——东印度若没有自己的海军，命运将如何呢？——这些大概都是我跟随别人的关切而胡思乱想的结果。

在荷属东印度的历史上——这既不是史书记载，也不是老师的课堂讲授——荷兰不仅为自己的陆军实力感到自豪，甚至有些狂妄自大。然而，自从有了菲律宾的教训，人们开始议论：一个群岛国家，如果没有自己的海军，那么陆军便毫无意义。西班牙宁愿从菲律宾群岛逃之夭夭，也不肯与美国的舰队针锋相对。人们还议论说，东印度应该学会自理，海上防卫亦当如此。

那次论坛发出了一个警告（我毕生难忘）：当心，先生们，现代战争中，假如在东印度北面的殖民者堡垒失守了，而我们又没有足够强大的自家海军，东印度国土就会在几天之内陷落……

论坛之后不久，一艘名为苏门答腊号的荷兰皇家舰艇被派往东印度进行考察，为将来建立东印度海军基地寻找合适的地点。在一次航行中，这艘舰艇对扎巴拉一带水域进行了勘测。我日后获悉：三名土著姑娘，其中一位就是在整个爪哇遐迩闻名的拉丹·阿江·卡尔蒂妮，和她的父亲一起登上甲板参观访问。她们被当作贵宾，受到了盛大的欢迎。船员们发现这几位土著民姑娘全都具有欧洲人的思想观念，他们称之为扎巴拉的公主。

写到这里，我心中产生了一个疑问：假使她们对在南非发生的布尔战争[①]有所关注，她们是否知晓这艘苏门答腊号荷兰皇家军舰负有何种使命呢？

为什么我要提到南非呢？这是因为它与故事有所关联。苏门答腊号抵达东印度之后，另一艘军舰——婆罗洲号从世界的北端也随之而来。舰艇上载着一位南非战争的英雄：毛里茨·梅莱玛工程师。这艘军舰正在向我的住地泗水驰来。他率领着一支水上建筑的专家队伍。

现在，请允许我驰骋自己的想象力，来介绍下这位人物。请原谅，我想象不出他的长相……

当荷兰王国海军调遣毛里茨·梅莱玛回国时，他正在南非指挥着一支部队。在克里斯坦·德·威特将军（Jendral Christaan de Wet）率

---

① 指第二次布尔战争（Second Boer War），1899年10月11日至1902年5月31日发生在英国与荷兰移民后代阿非利卡人（布尔人）建立的德兰士瓦共和国和奥兰治自由邦之间的争夺领土和资源的战争，是"布鲁岛四部曲"历史背景的重要事件。

领下，他已屡赴疆场身经百战。他赢得过胜利，也遭受过失败。(当然，失败更多一些，而且其处境日益艰难。)但无论如何，人们需要英雄来抚慰空虚的灵魂。聊胜于无，若无高头马，矮驴将就骑。他被当成一位英雄，赢得了最崇高的荣誉，受到了最广泛的赞扬。他捍卫了奥兰治①的尊严，保住了非洲南端蕴藏丰富的金矿。

大概我可以把他作为一位胸前挂满勋章的军官介绍给读者吧。然而，我不知道他究竟干掉了多少英国人、丢掉了多少平方米的土地，也不知道他的部下有多少人被俘、多少人失踪、多少人阵亡，又有多少人精神失常或临阵脱逃。除他以外，那些人未留下姓名。我估计，这样描写他当时的形象可能不会错：他正赌命发誓，喋喋不休地诅咒着弗仑奇将军（Jendral French）。

也许荷兰为有毛里茨·梅莱玛这位伟大的儿子而骄傲，也许他已驰名全国，也许……还会有一连串的"也许"，我的想象力堵塞了。

通过考察，终于为将要建设的东印度海军基地选定了确切地点：泗水市的乌绒港（Ujung Surabaya）。他们正在那里设计船坞。考虑到毛里茨·梅莱玛工程师战功赫赫，皇家海军专门将他召回。人们一致认为他是到泗水来建立军港的最合适人选。尤其是考虑到七年前，为了卸油、卸糖而建造丹绒卑叻港时，他也曾来这里进行过考察。

召他回国的电报发到南非。他的战友和部下都来为他送行。他带着美好回忆离开了非洲……

假如我继续发挥想象力，便出现了这样的场面：

他乘一艘军舰回荷兰去，全体水兵都为能够回国而欣喜若狂。这次航行简直是一次使人神清气爽、心旷神怡的旅游。因为他们远离了死神，不再继续流血，不再痛苦和呻吟。假如任我的想象力不受约束、

---

① 指奥兰治自由邦。

尽情翱翔，就会有此情此景：

那天清晨，在阿姆斯特丹的苏门答腊码头上，已经聚集了一群人。其中有很多姑娘和布尔战争的退伍军人。皇家海军的几个大人物，还有一支乐队也前来迎接。上午十点整，那艘来自南非的军舰沿着运河驶入港口。

按照我的想象，密切关注布尔战争的考珀（Kuÿper）首相也前来欢迎毛里茨·梅莱玛。

一位身穿黑色衣服的中年妇女立即引起人们的注意。她站在人群中，也是来迎接亲人的。她就是离异的阿梅丽娅·梅莱玛—哈默斯（Amelia Mellema-Hammers）太太。她一只手里提着黑皮包，另一只手拿着把伞，伞也是黑的。她一见到亲人时准会热泪滢滢。

军舰开始靠岸了。舰上的人们扶着甲板栏杆你拥我挤。海军军乐队徐徐奏起了乐曲。

第一个走下军舰的不是别人，正是梅莱玛工程师本人，他由舰长陪同着。人们热情欢呼，引颈张望。此时乐声高奏，希望能压倒人们的欢呼声。欢迎气氛越来越热烈。只见毛里茨·梅莱玛工程师镇定自若地微笑着，向欢迎者频频招手致意。他一下舷梯，不知从哪里钻出一群人来，冲到他面前，在他的脖子上戴了一个花环。皇家海军的高官们依次同他握手。乐队继续演奏欢迎乐曲。考珀首相被撇在一旁无人理睬。

虽然他胸前没有佩戴任何勋章，然而他周身的血液里却流淌着祖先的英雄气概，这种气概挫败了来自海洋和来自陆地的敌人们。这个大男孩热情洋溢。他总是微笑着观察世界，这反映出他已走过了一段非凡的历程。常言道：身经百战的英雄视大难如草芥。

那位母亲，长期思念着儿子，此时跑到儿子跟前，拥抱并亲吻他。英雄梅莱玛也深爱自己的母亲。他不住地吻着母亲的两颊。这位妇人以满腔慈母之爱，把儿子从头到脚摸了一遍，生怕这位英雄的哪一部分肢体会遗落在异国他乡。突然，阿梅丽娅·梅莱玛——哈默斯太太失声痛哭——她在向上帝表示感谢。她看到亲生儿子完整无缺，就连英国人也没能伤害他。

欢声雷动，皇家海军的车辆把这位英雄及其母亲接到了海军司令部。他们身后的背景是一艘战舰，甲板上的水兵们列队致敬，见证这个伟大的场景。

我不吝使用自己的想象力：各家报纸争相报道这一盛况。然而没有哪家报纸会提及赫曼·梅莱玛、安娜丽丝·梅莱玛和罗伯特·梅莱玛的死讯，也根本不会透露这位英雄正要到泗水的沃诺克罗莫去攫取一笔不义之财。

报纸上没再报道其他消息。后来见过一条小新闻：皇家海军为毛里茨·梅莱玛工程师和他的母亲举行了欢迎宴会。宴会上，众多的演说接连不断，喝彩声此伏彼起。不久，报上又登出一位英国记者在南非被革职的消息。原因是此人身为记者，但并未履行记者职责。他在卧室里闭门造车编新闻（isapan jempol）。他在那里还杜撰冒险故事，一位白婴孩成长为南非丛林之王[①]……

我的想象就到此暂告一段落吧！

来自克东鲁肯（Kedungrukem）的杜尔拉基姆（Dulrakim）先生是收集大量消息的那类人，但不知他所收集的消息是为了日后发表，还是仅供个人口味。他拥有一个冒险故事的无尽宝库，采集自全世界各大港口。由于他在我的记录里并不占什么重要地位，所以似乎没必要

---

① 指美国作家埃德加·巴勒斯（Edgar Burroughs）创作的《人猿泰山》（*Tarzan of the Apes*），但提到的创作背景是"想象"的。

多费笔墨。关于毛里茨·梅莱玛工程师，显然他也收集到了故事，确实不多，但终究还是有的。当然仅是来源于道听途说（dengar-dengar di na-ni）① 而已。

他评价说，那位水上建筑学者是一个热情的青年。他说，人们曾这样评论他：一般说来，英雄都具有这样的秉性。非凡的经历会使人虚怀若谷，并对周围的人关怀备至。他喜欢音乐，同时还是跳舞能手。

这位英雄喜欢谈论建立海军基地的必要性，他抱怨荷属东印度政府认识到此问题为时过晚。荷兰之子丹德尔斯总督差不多在一个世纪以前就已经认识到了这个问题，指定并使用泗水作为军港，难道事实不正是如此吗？可是，在东印度的欧洲人竟健忘得如此之快！将近一个世纪没有发生国际战争，使他们变得过于老朽昏庸（pikun）了。

这位英雄还有这样一段故事：一个荷兰水手曾在兵营餐厅里问他：乌绒港工程结束以后，您将去向何方？他的回答简洁有力：随时听从荷兰王国的调遣。

有一次他受邀去作报告。他便讲起荷兰刚刚开始进入南非的情况。他说，他们必须对付当地居民的反抗。那些居民都是黑人，打仗时使用弓箭和长矛。你们知道那些黑人是怎样打仗么？他们不站起来，像蛇一般贴着地面，挪动两个胳膊肘，匍匐前进。欧洲人傲然挺立，手执长枪。而黑人们带着弓箭和长矛爬着走……这是一种象征，并不是咱们制造的结果：黑人将永远在咱们脚下爬行。在战争年代与和平年代均如此。同时，那也充分显示了咱们这个时代人类的命运。与匍匐而行的有色人种相比，白种人永远优秀，高人一等。杜尔拉基姆从未谈过，他是否亲自聆听过这个报告。他也无从回答，听众们是否同意这位英雄的观点。他只知道：毛里茨·梅莱玛工程师已经接受了委任，

---

① Na-ni 即 sana-sini（到处，处处）。——原注

将以中校（Luitenant Kolonel）头衔在泗水的卑叻港和乌绒港领导修建荷属东印度的海军基地。

他评论说，梅莱玛的确是一个能人。最近他还常听说，梅莱玛在南非时曾出色率领过部队。今天他作为水上建筑工程专家，也一定能像过去那样，领导好这一海军基地的修建工作。成百上千人——如果那些不直接参加工程劳动的人也计算在内的话——都顺从地听任他指挥，为建成荷属东印度海军基地而奋斗！

"大约一个世纪前，丹德尔斯就明白应该为东印度做些什么。"毛里茨·梅莱玛总把这句话挂在嘴边。

至于这些故事是否属实，那只有杜尔拉基姆自己知道。不过，我至少对他能掌握如此丰富的资料而感到惊讶。他讲述着所有那些故事，彷佛与自己全无干系。哦，海员们总是不厌其烦地传播消息！

除了我和姨娘，似乎不会再有人去关注毛里茨和赫曼·梅莱玛之间的关系了。无论依凭我的想象，还是根据现实，毛里茨似乎已经清除了种种障碍，可以畅通无阻到达我们的住地。他无须为开路而弄脏自己的衣服和身体。他来了——已经并即将再次像神仙一样出现，他是荷属东印度海军基地的建设之神（dewa pembangun）。他所领导修建的工程将是荷属东印度政府的掌上明珠。看来，殖民当局已投入了全部力量，以促成海军基地胜利竣工。如此一来，毛里茨·梅莱玛工程师还要随之从建设之神升级为成功之神（dewa sukses）。

而在沃诺克罗莫，一位妇女单枪匹马，即将要与这位建设之神兼成功之神对峙。按照法律，这位自力更生的妇女已丧失了任何权利。她失去了孩子，连她用血汗换来的财富也将被剥夺。她没有去荷兰，尽管那里在召唤她。现在，只有两个人陪在她身边：一个是即将去上大学的新生明克；另一个是已丧失舞刀弄棒能力的达萨姆。面对气势如虹、飞黄腾达的毛里茨·梅莱玛工程师，这样的三个人还能施展什么本领呢？

看来，这位妇女仅需增加两名助手就够了：一位名叫冉·马芮，他是个画家，只有一条腿的退伍军人，他很爱生气；另一位名叫高墨尔，他是荷属东印度马来语报纸的新闻记者，他写的文章无法撼动东印度政府和荷兰王国这两座大山。

姨娘说：梅莱玛工程师会把我一脚踢开。我觉得用"踢开"（menendang）一词太重了。这位工程师无须动脚，他不费吹灰之力，便可把姨娘从王座上驱赶下去，而姨娘还认为自己有些分量呢。毛里茨·梅莱玛工程师就要来了。他只要轻轻一吹，这片农场上的所有人都会像鹅毛一样纷纷扬扬、四处飘散。

我向冉·马芮转达了温托索罗姨娘对他的请求。冉·马芮听后低头不语，面色苍白。

"你帮不了她的忙，是吗，冉？"我问。

他深深吸着用玉米衣卷的香烟，然后吐出一股股浓烟，说："明克，我可只会摆弄这画笔和调色板！"

"好吧，如果你实在来不了。现在我要去找高墨尔，也是为这件事。等会儿我再回来。"

他愣住了，一言不发，眼睛注视着我。

"或许你会有其他想法的。"我接着说。

听说姨娘也要找高墨尔帮忙，我看到冉·马芮脸色骤变。他抹了下嘴，补充说："你去吧，明克。我等着你。也许过一会儿，我就会考虑好的。"

我离开了。

显然，高墨尔家的庭院十分宽敞，到处都饲养着不少动物，我发现笼子里有蛇、鼷鹿、熊、豹子、野鸡、猩猩。高墨尔没出来迎我，他还蜷缩在自己的"窝"里睡大觉呢。

他的妻子——不知她是混血儿还是土著妇女，没给他生娃——把高墨尔从床上叫了起来。我坐在藤椅上。只见他睡眼惺忪，睁着两只发红的眼睛，从门后向外张望。

"让您久等了吧，明克先生？"他问，声音里带着睡意。接着，他又消失了。

不久，他穿着蜡染布睡衣走出来。他那刚洗过的脸还显得湿漉漉，两只惺忪的睡眼仍有些发红。一听到是姨娘的请求，他的睡意刹那间无影无踪了。

"好，我去。"他说，"让我教训一下那个毛里茨·梅莱玛，给他点颜色瞧瞧。"

他的妻子在一旁听着我们的谈话。听是温托索罗姨娘请她的丈夫过去，我看见她的脸色立刻沉了下来，双眼射出嫉妒的光。她站起身，匆匆地走进里屋去了。

高墨尔也站了起来，快步跟进里屋。不一会便从里面传来争吵声，又听到摔盘扔杯子的响声，然后是女人的喊叫和哭闹声。然而，这些没拦住高墨尔。他再次走出来时穿着一身整洁的新衣，头发向右梳着，因擦油过多而闪闪发亮。他平日穿的那双翻毛皮鞋已经脱掉了，换成一双欧洲制的最新款式的光皮皮鞋。他那高领外衣上挂着镶银链条，系有豹爪和野猪獠牙作为怀表的装饰品。这是他引以自豪的打猎战绩。高墨尔看上去英俊威武，一点也不邋遢和倦怠。

"我们能是他的对手吗？"我问，装作对里面发生的事一无所闻。

"咱们走着瞧吧，到时再说。"

"您总那么乐观。"我一边说，一边登上马车。

"所有大事件最好亲眼目睹，明克先生。这不仅为了能更好地为报纸撰稿，至少还可以……"他一边说着话，也上了马车。

383

"您要说什么，高墨尔先生？"

"……至少还可以使我们的生活变充实（sarat）。"

如果我不曾知道他向姨娘求过婚，说不定我会对他佩服得五体投地。可如今听到他讲这些话，对他的敬意却没那么多了。

马车朝向冉·马芮的家疾驶。

"他会在五点钟来到？还有不到两小时。"他说完，把怀表重又放回衣兜里。

他向我投来探询的目光。也许他感到意外，我为什么不去夸奖他那引以自豪的豹爪和野猪獠牙。也许他觉得奇怪，我为什么不去打听他那些东西是从何而来。也许他忘记了，关于这些东西的来历和背景，他已经对我讲过三次。

高墨尔坐在我身旁，散发着使人发晕的香气。可我什么都没说，仿佛他和平时一样，身上没发生任何变化。谁能禁止别人陷入爱河或在爱意中觉醒？神仙也无能为力。《爪哇史话》开篇不就讲述了至高神巴塔拉·古鲁狂热地追求一位世俗女子么？时间神巴塔拉·卡拉虽然对时间拥有绝对的权力，但也无法阻止此类事情发生，更不要说去打破爱的力量。[①]

有趣的是：上了年纪的人如果陷入热恋之中，其仪态举止也和年轻人一样，穿得衣冠楚楚，英姿勃勃，很快就会成为人们注意的对象。即使最聪明能干的男子——从前，我还很年轻的时候，奶奶的仆人曾对我说过——假如他爱上了一个女人，他也会变成彻头彻尾的大傻瓜。高墨尔岂能例外？

到了冉·马芮家，我看见梅萨洛[②]穿着一条新裙子在门口迎接我。

---

① 参见本书第一章注释。

② 梅萨洛（Maysaroh）是梅（May）的全称。

我刚从马车上跳下来，她便撒娇地向我张开了两只小胳膊。我说："你已经长大了，梅。我不该再抱你了。"

梅偎依在我身边。我不得不拉起她的手。她看上去干净利索，十分惹人喜爱。

"你漂亮极了，梅。亲亲我吧。"于是，她在我的手上亲了一下。

我们手挽着手走进屋里。高墨尔跟在我们后面。看样子，他对周围的一切未加留意，或许他正忙于准备面对即将到来的大事件。或者他在思量，稍后该以怎样的风度出现在姨娘面前？

此刻，谁见了冉·马芮那副模样不会大吃一惊呢？他从椅子上吃力地站起来，脸上堆满甜蜜的微笑，满脸胡子已刮得精光。

"是我给爸爸梳的头。"梅萨洛骄傲地说，"我爸爸现在帅气吧？"

冉·马芮频频点头，意欲立即动身。他的裤子熨得笔挺，高领上衣配着银纽扣。非一般的帅气啊！他也爱上温托索罗姨娘啦？

"下午好，马芮先生。"高墨尔大声问候。

"下午好，高墨尔先生。可惜，您没捕到那只黑豹。真遗憾，我设计的捕捉器失败了。"

"黑豹是跑掉了，马芮先生，可咱们现在要去共同对付一只新的黑豹：梅莱玛工程师。"他用马来语说。

"对的。"冉·马芮兴奋地答道，似乎也很乐观。

"看来您已有所准备了。"

"嗯。咱们这就出发吧。"

于是，我和车夫并排而坐，高墨尔、冉·马芮和梅坐在我和车夫的后面。我听不清他们在谈论些什么。

"姨娘要举行宴会？"车夫马朱基小声问。

"是的，马朱基，要举行一个盛大的宴会。"

马车飞速奔驰着。

第十八章

　　那天下午，泗水市乌云压城。没有风，也不打雷，阴云厚如伞盖。空气潮湿而沉闷。房前屋后的树木无精打采，它们期待降雨，却又迟迟不见雨点光临。

　　高墨尔和冉·马芮坐在前面的客厅里，他们彼此靠得很近，就像两位老单身汉正在努力进行筹划，以免每一次都错失良机。

　　在后厅，我见到姨娘正在和米纳姆的母亲谈话。现在，是这位大妈在照看着罗诺·梅莱玛。达萨姆在后门的门柱旁边站着。我没见到罗诺本人，她可能暂时把罗诺安置在某处了。

　　"是啊，姨娘，米纳姆这孩子简直疯啦！我弄不明白，她到底要干什么，竟随便扔下这吃奶的孩子不管！"米纳姆的母亲说。

　　姨娘吩咐道："达萨姆，去把汽灯的油桶灌满。你快去洗澡吧，把灯点亮了。然后穿上你最好的衣服到这里来。别忘了把胡须修饰一下。"

　　我向姨娘报告说，朋友们都到齐了。他们全部衣冠楚楚，仪表堂堂。

　　姨娘欣喜地微笑着。

"办公室的门关不关，妈妈？"我问。

"不必关。有延在那里。孩子，你也去洗澡吧，换上整洁的衣服。咱们将与毛里茨·梅莱玛工程师见面了，应该处于最好的状态。"

姨娘本人已梳妆打扮完毕，她显得端庄娴雅，妩媚动人。我第一次看到她佩戴了简朴的项链和手镯。她身穿黑色天鹅绒可芭雅，脚上是一双黑色天鹅绒银线绣花鞋。全身黑色使她看上去年轻俊俏，雍容华贵。然而，谁也无法估量，她将向来敌迸发出何等巨大的威力。她对我说过的话给我留下了深刻印象："我现在只剩下一张嘴。"过一会，她就要把这句话付诸行动。

我洗完澡，换好了衣服，开始向真主祈祷：但愿她不要采用暴力。她已嘱咐达萨姆修容整衣，显然也是为了对付毛里茨·梅莱玛工程师。她给他这样的吩咐，实在令人惴惴不安。

我出于本能，不希望那位来客成为达萨姆的刀下鬼。姨娘只要对达萨姆动一动手指、点点头，那位年轻的工程师就会当即丧命。真主啊，真主！不要让那大刀落处，命赴黄泉；不要让鲜血喷溅，魂飞魄散。啊，真主！让我们所有人不要看到那样可怕的杀人场面！我祈求您指点和引领着姨娘，当她与敌人较量的时候，真主，如今请您站在弱者一边！

我坐在后厅的桌旁椅子上，看到她正冥思苦想。她面色明丽。我不禁在心中暗自庆幸。她抚弄着梅萨洛的小手。那个小姑娘问这问那，她却充耳不闻。

后来，那个小姑娘跑过来了，偎依在我身边。她又一次问我：为什么总也见不到安娜丽丝姐姐？是不是她去欧洲还没回来？听到姨娘在呼喊米纳姆的妈妈，她才停止了烦人的询问。

那位中年妇人应声前来，在姨娘面前低着头，态度恭顺。

"把罗诺抱过来，披肩也拿来，让我抱着他。"姨娘吩咐说。

"罗诺正睡觉呢，姨娘。"

"没关系。"

现在，梅萨洛又跑过去，偎在姨娘身旁。看到米纳姆的母亲把一个婴儿交给姨娘，她马上刨根问底："姨娘，这是谁？这孩子真好看。这是谁的孩子呀？是安娜丽丝姐姐生的孩子？"

"嗯，这孩子很可爱吧？"

"可爱极了，姨娘。这是个小弟弟吧？"

"当然了，梅。他也是你的弟弟。他的名字叫罗诺。"

"他叫罗诺，姨娘？啊呀，这名字真好听。"

"你不是喜欢要个弟弟吗，梅？就当他也是你的弟弟吧。"

梅萨洛高兴得又蹦又跳。她摸摸那小婴儿的脚丫，非常干净，她亲了他好几下。

"给我吧，姨娘，让我来抱他。"梅要求着。她眼睛闪着光，显然非常想抱他。

"他可不是个洋娃娃，梅。他是一个弟弟。"姨娘不让她抱。

"给我吧，姨娘，让我来抱抱他！"

姨娘把罗诺递向梅，其实双手仍抱着罗诺不放，她让梅抱了一下，接着说："抱过了吧，嗯？行了，别抱了。明天再让你抱吧。"

梅萨洛感到心满意足，又高兴得欢蹦乱跳起来。

"妈妈，"我轻声说，"她一直想要一个弟弟。妈妈，她非常想要一个弟弟。"

"你想要一个弟弟吗，梅？"姨娘问。

"想极了，姨娘。我非常想要一个弟弟。"

"妈妈，您还记得安娜丽丝的夙愿吗？她说过，她想要一个可爱的小妹妹，妈妈。"

姨娘的脸色陡然变得阴沉起来。她默默地看着我，一句话也不说。

她用另一只手把梅搂在怀里，亲了亲梅的额头。

"姨娘，这个小弟弟一点也不爱哭，是吗？"梅问。

这时我和姨娘才意识到，自从把他抱过来以后，我们确实还没听到罗诺哭过。

米纳姆的母亲拿来一块新的蜡染花布披肩，姨娘便用它把罗诺兜着挂在肩上。

"大妈，去把奶瓶和尿布拿来。"姨娘吩咐。

米纳姆的母亲刚走，达萨姆就穿戴整齐走了进来。他身着光鲜的全黑色礼服，腰间别着一把大刀，裹头巾的边角上扬，显得威严神气。他脸上的两片八字胡修剪得整整齐齐，黑油油，微微上翘。他举起已经痊愈的右手，向姨娘行了个礼。

"我并没有叫你，达萨姆。"

"可是，我有事要向您报告，姨娘。"他神气地说。

"噢，对了，你已经见到延·丹当了么？"

"是的，姨娘，他说万分感激您。他同意您的安排。实在可惜，姨娘！他真是个好人！"

"那你还要杀他呢？你呀，真是胡来一气（ngawur）！"

"那也怪他自己。姨娘，我还有两件事要告诉您。那位罗伯特少爷……嗯，就是曾来咱们这里、后来我用马车把他送走的那位少爷……"

"就是罗伯特·苏霍夫，妈妈。"我马上补充说。

"他被提拔成了工头领班（tamping）。他在欧洲人街区里，狠揍了延·丹当。后来，一群马都拉人又来狠揍了罗伯特少爷一顿。他虽然没死，姨娘，但也给打得好长时间爬不起来。"

"你的朋友们在那里怎么样？"姨娘并不去理睬罗伯特·苏霍夫的事。

"这是我要跟您讲的第二件事，姨娘。他们都给判处两个月徒刑，不准亲人前去探望。"

"讲完了？"

"讲完了，姨娘。"

"好，你去前边那里等候来客吧。"

他举手致礼，表示会意，然后走开了。米纳姆的母亲拿来了奶瓶和尿布。姨娘用披肩空着的一端把奶瓶和尿布包好。姨娘抱着孩子，来回摇动着，并不像一位奶奶在照看自己的孙子，倒像是一位少妇抱着她的头胎儿子似的。

"我忘了告诉你，孩子。法院已经承认这婴儿是罗伯特的孩子啦，他名字是罗诺·梅莱玛。"

"太好啦，妈妈！"

这些日子以来，罗诺真的一声也没哭过吗？对于这个问题，我无心去作深入探察，注意力更多集中在姨娘身上。我查看她的言行举止，防止她万一心血来潮，命令达萨姆去做出杀戮之举。我倒也确实从没听见她给达萨姆下过这种命令。但谁敢担保她一定不会呢？当前时刻，我只能祈祷和寄望。

从前厅传来了报时的钟声，五点差一刻。远方先有电光闪闪，然后传来滚滚雷鸣。天色愈来愈阴暗了。

"梅，咱们去前厅吧！"

梅萨洛跑在我们前头。

"记住，孩子，"她边走边对我低声说，"你就要面对你的仇人，他是你自己的敌人。可别像往常那样一声不吭啊。"

"是的，妈妈，在他面前，咱们只有用嘴来说，别无他法。"

"这么说，你已经明白我的意思了？"她观察着我的神情，说，"他不会去读你写的文章，但你跟他说话，他不得不听着你的声音。"

"妈妈，您是怎么知道这些的？"

"对财产贪得无厌的人永远都不读故事的，他们是不讲文明的人。他们从来都不会关心别人的命运，更何况是故事所写的那些人的命运呢。他把对自己父亲的仇恨，如今都发泄在他父亲周围的人身上。可惜，马第内特医生已经回欧洲去了，否则……"

姨娘向两位客人点头致意。冉·马芮费力地从椅子上站起来，仿佛在给一位女王还礼。

"请原谅，先生们，我们稍稍来迟了一步。"她用马来语说，"两位先生愿意前来和我们一起面对毛里茨·梅莱玛工程师，我对此深表谢意。"接着，她又郑重其事地说，"我们三人相信，两位先生到这里来，即便不肯与我们同道，但至少愿意陪伴我们。"她转过脸来问我："达萨姆在哪里？"

达萨姆还没到前厅里。我匆匆走到后厅，发现达萨姆正把他的裹头巾（destarnya）换成一条蓝黑色缠头布（kain wulung）。他把我送给他的金怀表戴在身上。

起步之前，他从刀鞘里抽出大刀看了一眼，然后才跟在我身后，急匆匆走来。

"你有必要带那把刀么，达萨姆？"我一边走着，头也不回地问他，"你最好放下它。"

"要是我达萨姆没有刀，那还算什么达萨姆呢？"他反问。

我回头一看，他正捻着那两撇胡子。他双目炯炯有神，明白有特殊任务需要他去完成。

"少爷，看来今天下午有重要事情，是吗？"

"是的。不过，你可不能再像从前那样轻举妄动（gegabah）。"

"少爷，什么时候必须行动，我达萨姆心里完全有数。您放心吧，不用担心！"

听到这种过度自信的言辞，我心里反而惴惴不安起来。

"小心，别把事情搞砸了。你知道，达萨姆，只有今天这一次，姨娘需要你认真地帮助她。她显然是有非同一般的困难，你可别再让她难上加难啦。"

"没事的，少爷，担保没事儿！"

没有风，世界仿佛停止了呼吸。黑压压的乌云层层叠叠，开始洒下细雨，丝丝点点，似有若无。天色愈发暗下来。达萨姆把汽灯点亮了。前厅和后厅，全部沐浴在光线之中，灯火通明，富丽堂皇。

我们已经各就各位，依次排成一字，面朝庭院：达萨姆、冉·马芮、梅萨洛·马芮、姨娘以及抱在怀里的罗诺、高墨尔和我。在我们面前放着一张桌子，桌后是给来客的座椅（fauteuil）。

这种精心的安排，可使灯光集中投射在不期而至的毛里茨·梅莱玛工程师身上，而欢迎他的人们却处于光线较暗的地方。这完全像演戏时的舞台设计一样，我想。这本来就是一出戏。

我们中谁也不再说话。甚至就连爱说爱问的梅萨洛，也沉浸在紧张的缄默之中。气氛比听取法院的判决更加紧张。

高墨尔已经三次取出怀表，报告着时间。现在他又把表取了出来。

"已经过了两分钟。"他报告说。

达萨姆也从口袋里取出那块金表，但他没有说话。

毛毛雨停了。客人依然未到。蒙蒙细雨又洒下来。气氛仍是那么紧张。

五点过十分，才见到一辆海军的车子进入了庭院，那是一辆由两匹马拉的车子。

我站起身，走到前廊的台阶。姨娘给我的任务是：迎接杀害我妻子的人。我尚未找到一个合适的句子，是应该饱含不共戴天的敌意呢，还是应该平常得就像迎接一位普通来客。

马车停在台阶前。一位海员跳下马车，敬了个礼，然后把车门打开。接着，走出来一名海军军官，他佩戴全套肩章袖饰，腰间挂着指挥刀，从头到脚穿一身全白色的海军军官制服。他笔直地站在那里，整了整服装。那位海员也穿着一身白色海军服，向他敬了个礼。

"下午好，"我用荷兰语向他问候，"欢迎，梅莱玛先生。"

他只点了一下头，看都没看我一眼。他的态度可真是盛气凌人。由于他个子很高，就算我想要抽他脑袋一巴掌，伸出手也够不到。然而，我还是陪同这位杀害我妻子的凶手走进了家里。这就是海军中校毛里茨·梅莱玛工程师。他的身材像一位运动员般魁梧，胸阔背直，鼻梁高挺如同图画之中的希腊雕塑一样。他英俊威武，脸上刮得非常干净，不留一点髭须，一双眼睛是灰色的。他的步伐充满自信，踏上了那几级台阶。

他走进前厅，停下来，立着举起一只手，用马来语说："你们好（Tabik）！"

坐在那一排椅子上的人们，就像听到了口令（dikomando），同时站起身来，连同冉·马芮、怀里抱着罗诺的姨娘和梅萨洛在内。

"你好（Tabik）！"他们齐声答。

"我要见温托索罗姨娘，她又名萨妮庚。"他继续说马来语，目光投向姨娘，不理其他人。

"没错，毛里茨·梅莱玛工程师先生。我就是萨妮庚。"姨娘答，"请坐。"

"不必坐了，"他趾高气扬地说，"我只能待一会儿。"

"只待一会儿似乎不合适。瞧，先生，农场的朋友们全都前来欢迎了。"

他看着眼前的人，从那一端的达萨姆到这一端的我，一个接一个地打量了一番。

"让我来给您介绍一下。那边第一个，先生，他叫达萨姆，是负责农场安全的警卫。"

达萨姆干咳了一声，用手摩挲着腰间的大刀。毛里茨·梅莱玛工程师犹豫了一下，朝这个马都拉人点点头。达萨姆只是咧了咧嘴。

"然后，这一位是冉·马芮先生，画家，法国艺术家。"

毛里茨更加犹豫起来。他挪动着两只脚，勉强迈开了步子，走近马芮并伸出手，用法语问："您是法国人？"

"是的，梅莱玛先生。"

"画家？"他惊讶地问。

"不错，梅莱玛先生。这是我的女儿，梅萨洛·马芮。梅，向这位叔叔问好。"

梅向客人伸出一只小手，客人微笑着握了握她的手。他在梅的下巴上轻轻地捏了一下，用法语说："下午好，乖孩子！"

梅马上活跃起来，用法语赞叹着梅莱玛工程师的肩章袖饰，并要求准许她摸一摸。那位客人弯下了腰，让她摸了摸金光闪闪的肩章，又摸了摸袖饰，甚至还让她摸了指挥刀的丝带。

紧张气氛消散了。这高傲的家伙也不过是个普通人而已。他也喜欢小孩子。

我猛然感到，姨娘犀利的目光正向我射来。我转过头看她。是的，她的眼睛正注视着我，叫我别上他的当，别被他故作姿态所迷惑。

"行了，梅，说一声：谢谢。"姨娘说。

梅莱玛工程师站直了身子，温托索罗姨娘继续介绍："梅莱玛先生，这一位是高墨尔先生，新闻记者。"

那位客人吃了一惊，点点头。他看到高墨尔不是纯血统欧洲人，便没有向他伸出手。

"最靠那边的一位是明克先生，我的女婿，安娜丽丝的丈夫。"

他显得不安，笔直伫立在姨娘面前，目不转睛地盯着我。我看到他正在犹豫，不知所措。他态度小心翼翼，看起来是在勉强着自己，迈开脚步向我走来。这时，姨娘继续介绍说："梅莱玛先生，他是荷兰高级中学的毕业生，未来的医生。"

他也向我伸出了手，用荷兰语说："是的，先生，首先，我就是来向您表示哀悼的。"他转过头对着姨娘，又用马来语说了相同的话。

"没必要。"看到毛里茨·梅莱玛工程师走过来，伸出手要跟她握手时，姨娘用马来语说。

"我女儿没有了，跟凶手握一次手，这代替不了她。"她的声音在颤抖。

毛里茨·梅莱玛工程师的军衔、制服、白皮肤，所有不凡的象征都黯然失色。他心虚了。听到这些话，我自己也怯弱了。我感到一阵心塞，不像我岳母那样大义凛然。

"这话说得太过分，姨娘。"梅莱玛工程师为自己辩解，"我完全能理解姨娘和明克先生的悲哀心情……"他转头看了我一眼，说："但指责我是凶手，言过其实。这不是真的。"

"您并没失去什么，除了在我和大家面前丢面子。相反，您从我们的损失中获得了一切。"姨娘继续说着，声音仍然在颤抖。

"我不能接受这说法。一切都是照章办事。"这位来客反驳。他一直站着，所有来欢迎他的这些人也都站着。

"对，"姨娘用马来语说，"所有规则都是损害我们而有利于你。"

"并不是我制定了那些规则。"

"而你却为了你的利益，千方百计利用那些规则。"

"姨娘，可以聘请律师。"

"一千个律师也不能把我女儿还给我。"此时，不仅她的声音，而且连她的嘴唇也在颤抖，"没有一个律师愿意代理土著民控告欧洲人的官司。在这里，没法子。"

"如果这是上帝的意愿，那又有什么办法呢？"

"是啊，你（Tuan）的意愿变成了上帝（Tuhan）的意愿。"

毛里茨·梅莱玛工程师无言以对，也许因为他的马来语水平有限。

"所有你不想要负责的事，你就让上帝去负责。说得多动听啊！为什么你不让我来负责呢？是我生了她、哺育她、教育她、培养她，难道我不是她的母亲吗？"

她声音里的颤抖和嘴唇的抖动都渐渐消失了。她向我转过头来。此刻，我再次胆怯了，没有什么支援的材料可以抛出去。

"一切都已经发生了。"那位客人又说，"因此，我来这里是为了……"

"……是把对我妻子的监护权归还给我么？"我勉强自己，用荷兰语发问。

"……为了，为了，为了不争执。"

"你没必要跟我们争执。你可以利用很多人来做这件事，甚至你就连杀了我们也办得到。"姨娘驳斥道，"高墨尔先生，您说呢？"

高墨尔用流利的马来语说："毛里茨·梅莱玛工程师先生，作为新闻记者，我向您保证，我将公布您现在所说的每一句话，让整个泗水市的居民立刻知道您究竟是谁。请继续讲吧，先生！不过，您最好还是坐下来说话。"

来客依然没有就座。他咬了咬下嘴唇。

"马芮先生，"我岳母提议，"这位是毛里茨·梅莱玛工程师先生，您早已听说过他多次了。今天这么难得的机会，能够有幸跟他讲几句话，您觉得合不合适呢？"

"梅莱玛工程师先生，"马芮用法语说，"您生于欧洲，在欧洲受教育，是一位饱学之士。我也是这样，尽管我没能成为饱学之士。可咱们之间的差别是如此之大，先生。您到东印度来，是为了寻求财富和名誉，而我只是一位漂泊者（pengembara）。”

“我到这里来是为了荷兰。”毛里茨回答。

“您来到这一座房子里，不是为了荷兰，因为荷兰并不在这座房子里，甚至这里连一张荷兰女王的画像都没有挂。”

来客干咳了一声，他的眼睛在搜寻荷兰女王的画像，而这里只有温托索罗姨娘的画像，挂在通往后厅的门框上方，高贵端庄。

“先生，咱们都是纯血统欧洲人。”冉·马芮继续说，“我认可姨娘说的话有一部分是对的：安娜丽丝夫人溘逝应归咎于您。您欠姨娘和明克先生一条人命。”

“一切由专人打理，大家都有责任。”梅莱玛工程师说。

“她死了，你办的事你要负责。”

“那是法院的事情。”

“你骗人！你良心不安，自知有罪。”

“不。”

“这更是撒谎！”冉·马芮反驳说。

“我们不懂法语。”姨娘用马来语抗议说，“先生，你已经杀害了我的女儿，你计划什么时候把我们赶出去？”

来客依旧站着，气得脸上红一阵、白一阵，不知所措。姨娘见他不说话，继续抨击：“干得可真漂亮！”

“这才是真实的欧洲，欧洲往我脑子里灌输的那种所谓举世无双！”我用荷兰语接着说。

这位饱学之士、水上建筑工程专家把头转向我，语气柔和地回答：“先生，我理解您的悲哀，我也感到沉痛。一切都已经发生了，有什么法子呢？”

“说得多轻巧。您以为您的命比我妻子的命更有价值吗？”我怒斥，

"在您眼里，我妻子像会行走的随身物品（benda-milik），可以随便易手，任意处置。您不承认土著民的法律，伊斯兰法律，您不尊重我们合法的婚姻。"

"我来不是为了跟你们讨论这些事。"

"是的，甚至就连我妻子已经过世了，你也没向我报过丧。你来是想用我妻子的噩耗来惊吓（mengageti）我们，是这样吧？"我逼问他。

听了我这些话，姨娘再次怒不可遏："好吧，他不愿谈论这问题，不愿谈论这些使他内疚的罪恶。现在说：什么时候做到绝，赶我们出去？"

"您竟然还要那么做？"高墨尔问。

"这事与您无关。"梅莱玛反击。

"谁说这与我无关？"高墨尔驳斥，"苍天之下所有事，都与动脑思考的每个人相关。"

这位平日里惯于发号施令的梅莱玛中校，如今瞠目结舌，不能言语。

"如果人性受损害（tersinggung），"高墨尔继续说，"一切有感情和理智的人都受损，除了疯子和天生的罪犯，即便他是一位饱学之士。"

"作为欧洲人，尤其是法国人，我也受损害了。因此，我来了。"马芮用法语说。

"说下去，马芮先生。"高墨尔鼓励道，尽管他并不懂法语。

"您身穿海军军官服，拥有工程师头衔，可在我眼中，您会成为我下一幅画的素材。先生，您知道我下一幅画叫什么名字吗？它叫《工程师梅莱玛，荷兰吸血鬼》[①]。"

---

① 法语 *L'ingenieur Mellema, Le Vampier Hollandais*，印尼语 *Insinyur Mellema, Banaspati Belanda* 。——原注

来客再次面色苍白。他的嘴唇似乎已没有了血液。他无言以对。

"为了世界，为了上帝，将来我要把这幅画拿到巴黎去展览，也会送到你的国家展览。"

"无须在东印度展览了，马芮先生。"我用法语接过来说。

马芮望着我，摇摇头，微微一笑。

"没必要拿到东印度来展览，明克先生。"马芮回答，"一个吸血鬼绝不会艳羡另一个吸血鬼。"冉·马芮声音低沉，宛如远方空中的雷鸣，"杀害人家的女儿，抢夺一位女性辛苦劳动的成果；这位土著女性本当受到保护，却被认为未开化（biadab）！"他哈哈大笑，嘲弄说，"毛里茨·梅莱玛工程师先生万岁！杀人犯和强盗万寿无疆！"

"没杀人，更没抢劫。"

"您的父亲梅莱玛先生，从荷兰来东印度，他带着什么？"姨娘问，"除了我，没人知道。只有两套外衣和内裤。他甚至连一件衬衣都没有。他与我一起之后，才在图朗安养了几头奶牛。听着，毛里茨·梅莱玛工程师先生！他在荷兰的全部财产，不知是多是少，全都留给了您和您母亲。如果您养过狗，就了解狗的特性，狗会用它的嗅觉辨认。如今您脚下踩的地，狗闻不到您洒过汗。在我这边的地上，也绝对闻不出。"她禁不住咳嗽起来，把罗诺吵醒了，她抱着他，来回摇动着，"您在这里所见到的一切，就算狗也知道，全都是我汗水里的盐和咸味。"

"毛里茨·梅莱玛工程师先生，您以为尚未开化的这位女性，她正在说话，您听到了没有？"高墨尔用马来语问，"稍后，您别假装听不懂马来语。"

"您懂什么叫汗水、盐和咸味吗？"冉·马芮用马来语问。

"懂。"他轻声说。

"你也还没说够呢。"姨娘催促我说。

"妈妈，我正在羡慕一位欧洲人，他教养有素，讲文明，有文化，抢走我的妻子，夺去她的生命。实际上，他还是这么一个人：学者，军衔高，英俊威武，魁梧的身材，宽阔的胸膛……"

毛里茨·梅莱玛工程师转过身对我说："我是真诚的，先生，我与您一道，深感沉痛。"

"甚至他连我妻子的丈夫叫什么名字都不知道。"我说，"我妻子的监护人就是这种人。"

"真的，先生，"现在，他为自己辩解，"那时我正在南非服役。"

"您的意思是，不是您的过错，而是南非人不对？"

"是，本来就是南非人不对。"冉·马芮说，"梅莱玛工程师先生与过错无关，何况犯罪呢。与他有关的事只有利益。"

未经邀请，梅莱玛工程师朝着座椅俯身坐下去。指挥刀的白色刀鞘妨碍他坐下，他用左手拨开了刀鞘。那顶白色海军帽仍然栖息在他头上。

看到他突然坐下，其他人也都跟着坐下了，略感到舒了一口气。梅萨洛惊讶地瞪大双眼，听着人们的所有谈话，人们说着马来语、荷兰语、法语，她不知来龙去脉。她用怀疑的目光审视面前的客人，此人打扮得金光闪耀。原来想亲近他的念头，像沾到冷水的火星一样熄灭了。

"你讲几句，达萨姆！"姨娘吩咐。

达萨姆早就在心里准备好了想要说的话。于是，他用马来语开口道："那么，看来把安娜丽丝小姐弄走的人就是你。她从小就在我的保护下。她每天上学，都是由我接送。没人胆敢欺负她，别人碰都不敢碰她。后来，是你把她弄走了，像弄走一只羊羔。我现在才知道……"他停了一下，接着说，"她死在你的手里了。"

来客掏出了一块手帕，擦着汗。

"如果你喜欢，抽出你那口刀，有种就过来，咱们当场较量。"

梅莱玛工程师装作没听见，转头看达萨姆一眼也不看。

达萨姆站起身来，摸着他那把大刀，上前走了几步。

"呆在你的座位上。"姨娘命令。

由于太生气了，达萨姆面色通红。他一边退回到原地，一边大声怒吼："我！我是小姐的证婚人！"他仍旧站着，指责毛里茨说，"你不承认。合法！根据我的教规，婚姻是合法的！"

听到达萨姆的咆哮声，外面的两名海军走进前厅，停住脚步，向毛里茨敬了个礼，然后站在他们长官的两侧。

"好，三个可以一起来，我能对付。"

"你们都走开！"客人命令他的警卫，他头也不回地说，"去把那东西拿来！"

两名海军敬个礼，离开了。他们去把"那东西"拿过来。火枪？

似有若无，我听到时钟在打点。六点整。蒙蒙细雨已然停歇。

"我的任务是守护这个家和这座农场的安全。谁来兴风作浪，我达萨姆这把刀就砍谁。"

"够了，达萨姆，你要明白：你眼前这位先生，他杀害安娜丽丝后，要来接管这个农场以及农场的一切财物！"

"他杀害了小姐，如今又要占有一切？"

"是的，就是他。"

"他就是那个人，姨娘？"

"是的，都是他干的。"

"可我必须这么干坐着，姨娘？"

"只许你说，不能乱来。"

"只说话，姨娘？就只能说话么？"

那位来客不理会这段马来语对话。他假装没听见。可以看出他在故作镇静，努力控制着自己以及当前的形势。

"但是，我准备跟他拼杀一场，姨娘。"达萨姆的眼睛放射出令人不适的光芒，"现在也行，等会儿也行，什么时候都行！"

一位海军走了进来。他拿来的并不是火枪，而是一个大包裹，分量不重，系着绸带。他先敬个礼，把包裹放在长官脚边，又敬了个礼，然后离开了。

"你坐下，达萨姆。"

达萨姆坐了下来，仍愤愤不平地嘟囔着。

"在土著民面前，给欧洲人丢脸！"马芮又开口了，"也在欧洲人面前丢自己的脸！如果欧洲培养的杰出人才，一位饱学之士，竟干出这种事，跟无良的土匪有什么不同？"

"姨娘，先生们，"毛里茨·梅莱玛重又找回了自信，开始提高嗓门说话，"如果需要，你们觉得有必要，你们就到法院去起诉我。我会有所准备，乐意奉陪。"

"请把纸和笔递给我。"高墨尔对我说。他忘了带自己的武器——纸和笔。我把纸和笔递给他，他马上就作起了记录。

"您比我知道得更清楚，在这个时代里，不存在土著民控告欧洲人的法律。"马芮说。

"您可以作为欧洲人去控告我！"

听到这话，马芮气得火冒三丈。他用法语迅速回击："好的，我把您画下来，拿到法国和荷兰去展览。我决不会在画中给您加上一条尾巴。我就画出您现在这个样子，穿军官服，代表披着法律外衣的野蛮（kebiadaban）。"

"请便。"梅莱玛工程师回答。

"别担心，梅莱玛先生，"高墨尔接着说，"我将会出版一期专刊，马来语版和荷兰语版。别担心，梅莱玛工程师先生，这期专刊我会散发到海军界，让人们更加了解您的本来面目。"

"请便，那是您的权利。"他回答，自信的神色略显动摇。

"泗水市读者将会看到，标题是《认清海军中校毛里茨·梅莱玛工程师的真面目》。我要让报童们在大街上喊叫：仇家面对面！他恨父亲，不恨遗产，他父亲的家业来自土著女性，名叫温托索罗姨娘！"

"必定轰动！"马芮欢呼。

"高墨尔先生，别担心，"我接过话说，"我将会用荷兰语为您写一篇文章：《我与凶手见面——他杀害了我的妻子，亦是他本人的继妹》。"

"不必聘请律师，不必去法院，"姨娘也精神焕发，说，"等这些过后，我满意了，再离开我长期苦心经营的一切，这宅院以及全部家当，这农场和全部产业。"

我们第一次见到来客低垂着头，再次用手帕擦着汗。

"这么说，这么说来，"梅萨洛声音里带着迷惑，她用荷兰语尖声问，"安娜丽丝姐姐已经死了，姨娘？"

"嗯，梅，她已经死了。"姨娘也用荷兰语回答。

"这位先生把她带走的？……是这位先生杀了她？"

"是的，就是这个人，梅。"马芮回答。

梅萨洛一时恍然大悟，惊得说不出话来。她睁大了两只眼睛，盯着毛里茨·梅莱玛工程师。突然，她用两手夹着自己的脸，眼圈一红，泪水夺眶而出，沾湿了面颊。她尖声叫着："安娜姐！安娜丽丝！她死了！"她恸哭不止，又号又叫。

毛里茨·梅莱玛工程师一见此情景，站起来，走近梅身边，试着去抚摩她的头。

悲恸令这个小孩忘掉了恐惧。

"凶手！"梅尖声喊着，往后面跑去，不知她要去哪里，也不知她要去找谁。

看到这一幕，所有人都愣住了。我听到米纳姆的母亲用爪哇语问："小姐，怎么了？"

罗诺在姨娘的怀抱里也伸胳膊蹬腿地闹腾起来，和往常一样，他一声不哭。

"安娜丽丝姐姐死了，大娘，她死了，死了，是被前面那个客人害死的，大娘。"

听不清米纳姆的母亲说了些什么，梅正在呼天抢地，哭诉声席卷了一切。

前厅里，所有人都默默地听着。姨娘朝后面看了看，呼唤米纳姆的母亲："大娘，让她别哭了。"喊完后，她又哄怀里的罗诺："喏，喏。"她拿过包裹在披肩里的奶瓶，给他喂奶。

那来客显得心烦意乱，他时而听一听梅越来越远的号啕，时而又看一看姨娘怀中的婴儿。

"那孩子也知道为失去一位姐姐而恸哭。"高墨尔继续说，"可是，您却从她的死亡中获得了利益。"梅莱玛工程师没有回应，他的眼睛注视着那个婴儿。

"在这里，所有人都喜欢安娜丽丝小姐，"达萨姆补充说，"只有魔鬼才忍心杀害她。"

"梅莱玛先生，"姨娘开始进攻，"你需要我女儿的监护权，是为获得她的财产继承权。她病重时，为什么你们没有一个人去看望过她，甚至直到她下葬也没有？"

"谁说的这些？这是骗子的谣言，她被护理得好好的，都合理。"

"需要我给你提供证人吗？从泗水到赫镇，到 B 村，这位证人护送并照料了我的女儿。"

"我随身带着赫镇医院的证明信。她受到了很好的护理。"

"谁不相信医院好好护理她了？但我说的是，你本人和你的母亲。你说那些都是谣言！可你还说过，当时你正在南非。究竟怎么回事，只有你自己知道。我作为我女儿的母亲，就算再不周到，我照顾自己的孩子，也胜过一千个阿梅丽娅·梅莱玛—哈默斯那女人！"

久而久之，海军中校梅莱玛工程师就像一个正在受到母亲训斥的大男孩。他呆坐在自己位子上，甚至动也不动一下。他也没碰过放在脚边的那个大包裹。

达萨姆坐在那一头，不管听得懂还是听不懂，始终密切注意着大家的谈话。他时不时捻捻自己的胡子，或者摸一摸他那把大刀。

"我不相信你那种做法是欧洲习俗，那样对待自己的妹妹，即便是同父异母的继妹……"

在后厅，可以听到米纳姆的母亲正把梅萨洛领出屋外。从我们坐的地方，可以看到几个人在探头探脑地争着往前厅看。也许是车夫马朱基跟他们说，将有一个盛大的宴会。

梅萨洛仍在继续哭，她反复呼喊安娜丽丝的名字，咒骂着凶手。

那几位窥视的人把脑袋缩了回去，消失在我的视线中。也许他们想听梅萨洛在哭什么。不一会儿，村民们开始蜂拥而至，男女老少，在前面聚集了一堆人。听得到米纳姆的母亲在后厅劝几位妇女别来看热闹。梅萨洛哭得不像刚才那样厉害了。从我们身后不远的地方，传来她的抽泣声，间或夹杂着爪哇语："瞧，你瞧，就是那个人，是他杀害了安娜丽丝姐姐！就是那个人，大妈，你瞧，就是他！"

那些妇女们越挤越近，一直挤到了连接前后厅的门旁。梅莱玛工程师抬起头看着她们。他站起身来。但不等他迈开步子，姨娘马上问："那么，什么时候我们必须从这里走人？"

"我已经指定了一个人来管理这个农场。"

"那么，什么时候我们必须离开？"

"我现在已经决定延期。"

"好，延期。这个小孩儿怎么办？他叫罗诺·梅莱玛。"

毛里茨·梅莱玛望向那婴儿。他眨着两只眼睛，问："罗诺·梅莱玛是谁？"

"你知道罗伯特·梅莱玛已经去世了。罗诺·梅莱玛是他的儿子。"

"我不认识罗诺·梅莱玛。"

"你最好取得这孩子的监护权，现在就去想办法。这婴儿更容易杀。否则，你继承的遗产数量将会减少。让他活着，你也不甘休。这孩子还从没哭过呢，也许一生下来就是哑巴。"

在楼前，在后厅，人们你推我搡，互相拥挤着。

姨娘托起婴儿，要把他交给那位来客，说："把这孩子带走吧。他是你的侄子，也是梅莱玛家族产业的合法继承人。"

毛里茨·梅莱玛面露茫然之色。

"梅莱玛先生，别把他看作是您的竞争对手。"冉·马芮用马来语说，他吐字清晰，以便所有人都能够听懂，"而且，不要杀害他，以荷兰的名义。"

"他是您的侄子，为什么您碰都不想碰他？"高墨尔接着说，"先生，他也有家产份额，您不会拒绝他的那份家产，是吧？"

"为什么犹豫啊？"姨娘催促着，"接过这婴儿吧。我们相信您是一位好的监护人。"

来客束手无策。

就在此时，梅萨洛又跑回了前厅。她眼圈通红，泪水涔涔，使劲地哭喊着。她用小手指着梅莱玛工程师，说："就是他，没错，就是这个人，毛里茨·梅莱玛工程师，他抢走了安娜丽丝姐姐！他杀了安娜丽丝姐姐！"

梅哭得像疯了一样。她跑到那位水上建筑工程专家面前，抡起两只小拳头，捶打来客的大腿和腹部。

"把安娜丽丝姐姐还给我，先生！把她还给我，先生！"

站在我们身后的几位妇女也流下了眼泪，她们发出哽咽的哭声。

其中有位妇女用爪哇语问："安娜丽丝小姐死了？是被他害死的？"

"就是被他害死的！"梅萨洛指着客人回答，多次捶打过后，她已经没力气了。

"为什么达萨姆大叔还不动手呢？"

"先生，我不会赶你走，因为这地方的所有权属于你。"姨娘说，"你走吧，趁着还没发生新的乱子。他们都很哀恸，他们的感情也都受了伤。"

"还我姐姐！还我姐姐！"梅萨洛一边抽噎，一边呼喊着。

毛里茨·梅莱玛工程师指着脚边的那个包裹，但嘴里没发出声音。他的手指在颤抖着。他转过身去，背向着我们，左手握住指挥刀的刀鞘，迈开沉重的步伐，走出了前厅。

我们依然坐在那里。

梅萨洛跟在他后面，不停拽着他的衣裤，继续在呼喊："还我安娜丽丝姐姐！安娜丽丝姐姐！安娜丽丝姐姐！"

毛里茨没再回过头。他的双手也不再甩动了。走下台阶时，他身体微微前躬，就像处于人类中间的一只青蛙。

他显得渺小，无足轻重。

围观的人群自动分开，给他让路。除了梅的哭闹之外，还传来人们的低吼："凶手！杀害同父异母妹妹的凶手。"

达萨姆跳上前去，抽出大刀，挥舞着。

"畜生！"他怒骂，"孽种！"

"姨娘，没想到，安娜丽丝小姐……"人们向姨娘表示哀悼。

姨娘没回答。她把罗诺交给身边的一位妇女。姨娘打开了来客留下的包裹：里面是一只旧铁皮箱子，箱面凹凸不平，锈迹斑斑。她打开那箱子，箱内装着安娜丽丝穿过的几件衣服。

"唉！"她站起身，长叹了一口气。

我第二次看到姨娘潸然泪下。她见到心爱的女儿的衣物，再也忍不住了。那只旧箱子又勾起她当年被双亲赶出家门的回忆。

　　她迅速擦干眼泪，说："咱们会永远记住今天。关于今天的回忆也会追随他一辈子，直到他死，直到他进入坟墓。"

　　"是的，妈妈，咱们已经反抗了，妈妈，就算用的只是唇枪舌剑。"

布鲁岛

口述，1973 年

书写，1975 年

重校后记

罗杰

　　印度尼西亚作家普拉姆迪亚的鸿篇巨著"布鲁岛四部曲"第二部《万国之子》，在第一部《人世间》出版后半年内正式面世（1980）。迄今，《万国之子》已经被翻译成二十多种语言文字出版，成为世界文学的经典名作，而 1983 年的初版中译本是这部小说于全球范围内最先问世的两种语言译本之一。如今，《人世间》和《万国之子》中译本经过全面的重新校订，先后与中文读者再次相见，它们距离各自初版问世的时间均已相隔四十年光阴，是为四十周年纪念。

　　重新校订工作所依据的印尼语版本主要是兰特拉·迪潘塔拉（Lentera Dipantara）出版社 2015 年 8 月第十五版《万国之子》，同时部分参阅荷兰马努斯·阿米奇出版社（Manus Amici b.v.）1981 年印尼语欧洲版。此外，还参阅了企鹅出版社发行的英文版（*Child of All Nations*），译者为马克斯·莱恩（Max Lane），即本书的特邀前言作者。校订工作包括逐字逐句核对不同语言版本，润色、优化及修改原译文，订正误译和不通顺之处，必要时重译部分字句段落，新增注释以利于读者理解故事的历史背景和文化语境。校订者对原译文的调整、改动或新增内容遍及每一页，共计达数万字。《万国之子》中译本校订工作团队成员有：罗杰、曾嘉慧。此外，谢侃侃为部分专有名词的译法提供了参考意见。

作为"布鲁岛四部曲"的前两部，《人世间》和《万国之子》在人物、情节、时间和空间等多方面存在密不可分的承接关系。企鹅出版社于20世纪80年代相继发行两书的英文版后，曾在1990年将二者合订为一册再次推出，命名为《觉醒》(Awakenings)，此版本收录了译者马克斯·莱恩专门撰写的另一篇前言，开头段落令人难以忘怀：在布鲁岛的最初六七年时间里，流放者不被允许阅读任何文字材料，只有极少数宗教文本例外。如果一旦被发现拥有不当获得的文字材料，流放者可能会面临极其残酷的惩罚。有一次，某个流放者外出劳动，在田野里捡到一页废弃报纸，这报纸原本是用来包钉子的，所以布满了钉眼。后来，流放营守卫人员从他身上搜到这页报纸，于是把带他去单人牢房区，三天以后，人们发现他的尸体漂浮在附近的河面上，双手被反绑在身后。埃卡·古尼阿弯(Eka Kurniawan)为《人世间》中译本撰写的前言也提到，普拉姆迪亚流放布鲁岛期间(1969—1979)，最初几年只能把小说口述给流放营的同伴们，直到1973年，他才得到一台老旧打字机，获准可以写下自己的小说，然而"他明白，无论他写下些什么，很容易就会被没收和销毁，所以他至少写两份。一份在自己手中（后来果真遭没收），另一份偷运出去，送到岛外"。曾几何时，人间某处，阅读行为竟然需要付出生命代价，而文字书写则被文化破坏主义者视同为洪水猛兽。掩卷之余，面对《人世间》和《万国之子》全书正文末尾右下方字样——布鲁岛；口述，1973年；书写，1975年，校订者感觉仿若正在亲历一场戏剧演出的关键时刻，而舞台"第四面墙"突然打破了……

《万国之子》充分展现了普拉姆迪亚的世界主义人文视野，虽然小

411

说探讨的主题是印度尼西亚民族觉醒，但作者早已意识到"它仍然是世界和人类的一部分"。作者讲述故事的方式犹如电影运镜，从爪哇岛的城市泗水不断拉高拉远——中国、荷兰、法国、英国、西班牙、日本、菲律宾、南非、俄国、美国、墨西哥、苏里南等地名相继闪现，《人世间》的故事不停地继续生长和发展，并进一步蔓延到更广阔的天地之间。于是，姨娘的故事、明克的故事、明克历史原型人物拉丹·玛斯·蒂尔托·阿迪·苏里约的故事、作者普拉姆迪亚的故事、"布鲁岛四部曲"的口述在布鲁岛上抚慰那些苦难心灵的故事……文本内外的各种声音相互交织，奔腾汇流，共同谱写出了属于这些作品自己的历史。的确，这些作品一经面世，就仿佛拥有了自己的生命，逐渐在不同地域、不同语言、不同种族和民族的读者心中成长起来，无论在与世隔绝的流放营里，还是直面发布禁令的"新秩序"权力之手，没有什么力量能永远阻止它们生长。时移事往，作品却可以不断重现并且被重读，这就是文学的生命力和魅力所在。

此次校订工作的不足之处，恳请专家及读者不吝指正。面对文本，校订者也置身于读者行列。当校订工作进展到知识量密集的第十四章，感觉好似落入漫无边际的热带丛林，字里行间充满了对撰写注释的呼唤。在校订过程中，时常偶遇作者的精心设置：来自克东鲁肯的海员杜尔拉基姆同时持有许阿什绝笔信收件人地址，和关于毛里茨·梅莱玛工程师的道听途说；农场挤奶女工米纳姆早在《人世间》第二章已具名登场……此外，书中还有两处地方引起校订者感慨：第一处在第八章，明克提到自己曾经阅读过一本小册子，其中分析爪哇农民群体心理特征——"狂乱"（amock）或"发狂"（amok），这段话犹如鲁迅剖析民族性一般无比深邃又振聋发聩，令人涌起似曾相识之感；第二处是第十八章明克做祈祷的一段："但愿她不要采用暴力"，他恳求真主指点和引领姨娘，当她与敌人较量时，请真主务必站在弱者一边——"万国之子"，魂魄在此。

2023 年 4 月 15 日 北京大学

附　录

中译本初版代序 [①]

梁立基

  《万国之子》是普拉姆迪亚在布鲁岛拘留营里写的四部曲之二。同四部曲的第一部《人世间》一样，它的出版，像疾风掠过水面，在印度尼西亚的文学界和社会上又一次掀起了巨大的波澜。许多报刊纷纷发表评论大加赞扬。有的评论说："如果把这部作品和《人世间》同列为世界名著，并不过分。"有的则赞誉这部书是对19世纪末血腥镇压民族解放运动的欧洲殖民主义者的审判。印度尼西亚著名评论家耶辛认为普拉姆迪亚的两部新作都是"优秀的文学作品"。著名作家莫赫达尔·卢比斯说这两部小说"是近十余年来难得的佳作"，阅读后"能让人深思，给人以精神食粮"。著名诗人伦特拉也赞叹说："普拉姆迪亚的《人世间》和《万国之子》是印度尼西亚新秩序时期最伟大的作品。"不过，在一片赞扬声中，反对者的非难也有加无已，"指责作者以娴熟和生动的笔锋，巧妙和隐晦的手法，通过历史素材在作品中塞进了马列主义学说"。

  无可否认，《万国之子》是普拉姆迪亚的又一部成功之作。作者在

---

① 本文系《万国之子》中译本初版（北京大学出版社，1983）的代序，其时"布鲁岛四部曲"尚未完整面世。时隔四十年后，我们把初版的代序、译后记原貌收入本次修订再版作为附录，以纪念前辈们推动中国与印度尼西亚文学与文化交流的努力。

这部作品里，以深刻的笔触、丰富的内容、鲜明的形象把印度尼西亚民族觉醒的历史画卷进一步展示在我们面前。小说仍以泗水的"逸乐农场"为活动中心，通过主人公与外界的接触，特别是与东方被压迫民族和国内被压迫农民的接触，把体现在明克身上的民族觉醒的发展过程更深刻、更广泛地揭示出来。

20世纪初，印度尼西亚出现的民族觉醒决不是偶然的、孤立的历史现象，它是整个亚洲民族觉醒的组成部分。四部曲的第一部《人世间》，通过明克和安娜丽丝的悲欢离合，形象地反映了民族觉醒的萌芽阶段。那时，明克只是从个人的得失和利害开始感觉到殖民主义的沉重压迫和本民族的苦难。他还处在自在阶段，需要经过一段曲折和艰难的路程才能达到自为阶段。四部曲的第二部《万国之子》所描写的就是这一必不可少的历史过程。

《万国之子》开卷伊始，主人公之一的安娜丽丝便在抑郁中死去，有人认为这是作者的惊人之笔。其实这也符合历史发展的逻辑，因为花儿离开了土壤很快就会凋谢，安娜丽丝的死可以看作一个历史阶段的结束。从此，明克将跨出个人的小天地，走上新的征途，去探索人生的真谛和民族的出路。

安娜丽丝死后，明克在哀痛中度日，在悲愤中磨砺。许多问题使他迷惑不解，要求他走出去开阔视野、寻求答案。于是他如饥似渴地从东方其他民族的斗争中吸取营养来充实自己和激励自己。当时中国清末反帝反封建的民主革命运动给了他极为深刻的印象。在这里，作者成功地塑造了一个代表清末中国革命志士的正面形象许阿仕，与《人世间》里代表华人腐朽落后势力的阿章这个反面形象恰好形成鲜明的对照。许阿仕形象高大，忧国忧民，恫瘝在抱。他的革命活动使荷兰殖民统治者和华人中的反动势力惊恐万状，但却博得了明克和温托索罗姨娘的高度赞赏和同情。他们甚至不怕风险去资助和掩护他的革命活动。当许阿仕惨遭反革命势力杀害时，温托索罗姨娘无限感慨地说："任何一个做母亲的都会为有这样的儿子而感到骄傲。"这句意味深长的话，不但表达了印度尼西亚人民对中国人民革命斗争的高度评价，也体现了两国人民的战斗情谊。的确，在反帝反封建的民族革命斗争中，中国和印度尼西亚两国人民一向是互相同情和互相支持的，而殖民主义者和封建势力也总是互相勾结和狼狈为奸的。

明克从其他国家的民族解放斗争中受到了很大的启发和鼓舞。但对一个贵族家庭出身的新知识分子来说，这还是不够的，他还必须深入地了解自己的民族和人民。只有这样，他才能使自己成为有源之水和有本之木，他的民族觉醒才有坚实的基础。温托索罗姨娘带他回乡探亲，实际上就是在这方面给他补课。其间有两件事给了他以极大的震动和教育：一件是温托索罗姨娘的侄女苏拉蒂的非同寻常的遭遇。与当年温托索罗姨娘的命运一样，她也被迫去给糖厂白人经理当侍妾，但她的反抗却更加惊心动魄和可歌可泣。这一段描写是全书的精彩部分，说明印度尼西亚人民已经从消极反抗走向积极反抗了。另一件事是以特鲁诺东索为代表的农民反夺地斗争。明克出于对受欺凌者的同情和对荷兰糖厂巧取豪夺的愤慨，写了一篇报道，寄给《泗水日报》，以期引起舆论界的关注。殊不知报纸是荷兰糖厂的工具，他这样做反而招来了殖民统治者对农民更加残酷的镇压。通过这两件事，明克进一步认清了殖民统治者和现代资本的罪恶本质，同时也进一步了解到本民族的苦难并看到了自己力量的源泉。这对他以后的斗争起着十分重要的作用。

小说以梅莱玛在荷兰的儿子毛里茨前来接收逸乐农场全部产业为结尾，从表面上看殖民主义势力似乎还能逞凶于一时。但是，毛里茨并不是真正的胜利者。在小说中，他实际上是作为一个被告出场的，受到了正义人民的审判。这样的结局带有讽刺和象征意义，发人深思。

纵观全书，《万国之子》描写的重点已从温托索罗姨娘转移到明克身上。把明克变为四部曲的真正主角，这是符合历史真实的。在印度尼西亚现代史上，首先觉醒的正是受西方现代教育的知识分子，而明克是他们中一个先进的代表。小说以密疏有致的笔法、酣畅传神的描写，生动地再现了这一段重要的历史。我们读后可以从中得到许多启发和教益。

中译本初版译后记

参加本书翻译工作的有孔远志、居三元、陈培初、张玉安等同志，黄琛芳同志负责审校。

在此书翻译过程中，北京大学东语系印度尼西亚语教研室的专家和教授，始终给予我们热情耐心的指导和帮助。在此，我们谨向他们表示衷心的感谢。

我们的印度尼西亚语和汉语的水平都不高，译文中肯定有不少缺点和误译，欢迎广大读者及专家们予以批评指教。

1982年5月